O inverno dos leões

A saga da família Florio – III

Stefania Auci

Tradução
Michaella Pivetti

Rio de Janeiro, 2024

Copyright © Stefania Auci
Copyright © 2021 Casa Editrice Nord s.u.r.l.
Gruppo editoriale Mauri Spagnol
Copyright de tradução © 2023 por HarperCollins Brasil . Todos os direitos reservados.
Título original: *L'inverno dei Leoni*

Todos os direitos desta publicação são reservados à Casa dos Livros Editora LTDA. Nenhuma parte desta obra pode ser apropriada e estocada em sistema de banco de dados ou processo similar, em qualquer forma ou meio, seja eletrônico, de fotocópia, gravação etc., sem a permissão do detentor do copyright.

Publisher: *Samuel Coto*

Editora executiva: *Alice Mello*

Editora: *Lara Berruezo*

Assistentes editoriais: *Anna Clara Gonçalves e Camila Carneiro*

Assistência editorial: *Yasmin Montebello*

Copidesque: *Bruna Sales*

Revisão: *Vanessa Sawada e Pérola Gonçalves*

Design de capa: *Osmane Garcia Filho*

Imagem de capa: *Boldini - Franca Florio © The History Collection /Alamy*

Diagramação: *Abreu's System*

Dados Internacionais de Catalogação na Publicação (CIP)
(Câmara Brasileira do Livro, SP, Brasil)

Auci, Stefania
   O inverno dos leões : a saga da família Florio : III / Stefania Auci ; tradução Michaella Pivetti. – Rio de Janeiro : HarperCollins Brasil, 2024.

   Título original: L'inverno dei Leoni
   ISBN 978-65-6005-097-6

   1. Ficção italiana I. Título.

23-176231   CDD-853

Índices para catálogo sistemático:
   1. Ficção : Literatura italiana   853

Cibele Maria Dias – Bibliotecária – CRB-8/9427

Os pontos de vista desta obra são de responsabilidade de seu autor, não refletindo necessariamente a posição da HarperCollins Brasil, da HarperCollins Publishers ou de sua equipe editorial.

HarperCollins Brasil é uma marca licenciada à Casa dos Livros Editora LTDA.
Todos os direitos reservados à Casa dos Livros Editora LTDA.
Rua da Quitanda, 86, 601A – Centro
Rio de Janeiro, RJ – CEP 20091-005
Tel.: (21) 3175-1030
www.harpercollins.com.br

CONHAQUE

março de 1894 — março de 1901

Abballa quannu a fortuna sona.
"Dança quando a boa sorte toca."

PROVÉRBIO SICILIANO

No fim de 1893, a situação na Sicília se agrava: em Giardinello (PA), no dia 10 de dezembro, uma manifestação contra os impostos termina em tragédia, com onze mortos e inúmeros feridos; em uma manifestação semelhante, em Lercara Friddi (PA) no dia 25 de dezembro, morrem sete pessoas. E inúmeros outros protestos se desencadeiam em toda a ilha, muitas vezes contidos com violência. No dia 4 de janeiro de 1894, quando os mortos são mais de mil, Francesco Crispi decreta estado de emergência na Sicília e nomeia como comissário civil extraordinário real Roberto Morra di Lavriano, ex-prefeito de Palermo, a quem confere plenos poderes militares e civis. A repressão — realizada graças a quarenta mil soldados — é brutal: os processos sumários se concluem com condenações pesadíssimas e, como diz o próprio general em seu relatório, são abolidos "a liberdade individual, a inviolabilidade do domicílio, a liberdade de imprensa, o direito à reunião e à associação". Obviamente, os Fasci são desfeitos, mas as reivindicações econômicas e sociais — que uniram operários, artesãos e trabalhadores das minas de enxofre, até mesmo funcionários públicos e professores — vão muito além dos confins da ilha (protestos e tumultos ocorrem da Puglia a Emilia, de Ancona a Brescia, mas principalmente em Lunigiana, onde 250 pessoas são presas), confluindo — ao menos em parte — no Partido Socialista dos Trabalhadores Italianos, nascido oficialmente em 1893 (e que, no dia 13 de janeiro de 1895, se tornará o Partido Socialista Italiano, com Filipppo Turati como secretário).

É, portanto, em uma situação de profunda intranquilidade social que Sidney Sonnino, ministro das Finanças e do Tesouro, anuncia no Parlamento (21 de fevereiro de 1894) a necessidade de aumentar os impostos para superar as dificuldades econômicas do país. Ele se depara com uma oposição decidida — e, na verdade, pede demissão — porém

Crispi não se rende: no dia 4 de junho cai o terceiro governo dele, mas já no dia 14 de junho um novo Executivo está pronto. Ajudado, também, pela enorme repercussão provocada pelo fracassado atentado contra a sua vida, por parte do anarquista Paolo Lega (16 de junho de 1894), no dia 20 de julho, Crispi consegue aprovar uma série de medidas econômicas, entre as quais o aumento dos impostos sobre os cereais e o preço do sal, mas, acima de tudo, o aumento de vinte por cento do imposto sobre a renda.

O governo Crispi cai no dia 10 de março de 1896, abalado pela derrota em Adua (1º de março de 1896), uma batalha em que 14,5 mil italianos tentaram, em vão, reprimir o ataque de cem mil soldados do negus Menelik II (os mortos italianos são pelo menos seis mil). O deputado liberal, Arnaboldi Gazzaniga, resume da seguinte maneira a desastrosa experiência africana: "Em doze anos de política colonial conseguimos [...] gastar cerca de quinhentos milhões, sem nenhum resultado, [...] disseminando a pobreza e o descontentamento entre a população" (discurso na Câmara, 19 de maio de 1897).

Crispi é sucedido por Antonio Starabba de Rudinì, que será presidente do Conselho até o dia 29 de junho de 1898 (em quatro governos diferentes). Também por causa dos altíssimos custos para financiar o empreendimento colonial, a situação econômica do país é muito difícil, agravada por colheitas insuficientes (os meses de setembro e outubro de 1896 registrarão graves inundações, sobretudo no Piemonte e na Calábria), junto com o aumento do custo dos cereais importados e, portanto, do preço do pão, que passa em média de 35 para sessenta centesimi *por quilo. O profundo descontentamento popular — que agora assume características de uma verdadeira consciência social (em 1895, entraram no Parlamento quinze deputados socialistas, entre eles Leonida Bissolati e Filippo Turati) — se concretiza em uma série de protestos que inflamam a Itália inteira, a partir dos primeiros meses de 1898 (Florença, Ancona, Roma, Foggia, Nápoles), e de greves que culminam, no dia 8 de maio, em Milão, na Piazza del Duomo: investidos de plenos poderes, com vinte mil homens sob o comando dele, o general Fiorenzo Bava Beccaris manda abrir fogo sobre os manifestantes, provocando, pelo menos, uma centena de mortos. Nos dias seguintes, Bava Beccaris ordena a prisão de cerca de duas mil pessoas, o fechamento de quatorze jornais e a dissolução da Câmara do Trabalho. Com um decreto real, a coroa o nomeará grande oficial da Ordem Militar da Casa de Savoia, "para recompensar o grande serviço que Ele prestou às instituições e à civilização".*

As manifestações populares, contudo, prosseguem: no dia 9 de maio, é declarado estado de emergência na Toscana e na província de Nápoles, no dia 11 de maio é a vez de Como. Após as demissões de di Rudinì, o rei chama para o governo o general Luigi Pelloux (29 de junho de 1898), que, em fevereiro de 1899, procura aprovar um projeto de lei que propõe a militarização dos funcionários das ferrovias e dos Correios, limita muito a liberdade de associação, bem como o direito à greve, e propõe a censura preventiva dos jornais. A oposição da Esquerda é muito violenta e, depois de uma longa série de choques parlamentares, Pelloux pede demissão também do segundo mandato (14 de maio de 1899 - 24 de junho de 1900). No lugar dele, é convocado o moderado Giuseppe Saracco, que permanece no posto até 15 de fevereiro de 1901.

No dia 4 de junho de 1899, Umberto I concede anistia a todos os condenados pelos chamados "motins do pão", mas isso não é suficiente para deter o anarquista Gaetano Bresci, que, no dia 29 de julho de 1900, em Monza, assassina o rei com três tiros de pistola e declara: "Eu o fiz para vingar as vítimas pálidas e ensanguentadas de Milão... Não quis matar um homem, mas um princípio". Bresci é condenado à pena capital um mês depois e morre — talvez por suicídio — em 22 de maio de 1901.

Vittorio Emanuele III, de trinta anos, sobe ao trono no dia 10 de agosto de 1900.

É uma questão de terra, madeira, paciência e mar, o conhaque. Assim como o uísque. Como o marsala.

Já se fala do conhaque no século XVII; no entanto, a partir do dia 1º de maio de 1909, por decreto do governo, o resto do mundo deve se resignar a produzir o "simples" brandy, porque o único e verdadeiro conhaque é o produzido no Carântono, sudoeste da França. Uma terra calcária, rica em sedimentos marinhos, coberta por vinhas como a Ugni Blanc — um clone de Trebbiano, implantado na França depois dos desastres causados pela filoxera no fim do século XIX —, a Colombard, com delicadas bagas amareladas, e a Folle Blanche, com cachos compactos. Para poder se transformar em conhaque, o vinho deve ser composto por, pelo menos, noventa por cento dessas três uvas, sozinhas ou misturadas. Para os dez por cento restantes, é possível recorrer a outras uvas: Montils, Semillon, Jurançon Blanc, Blanc Ramé, Select, Sauvignon.

Mas não é suficiente: existe o período determinado para a colheita, geralmente de outubro até as primeiras geadas. E, então, há os barris: a madeira deve vir dos carvalhos das florestas de Limousin e de Tronçais. As aduelas devem curtir ao ar livre, para, então, serem amarradas juntas por barras de ferro, de maneira que nem os pregos e nem a cola alterem o sabor. Por fim, são tostadas — ou seja, superaquecidas internamente — por muito tempo e com cautela. E, antes de ir parar nos barris, o vinho deve ser destilado, rigorosamente, no alambique tradicional *charentais*, duas vezes; a primeira, entre 25 e 27 graus e, depois, entre setenta e 72 graus.

Então é hora de deixar repousar. Porque é assim: para tudo que é belo e precioso, é necessário tempo. Calma. Paciência. São ingredientes não escritos; contudo, essenciais. É preciso aguardar, e aguardar mais uma vez, porque nada de bom pode nascer antes do tempo a que essa coisa pertence.

Para o conhaque, esse tempo é de pelo menos dois anos, mas pode chegar a cinquenta, às vezes até mais. Naquelas cantinas impregnadas do cheiro do Atlântico, onde a evaporação acontece lentamente, misturando o aroma do álcool com o da madeira e da salinidade, o conhaque ganha os sabores da baunilha, do tabaco, da canela e das frutas secas que o caracterizam, assume uma cor ambarina e uma consistência sedosa. Claro, a cada ano que passa, ele se reduz em volume, de três a cinco por cento. Mas os franceses sabem que essa é a parte "para os anjos", a cota que vai para eles. Por outro lado, na cantina, há também um lugar chamado *Paradis*, para os garrafões que abrigam o conhaque com, pelo menos, cinquenta anos.

Uma mulher, infelizmente.
O sorriso de Ignazio havia murchado quando a parteira lhe dera a notícia. Havia recebido os cumprimentos e os votos de felicidades com um simples gesto de cabeça. Então, Diodata abrira a porta do quarto de dormir de Franca, o fizera entrar e lhe colocara nos braços uma coisinha de nada, toda vermelha e chorosa, envolta em cobertas para protegê-la do frio de novembro.

Franca estava deitada na cama, com os olhos fechados e as mãos sobre o ventre. O parto havia sido longo e difícil.

Ele se aproximara. Ao ouvir os passos dele, ela abrira os olhos.

— É menina. Sinto muito.

Com essas palavras ditas em um tom aflito, uma onda de ternura se apossara de Ignazio. Ele se sentara ao lado dela e lhe dera um beijo na testa.

— Nossa filha Giovanna — respondera, entregando-lhe a recém-nascida. Eram uma família, agora, e não mais um casal que buscava, com esforço, o equilíbrio.

Depois de três meses, Giovannuzza entrou no coração dele, do qual Franca é sempre a rainha, enquanto ela é a princesa.

O menino há de vir. É questão de tempo. A Casa Florio precisa de um herdeiro. O médico disse que logo ele poderá voltar a frequentar o quarto da esposa, e essa é uma das poucas boas notícias do período.

Sim, porque janeiro de 1894 foi um mês difícil. Poucas festas, com exceção das de família, poucas ocasiões para se distrair. Todos ficam fechados em casa, com uma vigilância adequada, para que ninguém possa se aproximar das pessoas de bem.

Palermo não é mais segura.

Nos primeiros dias do ano, foi decretado estado de emergência na ilha. Culpa das agitações promovidas pelos Fasci Siciliani, a organização que acolhe trabalhadores agrícolas e operários, homens e mulheres, todos igualmente descontentes com a carga dos impostos e as humilhações que com frequência são forçados a aguentar. Irrefreáveis, assim como um contágio, os protestos se espalharam da cidade para o campo. E se transformaram em verdadeiras revoltas. Em Pietraperzia, Spaccaforno, Salemi, Campobello di Mazara, Mazara del Vallo, Misilmeri, Castelvetrano, Trapani e Santa Ninfa, as pessoas incendiaram as cabines de pedágio e, de armas em punho, atacaram as repartições públicas e os cárceres, libertando os presos.

O caos reinava na ilha, a ponto de ser preciso a intervenção do exército para voltar à ordem. Os piemonteses, como são chamados pelos velhos, chegaram sob o comando do general Morra di Lavriano, que recebeu plenos poderes do governo, apontaram os fuzis e começaram a disparar contra todos, até as mulheres. Nada foi feito contra quem oprimiu os camponeses e os operários, os reduzindo à fome e ao desespero. Pelo contrário: todos os protestos tiveram uma cota de mortos, feridos e presos, com relativos processos. Uma desilusão se somou à outra, já que o governo em exercício, agora, é o de Crispi, um siciliano, um antigo garibaldino, que sucedeu Giolitti após o escândalo do Banco Romano.

Agora reina uma calma sufocante, ditada pelo medo, mantida graças a prisões constantes e a penas duríssimas. Era hora de dar razão à dona Ciccia quando resmungava que *di chiddi*, nesses aí, não se podia confiar e que parecia terem voltado ao tempo do domínio dos Bourbon.

É noite; poucas luzem iluminam os aposentos e os jardins. Reflexos cálidos iluminam o conhaque no copo que Ignazio segurava entre as mãos até pouco antes. O aroma dele — de especiarias, com ligeiro toque de mel — enche o aposento.

Alguém bate à porta.

— Entre! — murmura Ignazio, arrancado da leitura das características do *Britannia*, o *cutter* do príncipe de Gales, que está sendo finalizado em um estaleiro em Glasgow e contra o qual, em junho, o *Valkyrie* dele competirá, na Channel Race.

A porta se abre, e aparece o rosto de Franca.

— Ainda não está pronto?

— Ainda não, minha querida. E Giovannuzza, como está? — pergunta ele, deixando os papéis de lado. — Hoje à tarde a minha *picciridda*, minha pequena, chorava muito, por quê?

— A babá disse que teve cólicas fortes. Ela massageou bastante a barriguinha dela.

Pensar naquele corpinho, macio e perfumado, a enche de uma ternura que não imaginava poder sentir. No início, depois dos sofrimentos do parto, ficara com medo de desenvolver algum tipo de repulsa pela filha: a dor tinha sido demasiada, a recuperação, muito cansativa. No entanto, a menina a havia conquistado com um só olhar, lhe dera um amor cálido, completo, que excluía o resto do mundo e a protegia de tudo que era ruim.

Franca se aproxima dele. Depois do nascimento de Giovannuzza, corpo dela ficou — se possível — ainda mais voluptuoso. Ignazio não resiste: a abraça e lhe dá um beijo no pescoço.

— Você é uma deusa — murmura, encostando em sua pele.

Franca ri e o deixa agir à vontade, mesmo que Diodata tenha precisado de quase duas horas para arrumar-lhe os cabelos. Ignazio anda tenso demais ultimamente e ela tem a sensação de não conseguir lhe dar a serenidade de que ele precisa. E quer evitar que a procure entre outros braços.

Claro, com o escândalo do Banco Romano havia acontecido de tudo. Por vários dias, no escritório da Olivuzza, tivera um vai e vem de homens com ar sério, e Ignazio havia passado muito tempo, mais do que o habitual, na praça Marina. Franca até sentira que, depois de as portas do Crédito Mobiliário terem se fechado, Ignazio tivera de pagar cinco milhões*, uma soma que lhe parecera, ao mesmo tempo, enorme e ínfima. Mas o que ela entendia disso? As contas da costureira e da modista chegavam primeiro nas mãos da mãe e agora diretamente nas de Ignazio... Tinha tentado perguntar, mas tanto Ignazio quanto Giovanna a haviam detido com palavras vagas e um genérico "não se preocupe".

— Temos mesmo de ir? Não podemos subir para o seu quarto? — pergunta ele, com o rosto mergulhado nos cabelos de Franca. Coloca a mão sob o vestido dela, encontra o corpete, lhe acaricia o seio.

Ela se solta do abraço, ri e o afasta com a mão.

— Jamais teria pensado em precisar convencer o meu marido a ir ao teatro e a uma festa! — Abotoa o vestido, lhe lança um olhar de esguelha. — Agora eu vou terminar de me arrumar... e você deveria fazer o mesmo.

Ignazio sorri.

— Continuaremos essa conversa, na volta — diz, e só a deixa se afastar depois de beijar o pulso dela.

Na tarde do dia 4 de março de 1894, a carruagem dos Lanza di Trabia se detém na frente da entrada da Olivuzza. Descem primeiro Pietro, depois Giulia e, por fim, um homem com cabelos escuros ondulados, com uma testa ampla, um olhar vivaz e bigodes fartos. O mordomo os recebe, os acompanha na direção da escadaria de mármore vermelho, decorada com cascatas de flores. No alto, Franca aguarda. Estende os braços na direção de Giulia e Pietro, lhes dá um beijo, fala para eles irem ao jardim de inverno. Depois, virando-se na direção do outro homem, sorri:

— Bem-vindo, maestro. Sua presença aqui é uma honra para nós.
— Por fim, ergue a barra da saia. — Venha comigo, por favor. Nossos hóspedes o esperam ansiosos.

---

* Cerca de 22 milhões de euros. [N. da A.]

Giacomo Puccini a segue, olhando com a maior discrição possível as belas formas da dona da casa. Ele veio a Palermo para uma apresentação de *Manon Lescaut*, cuja estreia acontecera um mês antes, em Turim, e a cidade lhe deu uma acolhida esplêndida: aplausos em cena aberta, para ele e os cantores chamados na frente do palco, e uma ovação final que fez todo o Teatro Politeama vibrar. Franca e Ignazio o conheceram na noite anterior, durante o jantar em sua honra no palácio Butera, e o convidaram para um chá, de forma a completar o seu triunfo.

Franca diminui os passos, aproxima-se dele.

— Sabe, maestro, sua *Manon* é uma ópera que, realmente, toca a alma. Ontem não tive coragem de confessar ao senhor, mas chorei lágrimas e lágrimas.

Puccini parece confuso. Esse elogio, dito com tanto arrebatamento, o emociona. Ele se detém, segura a mão de Franca e a beija.

— Suas palavras, senhora, valem mais que todos os aplausos de ontem à noite. Sinto-me comovido e honrado! — exclama.

Franca hesita e, então, acrescenta em um sussurro:

— Mas por que a música nos faz sofrer desse modo?

Puccini arregala os grandes olhos escuros e, aproximando-se dos ouvidos de Franca, murmura:

— Porque começa onde as palavras terminam. Assim como a beleza... Tenho certeza de que a senhora sabe o que quero dizer. — E beija-lhe de novo a mão.

Franca enrubesce, sorri; em seguida, passa o braço no de Puccini e volta a andar.

— Ignazio! — O sentido da palavra à meia voz de Giovanna é inequívoco.

Ela também presenciou a cena: repetindo o gesto duas vezes, Puccini se inclinou para beijar a mão de Franca e até lhe disse alguma coisa ao ouvido. Uma confidência — algo íntimo? — que certamente suscitou toda a fúria de Ignazio, esperando os hóspedes junto à porta do jardim de inverno. Ela o conhece muito bem: é ciumento, possessivo, e pouco importa que seja infiel, porque, assim como um menino mimado, não suporta que outra pessoa se interesse por seus brinquedos.

A essa altura, Franca e Puccini estão à frente dele, e Ignazio consegue exibir um sorriso.

— Maestro, bem-vindo! — exclama, com a voz um pouco aguda. Então se coloca entre a esposa e o homem, e o guia na direção de Giovanna, que, junto com dona Ciccia, entretém um grupo de senhoras de idade vestidas de preto.

Giovanna ocupara-se de todos os detalhes daquela recepção vespertina: escolheu as flores, as toalhas de mesa, a prataria, as taças, a vasta seleção de chás nas caixas de madeira, e até mesmo quais doces deveriam ser preparados. Está tudo tão perfeito e elegante que parece uma pintura. *Ainda não confia em mim*, pensa Franca, olhando ao redor.

Uma risada afasta esses pensamentos da cabeça dela. É a inconfundível voz de Tina Scalia Whitaker, a esposa de Joseph Isaac Whitaker — que todos chamam, simplesmente, de Pip —, neto do tal Ben Ingham, que exercera um papel determinante na vida de Vincenzo Florio, o avô de Ignazio. Talvez o casal de maior destaque em Palermo, Pip e Tina não poderiam ser mais diferentes um do outro: enquanto ele continua a tradição da família, ligada à produção e ao comércio do marsala, alternando-a com suas verdadeiras paixões — a arqueologia e a ornitologia —, Tina, filha de um general garibaldino, é uma mulher culta e inteligente, que vive e se nutre de mundanidade: — ninguém escapa das alfinetadas e do sarcasmo dela.

Franca se vira na direção de um grupinho de mulheres da família Whitaker, que estão tagarelando em uma mistura de inglês e siciliano, e cruza o olhar com o de Tina. Por um instante, as duas mulheres fitam-se, e Franca lê nos olhos da outra algo entre a compaixão e a zombaria. Sabe que Tina a considera bonita e um tantinho boba, uma boneca elegante para ser exibida e nada mais. Então, cerra os lábios, roça o colar de topázio e pérolas, como que para reunir forças, limitando-se, em seguida, a um cumprimento com a cabeça.

É outra voz que a distrai, a de Ignazio.

— O Teatro Politeama é muito nobre, mas não tem uma acústica ideal — diz ele a Puccini e ao pequeno grupo que os rodeia. — Espero que o Teatro Massimo esteja pronto em pouco tempo. Digo isso com certo orgulho, já que, até o teto de cobre do edifício é obra da fundição da família.

— E eu agradeço o mecenas que está criando um templo para a lírica em Palermo... e até à sua fundição! — exclama Puccini, fazendo com que todos os presentes deem risada.

No silêncio que se segue, uma jovem com ar sério aproxima-se.

— Maestro... é um privilégio tão grande poder falar com o senhor... Posso lhe fazer uma pergunta?

— Por favor — responde Puccini com um sorriso.

— Como... o senhor escreve a sua música?

— O trabalho de um músico não é um trabalho propriamente dito; e, principalmente, jamais conhece descanso — responde Puccini. — É mais uma... uma obrigação do espírito. Até mesmo agora, que estou aqui com os senhores, em minha mente... em minha alma, as notas se compõem, se unem. É uma torrente que não tem paz, até encontrar o rio. Por exemplo... — Ele aproxima-se do pianoforte que o pequeno Vincenzo atormenta duas vezes por semana durante as lições de música.

O burburinho se interrompe, as taças são apoiadas nos móveis e os garçons também param, imóveis.

Em meio ao súbito silêncio, Franca se aproxima do instrumento e olha para Puccini, como que para encorajá-lo.

As mãos do homem posam no teclado e, de repente, uma melodia enche o aposento.

Che gélida manina, se la lasci riscaldar
Cercar che giova?
Al buio non si trova.
Ma per fortuna è una notte di luna,
e qui la luna l'abbiamo vicina...*

---

* Que mãozinha fria, se deixar esquentar / Qual é a utilidade de olhar? / Não pode ser encontrado no escuro. / Mas por sorte é uma noite de luar, / e aqui temos a lua por perto... [N. da E.]

Puccini toca e canta, e o ar, perfumado de baunilha e chá, captura as notas, parecendo relutar em deixar que esvaneçam. Por fim, o homem se detém, os dedos suspensos sobre o teclado, o rosto enrubescido pela emoção.

Enquanto rompem os aplausos, ele se levanta e faz uma mesura na direção de Franca.

— Sinto-me feliz por a senhora ter ouvido um fragmento da minha próxima ópera. Recordando este momento, será mais fácil para eu completá-la.

Franca enrubesce, enquanto Ignazio ordena que champanhe seja trazido para brindar:

— Ao futuro triunfo do maestro Puccini. Com a esperança que volte a Palermo para apresentá-la aqui!

Os homens assentem, enquanto as senhoras suspiram, dizendo entre si que sim, aquela é mesmo uma música divina.

Mas Puccini, depois do brinde, se aproxima de novo de Franca.

— O senhor foi magnífico. Agradeço por esse presente inesperado — diz ela, emocionada.

Como resposta, Puccini lhe segura as mãos e as leva aos lábios. Os olhares dos presentes se tornam ávidos e atrevidos. *Não estaria dando confiança demais a esse homem? Ela por acaso acha que está acima das regras?*

— Agradeço à sua família, por ter aberto as portas desta magnífica residência para mim — responde ele. — E obrigada à senhora. Tem em si uma luz interna extraordinária, uma luz preciosa. Espero que possa conservá-la para sempre.

Com essas palavras, Franca sorri. Porém, os olhos dela, por um instante, ficam úmidos.

E uma pessoa se dá conta.

A cunhada Giulia.

O palácio Butera, residência dos Lanza di Trabia, localiza-se rente às muralhas da cidade, a poucos passos da Porta Felice. O jardim de inverno se debruça sobre um mar cor de aço, que reflete as nuvens cinzentas daquele dia estranhamente sombrio para ser o início de maio. No ar, percebe-se um perfume de folhas secas, terra úmida e flores desabrochando. Sentadas na saleta com móveis de vime, entre limoeiros em vasos e pequenas bananeiras, Franca e Giulia podem falar com liberdade, enquanto as crianças — Vincenzo e os filhos de Giulia — brincam a pouca distância delas, sob os olhos atentos das governantas.

— Então? Por que você quis me ver?

Franca aperta a asa da pequena xícara de porcelana de Sèvres decorada com o brasão dos Lanza di Trabia. E se pergunta quando Giulia ficou assim, tão brusca, tão diferente daquela jovem mulher que lhe escrevera cartas afetuosas quando ela começara a fazer parte da família. Mas não quer julgá-la: as relações tensas com a sogra e a morte do pequeno Blasco a endureceram. Essa foi uma tragédia cuja importância Franca só pode compreender agora, que se tornou mãe.

Em algum lugar, entre as árvores, Vincenzo solta um gritinho, a que Giuseppe, o primogênito de Giulia, responde com uma risada. Barulho de pezinhos, o som de uma bola que quica. É estranho observar esses meninos, que têm onze e cinco anos, imaginando que são tio e sobrinho.

Giulia esboça um sorriso, o primeiro desde a chegada de Franca; em seguida, olha para a cunhada, como um convite a falar.

— Quero um conselho — diz então Franca. — Sincero, como se você fosse mesmo a minha irmã.

Giulia ergue as sobrancelhas, depois direciona o olhar para as pontas dos dedos outra, que tremem.

Tira a xícara da mão e a apoia na mesinha; deixa-se ir para trás, no recosto da poltrona.

— Por que você está tremendo? — Abaixa a voz. — Você ainda *se esquiva* por qualquer coisa, não é? Teme o julgamento de todos.

Franca pisca. Assente, surpresa, e vira o olhar para os dedos cheios de joias.

— Eu me perguntava quando você entenderia que desse jeito não daria para continuar. Está me parecendo uma alma do purgatório.

As mãos de Franca se agarram às saias, e a voz fica entrecortada.

— Não pense que sou uma ingênua. Ignazio... Eu sempre pensei que ele, principalmente, estivesse no centro das fofocas, e resolvi não as ouvir porque, no fim, ele volta para mim, e é por mim que está apaixonado. No entanto, também é a mim que criticam. Ouço comentários, piadinhas, a cada vez que saímos... Ontem à noite, na casa dos De Seta, ele cortejou a anfitriã de um modo absolutamente vulgar. Eu me senti tão mortificada! Em casa, eu me sinto como se fosse uma hóspede, porque não preciso nem falar: todos se dirigem a sua mãe. E até me parece que os empregados me olham de modo estranho. A sua mãe, então, que é mesmo uma santa criatura, não me deixa dizer nem sim nem não. — É um desabafo que tem o ímpeto de um rio em cheia. Um soluço lhe escapa dos lábios. — Sempre tem alguma coisa para me censurar, e não só ela. Todos, todos, toda a cidade! Se eu falo pouco, se eu falo muito, como eu me visto... de qualquer jeito que eu faça, erro, e não sei como me mexer.

Giulia balança a cabeça, enquanto no rosto passam emoções que Franca acha difícil interpretar. Uma sobrancelha se ergue.

— Você é boa demais, Franca querida. Demais. É preciso que nasçam os dentes caninos, caso contrário, os outros arrancam a carne e deixam os ossos pelo chão. E isso vale, também, para a minha mãe.

A outra arregala os olhos verdes. É um linguajar forte, este adotado por Giulia, quase arcaico na sinceridade brutal dela.

— Mesmo? — pergunta com um soluço.

— Sim. — Giulia se levanta, dirigindo-se às janelas. — Você acha que eu não percebi como você está?

Não espera que a cunhada a siga, e Franca tem de se apressar para alcançá-la.

— Você, agora, é a dona Franca Florio. Não minha mãe, que é viúva e agora só pensa em mandar rezar missas para a alma do meu pai. Você é a esposa de Ignazio, o chefe da família, e deve tomar para si o que lhe é de direito, a começar pelo respeito. — Agarra o braço dela, fala a poucos centímetros do rosto da cunhada. — Quando me casei, meu pai me fez compreender que ninguém, *nunca*, deveria botar um pé no meu caminho. Eu tive de ser a primeira a me defender, ou então a família de meu marido teria me sufocado. E é isso que agora digo para você. — Olha intensamente para a cunhada. — Gosto de meu irmão, mas o conheço: é um cabeça de vento; mulheres demais giram ao redor dele. Ele se deixa absorver só por ele mesmo e não entende que você está com dificuldades, que as pessoas te criticam por causa dele. Eu o conheço, não é má pessoa, mas é assim... superficial. Nem compreenderia como você se sente, porque não dá importância às coisas que dizem pelas suas costas... Sim, meu bem, eu também entendi que andam falando mal de você.

Giulia ergue o rosto que Franca abaixou, pálida de vergonha. Ignora os cílios banhados de lágrimas, a segura pelas costas, a sacode.

— *Talìami!* Olhe para mim! É você que tem de se proteger, porque sei o que o mundo fala sobre nós, as mulheres Florio. Que gastamos muito dinheiro em vestidos e joias, que nos apoiamos no dinheiro da família, que temos a cabeça vazia. E que somos tão arrogantes que não ficamos no nosso lugar. — A mão de Giulia se fecha em punho. — Não me interessa o que dizem. Nem você deve se interessar por isso; se prestar atenção *neles*, dá para *eles* o poder. São pessoas mesquinhas que, assim falando, revelam apenas a inveja que sentem. Nós temos tudo que elas não têm, e é por isso que falam mal de nós e continuarão a fazê-lo.

É direta, Giulia. Feroz.

Franca mal conhece as dificuldades que a cunhada precisou enfrentar. Ignora que ela também precisou passar por grandes humilhações, principalmente no início, quando a sogra não fazia nada além de jogar na cara dela, na frente de todas as pessoas, a sua origem burguesa. Durante anos, inclusive, nunca perdera a ocasião para recordar-lhe como o casamento quase não passara de um contrato. Do canto dele, Pietro nunca a defendera, tampouco a ajudara. De modo algum.

Esses anos, porém, haviam ensinado Giulia a não se render, a jamais abaixar a cabeça. Eles haviam feito com que crescesse dentro dela uma raiva parecida com a que o avô Vincenzo carregara no íntimo por toda a vida; ele a usara para dominar uma cidade que desejava humilhá-lo; ela a usara primeiro como escudo, depois como arma para conquistar o respeito dos Lanza di Trabia. Agora, era realmente a senhora daquela casa e daquela família. E conseguira isso também lembrando da regra fundamental do pai: nada é mais precioso que a lucidez, que o controle sobre si mesmo. Também para ela, o pai,

Ignazio, dissera tantas vezes: "Ouça sua cabeça, não o seu coração". A imagem que ela transmitia de si mesma era a de uma mulher altiva e afugentadora, mas essa imagem era ela quem construíra sozinha para se proteger.

Não, Franca não pode conhecer a fundo o preço que a cunhada pagou para se tornar o que é: uma mulher determinada, intocável, orgulhosa.

Mas é exatamente isso que Giulia quer demonstrar. Que Franca deve conquistar o lugar dela entre os Florio e em Palermo, porque é assim que tem de ser. Não há alternativas. E só pode fazer isso encontrando dentro de si a força e o distanciamento necessários. Deve deixar que tudo aquilo que a faz sofrer passe por ela sem atingi-la. Deve construir uma muralha em torno de sua alma.

Franca olha Giulia no rosto, enxuga nervosamente a face. Reflete.

Para a sogra, ser uma Florio significava apoiar o marido em tudo, nunca dar a ele ocasião para censura ou motivo para se lamentar, brilhar em todos os acontecimentos sociais, estar à altura de qualquer situação. E, se ele errasse, era seu dever perdoá-lo.

As palavras de Giulia, ao contrário, retratam uma realidade em que Ignazio está em segundo plano. Só existe ela, Franca, separada — livre? — do papel de mulher. Deve ser, em primeiro lugar, ela mesma. Deve ser orgulhosa, superior. Intocável. Nenhuma crítica jamais haverá de feri-la e, se isso acontecer, a ferida deverá cicatrizar rapidamente.

Ela se solta da mão de Giulia, se afasta um passo. Tudo é tão distante daquilo que Giovanna lhe disse, tão distante do modo como ela cresceu: sempre foi uma filha obediente, uma esposa respeitosa, e agora...

— Mas eu... eu me comportei bem. Não protestei, não chorei quando ele... — murmura, a voz saturada de dor. — Até quando soube que ele me traía, eu... Fui uma boa esposa ou, pelo menos, tentei ser.

— E foi esse o seu erro: procurar agradar a todos. Você não deve se comportar bem: tem de assumir o que é seu de direito, e fazer isso sem medo de ser julgada. Você não é mais uma *picciridda* que procura a aprovação da mãe. Não basta ter um sobrenome importante. E não basta nem ter dado um filho ao seu marido para merecer o respeito dele. Tampouco pode esperar que minha mãe se ponha de lado por livre e espontânea vontade. Ela vai fazer isso ao ver que você está à altura do nome que traz e, acredite em mim, isso não vai ser uma coisa simples, nem rápida. Lembre-se de que quem pode fazer e não faz, vive descontente. — A voz fica doce, se transforma em uma carícia. — Em Palermo, ninguém concede nada. — Indica a cidade além das muralhas do palácio, na direção de Cassaro. — Nesta cidade, todos, do carroceiro ao príncipe, vivem de pão e inveja. Alguns se deixariam matar para não ter de admitir que são medíocres. Quando ouvir uma crítica, pense que você é uma Florio e eles, não. Se disserem para você que as suas joias são vistosas, pense que as joias deles valem metade das suas. Se criticarem o modo como você se veste, pense que eles não têm o seu corpo, e nem mesmo o dinheiro, para usar os seus vestidos. Lembre-se disso quando ouvir falarem às suas costas. Conserve isso em sua mente e dê risada, dê risada deles e da mediocridade que trazem.

Franca ouve.

As palavras de Giulia abrem espaços inexplorados, lhe dão uma nova visão das coisas. É como se ela se olhasse pela primeira vez em um espelho, descobrindo méritos que jamais pensara ter. Revelando as infinitas possibilidades que a vida pode lhe oferecer.

Giulia a observa. E entende. Dá um passo para trás, esboça um sorriso. No rosto da cunhada, viu surgir uma consciência autêntica, uma coisa que, finalmente, a tornará parecida com ela.

— Você não pode ter medo. Você nasceu para ser uma Florio. — Acaricia o rosto da cunhada. — Você não é apenas bonita: também é inteligente, tem fascínio e elegância. Sua força é tamanha que o mundo não a poderá ignorar. Não tenha medo de ser o que você é. Lembre-se, porém: um filho é sempre uma coisa boa, mas um filho homem é uma bênção. Você tem de ficar grávida o mais rápido possível. — A voz se abaixa, repleta de subentendidos. — Vai ser mais fácil com um menino. E você vai ter mais liberdade.

Ao sair do palácio Butera, seguida pela governanta, com Vincenzino ainda saltitante, empolgado com as brincadeiras, Franca está com um passo leve. Olha à frente, sem dar atenção ao céu que ameaça desabar sobre ela um forte pé d'água primaveril.

Sim. Tinha sido silenciosa, discreta, paciente e submissa.

E, no entanto, agora, precisa aprender.

A não ter incertezas.

A tomar posse do que é dela.

A se tornar dona Franca Florio.

O pensamento é tão novo que faz a cabeça girar.

A me tornar eu mesma.

Um trovão à distância.

Ignazio afasta os olhos dos papéis, se dirige à janela, a abre. O vento siroco daqueles dias está dando lugar a um céu cinzento e cheio de areia, que ameaça a Cala e as lustrosas carruagens escuras que se dirigem ao Foro Italico. Homens de sobrecasaca e senhoras com vestidos de faille, tafetá e musselina lotam o último trecho do Cassaro para verem e serem vistos. É uma Palermo nova, essa. Nas recordações de menino, Palermo era elegante, discreta. Agora, ficou irreverente, despudorada: antes, olhava pelas persianas da janela e fazia comentários em particular; agora, olha você na cara, pronta para criticar o modo como você se veste, o veículo ou o círculo de amigos que tem. É essa insolência que irrita profundamente Ignazio.

O olhar dele se fixa em uma lavadeira que carrega um amontoado de panos em um cesto e traz pela mão um *picciriddu* descalço. Às margens do percurso, ainda existem casebres habitados por famílias muito pobres, com mulheres de ar cansado e constantemente à espera dos homens delas, trabalhando na fábrica ou embarcados em algum navio. Essas pessoas, Palermo prefere não ver, e ponto-final. *Ele* não quer ver, embora a mãe insista para que o filho se ocupe de alguma atividade de caridade. Sim, ele sabe bem que é importante para o nome da família; na verdade, os Florio têm uma cozinha para a distribuição de comida para os pobres, Franca pertence à Congregação das Senhoras do Giardinello e é sempre generosa, principalmente com as moças abandonadas... Ele é um empreendedor; dá trabalho e comida para os funcionários da Navegação Geral Italiana, para os operários da Oretea, para quem trabalha na rampa dos barcos. Isso sem falar de todas as outras atividades, até fora de Palermo...

Pensativo, Ignazio passa a mão pelos cabelos, então se detém, procurando não estragar o topete. No reflexo da janela aberta, contempla a própria imagem. Bigode com brilhantina, o cravo na botoeira, a gravata com nó perfeito e presa por um alfinete de brilhantes. Impecável.

Mas aqueles papéis sobre a escrivaninha — que esperam uma assinatura, uma leitura, uma decisão — estragam tudo.

Às vezes, quando fica sozinho naquele aposento, parece ouvir rumores, quase como se o palácio se lamentasse por uma dor que o aflige. É como se por trás da *boiserie*, do revestimento da parede, estivessem se abrindo rachaduras lentamente. Uma ideia absurda — ele sabe —, mas que o deixa desconfortável.

Ignazio afasta-se da janela, se vira para olhar o quadro que o pai encomendara a Antonino Leto e que retrata a cantina de Marsala. Ali, na frente do edifício, a água é verde, calma; a luz é quente, pastosa.

É dessa calma que ele precisa agora.

Ao mar, os Florio devem a riqueza deles. Com esse pensamento, ele está lutando há semanas. Como condição essencial para a renovação das convenções, lhe foi pedida uma modernização dos barcos a vapor para o transporte dos passageiros. Ele resistiu, disse que tomaria providências, adiou. E agora não pode mais subtrair-se a esse pedido.

Mas com que dinheiro? O caso do Crédito Mobiliário — *Malditos sejam eles!*, pensa com raiva — o obrigou a usar os fundos de liquidez da casa comercial. Para salvar o nome dos Florio, ele confiscou as cadernetas de poupança e as contas dos correntistas palermitanos do banco, devolvendo-lhes do próprio bolso e assumindo os títulos perdidos. Ele, também, despachou a burocracia para assumir o passivo do Crédito Mobiliário e recuperar o dinheiro, além das cotas de capital pessoal que havia investido, mas sem esperanças. Ele salvou o bom nome da família, é verdade, mas agora já quase não tem dinheiro; só uma maré de inúteis títulos de crédito.

Papéis, papéis, papéis. Sempre e apenas papéis.

Não há solução: deverá pedir uma abertura de crédito ao Banco Comercial Italiano para ter liquidez que lhe permita fazer frente às despesas imediatas. Ele, que nunca pediu nada, deverá sujeitar-se e pedir. Dinheiro, confiança, crédito.

E não apenas isso. Há algo que o amargura, ainda que nunca o confesse a ninguém. É orgulhoso demais para admitir, até para si mesmo, que cometeu um imenso erro de julgamento. Tantos, a começar por Gallotti e o cunhado Pietro, lhe haviam sugerido que fosse mais astuto, que não confiasse nas garantias da administração daquele banco.

Em vez disso...

Pensa no pai, no que teria feito se tivesse se encontrado naquela situação. Nunca chegaria àquele ponto, admite. Não teria confiado cegamente nos outros, como ele fez.

Quase se sente aliviado com o pensamento de que o pai não pode ver o erro que ele cometeu; mas, ao mesmo tempo, se dá conta de uma desilusão abrasadora, gerada pela consciência de que, sim, se tivesse vivo, o teria olhado com desaprovação e o teria colocado da porta para fora.

É demais para Ignazio. Ele anda pelo aposento, vasculha na memória quem o levou a tomar aquelas decisões, quem apoiou aqueles compromissos, porque não, não pode ser somente culpa dele. E decide que o erro tem nome e sobrenome.

Giovanni Laganà.

Giovannuzza arrulha, balbucia, olha para o alto e ri. À frente, de joelhos no tapete, a mãe lhe estende os braços. Apoiada por mademoiselle Coudray, a babá, tenta um passo, depois outro. É uma experiência nova para ela, e está dando o melhor de si: dá para se ver no olhar concentrado e pelo modo como cerra os lábios.

— Venha cá, *cori meu*. — Franca a encoraja e bate palmas.

No momento em que percebe que ela está segura, a babá a deixa ir. Cambaleando, Giovannuzza se aproxima da mãe e ri, mostrando dentinhos parecidos com pequenas pérolas.

— Mas é incrível a minha *picciridda*! — Franca a abraça e lhe enche o pescoço de beijos.

— Você não deveria estar sentada no chão. Não é digno.

Quase como se fosse um fantasma surgido, de repente, no aposento, Giovanna agora está atrás dela.

Instintivamente, Franca segura a menina com mais força e olha a sogra dos pés à cabeça.

— Estou com minha filha no quarto dela. Estamos brincando. Ninguém está nos olhando — retruca em tom tranquilo.

Giovanna ergue o queixo na direção de mademoiselle Coudray, que enrubesce, acena uma mesura e faz que vai sair do quarto, mas Franca a detém e lhe entrega Giovannuzza.

— Por favor, leve-a para fora, para que possa respirar ar fresco — diz em francês.

— Você a está mimando — murmura Giovanna, assim que mademoiselle Coudray e a menina se afastam. — As meninas precisam de firmeza. Mais que os meninos.

— Firmeza? — exclama Franca, se levantando com uma risada amarga. — Mas se o seu filho sempre fez tudo que quis, e ainda hoje se comporta pior que um *picciriddu*, um menino caprichoso!

Giovanna inclina a cabeça, surpreendida com a resposta brusca.

— O que você quer dizer? — responde, irritada.

— Seu filho, meu marido, é um menino mimado que não se preocupa com as consequências do que faz. E não finja que não sabe, porque todos em Palermo estão falando. Desde que aquela *chanteuse* chegou à cidade... — Faz uma careta. — Toda decotada, ele vai todos os dias ao Alhambra, um café cantante no Foro Italico. Senta-se sempre na primeira fila. E a espera depois do espetáculo.

— Ah.

Uma sílaba.

Franca olha a sogra com ar rebelde.

A outra não desvia o olhar.

— Eu já lhe disse uma vez, minha filha — retruca. — Você tem de aprender a olhar para o outro lado.

— Foi o que eu fiz, na verdade. Mas isso não significa que ele tenha o direito de se comportar desse modo. Tampouco dá para a senhora o direito de criticar a educação da minha filha.

Giovanna estremece. Não está habituada a ser contrariada.

— Você tem de permitir ser guiada por quem tem mais experiência que você, também como mãe...

— Uma mãe que confere ao próprio filho a liberdade de pisotear nos laços do matrimônio? Eu não faltarei jamais com o respeito a ele e a esta família, que fique claro. Porém, desejo que minha filha se sinta amada e aprenda logo o quanto é importante defender a própria dignidade. A honra do nome vem depois.

Giovanna está atônita demais para responder na hora. Olha as mãos enrugadas e acaricia a aliança do marido, mantida no lugar pela dela.

— Às vezes, um nome é a única coisa que te permite sobreviver — murmura ela, por fim.

Porém, Franca não pode ouvi-la; saiu às pressas e a deixou ali, sozinha, no meio do aposento.

Assim é, diz Giovanna para si. O nome dos Florio — a definição do seu papel social, da sua importância, do seu poder — tinha sido a âncora do seu casamento, a sua razão de vida. E continuava a ser, mesmo que, depois da morte de Ignazio, abrira-se à frente dela um vazio, mal preenchido pelas orações.

O vestido preto captura a luz da janela, aprisionando-a. Do parque chegam o perfume das últimas flores e o barulho das tesouras dos jardineiros que cortam os galhos secos.

Giovanna olha fixamente para a porta pela qual viu Franca.

E pensa: *Você ainda tem muito que aprender, minha filha.*

Franca apoia a cabeça no batente, uma das mãos segurando a chave, a outra sobre o coração para diminuir a tensão. Respira fundo.

Do quarto de vestir aparece Diodata, que esboça uma mesura.

— A senhora precisa de mim?

— Não, obrigada. Estou com dor de cabeça e quero descansar um pouco. Não deixe que ninguém entre.

Diodata assente.

— Quer que feche as portas das varandas?

— Sim, por favor.

Finalmente só, Franca tira os sapatos e se deita na cama, um braço sobre os olhos. O quarto está mergulhado na penumbra; no ar, o cheiro dos perfumes. Ali, é o refúgio dela; a cada vez que alguém — a sogra, Ignazio, Palermo — perturba a serenidade dela, basta entrar naquele quarto e olhar as rosas no piso e os afrescos do teto para recuperá-la.

Nunca deixou de pensar naquilo que Giulia lhe dissera uns meses antes. Que precisa ser forte, que precisa se colocar em primeiro lugar. Mas como é cansativo combater quem a julga, critica e acusa. Como é difícil se fazer estimar por aquilo que se é e não pelo que se representa.

Franca desliza em um sono leve que a envolve, consola e tira dela os pensamentos ruins.

Um sono, contudo, que é interrompido por um barulho irritante. Alguém bate à porta.

Geme, vira para o lado oposto, se cobrindo com um travesseiro.

— Eu disse que não quero ser perturbada! — exclama.

— Querida, sou eu, Ignazio. Abra! — E bate de novo, mais insistente do que antes. — Tenho uma surpresa para você.

Uma surpresa.

A amargura se apossa de Franca, substituindo a serenidade que o sono lhe dera. Apenas um ano antes, essa frase a teria feito correr na hora para perto dele. Agora, pelo contrário, compreendeu que isso é um sinal, uma admissão tácita de culpa. É o modo com o qual Ignazio limpa a consciência: um presente para a esposa, quase sempre algo precioso, depois de tê-la traído e satisfeito os caprichos da amante.

Uma compensação não solicitada.

Sai da cama, vai abrir a porta. Não lhe concede sequer um olhar; senta-se à penteadeira e começa a mexer com os grampos, para soltar os cabelos e penteá-los.

Ignazio lhe sorri no espelho e lhe acaricia o colo. Murmura um elogio e coloca no ventre dela uma caixinha de couro.

— Para a minha rainha. — Com o dorso da mão, roça o rosto dela. — Abra.

Ela suspira. Pega a caixa, a gira entre os dedos.

— Quem é?

— O quê? Mas que...

Ela o interrompe.

— É aquela *chanteuse*, a cantora que se apresenta no Alhambra quase nua?

— Meu Deus, Franca, mas o que você está dizendo? — Ignazio está com um ar perplexo. — Não posso dar um presente para a minha esposa assim, sem motivo? Por que essas insinuações? Não é o seu feitio!

Enfim ela abre a caixa, revelando um anel com uma safira de corte cabuchão e rodeada por brilhantes. Então, se vira e encara Ignazio.

— Um presente "sem motivo"? — pergunta, gélida. — Quanto maiores são as suas bobagens, maior é o seu presente, essa é a verdade. Todos sabem que você me traiu. De novo. — Engole as lágrimas. Não vai chorar, não pode. — Aqueles debochados do círculo contaram para as esposas, e elas... Elas vieram me dizer!

Ignazio recua. No olhar, surpresa e desapontamento.

— E você dá trela a...

— Ah, não perca tempo negando. Eu sei tudo, nos mínimos detalhes: as noites que você passa com ela, brindando com os membros do clube para celebrar a sua conquista; até que você se vangloriou do quanto ela é... complacente. Não me pouparam nada. — Segura a caixa entre as mãos, ergue a voz. — E sabe o que eu respondi para aquelas víboras, depois de elas terem me contado cada detalhe? Que os maridos delas sabiam de tudo, porque estavam na companhia do meu!

Ignazio está atônito. Dá-lhe as costas, murmura:

— Grandessíssimos castrados e chifrudos... — Depois, se vira de novo, sorri, tenta abraçá-la.

Mas ela se solta e o afasta.

— Meu tesouro, aquelas mulheres ficam falando sem motivo... Claro, eu assisti a alguns espetáculos, e essa... mulher me deu atenções e sorrisos. Mas nada além. — Bufa. — Alguns homens são mais invejosos que as mulheres e inventam...

— Inveja? — Franca ri, amarga, e joga a cabeça para trás. — Claro que invejam você! Você leva para a cama as mulheres mais lindas e as cobre de dinheiro... Dá para dizer que, na sua companhia, elas não vestem mais nada!

— Não seja vulgar — retruca Ignazio.

— Ah, eu sou vulgar? Eu? — Levanta-se de um salto, joga na direção dele o anel, que rola pelo chão. — Não quero esse anel, inferno! Sou sua esposa, não uma mulher que você pode comprar! Agora, saia! Vá atrás daquela meretriz que te espera com as pernas abertas!

Ignazio recua mais um tanto, pega o anel. Em seguida, esquadrinha Franca, devastada pela raiva.

— Só faltava essa! Você acredita mais nas fofocas das mulheres do que na palavra do seu marido — murmura, em um tom que deveria ser de desprezo. — Volto quando você estiver mais razoável.

Franca fica imóvel, os braços caídos ao longo do quadril, os olhos fechados.

Ouve a porta abrir e, então, bater com violência.

As lágrimas, agora, molham a face enrubescida. Chora e sente aquele peso, aquela angústia no peito que se expande e parece respirar, como se fosse uma coisa viva.

Mas não chora por ter sido traída. Chora porque vai perdoá-lo. Sim, vai perdoar, e não por Giovanna ter-lhe dito para perdoá-lo *sempre*.

Vai perdoá-lo porque o ama, o ama de verdade. E espera com todas as forças que esse amor o transforme, faça com que ele compreenda que nunca encontrará outra mulher que o ame como ela. Mas cada traição é uma rachadura na alma, em que desilusões e amargura se insinuam. E então Franca chora ainda mais e reza, reza desesperada para que essas rachaduras não a despedacem.

Por fim, enxuga o rosto com um gesto de raiva, se volta para o espelho e olha a própria imagem. Não deveria permitir que a raiva a tivesse dominado; agora está devastada e com os olhos avermelhados. Uma mulher magnífica, mas com o rosto deformado pela angústia.

E agora?, se pergunta. *Quanto vai me custar seguir adiante?*

Passos secos e firmes anunciam a chegada de Giovanni Laganà no escritório de Ignazio, na sede da Navegação Geral Italiana da praça Marina.

Entra com jeito firme. Não cumprimenta Ignazio, que está parado à janela. Pelo contrário, quase bate a porta e, sem ser convidado, senta-se à escrivaninha.

— O senhor mandou avisar que não deseja mais os meus serviços — diz, sem preâmbulos. — E que seja, é o seu direito. Mas não poderia tê-lo dito por meio de uma carta, como se eu fosse o mais ínfimo dos funcionários que trabalham na fundição. Não mereço isso, não depois de tudo aquilo que fiz pelo senhor e por sua família. — A hostilidade é só a superfície de uma raiva mal contida. — Gostaria de saber o motivo. Saber o que o levou a essa escolha. Na minha cara, o senhor tem de me dizer.

Ignazio se aproxima devagar da escrivaninha, senta-se. E corresponde ao olhar de Laganà com arrogância.

— Se o senhor está furioso, eu estou magoado. E me pergunta por quê. Porque o senhor traiu a minha confiança e a da minha família. O senhor desejava mais poder, mais dinheiro e, como conosco não poderia conseguir, o pediu para outrem, colocando em uma posição desfavorável a mim e à minha casa comercial. O senhor fez isso até quando me levou a confiar no Crédito Mobiliário... Lembro bem quanto o senhor insistiu sobre a integridade do banco, e veja quanto aquilo me custou! O senhor nega? — E não lhe dá tempo de responder. — E então... Quer ver as cartas que me chegaram de Gênova? As cartas escritas de seu próprio punho! — Indica uma pequena pasta bege, o único objeto a ocupar o tampo da escrivaninha.

Laganà a pega e abre com gestos raivosos, folheia os papéis.

— O senhor achava que eu não ficaria sabendo das suas intenções em impedir as reformas dos navios, de modo que o governo não renovasse as convenções para *nós*? — Ignazio lhe aponta um dedo. — O senhor não é apenas falso e mentiroso, mas também fanfarrão. Sou eu quem decide quais reformas fazer, eu junto com o conselho de administração. O senhor pensava que me enganaria, como se eu fosse o maior dos idiotas. Quem o senhor acha que é?

Laganà parece não o escutar. Deixa cair sobre a escrivaninha os papéis, balança a cabeça e olha as mãos: tem dedos grossos, a pele manchada pela idade. Ignazio se cala, espera que as palavras dele façam efeito. *Ele viu que foi descoberto e agora vai pedir desculpas*, pensa. *Vai dizer que é inocente, vai pedir para se explicar...*

No entanto, quando o homem ergue o olhar, quase estremece.

No rosto só há uma emoção: desprezo.

— O seu problema, dom Ignazio, é que o senhor acredita em tudo aquilo que as pessoas lhe dizem. Não sei se é ingênuo, ou então um grande tolo. Em qualquer caso, é um incompetente.

Ignazio fica imóvel, atônito.

Fora, as rodas dos veículos e das carruagens rangem sobre o pavimento, e esse barulho preenche o silêncio da sala.

— O senhor foi um administrador infiel, traiu a confiança da Casa Florio e agora... *me* insulta?

Sob os bigodes salpicados de grisalho, os lábios de Giovanni Laganà são uma linha firme.

— Sim. O senhor. Eu trabalhei com dedicação para o seu pai, o segui em todos os empreendimentos, sempre o aconselhei da melhor maneira. Minha fidelidade à Casa Florio nunca foi discutida, e o senhor, no entanto, me acusa de liquidar as rotas para favorecer nossos concorrentes... com base em quê? Em falatório? Em fofocas que lhe contaram? — Pega os papéis, os amassa e joga longe.

— O senhor negociou com os nossos rivais!

Então, Laganà dá risada. Uma risada sombria, maldosa.

— Agora eu entendi. É um idiota! — Arregala os olhos, quase incrédulo. — O senhor é fraco, dom Ignazio. A Casa Florio está sem *picciuli*, sem dinheiro em caixa, e sem dinheiro não se vai a lugar nenhum. O senhor se dá conta de que não tem dinheiro suficiente para modernizar a frota? E o senhor, em vez de me agradecer por falar com seus concorrentes para limitar os danos, para evitar que eles caiam em cima do senhor e o façam em pedaços, o senhor aponta o dedo na minha cara, eu, que sempre trabalhei para o senhor. Que o defendi!

É uma ameaça, pensa Ignazio. Agarra o braço da poltrona que pertencera ao pai. *É uma ameaça, esse vagabundo quer me assustar... e me humilhar.*

A convicção de que Laganà é um mentiroso e um manipulador se fortalece.

Tenta aparentar ser autoritário. Quer, deve ser.

— E eu lhe agradeço pelo serviço que fez. Meu pai também, se aqui estivesse, lhe agradeceria; mas, como eu, não teria tolerado nem ao menos a sombra de uma suspeita quanto à sua fidelidade para com a Casa Florio. — Une as mãos. — Em nome daquilo que já passou, eu ainda o respeito. E lhe ofereço a oportunidade de ir embora sem polêmicas e com um pagamento adequado. O senhor dê o passo. Não me obrigue a demiti-lo, divulgando em praça pública os motivos que me levam a fazê-lo.

Laganà o olha com comiseração.

— O senhor, do seu pai, só tem o nome. Logo, esse nome não terá mais poder algum. E será somente sua a culpa disso. Preste atenção em como age e em quem confia: esse é o último conselho que lhe dou. O senhor não consegue ver, nem entender, que dano está causando à NGI. Tudo o que acontecer com a Casa Florio, de agora em diante, será o fruto das suas escolhas. — Levanta-se. Os dedos esfregam a borda do chapéu. — Receberá a minha demissão, amanhã mesmo. Sou eu, agora, quem não quer mais trabalhar para o senhor. Depois de tantos anos, ser colocado na rua desse modo... Não, eu não mereço. — Ele se inclina para a frente e, por um instante, Ignazio quase teme que o outro queira agredi-lo. A raiva no olhar de Laganà é lava incandescente. — Porém, o senhor terá de me pagar, e muito, porque o meu trabalho e a minha fidelidade têm um preço.

Ignazio fica em silêncio. Das paredes parecem surgir uns rangidos, como se a *boiserie* estivesse se contraindo. Ou talvez sejam os ruídos de uma Palermo indiferente.

Laganà se aproxima da porta e detendo-se na soleira, se vira.

— Não vai acabar aqui, sr. Florio — diz. — Porque tudo nesta vida tem um preço, até a ingratidão. É preciso tempo, mas o que o senhor ganhou, graças a mim, haverá de me devolver.

A porta se fecha atrás dele com um baque.

Tudo na vida tem um preço. É tão óbvio, pensa Ignazio com seus botões, irritado. Achava talvez que fosse escapar ileso, Laganà? Que ele, Ignazio, fosse menos que seu pai? *Vamos deixar de brincadeira!*

Fechado na carruagem que o leva para casa, Ignazio pensa no que aconteceu, quase sem se dar conta de que o sol já se pôs e a temperatura baixou. Outubro trouxe dias curtos, como se as rajadas de vento quisessem roubar a luz.

Enquanto os portões da Olivuzza se abrem e a carruagem chega ao lado da grande oliveira, os pensamentos dele, contudo, já são outros. Precisa de risada, champanhe, música, conversas alegres. Foi um dia duro demais para passar a noite em casa ou em algum encontro com poucas pessoas. Vai perguntar a Franca quais convites receberam e escolherá o mais excêntrico.

Encontra a esposa no quarto de Giovannuzza. Está em pé na frente de Mademoiselle Coudray e da pequena, que segura uma colherinha de prata. Franca o cumprimenta, sorri.

— Veja como é inteligente a nossa *picciridda* — diz, orgulhosa. — Está aprendendo a comer sozinha.

Ignazio se aproxima do cadeirão. Giovannuzza ilumina-se, então estica os bracinhos, fazendo espirrar a papinha.

— Papapaaai — balbucia.

— Coma — diz ele, rindo e indicando o prato.

A menina deixa a colherinha cair no chão e bate palmas.

Por um momento, as angústias desaparecem; Laganà, as cartas, as contas que não dão certo... tudo parece perder a importância. Mas é só um instante. Enquanto Mademoiselle Coudray limpa a boca de Giovannuzza, Ignazio murmura para Franca:

— Gostaria de sair esta noite. Preciso me distrair.

Ela enrola um cacho nos dedos.

— Eu preferiria ficar em casa, Ignazio. Diodata me disse que houve mais protestos e uma carruagem foi atingida por pedradas, e estou preocupada.

— Não, o que é isso, são bobagens da empregada. Vá se arrumar, vai.

Franca faz que não com a cabeça.

— Por favor, vamos ficar em casa. Só esta noite. Saímos sempre, gostaria de passar umas horas só com você e a nossa filha.

— Em casa? Como uns mortos de fome que não podem se dar ao luxo de participar de uma festa ou de aceitar um convite? — Ignazio balança a cabeça, se dirige à porta. — Não posso acreditar que você, que justamente você, esteja me dizendo isso!

Franca o segue pelo corredor, o segura por um braço.

— Não entendo… por uma noite… Achei que você fosse gostar…

— Eu quero sair! Não aguento mais ficar sempre fechado aqui dentro!

Franca o solta, abaixa a cabeça.

— Você pode bancar a governanta, já que isso a diverte tanto. — Passa por ela com passos raivosos. — Eu vou à casa do Romualdo e depois ao círculo, ou alhures, se tiver vontade. Não me espere acordada.

— Mas que alegria ver você! Você não aparece faz uma semana. Recebi um convite para passar a noite jogando, vem comigo?

A casa de Romualdo Trigona, na Praça da Revolução, não tem nem um pingo da modernidade da Olivuzza, mas Ignazio ama respirar aquele sopro de liberdade que os aposentos de um solteiro emanam. Na frente do espelho do quarto, Romualdo se veste com a fleuma habitual. Ao redor dele, em cima da cama, nas gavetas de mogno e nas cadeiras, casacos e gravatas jogados em desordem.

— Você tem mais roupas que uma mulher, primo! — exclama Ignazio.

— Olha quem fala. Quando você vai ao alfaiate em Londres, pede casacos e complementos como se precisasse vestir um exército — comenta o outro. Usa um colete adamascado, coloca por cima uma gravata de moiré de seda vermelha e pede uma opinião a Ignazio com o olhar.

— Assim, você parece um divã, *curò*, seu bonitão — responde Ignazio rindo, e faz um gesto para ele trocar de gravata. — Melhor aquela de cetim liso.

O outro sorri por causa do nome engraçado e um pouco afetuoso que Ignazio usa só com ele, aceita o conselho, dá o nó no plastrão e, enquanto isso, lança olhares de esguelha para o amigo.

— O que você tem, Igna? Está com um *malutempo*, uma cara feia…

Ele dá de ombros.

— Problemas na NGI. E briguei com Franca.

— O que foi, descobriu algum pecadilho? Ou foram lhe contar histórias?

— Não, não dessa vez. Mas se comportou de um modo que me fez ficar aborrecido.

Romualdo não pergunta mais nada. As brigas entre os dois não são mais novidade.

— E por que você acha que ainda não me casei? *Accussì* eu me poupo das brigas e das portas batidas na cara.

— Mas você não tem um meio acordo com...

— ...com o pai de Giulia Tasca di Cutò, sim. Mas ela ainda é muito *picciridda* para o meu gosto, e eu quero me divertir.

Ignazio apoia a cabeça no espaldar da poltrona.

— Nem me fale. Franca fica histérica a cada vez que fica sabendo de certas coisas. E esta noite, quando eu queria sair com ela, ela enfiou na cabeça que tínhamos de ficar em casa *a taliàrci*, um olhando para a cara do outro, nós e a *picciridda*. Acha possível uma coisa dessas? A gente trabalha o dia inteiro e depois tem de ficar em casa, como pobretões?

Romualdo dá de ombros enquanto se penteia.

— Mullheres... — diz em dialeto, sem muita atenção. Observa o repartido dos cabelos, perfeito, reluzente de brilhantina. — E as mulheres, logo passado um tempo, querem ficar em casa bancando as mães de família.

— Tudo bem, é justo. Mas Franca não pode colocar a coleira no meu pescoço. — Suspira. — Resumindo, ela tem de entender que um homem tem certas necessidades... É assim desde que o mundo é mundo. Não quer dizer que, se me divirto ou tenho uma amante, eu queira menos bem à minha mulher: uma coisa é Franca, outra coisa são as outras mulheres. E, além do mais, não deixo que nada lhe falte.

— As mulheres estão enfiando na cabeça essas ideias de que os homens devem lhes prestar contas e dar razão... — diz Romualdo, agitando a mão como para dizer "loucura".

Ignazio balança a cabeça.

— Não, ela tem medo de que eu não a olhe mais, e isso me dá nos nervos, porque não quer dizer que desse modo ela vai tirar certas coisas da minha cabeça. Eu preciso de outras mulheres. Quero me divertir, quero me deixar fascinar por elas e aceitar o que elas me oferecem. Ainda mais se são as mais cobiçadas, as mais desejáveis. Não aceito que me digam não. É pecado? Bem, tenho a vida inteira para me confessar e me arrepender.

— E, na verdade, as mulheres dizem sim para você... e, principalmente, para o seu dinheiro. — Romualdo acende um cigarro e exala a fumaça, rindo sob os bigodes bem cuidados. — De qualquer modo, ficar falando de mulheres me deu vontade de dar um passeio. Vamos esquecer o jogo e ir à Casa das Rosas. Disseram-me que chegaram moças novas.

Veludos vermelhos, alcovas, penhoares de renda que se abrem para revelar corpos macios e firmes. De repente, Ignazio imagina tudo isso e quase sente o cheiro do pó de arroz e dos perfumes. A Casa das Rosas é um lugar refinado, bem diferente dos prostíbulos encontrados perto da praça Marina ou nas vizinhanças da Fundição Oretea. Lá, um homem pode deixar na porta o fardo de cansaço e angústias e encontrar um pouco de paz e, por que não, alegria.

— Você tem razão. Vamos, *curò* — diz, e se levanta de um salto. Romualdo apaga o cigarro, pega o redingote no armário e ri consigo próprio. Realmente, é preciso pouco para mudar o estado de espírito de Ignazio.

Já passa da meia-noite quando Ignazio volta para a Olivuzza. Bebeu várias taças de champanhe e cambaleia um pouquinho. Esboça um sorriso, tomado pela embriaguez. A noite foi tão divertida, e a moça que lhe fez companhia era uma flor, uma autêntica beleza napolitana, com olhos de azeviche e uma boca que...

— Você não deveria voltar a esta hora.

Giovanna, de penhoar, o espera no alto da escadaria vermelha.

— *Maman*, é tarde — suspira Ignazio, de repente irritado. — Seja o que for que tivermos de conversar, não pode ser amanhã? Estou com dor de cabeça.

Ela desce uns degraus, para na frente dele.

— Você está fedendo a vinho e a prostitutas, como um debochado — censura. Giovanna treme de desdém e de raiva. Ela não deu essa educação ao filho. Não o reconhece. O marido, que Deus o tenha em Sua glória, sempre foi respeitoso para com ela e o nome que tinha, e agora parece que o filho está fazendo de tudo para desonrá-los.

— Não permito que fale assim comigo, ainda que seja minha mãe.

Ignazio ergue a mão, faz que vai colocar a mãe de lado, mas Giovanna parece de mármore. Coloca uma mão no peito dele, prega-o com olhos ferozes.

— Você está se comportando como um irresponsável. Eu soube o que você fez na NGI: colocar Laganà para fora, desse modo, é muito grave. Agora ele está furioso e não deixa de ter razão, porque certas coisas a gente precisa saber fazer. E agora? Quem você vai colocar no lugar dele?

— Isso não é assunto seu! — Ignazio quase grita. — O que foi, quer me explicar como me comportar no trabalho? Quer vestir calças e ir ao escritório em meu lugar? Faça isso. É um favor que me faz!

Giovanna não se mexe. Há coisas que precisam ser ditas, e sabe que ninguém poderá fazê-lo se não for ela. Por um instante, quase censura o marido por tê-la deixado sozinha para cuidar desse filho tão imaturo.

— Você está estragando tudo, Ignazio. Deveria ficar com sua esposa, que é um amor, e em vez disso grita com ela e sai correndo. Já se passaram muitos meses desde que vocês tiveram a *picciridda* e deveriam pensar em arrumar um *masculu* em vez de ficar andando por aí como um... — Ela se interrompe, a mão sobre os lábios para conter um insulto. — Você tem uma esposa bonita, e fiel, à sua espera; em vez de perder tempo e dinheiro com outras mulheres, pense no que você já tem.

Ignazio se irrita. Está perfeitamente lúcido, agora.

— A senhora quer se meter até no meu quarto, agora?

— Não me interessa o que você faz. — A voz de Giovanna é cortante. — As únicas coisas que me interessam, de fato, são esta família e o seu futuro. — Afasta-se, lhe dá as costas e começa a subir os degraus de mármore vermelho. — Você e eu nada valemos. Só vale o nome dos Florio, e você tem de estar à altura dele. Agora vá se lavar.

E o deixa ali, nas escadas, imóvel, com os olhos pregados e uma repentina náusea. Ignazio sente uma ânsia, leva a mão à boca e só tem tempo de sair correndo pela porta de entrada antes de vomitar.

Então, com a cabeça apoiada na parede, os olhos baços por causa do mal-estar, o corpo suado e sacudido por tremores, olha a mão com o anel de ouro do pai. Franca o devolvera durante a viagem de núpcias, dizendo-lhe que era justo que ele o usasse, por ser o chefe da família.

O pai... Ele sim, tinha sido um verdadeiro chefe de família. Sóbrio, atento e discreto. Defendera a todo custo a honra dos Florio. Nunca humilhara a esposa, tampouco colocara um colaborador na rua sem lhe dar a possibilidade de se explicar.

E ele, no entanto? Quem ele é?

O salão de baile está iluminado como se fosse dia. Os lustres de cristal de Murano tingem de dourado as molduras das portas, os espelhos que encimam os consolos franceses e o damasco das cortinas cor de marfim: ao longo das paredes, sofás e pufes esperam os hóspedes que logo chegarão.

Dos dois salões de baile da Olivuzza, Franca escolheu aquele, embora se encontre na parte mais antiga, porque é o maior e o mais ricamente decorado. O primeiro baile da estação palermitana de 1895 não é o primeiro para ela, nem para Ignazio, mas talvez seja o mais importante, porque será a pedra de toque para todos os outros.

No brilhante parquete espinha de peixe, apenas os passos de Franca ressoam, abafados pelas notas da pequena orquestra que afina os instrumentos: começarão com uma valsa, e ela e Ignazio iniciarão as danças. Ao lado das portas que se abrem para o jardim, empregados de libré esperam, rígidos como uma guarda real. Franca ergue os olhos para o teto claro, circundado por molduras de gesso dourado, lembra como havia se sentido pequena na primeira vez em que entrara naquele ambiente tão belo e como tinha sido emocionante ver, além das grandes portas de vidro, as tochas iluminando o jardim.

Vai ao terraço: sob o gazebo em ferro trabalhado, coberto por uma tela branca, foram colocadas as longas mesas para os refrescos.

A limonada e o suco de frutas já estão prontos em garrafas de cristal Baccarat ou da Boêmia. O champanhe e o vinho branco, por sua vez, estão em *glacettes* de prata tão grandes que se poderia usar para dar banho em um bebê. Nas grandes bandejas lustrosas, se espelham cálices de vidro finamente trabalhado.

Franca assente, confirmando para si mesma o que vê, então torna a entrar no salão de baile e se dirige à sala do buffet, decorada com afrescos de Antonino Leto, quando o sogro ainda era vivo. Ali encontra Nino, que conversa com o sommelier da casa. Os empregados estão terminando de colocar as garrafas do melhor marsala da Casa Florio nas mesas junto com o conhaque, o vinho do Porto e o brandy.

Do outro lado da sala, uma empregada está arrumando os talheres de prata ao lado dos pratos e das xícaras de porcelana de Limoges. Assim que vê a patroa, a moça enrubesce e faz uma mesura rápida.

— Terminei, senhora — murmura, como desculpa. E quase sai correndo.

Franca contém um suspiro irritado enquanto a vê se dirigindo ao piso inferior. Durante os bailes, as empregadas *têm* de ficar na cozinha. Até porque têm o serviço delas para fazer, já que, ao contrário de outras famílias nobres, os Florio não se limitam a ter um *monsù* com um punhado de ajudantes, mas dispõem de uma brigada inteira de cozinheiros que se ocupam, inclusive, das sobremesas. Para esta noite, Franca ordenou que fossem preparadas tarteletes de fruta, *sfoglie* com chantilly, tortas Savarin e com creme, mas também *bavarois* e *spongate*. E também o *gelo di mellone*, vários *sorbetti* e sorvetes com frutas cristalizadas.

Na grande mesa estão colocadas também as antigas cafeteiras de prata, de manufatura napolitana, com as alças de ébano e de marfim, que ela escolheu entre os inúmeros jogos guardados no grande armário e nos aparadores da Olivuzza. Acaricia o linho da toalha de Flandres, de um branco deslumbrante, revestido por uma segunda toalha de cetim com longas franjas que roçam o chão, e sorri, satisfeita; então, faz um gesto para Nino.

— Eu tinha dado ordens para que os cestinhos para os cotilhões fossem decorados com os lírios da serra. Foi providenciado?

O mordomo assente.

— Assim foi feito, dona Franca. Colocamos as flores na sala do gelo para mantê-las frescas e, no momento exato, as colocaremos junto com os presentes para os seus hóspedes.

— Muito bem. Assim que a sala estiver lotada pela metade, comecem a servir o champanhe. Quero que os hóspedes comecem a se divertir e a dançar sem demora.

Dispensa o mordomo e em seguida, atravessa uma série de aposentos para chegar à saleta carmesim onde, em acordo com Ignazio, mandou preparar várias mesas de jogo, junto com uma grande quantidade de charutos toscanos. Um empregado está colocando garrafas de brandy e conhaque Florio no móvel das bebidas, com incrustações de tartaruga, marfim e madrepérola e encimado por um quadro de Antonino Leto, representando uns barcos com velas desfraldadas.

A saleta reservada para as senhoras, ao lado, já está pronta: nos *étagères*, vasos de porcelana chinesa e japonesa estão cheios de flores do jardim, e as luzes, protegidas por seda oriental estampada, espalham uma luz delicada, revelando a beleza dos quadros, entre os quais se destacam as obras de Francesco De Mura, Mattia Preti e Francesco Solimena, que Franca escolheu especialmente para aquele aposento.

E é ali, na penumbra, em um sofazinho, que Franca encontra Giovanna, uma forma escura que se destaca sobre o veludo rosado. A sogra a observa dos pés à cabeça, depois sorri.

— Você fez tudo tão bonito — diz, em dialeto, e lhe estende a mão. Surpresa, Franca a segura e senta-se ao lado dela.

— Parece que voltei ao tempo em que o meu Ignazio era vivo, com as salas todas enfeitadas e os salões cheios de gente dançando. — Giovanna esboça um sorriso incerto. — Minha tia, a princesa de Sant'Elia, dizia que nenhuma festa estava à altura da nossa. — A recordação de uma alegria antiga suaviza o olhar dela. Retira a mão. — Vá receber os seus convidados, agora.

Enquanto atravessa o último salão, Franca se detém na frente de um espelho e afasta um cacho do rosto. O vestido decotado é de cetim cor de pêssego, enfeitado por rendas cor de marfim, desenhado para ela na Worth. Entre os dedos adornados com joias, um leque com incrustações de madrepérola. No pescoço, as amadas pérolas.

Sim, tudo pronto.

Entre os primeiros a chegar se encontram os Tasca di Cutò: Giulia, que se tornou uma querida amiga de Franca, acompanhada por Alessandro, o jovem herdeiro, e pela irmã menor, Maria. A família Tasca di Cutò sente-se em casa na Olivuzza e é uma das poucas que Giovanna recebe com prazer, como recordação da amizade que a unia à mãe de Giulia, a princesa Giovanna Nicoletta Filangeri, que faleceu poucos meses antes de Ignazio.

Franca cumprimenta todos, depois segura Giulia pelo braço.

— Querida, onde está Romualdo?

A outra faz um gesto vago.

— O meu futuro marido parou com Ignazio para recepcionar meu cunhado Giulio e sua esposa Bice. — Faz uma careta irritada. — Sabe como é; quando chega a minha irmã, todos caem aos pés dela.

Franca não faz comentários, mas pelos olhos dela passa um lampejo de compreensão: nem Ignazio é imune ao fascínio de Beatrice Tasca di Cutò, esposa de Giulio Tomasi, duque de Palma e futuro príncipe de Lampedusa. Até porque Bice sabe muito bem como "usar suas graças", pelo que dizem.

Porém Giulia, pragmática por natureza, não se detém em reflexões como essas.

— Eu gostaria de te pedir um conselho sobre o vestido para a cerimônia civil... Você pode me acompanhar à modista amanhã? Só confio em você e no seu gosto.

Franca assente e segura as mãos da moça entre as suas.

— Agora eu gostaria de levar os cumprimentos de meu pai à dona Giovanna. Sabe onde ela está?

— Na sala das senhoras. Vá, nós duas conversamos depois.

Olha-a desaparecer além das portas forradas de veludo acolchoado e, em seguida, cumprimenta outros convidados: primeiro, a cunhada Giulia e o marido Pietro, depois outra boa amiga, Stefanina Spadafora, que a examina da cabeça aos pés e solta uma exclamação de espanto pela elegância de seu vestido.

Franca sorri de novo. Aquele sorriso, o vestido e as joias agora são o escudo dela, a protegem contra os medos, as fofocas e a inveja.

E, nessa noite, são mais fortes que de costume. Porque o primeiro baile da temporada palermitana tem de ser inesquecível.

— O que você tem, *curò*? Não está se divertindo? — pergunta Romualdo Trigona, sentado ao lado do primo.

O outro dá de ombros.

— Aborrecimentos, você sabe.

— Olhe lá... as senhoras estão todas juntas. Acho que estão nos criticando — diz Romualdo, rindo, sem esperar a resposta de Ignazio. Então pega, rápido, uma taça de champanhe. Saboreia com olhos fechados, os abre e vê Pietro Lanza di Trabia, que o observa, divertido.

— Ah, temperatura perfeita! Mas quantos carrinhos de gelo você mandou vir de Madonie, Igna?

Mas ele nem o escutou. Está com ar absorto, a testa sulcada de rugas.

— Ah, Ignazio, não me diga que você não gosta mais do Perrier-Jouët! — diz Pietro rindo, imitado por Romualdo. — Ah, mas talvez eu tenha entendido! Você está triste porque não pode olhar as mulheres uma vez que sua esposa está aqui.

Finalmente, Ignazio se anima.

— Não, não. — Hesita, depois continua. — Não consigo tirar da cabeça essa história de Laganà e do filho dele.

Ficando sério na mesma hora, Pietro mal se vira; olha a sala. Casais dançam ao ritmo cheio de vida de uma mazurca, o barulho dos saltos dos sapatos contra o parquete é tão forte que quase abafa a música.

— Aqui, não. Vamos lá fora.

Alcançam a grande varanda que se abre para o jardim, a pouca distância das mesas onde são servidos doces e sorvetes. O parque da Olivuzza é um mar escuro pontilhado por dezenas de pequenas tochas espalhadas pelos caminhos. Aqui e ali, são vistos casais que passeiam, seguidos pelos acompanhantes.

— Ele fez com que o seu filho Augusto se candidatasse como deputado e está tentando conseguir uma cadeira para ele no Senado — explica Ignazio, quando tem a certeza de estar longe de ouvidos indiscretos. — Briga para entrar na política porque, ele diz, tem mais direito do que outros pelo modo como serviu a Casa Florio e o país. — Em sua voz se misturam amargura e irritação. — E ele ainda tem a cara de pau de vir me pedir o dinheiro que lhe devo como indenização.

Pietro o olha, depois olha Romulado.

— Espere, tem coisas que eu não sei. Que história é essa do Senado?

Romualdo apalpa os bolsos, procura a cigarreira com os fósforos.

— A consequência da trapalhada que o seu cunhado fez quando demitiu Laganà, ou melhor, quando o colocou para fora da NGI com maus modos. Agora, o outro quer indenização. — Passa uma mão sobre os lábios. — Ele causou um desastre, é isso. — Aspira a fumaça, olha para o céu. — Um verdadeiro desastre.

— E agora ele quer o dinheiro e fica fazendo barulho — diz Ignazio para Pietro em dialeto, em tom aborrecido. Romualdo olha o copo vazio, faz um gesto ao garçom na porta da varanda para que lhe traga outro.

Pietro retorce os lábios em uma careta de desaprovação. Ultimamente, Romualdo está bebendo um pouco demais e se comporta de acordo com esse estado.

— Ele contatou vários deputados, que me sobrecarregaram de cartas, recomendando-me agir com prudência. Mas vocês percebem que ele quer dizer como devo me comportar? Eu prometi e vou dar aquela indenização, mas ele deverá penar para conseguir. Sem contar que, no momento, eu nem teria todo aquele dinheiro em caixa.

— Mas de quem você soube que vai candidatar o filho? — pergunta Romualdo, ignorando a última frase. — Quero dizer... é um boato que circula, mas eu achava que fosse só uma conjectura.

Ignazio enfia as mãos nos bolsos. Estuda as linhas perfeitas dos sapatos ingleses dele.

— Não, infelizmente. Abele Damiani me confirmou tudo: Laganà foi falar com ele, jogou-me na lama e lhe pediu que falasse com Crispi, para que ele pessoalmente leve adiante o processo para torná-lo senador. Ele estava até constrangido ao me contar.

Romualdo agita a mão.

— Não consigo imaginar Damiani constrangido, mas...

— Ora, não fique sempre me interrompendo!

Pietro e Romualdo se sobressaltam. Ignazio nunca teve esses ataques de raiva. Alisa os bigodes; depois, esfrega as palmas das mãos.

Pietro reconhece os sinais do constrangimento.

— Laganà é um tubarão, Ignazio. Você deveria saber. — Uma censura do cunhado, feita com razão.

— Essa história da entrada dele no Parlamento é vergonhosa — sibila Ignazio. — É por isto que é conhecido: um rato de esgoto. Não pode se tornar senador.

Romualdo bebe em um gole quase todo o champanhe que lhe foi trazido.

— E o filho?

— Augusto Laganà? Ele foi levado a Crispi pessoalmente.

Pietro olha ao redor, pega duas cadeiras e oferece uma para Romualdo.

— Não convém você ficar contra ele, Igna. Ele é sempre o Crispi.

— E foi também nosso advogado, então, deveria mostrar um pouco de gratidão. Porém... — Ignazio vira a cabeça para trás. Por um instante, se deixa levar pelos sons da festa, as vozes e as risadas que chegam em ondas através da porta-janela aberta. Um mundo ao qual ele pertence por direito. Ergue uma das mãos para excluir a luz que sai da sala. Acima dele, além das volutas do gazebo, o céu noturno. — Porém, agora, ele está com quase oitenta anos, e a sua parábola de descida começou já faz um tempo. Deixar o carro atrelado a um cavalo meio morto é o melhor modo de não ir para lugar algum. Não; é preciso uma força nova, que deseje se promover.

— O que você quer dizer? — pergunta Pietro, perplexo.

— Ele apresenta Laganà? Eu apresento Rosario Garibaldi Bosco.

— O socialista? Aquele que foi colocado na prisão pelo próprio Crispi, por causa das rebeliões dos Fasci? — Pietro arregala os olhos.

— Sim, ele. Os socialistas têm muitos simpatizantes entre os operários e os marinheiros das minhas empresas. Só basta eles se agitarem um pouquinho para fazer pressão naqueles que estão mais no alto. Pensei em tudo. Você acha que sou um idiota?

Pietro continua o observando com ar pouco convencido.

— Você se arrisca a passar por um socialista, como aquele cabeça quente do Alessandro Tasca di Cutò. — Romualdo solta as mãos, não faz comentários.

— Eu? Imagine só. Aqui não se trata de ideias políticas, mas de entender quem pode cuidar dos interesses da Casa Florio. Crispi e os amigos dele tencionam me impor certas regras, mas é um modo de agir velho e a política deles é superada pelos fatos. Não basta mais ter dinheiro e títulos para ser importante no Parlamento. Se a força da minha família são as fábricas e as pessoas que trabalham nelas, então tenho de procurar apoio em quem tem interesse que essas empresas continuem a trabalhar e a prosperar — fala Ignazio devagar e em voz baixa para que os outros compreendam que não está brincando.

— Ou seja, os operários. — Romualdo inclina o copo na direção dele em um brinde.

Ignazio assente.

— Se a política é um mercado, então posso me permitir escolher a quem dar meu apoio.

Meia-noite passou faz pouco. As senhoras mais idosas se reuniram na saleta reservada para elas, para descansar e conversar em paz; na saleta carmesim, por sua vez, vários homens estão jogando cartas, envoltos em uma densa nuvem de fumaça. Ainda assim, o salão de baile continua cheio e, apesar das janelas escancaradas, muito quente.

Franca, junto com Emma di Villarosa e Giulia Tasca di Cutò, está parada na entrada da sala do buffet e observa os dançarinos. Sabe, sente: ainda que tenham feito comentários maldosos, eles não vingaram. Tudo esteve absolutamente perfeito: sob os olhos dela, Palermo comeu, dançou, fofocou, se divertiu.

— Uma festa magnífica mesmo, Franca. Parabéns.

Franca se vira. À frente, matronal e severa, Tina Whitaker, acompanhada pelo marido Pip. Ele ficou perambulando sozinho pelos salões, admirando a coleção de estatuetas de Capodimonte e se detendo por uns bons cinco minutos na frente do grande conjunto de porcelana de Filippo Tagliolini, com Hércules escravo da rainha Ônfale; Tina, por sua vez, esteve, como sempre, no centro das atenções e recorreu a todo o repertório dela de comentários sagazes e de alfinetadas.

— Obrigada, Tina — responde Franca, espantada com o fato de a mulher mais direta de Palermo não ter nada mais a dizer sobre o baile. — Você comeu alguma coisa no buffet de doces, não comeu?

— Sim. O seu *monsù* se superou. Aquele sorvete de jasmim é uma verdadeira delícia! Agora, contudo, é hora de o meu marido e eu nos retirarmos.

— Mesmo? É ainda tão cedo, nem uma hora! — protesta Franca, mas conhece os costumes de Tina.

A outra lhe dá um tapinha no pulso, enquanto Pip, desconcertado, olha a ponta dos sapatos.

— Você, Franca, é uma mulher feita para a mundanidade. Eu, no entanto, considero que não seja de bom-tom ficar na casa de um anfitrião depois de uma certa hora.

Franca estende as mãos com um gesto resignado.

— Que seja. Permitam-me, pelo menos, dar-lhes uma lembrança desta noite. — Faz um gesto discreto para Nino, que está atrás dela. Ele se afasta, para reaparecer, um instante depois, com um cesto de vime decorado com lírios brancos. Alguns convidados, curiosos, se aproximam.

— Para vocês — diz Franca, oferecendo à Tina uma caixinha. Para Pip, por sua vez, oferece um objeto oblongo, envolto em papel marmorizado. — Para as senhoras, pensamos em um pingente feito pelos joalheiros Fecarotta: uma romã, em homenagem ao outono que está para chegar — explica, enquanto Tina ergue o pingente. É de ouro, com granadas que simulam as sementes. — Para os cavalheiros, por outro lado, um porta-charutos, em prata. — Inclina-se na direção de Pip, fala em voz mais baixa. — Tenho certeza de que o senhor a apreciará.

Joseph Whitaker enrubesce.

Tina ergue os olhos para o teto, recoloca a joia na caixa e a faz deslizar dentro da bolsinha de cetim.

— A hospitalidade dos Florio se confirma sem rival, caríssima Franca. — Então, enquanto lhe estende a mão, dá uma olhada nos casais que estão dançando outra mazurca e murmura em dialeto. — Mas esses aí não têm casa e cama? — E se afasta segurando o braço de Pip.

Franca suspira, imitada por Emma e Giulia, que comenta:

— É mais forte do que ela. Seja como for, precisa sempre botar para fora muito veneno, essa mulher.

Nesse instante, Ignazio volta a entrar no salão, vindo do terraço; vê Franca e lhe faz um gesto com a mão.

Ela também o vê, sorri e vai ao encontro dele.

Outra valsa com ele será o toque final de uma noite perfeita.

— Chegou?

— Logo, logo... Quando chegar aqui, temos de levá-lo em triunfo!

— Ele passou por todas as prisões do continente e agora é deputado, graças aos Florio! — diz, em siciliano.

— Finalmente, os patrões também entenderam que têm de conversar com a gente, os operários...

— Olha o barco a vapor! *Ccà é!* Chegou!

— Viva Rosario Garibaldi Bosco! Viva os Florio!

São três horas da manhã; contudo, no porto de Palermo parece ser meio-dia. O cais e as docas estão cheios de operários dos distritos de Castellammare e Tribunali, esperando o deputado deles, aquele Rosario Garibaldi Bosco, condenado mais de dois anos antes, em fevereiro de 1894, por incentivar a revolta dos Fasci Siciliani, dos quais é um dos fundadores. Não é um operário, mas um contador; as mãos dele não são sujas de graxa de motor, nem os pulmões cheios de fuligem; no entanto, desde a adolescência lutou para que a justiça social triunfasse: quando estava no liceu, lia para os operários analfabetos os folhetos de propaganda; depois, como jornalista, escrevera longos artigos nos quais imaginava uma Sicília em que os trabalhadores não fossem oprimidos por aqueles patrões que tiravam a força deles da cumplicidade de um governo repressivo.

Ainda que estivesse preso, fora candidato à Câmara da Esquerda e venceu três turnos, entre os quais aquele contra Augusto Laganà, o filho de Giovanni. Em março de 1896, acontecera a anistia para ele e os companheiros, e enfim pôde voltar a Palermo.

O barco a vapor *Elettrico*, de propriedade da Navegação Geral Italiana, atraca no cais com uma manobra lenta. Depois de uns minutos, Rosario Garibaldi Bosco aparece no alto da escadinha. É recebido com aplausos, gritos de júbilo e um agitar de bandeiras dos Fasci e do Partido Socialista.

O longo encarceramento o afetou muito: só tem trinta anos, porém aparenta muito mais, como se tivesse envelhecido de repente. É magérrimo e anda devagar. Desce, cumprimenta os companheiros, então abraça por muito tempo o pai, que não consegue conter as lágrimas.

Enquanto o homem, acompanhado por um rio de gente, se dirige para casa, uma carruagem se põe em movimento, o segue e, depois, para em uma rua adjacente. Passa mais de meia hora antes que a multidão se disperse e sejam fechadas as cortinas da varanda em que Garibaldi Bosco apareceu várias vezes para agradecer toda aquela recepção.

Só, então, Ignazio e outra figura, com o rosto parcialmente escondido por um chapéu, descem da carruagem, abrem o portãozinho e sobem os degraus de pedra. Quando Ignazio bate à porta, o barulho festivo dentro da casa se interrompe na hora.

É Rosario, em pessoa, quem abre.

— O senhor aqui? — exclama, estupefato.

Está em mangas de camisa e, nos bigodes, migalhas de biscoito. Uma menininha se agarra às pernas dele. Parece apavorada.

Ele a pega nos braços.

— Calma, *nica mia*. Não são policiais — diz com um sorriso. Beija-a e a coloca no chão. — Vai com a mamãe, vai. — Encoraja a filha com um tapinha nas costas. — Diga a ela que estou conversando com... amigos. — Então se vira para os dois homens. — Desculpem-me, mas não os esperava tão cedo. Entrem — murmura, abrindo caminho para uma sala fechada por uma porta de vidro.

Enquanto Rosario acende o candeeiro a petróleo, os outros dois sentam-se em um sofá. É Ignazio, um pouco desconfortável, quem fala em primeiro lugar.

— Não queríamos dar na vista. O senhor compreende bem que não seria proveitoso nem para o senhor, nem para nós, se ficassem sabendo que nos encontramos — diz, à guisa de desculpa. — Não é, Erasmo?

O genovês Erasmo Piaggio assumiu, faz algum tempo, o posto de Giovanni Laganà como diretor geral da NGI: é um homem sério, determinado, hábil e pouco escrupuloso. Coloca o chapéu nos joelhos, alisa a ponta dos bigodes e assente. Então, encara Rosario, na expectativa.

Ele esfrega as mãos nas coxas, procura as palavras corretas.

— Não sei como lhes manifestar minha gratidão. Soube que os senhores exerceram pressão para que me anistiassem, que ajudaram a minha família e permitiram que os meus companheiros fizessem campanha eleitoral, também, na Oretea e na rampa de lançamento de barcos. Que tenham colocado na prisão a mim e aos meus companheiros é uma coisa absurda. O Tribunal Militar não compreendeu que, se tivéssemos desejado, teríamos podido desencadear uma revolta em toda a ilha.

— Talvez tenha compreendido muito bem — comenta Piaggio, com voz tranquila.

Rosario assente e abaixa a cabeça.

— Pois é. São tantas as coisas erradas nesta terra; coisas que clamam por justiça, mas o Estado parece ser surdo e cego. — Faz uma pausa. — De qualquer modo, os senhores sabem bem que agora os simpatizantes do Partido Socialista são muitíssimos.

— E como sei — replica Ignazio. — Alessandro Tasca di Cutò foi preso por causa dessas mesmas ideias políticas — salienta. Em setembro do ano passado, tivera de ouvir as intermináveis lamentações de Romualdo, interrogado longamente pela polícia sobre "as atividades subversivas" do cunhado. — Eu, como o senhor pode imaginar, não compartilho de muitas das suas ideias. Contudo, me considero uma pessoa inteligente e creio que os operários e os camponeses precisam ser mais considerados. Em outras palavras, que a voz deles deve ser escutada pelos nossos políticos, em Roma.

Rosario se retesa.

— Se os operários se sentem protegidos, então eles colaboram, e é assim que uma empresa pode prosperar. É isso que o senhor quer dizer?

— Sim, exatamente isso. — Ignazio esboça um sorriso. — O senhor conseguiu nossa ajuda por uma série de motivos, não o menor deles deter a ascensão de um homem desonesto, filho daquele que tentou, de todos os modos, prejudicar Palermo e os trabalhadores do mar.

— O filho de Laganà. Augusto. Ele concorreu contra mim na mesma eleição...

— Isso mesmo. A derrota dele era de meu interesse, certo, mas também de interesse dos trabalhadores. Porque significa impedir que a Sicília fosse privada da cota de rotas estatais e de comissões para os reparos que mantêm funcionando tanto a Oretea quanto a rampa de lançamento.

Piaggio se endireita e encara Rosario.

— O que temos em mente, senhor Bosco, é que o senhor seja a nossa voz junto dos operários. Para que, assim, compreendam bem quais vantagens podem tirar da... da colaboração conosco — diz com uma firmeza tranquila.

Rosario não responde na hora. Senta-se em uma poltrona e o olhar vai de Piaggio a Ignazio.

— Estou em dívida com os senhores, é verdade — diz, por fim. — E, sim, no caso de Laganà, o seu interesse coincide com o meu. Mas não creiam que eu e os meus companheiros estejamos prontos para renunciar aos nossos sagrados direitos em troca da esmola do patrão.

— Mas ninguém lhe está pedindo que... — diz Piaggio.

— Vamos falar claro: os tempos mudaram. — Ignazio o interrompe, irritado. — Certa época, podíamos contar com Crispi; mas agora ele está velho e, depois do desastre de Adua, os seus inimigos são cada vez maiores. E eu não contaria muito com o novo presidente do Conselho: é verdade que di Rudinì é palermitano, mas no fundo é um conservador. Não, a Sicília precisa de homens novos, que saibam escutar tanto os políticos, quanto os operários. E agir em conformidade com isso. Este é o futuro.

— Crispi sempre teve em mente, acima de tudo, os interesses de quem votou nele e o fez se eleger. — Rosario abaixou a voz, mas não há incerteza nas palavras.

— É verdade. — Ignazio estende os braços. — Ele deve muito à minha família, assim como os Florio devem muito a ele. Mas ele representa o passado. Não consegue nem imaginar como e por que o mundo esteja mudando. O senhor, pelo contrário, sabe e tem os interesses de nossa terra em mente. Juntos, podemos impedir que a Sicília seja colocada na periferia da vida econômica do país. O senhor está disposto a nos ajudar?

— Prezado Giovanni, sabe como se diz na minha cidade? Se quiser sofrer as penas do inferno, o inverno em Messina e o verão em Palermo. Mas tenho certeza de que você vai se sentir muito bem em Palermo, apesar do vento siroco. — Com um sorriso, acariciando a barba, o marquês Antonio Starabba di Rudinì concluiu. — E vai fazer um excelente serviço.

O conde Giovanni Codronchi Argeli sorrira para o primeiro-ministro. Mas, por trás do sorriso afável, se escondia a certeza de que aquele posto de nome sonoro — Real Comissário Civil Extraordinário para a Sicília — era, na verdade, uma tarefa muito delicada, cheia de armadilhas.

Sim, porque a ilha era um barril de pólvora. Muitos os tumultos, a começar dos Fasci; por demais espalhada a corrupção, deveras difundidos os negócios escusos. Di Rudinì sabia bem que era necessário rever os balanços, reorganizar taxas e tributos, inspecionar as repartições administrativas e substituir os funcionários corruptos. Mas, para fazer tudo isso, precisava confiar em um político imune a condicionamentos e pressões, sem interesses pessoais para defender, com as mãos livres.

Alguém que não fosse siciliano, resumindo.

E o sério, cauto e pensativo Giovanni Codronchi — prefeito da cidade natal dele, Imola, por uns bons oito anos — era o candidato ideal. Sem contar que seria útil também para enfraquecer ainda mais a influência de Crispi, ao mesmo tempo limitando a difusão das ideias socialistas. Resumindo, para reforçar a posição da Direita na ilha.

Um projeto ambicioso que, para ser finalizado, precisava de aliados importantes. De personalidades em posição de destaque.

Como Ignazio Florio.

Que, na verdade, foi convidado para conversar com o Comissário no início de junho de 1896. Desde que conversou com Rosario Garibaldi Bosco, Ignazio espera esse momento. Manter sob controle — tanto quanto possível — as demandas dos operários só havia sido o primeiro passo; agora era preciso convencer o governo de que o único caminho possível para evitar protestos e rebeliões — se não algo pior — era oferecer trabalho, e muito. Tinha discutido por muito tempo com Piaggio, mas, por fim, a solução mais válida ainda lhe tinha parecido a de começar a construção de um canteiro naval que se associasse à doca seca, ampliando a atual rampa de lançamento. Uma ideia que havia sido derrubada três anos antes, ao entrar em choque com a falta de dinheiro do município.

Codronchi o fez esperar. Dois meses, ele o fez esperar. Mas agora Ignazio está ali, na frente dele, no escritório particular dele no Palácio Real. E esquadrinha aquele homem robusto, com bochechas gordas e grandes bigodes grisalhos, com toda a segurança de quem conhece Palermo e os habitantes como a palma da mão e não apenas por ter ouvido falar.

Das janelas abertas chegam os barulhos da cidade: gritos de ambulantes, crianças que correm, a música de um realejo. Os dois homens beberam um café, papearam um pouco. Por fim, o secretário leva as xícaras e os deixa sozinhos, fechando a porta ao sair.

— Então. — Giovanni Codronchi seca a testa molhada de suor, sinal de que di Rudinì tinha razão sobre o verão em Palermo. — Pessoalmente, sou muito favorável ao seu projeto, dom Ignazio. A construção e as reformas de barcos a vapor garantiriam comissões de longa duração, e isso significaria uma maior tranquilidade social.

Ignazio, pernas cruzadas e mãos sobre os joelhos, assente.

— Sinto-me satisfeito pelo senhor estar de acordo — diz, e se inclina na direção da escrivaninha. — Palermo precisa de certezas: há uma crise que torna as pessoas ruins e as leva a ir atrás de certos tocadores de flauta, os quais contam histórias sobre salários fabulosos para todos. Os operários da minha fundição...

— ...a Oretea.

— Eles, exatamente. Protestam porque os salários são os mesmos há anos, mas acima de tudo porque ocorreram tantas demissões. Mas, acredite em mim, não é possível agir de outro modo: sou um empreendedor, devo cuidar da boa saúde de minha empresa. Não podemos manter todos eles. — Franze a testa, suspira com ostentação. — Eles acham que aqui, na Sicília, é possível ter o mesmo *picciuli* do Norte, como se nós tivéssemos as mesmas condições, as mesmas comissões. Mas a verdade é que, aqui, o dinheiro não corre; se não fosse por nós, os Florio, e por poucos outros, a ilha já estaria sem população, porque todos teriam ido para os Estados Unidos, ou outro lugar. Por outro lado, o governo precisa entender que manter tanta gente sem trabalho é perigoso, porque arrisca a ter algumas cabeças quentes se aproveitando, metendo-se em todos os protestos.

— Claro, claro. — Codronchi se apoia em um braço da poltrona e tamborila com a outra mão sobre uma pequena pasta à frente. — Na minha opinião, esse projeto tiraria as forças desses facínoras. É isso que o governo mais deseja, principalmente nosso presidente do Conselho, que é palermitano como o senhor. Eu me encarregarei de favorecê-lo pessoalmente, porém... — Endireita-se na poltrona, entrelaça os dedos na frente do rosto. — O senhor sabe melhor do que eu que a construção naval italiana, neste momento, não goza de boa saúde: Livorno e Gênova já estão passando por dificuldades, e as comissões para a construção de navios, muitas vezes, acabam parando no exterior, na Inglaterra...

— O trabalho cria trabalho, senhor Comissário, o senhor sabe muito bem. Faz tempo que se pede à Navegação Geral Italiana que modernize os próprios barcos a vapor: se tivéssemos um estaleiro à nossa disposição, poderíamos fazê-lo, sem precisar ir a Gênova ou mesmo a Southampton ou a Clyde e manter as embarcações paradas por um tempo indefinido. E, além disso, vamos ser sinceros: até Deus sabe que os genoveses agem contra Palermo e estão fazendo de tudo para nos deter. Por outro lado, se conseguíssemos construir navios aqui, daríamos trabalho a novos operários e teríamos comissões, tanto para as docas secas, quanto para a fundição. Por isso, precisamos de fundos do Estado: a Casa Florio pode colocar à disposição muito, mas não tudo. Podemos preparar o estaleiro naval, mas precisamos de isenções fiscais e usar a área que agora é propriedade do Estado e ligada à indústria de tabaco.

Codronchi assente, massageia os lábios.

— O senhor sabe que quem estiver do lado de Crispi não vai apoiar esse projeto, certo? — pergunta, cauto. — E que, mesmo dentro do governo, nós encontraremos obstáculos...

Ignazio se recosta no espaldar e entrelaça as mãos sobre a barriga.

— A época de Crispi já passou, comissário. Não é mais o homem estimado pelo meu pai... — Abaixa a voz, fala com tom indiferente: — Agora as nossas posições estão longe uma da outra, se não forem até mesmo incompatíveis. Temos outras necessidades, hoje. Se conseguíssemos dar emprego para operários, carpinteiros e pedreiros, tiraríamos chão e tapete de socialistas e anarquistas, que já não poderiam mais se aproveitar do descontentamento para desencadear tumultos. Temos de dar espaço a forças novas, que mirem longe, que se interessem no desenvolvimento econômico da Sicília, em primeiro lugar, e que tenham uma visão de futuro na qual instituições e empresas possam colaborar.

Político hábil que é, Codronchi sabe ler as entrelinhas. Assente.

— O senhor é um industrial e um financista que sabe como colocar, a serviço da coletividade, engenhosidade e recursos. Além disso, tem um olhar atento para o futuro — declara. A boca de Ignazio desenha um sorriso lento, seguro, de homem do mundo. — Finanças e política devem trabalhar em harmonia — confirma. — E cabe à gente como nós fazer com que isso aconteça.

— Minha nossa, que confusão! — exclama Giulia, abraçando a cunhada.

Franca a esperava aos pés da escadaria que leva ao jardim, rodeada por um amontoado de jardineiros e empregados domésticos que se apressam a colocar tudo em ordem depois da visita do imperador da Alemanha e da Prússia, Guilherme II, da imperatriz Augusta Vitoria e dos filhos deles, Guilherme e Eitel-Frederico: no dia anterior, na verdade, a família real fora convidada pelos Florio para tomar chá.

— Sim, foi uma semana corrida: preparar a Olivuzza, resolver o que oferecer, seguir os protocolos... Mas, felizmente, tudo correu bem. O Kaiser apreciou sobremaneira os doces de amêndoa; a imperatriz admirou muito os papagaios no aviário e as grandes iúcas, e Vincenzino conversou demoradamente com o jovem Guilherme, que é da mesma idade que a dele. — Sorri. — Cometeu vários erros de gramática, mas a sua pronúncia alemã foi perfeita!

— E você agora está muito cansada, dá para ver — comenta Giulia, direta como sempre.

— Um pouco, sim — admite Franca. — Mas, acima de tudo, eu precisava conversar um pouco com quem... — Volta os olhos para o chão, então ergue um pé. — Então, que não conte para toda Palermo que estou com os sapatos empoeirados porque não tive tempo de mudar de roupa...

Giulia ri.

— E, por isso, mandou me chamar. Venha, vamos dar uma volta no jardim. Assim, eu também fico com os sapatos empoeirados!

Ela a pega pelo braço, e as duas saem andando. O sol está se pondo e não falta muito para que as sombras desçam sobre o parque.

— Então... parece que com os Whitaker, ontem, correu tudo muito bem — exclama Giulia, alegre. — Tina me mandou um bilhete, no qual me contou tudo.

— Sim, escreveu para mim, também. E fez questão de destacar que o cáiser apreciou muito a sua exibição canora — diz Franca, brincando com o colar de pérolas que traz no pescoço.

Giulia repara, segura o braço da cunhada.

— São novas?

Franca abaixa a cabeça e assente.

— Ignazio aprontou outra das suas? — pergunta em voz baixa. — Por isso você me pediu para vir?

— Não... quer dizer, sim. Ele me deu estas pérolas, e você sabe o que significa. — Faz uma pausa plena de amargura. — Dizem que pérolas trazem lágrimas. Nunca quis acreditar nisso, porque, para mim, estão entre as coisas mais bonitas que existem. No entanto, me trouxeram lágrimas, sim. Nem sei quem é desta vez, a... escolhida. — Suspira, e se endireita. — E sei, agora, como certas coisas correm em um casamento. Romualdo também anda com uma amante, ainda que tenha se casado há tão pouco tempo.

Giulia dá de ombros.

— Romualdo e meu irmão são farinha do mesmo saco, infelizmente. — Ela se detém e olha Franca nos olhos. — Você conquistou um notável domínio sobre si, sabe como reagir... Mas não pode deixar de pensar no assunto, eu sei. — Então, abraça a cunhada. Gostaria tanto de confrontar o irmão, exigir que fosse mais discreto, dizer-lhe com clareza que está atormentando Franca, mas sabe que não adiantaria de nada.

Por isso, solta-se do abraço e muda bruscamente de assunto.

— Agora que até o cáiser elogiou sua voz, teremos de aguentar pela enésima vez a história de Wagner que desanda a chorar quando ouve Tina cantar *Lohengrin*! Mas é preciso entendê-la: a mãe natureza, com ela, foi generosa em voz e argúcia, mas certamente não em beleza...

Os lábios de Franca se retorcem em um sorriso malicioso.

— Felizmente, as filhas são mais graciosas do que ela e não têm veleidades artísticas.

Dão risada e andam um pouco no silêncio do jardim, interrompido pela voz de Vincenzino, que brinca com o velocípede sob os olhos de dona Ciccia e Giovanna. Aproximam-se delas: Giulia quer cumprimentar a mãe e o irmão.

De repente, um pouco além das sebes, entre as árvores, Franca percebe um homem. Parece um camponês: veste um casaco marrom e botas gastas. Ele a vê, faz um gesto para cumprimentá-la, levando a mão ao chapéu, e em seguida desaparece.

Ela franze a testa, se detém.

— Mas, é mesmo preciso ter aquela gente circulando pelos arredores? — pergunta a Giovanna, que agora se encontra ao lado dela.

A outra observa o homem entre as árvores. A essa altura, é pouco mais do que uma silhueta entre as sombras. Abaixa os olhos, assente com os lábios cerrados.

— Você tem razão. Vou dizer para Saro falar com eles, para que sejam mais discretos... — murmura. — Mas é sempre melhor tê-los por perto, porque nunca se sabe o que pode acontecer. — Olha o filho. — Você não saia daí — ordena enquanto volta para a casa.

O menino aguarda que a mãe esteja suficientemente longe para sair correndo pelas alamedas, rumo ao aviário.

— Vincenzo! Volte aqui! — grita Giulia, atrás dele.

Ele agita uma das mãos e desaparece atrás de um arbusto de rosas. Giulia abre os braços, desesperada.

— Agora a minha mãe vai ficar furiosa. Vincenzo é mimado demais, não ouve ninguém. Outro dia ele me disse que quer atirar nos papagaios e que...

Franca não a ouve. O homem se afastou, mas ela sabe que ainda está ali. Sente o olhar dele a examinando por entre as árvores, percebe a presença dele.

— Esse homem me inquieta e me deixa com medo — diz em francês.

— Compreendo você. Também não gosto de ter por perto esses... campônios, mas não dá para agir de outro modo — murmura Giulia. — Aqui ou no interior, em Trabia ou em Bagheria, sempre tem alguém que nos vigia. Pietro morre de medo de sequestros.

— Compreendo, mas... — Ela olha ao redor. Não quer falar em voz muito alta. — Você sabe que não faz muito tempo sequestraram Audrey, a filha de Joss, irmão mais velho de Pip Whitaker, e que ele precisou pagar, e muito, para recuperá-la? Que tristeza!

Giulia assente.

— Sim, eu ouvi dizer. Pobre criatura, parece que teve pesadelos por vários dias. Disseram-me que aconteceu na Favorita; parece que eram quatro pessoas e espancaram o cavalariço que a acompanhava. Se acontecesse algo parecido com os meus filhos, não sei o que eu faria.

— Pagaria, como Joss pagou. Pediram-lhe cem mil liras e ele, quieto e obediente, pagou. O prefeito tentou interferir, mas eles, os

Whitaker, ficaram quietos. Ficaram com muito medo. Preferiram não fazer *scruscio*, nenhum barulho.

Do aviário, vem o grito da águia, seguido pela voz de Vincenzino. Giulia fica preocupada.

— Meu Deus! Se pegassem o meu irmão, minha mãe morreria.

Franca abraça a cunhada.

— Não vai acontecer — afirma, mas na voz não surge a segurança que ela gostaria de ter.

Lembra que, tanto tempo antes, havia censurado Francesco Noto, o jardineiro-chefe, por ter podado mal as rosas que ela mandara vir da Inglaterra. Ignazio esperara que Franca voltasse para casa, depois a levara para um canto e, abraçando-a, sussurrara: "Minha amada, por favor, trate sempre esse homem com respeito e também o irmão dele, Pietro, o porteiro. São... amigos, que nos ajudam a manter a tranquilidade".

Desde então, Franca percebera que ninguém se dirigia aos dois sem antes fazer um gesto de deferência. Ninguém. Mas não fizera muitas perguntas para si mesma: tinha sido criada em uma redoma, é verdade, mas sabia como certas coisas funcionavam.

Nesse instante, vê Saro, o empregado pessoal de Ignazio, se dirigindo aos estábulos a passos rápidos. Está nervoso, mal a cumprimenta.

Giovanna sai da casa um tanto de segundos depois e faz um gesto de assentimento com a cabeça.

Franca assente em resposta. Pega Giulia pelo braço e chama Vincenzino para que entre em casa com elas.

Franca dá as costas ao jardim. Não quer olhar.

O dia 10 de agosto de 1897 é luminoso e quente. Palermo cochila com os olhos ainda semicerrados e à luz do alvorecer que entra, prepotente, pelas persianas e portas encostadas.

Uma empregada atravessa a sucessão de salas, saletas e aposentos no piso térreo da Olivuzza; treme, quase tropeça, se vira para olhar Giovanna, que caminha atrás dela com as mãos cerradas sobre o ventre, a coluna ereta e o rosto pétreo. Por um instante, à passagem dela, os espelhos parecem refletir a imagem da jovem lutadora que havia entrado naquela casa trinta anos antes, não a de uma mulher idosa, cansada e infeliz.

A empregada quase se precipita na sala do buffet e indica um armário com as portas escancaradas.

— Olhe — murmura, em dialeto, consternada.

Vazio. O móvel está vazio.

Desapareceram as bandejas de prata, os jarros e as chaleiras. A grande bacia de prata com relevos, que ela comprara em Nápoles quando o seu Vincenzino ainda estava vivo, não se encontra mais ali. As flores que continha estão no chão, sob a mesa de mogno, pisoteadas por pés que deixaram marcas de lama.

— O que mais está faltando? — A voz de Giovanna é um sibilo.

A empregada leva a mão à boca, então indica a sala ao lado.

— Duas daquelas coisas com nome francês que servem para colocar as frutas... — Hesita, constrangida e com medo. Deus queira que dona Giovanna não pense que *ela* tenha algo a ver com aquilo.

— As duas *épergnes*? — A voz de Giovanna é estridente. Então ergue os olhos para o teto, como se pudesse ver ali a imagem do que aconteceu naquela noite. Tenta controlar a raiva, respira fundo. Com voz mais controlada, pergunta: — Onde está Nino?

Quase como se tivesse sido chamado pelas palavras dela, o mordomo aparece na soleira da sala de almoço. Giovanna confia cegamente naquele homem que trabalhou por tantos anos em Favignana, no palácio dela, ao lado da almadrava, e agora está, faz quatro anos, na Olivuzza. Nunca, como naquele momento, ela precisou da calma dele, dos olhos que não deixam escapar nada.

— Estou aqui, dona Giovanna. — Aproxima-se. — Parece que estão faltando também os vasos franceses de alabastro e algumas das cigarreiras de ouro do seu filho. — Faz uma pausa, pigarreia. No rosto, indignação e medo. — E não é tudo. Pegaram também os brinquedos da senhorinha Giovannuzza. Há marcas de sapatos por todo o corredor.

Giovanna sente o ar faltar-lhe, de repente, no peito.

A menina.

Chegaram aos quartos de dormir deles. Na intimidade deles.

Um roubo na casa dos Florio.

Desprezo, é isso. Um insulto ao poder deles. Ladrões, na casa deles. Ladrões que pegam as suas coisas, aquelas que ela recolheu, escolheu, guardou. Recordações, e não somente objetos, como aqueles dois vasos de alabastro antigo que ela comprara em Paris, junto com o amado Ignazio, em um antiquário na Place des Vosges.

Como ousaram? Olha ao redor, Giovanna, e percebe uma sensação desagradável, que vai além do medo. Além do desdém.

Náusea.

Olhas as marcas de lama — *pés enlameados*, pensa com desprezo —, as impressões digitais sobre a superfície lustrosa do mogno, as flores pisoteadas. É como se tivesse essas marcas na pele, no corpo, nas roupas.

— Limpe tudo — ordena para a empregada. — Tudo! — repete com voz mais alta, sem se preocupar em esconder a raiva. — E, Nino, faça uma relação detalhada de todas as coisas que faltam. Faça com que as *cammarere* ajudem. Tenho de saber quais coisas esses desgraçados roubaram.

Dá meia-volta, sai da sala, desce as escadas que levam ao jardim. O ar fresco não lhe traz nenhum benefício, pelo contrário. Vê outras marcas de lama nos degraus, sinal de que os ladrões devem ter entrado e saído por ali.

Deveria chamar Ignazio, mas sabe que ele ainda está dormindo. Chegou faz pouco tempo de um cruzeiro pelo Egeu, a bordo do novo iate, que leva o antigo nome de Favignana: *Aegusa*. Umas férias merecidas; um ano antes, a criação da Anglo-Sicilian Sulphur Company, que envolveu empresários ingleses e alguns franceses, havia sido possível graças à mediação de Ignazio, e agora, finalmente, estava começando a render muito bem. Recentemente, além disso, tinha acontecido a visita de Nathaniel Rothschild, que chegara a Palermo no iate *Veglia*: uma sucessão ininterrupta de recepções, visitas, passeios pela cidade e reuniões a trabalho. Assim, quando o hóspede ilustre finalmente partira, Ignazio propusera o cruzeiro para a família toda, mas ela não tivera vontade de sair de Palermo: tinha dito para si mesma que os filhos poderiam se divertir sem ter uma mulher idosa entre eles, e tinha ficado ali, com a única companhia de dona Ciccia e do bordado.

Nunca tinha sentido medo de ficar sozinha na Olivuzza. Nunca, em todos aqueles anos.

Entra na saleta verde e se detém no centro daquele aposento, onde passou tantos momentos tranquilos. Anda entre os móveis, acaricia as fotos do marido, pega alguns objetos, como que para se garantir de que eles ainda estão ali, então olha as mãos. A pele está coberta de manchas senis, os dedos estão ressecados e contraídos. Ergue o olhar: em uma mesa, estão a cesta de trabalho, o missal e o crucifixo de marfim, as velas nos castiçais de prata e a caixinha em vermeil para os fósforos. Na cristaleira do canto, algumas estatuetas de porcelana. Na mesinha ao lado do sofá, o vaso de cristal com flores frescas e a foto de Vincenzino e de Ignazio nas molduras de prata. Tudo parece intocado.

É um mundo no qual nunca sentiu nenhum medo. O nome dos Florio sempre foi temido e poderoso. Sempre tinha bastado para defendê-la.

Agora, ele foi pisoteado, exatamente como aquelas flores no piso superior.

E é isso que a amedronta de verdade.

Depois de ter acordado Ignazio, Giovanna vai ao quarto da nora. Quando entra, Franca ergue a cabeça com um gesto brusco. Diodata lhe contou o que aconteceu, e ela não consegue esconder o medo. Depois de ter ajudado a patroa a colocar o penhoar, Diodata sai, resmungando insultos em siciliano para "esses desonrados e cafajestes que não têm nem Deus, nem família".

Sobre a cama, um mar de joias. Franca esvaziou a bolsa de malha de ouro que as contém para ter a certeza de que nada está faltando. Muitos são presentes de Ignazio: braceletes, anéis e colares de ouro e de prata com diamantes, safiras e esmeraldas. E pérolas, tantas pérolas que brilham à luz da manhã. Sentada na cama, Giovannuzza, longos cabelos negros e olhos verdes, ainda está de camisola e brinca, usando os anéis que, no entanto, são muito grandes para os dedos e caem entre os lençóis.

— Não pegaram nada meu — confirma Franca, abraçando a filha. — Só pegaram os brinquedos de metal do quarto de... — Não consegue pronunciar o nome da menina. — Meu Deus! Se tivesse acontecido o que aconteceu com Audrey Whitaker...

Giovanna deixa o olhar correr pelo piso decorado com pétalas de rosa. Nunca gostou daquele quarto e sempre pensou que condissesse muito bem com Franca.

— Mas não aconteceu — diz, com voz átona.

E a olha direto no rosto, os olhos que contam mais do que mil palavras.

Franca deixa a filha se afastar.

— Ignazio não vai chamar a polícia, não é? — murmura.

Giovanna balança a cabeça.

— Essas não são coisas para a polícia — responde em dialeto.

Não se pode confiar nos policiais: são oficiais forasteiros e nada conhecem sobre Palermo: entram em casa, começam a falar com aquela pronúncia cantada, fazem perguntas que não deveriam sequer ser cogitadas e transformam as vítimas em culpadas. Certas coisas podem ser resolvidas depressa e sem levantar mais poeira do que o necessário.

— Já está falando com Noto. Nós os pagamos, e muito bem — diz em dialeto. A voz é rouca, soa como pedra batendo em pedra. A raiva que sente está ali, sob as palavras, mal escondida pelo tom severo. — Nós lhe damos dinheiro, lhe oferecemos até um trabalho, e ele faz o que bem entende?

— Como foi possível? — grita Ignazio, furioso. Dá um soco na escrivaninha. O tinteiro balança, as canetas rolam pelo chão. Depois, abaixa o tom da voz, e a ira parece se transformar em uma punhalada. — Nós lhe pagamos pela vigilância, para o senhor e seu irmão, e não são duas liras... e agora tenho de descobrir que certa gentalha entra em minha casa e s'*arrobba tutti cosi*, rouba tudo, assim?

Francesco Noto, os cabelos penteados para trás e o rosto anguloso, está com o chapéu na mão, tortura a aba dele. Parece mais desconfortável do que nervoso, talvez enfadado: não está acostumado a ouvir falarem com ele desse modo.

— Dom Ignazio, me entristece ouvir o senhor falar assim. Eu jamais poderia dizer quem...

— E, pelo contrário, a sua tarefa era exatamente a de impedir que certos desgraçados entrassem em minha casa e pegassem as minhas coisas e as de minha mãe. Entraram até no quarto da minha *picciridda*! O que eles vão fazer da próxima vez? Levarão a menina, ou o meu irmão? Se o senhor não tem condição de cuidar disso, basta dizer. O mundo está cheio de gente que trocaria de lugar com o senhor.

O olhar profundo do homem se faz cortante. Sob a linha das sobrancelhas grossas aparece uma expressão cautelosa.

— Agora, o senhor não deve errar no que diz, dom Ignazio. Nós sempre lhe tivemos respeito.

Mas Ignazio não parece ter se dado conta da nota de advertência na voz. Ou, então, a ignora por vontade própria.

— O respeito merece quem respeita. O senhor sabe melhor que eu que se mede com ações, dom Ciccio. Vocês, onde estavam?

O homem hesita antes de responder. Mas não é um silêncio constrangido o dele; é aquele de quem escolhe o que dizer e como.

— Alguém ofendeu o senhor por nossa falha e, por isso, lhe peço desculpas. Será tarefa minha e de meu irmão agir de modo que lhe seja devolvido tudo o que lhe foi tirado, até o último alfinete. Um cavalheiro como o senhor não pode ter em casa ladrões que perturbam sua esposa e sua mãe, que é uma santa senhora. — Mal ergue os olhos, com o olhar fixa o de Ignazio. — Agiremos de tal modo que ninguém aborreça mais nem o senhor, nem a sua família.

Para Ignazio, aquelas palavras são neve sobre o fogo, têm o som de uma promessa. A respiração, entrecortada pela raiva, se relaxa.

— Espero realmente que assim seja, senhor Noto.

Senhor Noto e não *dom Ciccio*. Um sinal inequívoco.

Francesco Noto fecha, apenas, os olhos.

— É coisa certa. Não tema.

* * *

Um ataque de tosse, depois outro.

— Não gosto disso — suspira Giovanna, e faz o rosário correr entre os dedos. Normalmente, reza junto com dona Ciccia, mas hoje está sozinha, porque ela está de cama. Já faz um tempo que sente dores nas pernas frequentes e muito fortes.

Sentada em um banquinho, Giovannuzza brinca com a boneca de porcelana favorita, Fanny — um presente da tia Giulia —, sob o plácido sol de um dia bonito de outubro. Está magra, pálida, e com frequência é atormentada por uma tosse insistente. Os longos dias junto ao mar, em Favignana, primeiro, e viajando pelo Egeu, em seguida, não ajudaram. E Giovanna está preocupada.

Gostaria de falar sobre o assunto de novo com Franca para lhe pedir que faça alguma coisa. Pensa que talvez Giovannuzza devesse seguir de novo aquele tratamento com pastilhas de alcatrão de pinho marinho que tinham mandado trazer diretamente de Paris e que pareciam ter causado alguma melhora. Claro, precisaram fazer de tudo para ela as engolir: Giovannuzza havia se rebelado, fechara a boca com força e uma vez até vomitara sobre a saia da babá.

Mas a nora saiu com Giulia Trigona para ir à modista. Ouviu-a dizer que em seguida iriam encontrar a filha, no palácio Butera, para almoçarem juntas. Deverá esperar o período da tarde para poder conversar com ela. E, então, deverá aguentar ser considerada uma velha demasiadamente ansiosa.

Talvez fosse melhor levar Giovannuzza para casa, diz para si mesma, mas não tem coragem de fazê-lo; o dia é ameno e perfumado, com o cheiro das flores de iúca que se mistura com o dos jasmins, que ainda florescem ao longo dos muros da Olivuzza. *E o sol faz bem para nós duas*, pensa, acariciando o rostinho da menina.

Giovannuzza tem mais dois ataques de tosse. Mas para só um momento antes de voltar a vestir Fanny com as miniaturas de roupas que a mãe lhe deu e que são idênticas às dela.

Pouco longe dali, Vincenzino está tentando subir em um novo velocípede, ajudado por um empregado. Por fim, consegue, e ri, feliz.

Às vezes, Giovanna vê nele *o outro* Vincenzino, o primogênito, que agora repousa por dezoito anos ao lado do pai e do avô na capela do cemitério de Santa Maria de Jesus.

Sente saudades dele. Sente saudades de todos os mortos. Naqueles dias em que a luz tem a cor do mel e os perfumes do jardim enchem o ar, parece ouvir as vozes deles, trazidas pelo vento: a da mãe, morta há mais de 25 anos, com a voz enrouquecida pela doença; a do filho, que não teve tempo de ficar grave, como acontece com os meninos que se tornam adultos; a de Ignazio, tranquila e firme.

A dele é a voz de que mais sente falta. Fazem-lhe falta o calor, as mãos e os gestos dele. Às vezes, ainda sente sobre si o olhar dele, ou parece ouvir a risada. Guardou as roupas do marido em um aposento no alto da Olivuzza e de vez em quando vai lá, abre os baús, acaricia os tecidos, os cheira, procura um vestígio, um sinal. Mas, a essa altura, até a memória, como aqueles tecidos, desbotou.

Passaram-se seis anos da morte dele. Anos dolorosos, nos quais Giovanna sentiu o coração murchar, se transformar em pergaminho entre as costelas. O amor só deixou de lhe fazer mal depois de ter se sublimado em uma recordação da qual ela é a única proprietária.

É injusto, diz para si mesma, tirando da manga um lenço. *Deveria estar aqui comigo, com todos nós*.

Se ainda estivesse vivo, Ignazio estaria com 59 anos; a idade ideal para ainda ser o soberano da Casa Florio, mas também para se livrar, ao menos em parte, das responsabilidades e ter um pouco de paz ao lado dela. Junto com ele, Ignazziddu teria como ganhar experiência, compreender... crescer. Suspira. O filho tem 29 anos; porém, em certas coisas, é incauto e imaturo como um menino.

O som de pezinhos. Giovanna ergue os olhos. À frente, Giovannuzza, a netinha de olhos verdes tão parecidos com os da mãe, mas mais doces e inocentes.

— O que está fazendo, vovó? — pergunta.

Atrás dela, a babá alemã está recolhendo os brinquedos. Quem a escolheu foi Franca; ela teria preferido uma babá inglesa.

— Estou rezando — responde, erguendo o rosário.

— Por quê?

— Às vezes, rezar é relembrar. É o único modo de ter ao seu lado as pessoas que você mais amou e que não estão mais entre nós.

Giovannuzza a olha com curiosidade. Não compreendeu, mas, com a intuição típica das crianças, sente que a avó está triste, muito triste. Pega a mão dela.

— Mas eu estou aqui, e você não precisa se lembrar de mim. *Kommst du*? Vem? — pergunta em alemão.

A mulher assente.

— Vou, *nica mia*, minha pequena — diz. Depois, porém, solta a mão da netinha e acrescenta: — Você segue na frente, para chamar Vincenzino.

A menina sai correndo, segurando junto do peito Fanny, e chama aos gritos aquele tio, de quem apenas dez anos a separam.

Giovanna ergue os olhos para a casa. Depois da morte de Ignazio, a Olivuzza lhe parecera imensa, como se a ausência dele tivesse tornado inúteis aqueles espaços tão grandes. Só com o tempo ela havia aprendido a ocupá-los, ou, pelo menos, a não ser esmagada por eles. Seu olhar percorre a fachada e se detém na janela do quarto de dormir do marido.

Ela a percebe em um piscar de olhos. *Uma sombra*.

Instintivamente, se persigna, então afasta os olhos dali e sai de cabeça baixa. Sozinha.

Os seus fantasmas, como sempre, a perseguem.

E é a preocupação com a neta que mantém Giovanna acordada uns dias depois. Fica andando pelos aposentos da Olivuzza, com roupão e um xale, o onipresente rosário nas mãos e o olhar triste. Dorme pouco, agora, como acontece com as pessoas de idade, e o sono é inquieto, atormentado por preocupações e lembranças.

Das cozinhas chegam o tilintar da louça e as conversas das empregadas, que estão se preparando para limpar os cômodos. Apesar dos protestos — "O ar da cidade vai lhe fazer mal, sem falar na umidade..." —, Franca teimou em levar Giovannuzza a Veneza. Ignazio está em Roma, junto com Vincenzo, por uma questão de trabalho. Coisa de impostos, ele lhe disse.

A passos lentos, Giovanna se dirige à cozinha: naquele dia, vai receber para o chá um grupo de senhoras da nobreza. Quer envolvê--las nas inúmeras iniciativas beneficentes dela, sobretudo na escola de bordado, e resolveu pedir ao *monsù* para preparar waffles à moda belga, com geleia de groselha, talvez junto com muffins ingleses e os pãezinhos amanteigados com geleia de laranja.

De repente, porém, algo lhe chama a atenção, obrigando-a a se deter. Retrocede dois passos, olha ao redor, pisca.

Os vasos de alabastro, aqueles comprados em Paris com o marido e roubados no início de agosto, estão ali, na frente dela, exatamente no móvel onde ela os havia colocado, mais de vinte anos antes.

Giovanna hesita. Está confusa, talvez assustada. Depois, se aproxima, toca neles.

Nenhuma dúvida. São verdadeiros. São os *seus* vasos.

O frenesi se apossa dela. Os passos correm pelo piso de quadrados pretos e brancos, roçam o parquete do salão de baile, chegam à sala do buffet. Abre todos os armários, escancara gavetas e prateleiras. Toca a prataria, incrédula: está luzidia, limpíssima. Pega uma cafeteira, a vira e, com lábios que tremem de emoção, procura o selo de Antonio Alvino, o ourives napolitano. Ele está lá, inconfundível. Torna a fechar o armário com um gesto lento e assente consigo mesma.

O último aposento é aquele de Giovannuzza. Na cesta no chão, os brinquedos de lata da menina.

Tudo o que havia sido roubado fora recolocado no lugar.

Francesco Noto se fez respeitar.

Giovanna pega a sineta para chamar Nino. Mas logo a apoia de volta. *Seria inútil*, pensa. *Nenhum dos empregados vai dizer nada. Só ficarão aliviados pelo modo como o caso foi resolvido.*

A emoção foi forte; precisa de ar fresco. Após ter dado uns poucos passos por um caminhozinho do parque, vê um homem parado sob uma palmeira. É o jardineiro-chefe, e é evidente que a está esperando.

Francesco Noto tira o chapéu, esboça uma mesura.

— Dona Giovanna, *assabbinirìca*, Deus abençoe…

Ela assente.

— Devo agradecer-lhe em meu nome e da minha família, dom Francesco — murmura, aproximando-se. A barra do vestido preto roça os sapatos empoeirados do homem.

— Satisfeito em saber. — Ele não a olha no rosto, os olhos parecem vagar pelo jardim, onde deveria se achar o irmão Pietro, o porteiro. — Foram dois do município, dois cocheiros. Vos pedem perdão pela ofensa.

— Quem? Os nomes.

— Vincenzo Lo Porto e Giuseppe Caruso. Nós os afastamos da Olivuzza.

Giovanna assente, de novo. Isso lhe basta.

O que Giovanna não sabe é *como* a questão foi resolvida.

Ignora que as famílias de Lo Porto e Caruso estão desesperadamente procurando os dois homens, porque, sim, eles foram afastados da Olivuzza, mas não foram para os Estados Unidos ou para a Tunísia, como alguém disse.

No bairro, todos sabem. Não se pode ir contra os irmãos Noto, deixá-los em maus lençóis com os Florio e pensar em se safar.

Claro que os Noto, também, de bobagens já tinham feito muitas; não última, a de pedir um *presente* ao irmão mais velho de Pip, Joss Whitaker, sem depois dividi-lo com Lo Porto e Caruso, amigos deles.

É assim que nos comportamos com os amigos?

Alguém diz que os dois cocheiros cometeram aquele desrespeito com os Florio para reequilibrar a situação com os Noto. Outros, que os dois gostariam de derrubar os Noto. São muitos os boatos que correm...

Só que os Noto não poderiam tolerar uma grosseria dessas.

Não, Giovanna não sabe tais coisas e nem quer saber.

Porém, acaba por saber no final de novembro, enquanto está prestes a subir na carruagem que a levará ao convento das Irmãs da Caridade para a Trezena em honra a Santa Luzia. Escoltada por dona Ciccia, cada vez mais encurvada e lenta, está sendo ajudada pelo empregado a subir no veículo, quando, junto a ela, aparecem duas mulheres, envoltas em xales escuros que as protegem do vento de tramontana.

— Dona Giovanna! A senhora precisa nos escutar! — grita a mais jovem. Tem os cabelos presos em um coque e roupas humildes, mas limpas. A pele está esticada sobre as maçãs do rosto e os olhos são grandes, esfomeados, escurecidos pela dor. — A senhora nos deve isso — reitera, se agarrando à portinhola da carruagem.

Apanhada de surpresa, Giovanna dá um passo para trás.

— O que querem de mim? Quem são vocês? — pergunta, em tom rude e em dialeto.

— Somos as esposas de Giuseppe Caruso e de Vincenzo Lo Porto — responde a outra. Parece ter a idade de Giovanna, mas na verdade é muito mais nova: os problemas fizeram-na envelhecer de repente. Usa um vestido que talvez nem seja dela, porque fica-lhe curto e largo. — Olhe para nós, dona Giovanna: somos mulheres, mães, como a senhora. Temos filhos e ninguém que nos dê pão — disse em dialeto.

Giovanna fica rígida como uma pedra.

— Vêm me pedir dinheiro porque precisam criar seus filhos, que estão com fome? Precisam cobrar dos seus maridos, devem pedir a eles. Deveriam ter pensado nisso quando entraram na minha casa para roubar! E, em vez disso, fugiram como bandidos!

É a mulher de Vincenzo Lo Porto que se aproxima.

— Meu marido não foi para lugar nenhum — diz em dialeto, com os olhos vermelhos de tanto chorar. — Não posso levar uma vela para ele, nem uma flor. Por sua causa, fiquei sem marido.

Giovanna permanece imóvel. Percebe dona Ciccia se tensionar atrás dela; em seguida, sente a respiração ofegante dela.

Então olha a esposa de Giuseppe Caruso, que tem as mãos cerradas sobre a barriga. Aquela assente.

— Até o meu sogro sabe: pediu justiça, disse que iria até Roma se não lhe dissessem o que havia acontecido com o filho. Fizeram a gente encontrar um cachorro morto na porta de casa. — Segura o pulso de Giovanna, aperta-o. — Agora a senhora entende? — sussurra, desesperada.

— Sabia que outros queriam levar bem mais que umas peças de prata? — O rosto da esposa de Lo Porto está, agora, a um palmo do dela. — Que queriam sequestrar o seu filho, ou a sua neta? Já aconteceu com outros, a senhora sabe...

Para Giovanna, é demais. Retrocede um passo, se solta, quase a empurra.

— Deixem-me ir — ordena.

Nesse momento, o cocheiro segura uma mulher pelos braços, a puxa para trás. Ela se aproveita, consegue entrar na carruagem, ainda que a outra tente empurrá-la. Dona Ciccia lhe dá uma palmada na mão.

— Ande! — ordena Giovanna, com o fôlego curto e o coração agitado. Coloca uma das mãos no peito. — Ande, vamos embora! — repete com voz mais alta, enquanto as duas mulheres berram e dão pontapés e socos na porta da carruagem.

Finalmente, a carruagem começa a andar. Os gritos são abafados pelo barulho das rodas no chão e pela respiração afanosa de dona Ciccia.

Ela, Giovanna, quase não consegue falar. Entrelaça as mãos enluvadas em preto.

— Mas você sabia? — pergunta dona Ciccia.

Giovanna engole em seco, procura consolo em uma Ave Maria murmurada às pressas, mas não o encontra. Um nó formado por sensação de culpa e náusea lhe oprime o abdômen.

— Não.

— Você viu, não é? As roupas.

Ela assente uma só vez, os olhos que miram para fora da janela e nada veem.

Preto. As duas estavam vestidas de luto. Como as viúvas.

E viúvas elas serão, oficialmente, algumas semanas depois, quando forem encontrados os cadáveres dos maridos em uma gruta, em local abandonado nos arredores da cidade.

Tinham sido mortos poucos dias depois do roubo. Nunca haviam se afastado de Palermo.

Esse fato chegará aos ouvidos de um delegado que virá do Norte no ano seguinte. Um homem inflexível, acostumado a esmagar os inimigos, como fez uns anos antes, colocando na prisão os duzentos membros da Fratellanza de Favara, uma organização criminosa responsável por uma longa série de homicídios.

A tarefa dele, que lhe foi dada pelo governo, é reprimir a máfia, essa organização criminosa de que todos falam e que parece escapar a toda e qualquer lei. Não só isso: tem de enfiar as mãos na poça de lama em que se misturam poder político e crime, antes que todo o sistema seja comprometido. Um sistema em que os criminosos estão a serviço de senadores, nobres e pessoas honradas "que os protegem e defendem para serem, por sua vez, protegidos e defendidos por eles", como escreverá o delegado no longuíssimo relatório. Ele ficará sabendo, então, que os Florio foram roubados. Vai tentar interrogar dona Giovanna, mas sem conseguir; tentará falar com os Whitaker para esclarecer o sequestro de Audrey e a extorsão, mas só terá como resposta o silêncio.

Vai entender muitas coisas sobre a máfia, esse homem de maxilar quadrado e barba loira que se chama Ermanno Sangiorgi. A organização, por exemplo: o sistema de famílias, os mandamentos, os meninos, o juramento de fidelidade... Uma estrutura que será encontrada, praticamente sem mudar, quase cem anos depois, nas declarações do "chefe dos dois mundos", Tommaso Buscetta, feitas antes a Giovanni Falcone, durante um interrogatório secreto que durou meses, no primeiro e verdadeiro processo contra a máfia, que durou ao todo seis anos, de 1986 a 1992. E que será responsável pelos atentados que custarão a vida ao próprio Falcone e a Paolo Borsellino, respectivamente, quatro e seis meses depois do fim do processo.

Sim, Ermanno Sangiorgi vai entender muitas coisas sobre a máfia. Conseguirá provar pouquíssimas.

O mês de março de 1898 é inseguro, anda a passos incertos como um bebê. Até nos dias de sol, muitas vezes, sopra um vento frio que agita o jardim da Olivuzza, fazendo com que os topos das árvores balancem.

Da janela da saleta ao lado do quarto de dormir, Franca observa as sombras que se desenham sob as palmeiras e escuta o barulho das folhas. Aquele som a faz recordar o bater do mar contra o casco do *Aegusa* e o cruzeiro que Ignazio organizara no verão anterior, no Mediterrâneo oriental. Ela se lembra da beleza áspera das ilhas do

Egeu, das águas transparentes da costa turca, do charme de Constantinopla, sutil como veneno; das estradinhas de Corfù, que ela e Giulia haviam percorrido rindo, enquanto Giovannuzza corria na frente delas com a babá; e daquele vento que cheirava a orégano e a alecrim...

Suspira, o coração cheio de nostalgia. Gostaria de rever o cair do sol no Egeu, de beber outro cálice de Nykteri, o "vinho da noite", porque a uva é colhida antes do amanhecer, de sentir os braços de Ignazio que a enlaçam. Que a envolvem apertado, e somente a ela.

Mas não pode, não naquele estado.

Acaricia o próprio ventre. Não falta muito para o parto.

Sant'Anna, fazei com que seja menino. É a oração que a acompanha desde que descobriu que está grávida. *Um menino para a Casa Florio, para mim. Para Ignazio, que talvez pare de procurar em outro lugar o que eu posso lhe dar.*

Porque é assim. Ignazio continua a colecionar mulheres: basta que sejam jovens e belas, e não importa se são nobres ou mulheres da má-vida. É um milagre ele não ter contraído alguma doença; quanto a isso — parece claro —, ele é, sem dúvida, prudente.

Por outro lado, por que ser reservado se, em Palermo, entre os conhecidos deles, não tem um só casal que possa se declarar fiel? Com um misto de raiva e pena, Franca pensa no que lhe revelou poucas semanas antes Giulia, a esposa de Romualdo Trigona. Que o marido agora tem uma amante fixa e ela decidiu: não vai mais ficar olhando. Não lhe importa o que as pessoas pensem; ela quer ser livre para viver a vida dela, amar e ser feliz.

No entanto, as pessoas *ainda e sempre* encontram o modo de ferir.

A última vez havia acontecido só uns dias antes. E, felizmente, Maruzza aparecera...

Já faz um tempo que Franca tem uma dama de companhia, a condessa Maruzza Bardesono, uma senhora de meia-idade de traços rígidos e ar severo. Crescida em uma família de posses, com a morte do irmão ficara sozinha e sem fonte de renda. Alguém dissera a Franca que ela estava procurando emprego, e Franca a encontrara mais por dever que por convicção. Mas se impressionara com os modos gentis, a cultura e o ar de segurança que emanava, e lhe oferecera o posto na hora. Jamais se arrependeu.

Naquele dia, Maruzza havia ido ao quarto de dormir de Franca para lhe devolver o exemplar dela do *Amuleto*, o último romance de Neera, do qual as duas gostavam muito. Ela a encontrara em lágrimas, com a cabeça apoiada na penteadeira e uma folha de papel na mão. No chão, escovas, pentes, vidros, cremes e perfumes, jogados em um ímpeto de raiva.

— O que a senhora tem, dona Franca? Está se sentindo mal? — perguntara, colocando o livro na cama.

Continuando a soluçar, ela erguera o papel.

Enquanto a mulher lia rapidamente a carta, o rosto ficou enrubescido.

— Que gente imunda! — exclamara. — As cartas anônimas são instrumento de pessoas vis... e mandá-la para uma senhora grávida? Vergonha!

— Não sei quem são essas mulheres com quem ele sai, e nem quero saber — murmurara Franca. — Sempre o aceitei porque sei que ele me ama e que volta para mim. — Tinha se levantado e olhava Maruzza nos olhos. — Mas, já faz um tempo, sempre me pergunto se não faria melhor indo embora. Eu e a minha filha, sozinhas.

Maruzza a segurara por um braço.

— Dona Franca, agora eu já a conheço um pouco. Posso falar com sinceridade?

Ela assentira.

— A senhora tem tudo o que uma mulher pode desejar. Saúde, beleza, uma filha que é um anjo e é amorosa e inteligente. E... tudo isto. — Com um amplo gesto do braço, indicara o quarto de dormir. — A senhora vai ser mãe de novo, por acaso se esqueceu disso?

— Mas...

— Estamos todos sozinhos, dona Franca, homens e mulheres. E não importa o dinheiro, o título ou a posição social. Todos nós procuramos alguma coisa que não temos, que nos faz falta. Mas a um homem são dadas as armas para lutar as batalhas deles. Uma mulher, por outro lado, tem de conquistar essas armas e, se as obtém, paga muito caro. A senhora é feliz, porque tem tantas armas, e até aprendeu como usá-las. Muitas *fimmine* não as têm, e pronto. *São umas inúteis*, exatamente como essa que escreveu a carta...

Franzindo a testa, Franca voltara a olhar a folha, quase como se buscasse nela uma confirmação da última afirmativa de Maruzza.

— Sim, claro que foi uma mulher — prosseguira a outra. — Veja, algumas mulheres nem procuram as armas. Porque, para encontrá--las, precisariam mudar muita coisa, a começar pela cabeça delas. Deveriam parar de contar histórias. Assim como diz Neera... — Pega o livro, o folheia, chega a uma página. — "Não tendo força de espírito para procurar o que poderia ser uma verdadeira vantagem para elas, se conformam com a lição mais cômoda e mais próxima" — lê. — *Si scantano*, têm medo de viver, assim se transformam em *cristianedde*, em mulheres que têm medo de tudo e se sentem fortes somente se julgam os outros. Mas a amargura que elas sentem se transforma em bile, as sufoca e elas devem botá-la para fora, de algum modo, até por meio de cartas como esta. São pessoas infelizes, dona Franca. Claro, elas sentem inveja do seu dinheiro, dos seus vestidos, das joias... Mas, acredite em mim, elas a atacam, principalmente, porque veem que mulher a senhora é. A senhora tem coragem. Sabe o que o seu marido faz, mas anda por aí de cabeça erguida, não se esconde, não paga com a mesma moeda, não permite que ninguém ataque a *sua* dignidade. A senhora está sempre ciente do nome que traz.

Franca havia voltado a sentar-se.

— Então, em sua opinião, eu deveria ter pena de quem escreveu esta carta?

— Sim. E há as outras mulheres...

— As... outras?

— Aquelas debochadas que o seu marido cobre de joias. Elas têm poucas armas, claro... mas sabem usá-las bem demais! — Maruzza dera risada, mas sem alegria. — Pense: elas também merecem pena. Acham que são importantes; no entanto, não se dão conta de que os homens as usam para se divertir, e pronto. Amantes de poucas semanas, que acabam abandonadas sem a menor tristeza, colocadas de lado como bonecas velhas.

Franca não havia conseguido esconder a surpresa que essas palavras tão desagradáveis, porém tão verdadeiras, lhe haviam causado. Na mente dela, a imagem de Maruzza ficara ao lado da cunhada Giulia. Duas mulheres muito diferentes, mas que lhe haviam dito a mesma coisa: ela era uma planta de raízes fortes e não deveria ter medo de florescer, de procurar o céu com os ramos. Era destinada a crescer, a ficar sempre mais forte.

E ainda mais.

— Mas por que, então, ainda causa tamanha dor, após passado tanto tempo? — perguntara mais a si mesma do que a Maruzza.

A outra dera um suspiro. Em seguida, com um sorriso amargo, respondera:

— O amor, dona Franca, é um animal ingrato, morde a mão que o alimenta e lambe aquela que lhe bate. Amar para sempre, amar de verdade, significa não ter memória.

Uma pontada nas costas. É violenta, a abala por completo.

Franca quase tem um sobressalto na poltrona da saleta, respira. *Será que é uma contração?*, pensa. Estende a mão para o sino, chama uma empregada, que aparece logo na soleira.

— Pois não, dona Franca.

— Chame a condessa Bardesono, por favor. Diga-lhe para vir agora mesmo.

Outra pontada. Desde a conversa sobre a carta anônima, um mês antes, a ligação com Maruzza ficou mais profunda, mais íntima. Instintivamente, Franca chamara por ela, e não a sogra.

Passos velozes soam na sacada. Uma porta se abre. Franca ergue a cabeça, se depara com o olhar gentil de Maruzza. Mas, na mesma hora, tem de se inclinar para a frente e contém com dificuldade um gemido; empalidece e respira com dificuldade.

Maruzza coloca uma das mãos na testa dela e a retira.

— Começaram as dores? Quer que chame o médico? Sua mãe?

A mãe, não *dona Giovanna*. Sim, Maruzza a conhece.

— A parteira e o médico... e minha mãe, sim. Ela pode ficar aqui uns di...

Outra pontada no ventre. Os dedos de Franca envolvem o pulso de Maruzza.

— Estão muito perto uma da outra — murmura, com uma sombra de pânico nos olhos. — Começaram assim, de repente...

Maruzza agita uma mão.

— O segundo filho chega sempre mais rápido que o primeiro. Quer que chame o seu marido?

Ignazio. Franca gostaria de tê-lo ao lado. Saber que ele espera ali, em casa, lhe daria forças, claro. Mas onde ele estará? Na sede da NGI, ou andando por aí? Saiu sem dizer nada. Ele a cumprimentou com um rápido beijo de longe, e ela mal teve tempo de o ver sair, rapidamente, vestido como sempre, de maneira impecável e com o habitual cravo na botoeira.

— Peça para Saro dizer-lhe onde ele está — murmura.

Com uma das mãos apoiada no braço de Maruzza e a outra nos rins, Franca se levanta e dá alguns passos. A cama estava feita, as roupas, guardadas no armário. Pela janela, entra uma luz pastosa; tudo está mergulhado na quietude, à espera. Arranjadas, na cômoda, encontram-se flores brancas, e o cheiro delas lhe dá náuseas.

— Mande tirá-las daqui — diz para Maruzza, indicando as flores. Em seguida, outra pontada irradia-se do baixo ventre, estendendo-se por todo o abdômen. Não há dúvidas: o segundo filho está para vir ao mundo.

Concentrar-se, uma respiração depois da outra. Sentir o sangue se acelerando nas veias, enquanto se é tomado por ondas de dor que só passam para atingir de novo, com mais força. O corpo se rebela, se abre. A mente se anula porque não consegue suportar essas contrações, aquela sensação de que o ventre será partido ao meio.

Depois, com as derradeiras contrações, chega a calma. É um tipo de resignação sombria. *Sim, estou para morrer*, pensa Franca, mergulhada em suor, sangue e líquido amniótico, e quase deseja ser assim, porque está exausta e não consegue mais suportar o sofrimento. Balança a cabeça, deixa escapar um soluço.

— Não consigo — murmura para a mãe, que lhe segura a mão. — Não consigo.

Ela também suada, Costanza lhe segura com força a mão, lhe enxuga a testa.

— Mas é claro que vai conseguir. — Ela a encoraja. — Conseguiu com a Giovanna! E com ela foi difícil, lembra?

À frente, inclinada entre as pernas dela, a parteira emite um som, em parte risada e em parte bufo.

— A srta. Giovanna estava mal posicionada. Eu tive de virá-la! Este, pelo contrário, está em boa posição, mas é bem grande. Vamos, e que Sant'Anna nos ajude!

Franca não responde. Sente a pressão de outra contração, se curva para a frente, contém uma ânsia de vômito. Agora deve se liberar, permitir que o bebê venha ao mundo. Faz força.

— Chega... pare... — A parteira coloca uma das mãos sobre o abdômen de Franca, endireita a coluna. Faz um carinho na mão dela. — Agora vai sair. Quando eu disser, faça força e depois, pare. Agora!

Franca grita. Sente qualquer coisa se desgrudar dela, como se lhe estivessem arrancando um órgão vital. Estende a mão, mas está extenuada, não tem forças para perguntar, para saber. E se deixa cair sobre os travesseiros, cerrando os olhos.

Acabou. O que quer que seja, acabou.

Longos instantes se passam.

Então, um vagido.

Abre os olhos, vê a mãe. Está feliz, ri e chora, ao mesmo tempo, com as mãos na boca, assente.

— *Masculu è!*

Ainda está preso a ela, sujo de sangue, recoberto pela camada esbranquiçada do saco amniótico. Mas é menino, sadio, está vivo, tem olhos grandes e a boca cerrada em um pranto que narra toda a dor da primeira respiração.

É um menino. É o herdeiro.

* * *

Masculu è! É menino! O grito ressoa por toda a casa. Foi Giovanna quem deu a notícia para Ignazio, à espera em uma saleta no térreo, na companhia de Romualdo Trigona, de Giulia e do cunhado Pietro. Faz anos, talvez mesmo desde a infância, que Ignazio não vê no rosto da mãe um sorriso tão luminoso como quando ela lhe dissera:

— É um menino, meu filho! Finalmente!

Ignazio manda que na mesma hora seja trazido o champanhe e que todos os empregados bebam uma taça, depois brinda com os amigos e os parentes, os abraça, ergue os braços para o céu. A babá leva Giovannuzza para o pai, para festejar, e ele a ergue, a faz girar no ar e lhe dá um beijo no rosto, depois beija a irmã Giulia.

Está feliz. Depois de cinco anos, finalmente chegou o herdeiro! Os problemas econômicos? A crise da navegação, o dinheiro que nunca é suficiente? Tudo distante. As reivindicações dos operários da fundição? Pouco importa. Agora tem um novo Ignazio... porque é assim que ele vai se chamar. Como o pai, levará adiante o nome da família e continuará a história deles.

Depois de outra taça de champanhe, chama Saro.

Ele se detém na soleira da porta, faz uma mesura.

— Felicitações dobradas, dom Ignazio.

Ignazio vai ao encontro dele, radiante; o segura pelos ombros, o olha fixamente.

— Preciso de algumas garrafas de marsala. Mas não quaisquer garrafas; quero das do meu avô, as guardadas no fundo da adega. Mande alguém pegá-las e trazê-las para cá, rápido.

Saro arregala os olhos, espantado, depois se afasta. Ignazio olha ao redor, então ergue a bacia de prata no centro da mesa, a vira para livrá-la do arranjo de flores secas e, batendo nela como se fosse um tambor, atravessa o palácio e chega à escadaria vermelha que leva aos aposentos dele e aos de Franca. Rindo às gargalhadas, Romualdo o segue pela escadaria. Pietro, por outro lado, está com ar perplexo e, antes que coloque o pé no primeiro degrau, é detido por Giovanna e Giulia, que está carregando Giovannuzza.

— Mas o que o meu irmão está fazendo? — pergunta Giulia, confusa.

Pietro abre os braços.

— E eu vou saber? Ele mandou Saro trazer marsala.

Giovanna balança a cabeça, ergue os olhos para o teto.

— O que ele tem na cabeça...

Giulia entrega Giovannuzza para a governanta, segura as saias e começa a subir as escadas a passos rápidos, seguida pela mãe. *Só falta ele fazer Franca desmaiar com uma das ideias dele*, pensa. Ela sabe o que é enfrentar um parto e sabe também que os homens não podem nem imaginar o que seja. As duas mulheres atravessam o corredor e, então, param no meio das plantas do jardim de inverno. De repente, atrás delas, sentem uma respiração entrecortada e um tilintar de vidros. É Saro, carregando garrafas empoeiradas.

— Mas o que está fazendo? — Giovanna está escandalizada.

— Dom Ignazio me disse... — Saro se detém, recupera o fôlego.

— Saro! — A voz de Ignazio ressoa no interior. — Saro, onde você está? — Ele aparece na janela do quarto de Franca, com os olhos brilhando de excitação, faz um gesto para Saro ir ter com ele, e desaparece no interior do quarto.

A singular procissão volta a andar e chega perante Franca: está sentada na cama, pálida e exausta, mas sorridente. A mãe dela carrega o recém-nascido, esperando que a babá termine de arrumar as faixas para vesti-lo.

Então Ignazio coloca a bacia na penteadeira, depois pega as garrafas de marsala e as derrama na bacia. O quarto se enche com o cheiro pungente do álcool, que se mistura com o cheiro salino do suor e o mais sutil e ferroso do sangue.

Finalmente, Ignazio se vira para a sogra e estende os braços. Costanza não sabe o que fazer e olha a filha, mas Franca está rindo, assente com um gesto, porque entendeu e está feliz. Giulia também entendeu, e segura a mão do irmão.

— Espere! — grita, rindo. Pega a garrafa de água preparada para o banho do recém-nascido e derrama o líquido na bacia, sob os olhos espantados dos demais.

— Tem de diluir o marsala, ou poderia lhe fazer mal! Acabou de nascer!

Nu, nos braços do pai, o recém-nascido abre os olhos. Ignazio se detém por um instante, o olha. É uma criança com rosto enrugado, pele avermelhada. E é filho dele. Dele e da adorada Franca.

Então, mantendo-o no antebraço, o abaixa acima da bacia, pega com uma das mãos um pouco de líquido e lhe banha a cabeça. Depois o imerge completamente.

Atrás dele, gritos escandalizados.

— Mas o que é isso? O está batizando? — grita Giovanna, em dialeto, porque para ela esse tipo de batismo é um sacrilégio.

Giulia está com uma das mãos na boca, incerta entre o riso e a indignação. Giovannuzza, atrás da tia, olha a cena com olhos arregalados.

Mas Ignazio não vê e não ouve ninguém. Procura Franca com o olhar. Ela ri e bate palmas. No rosto, uma doçura que ele trará no íntimo por toda a vida.

A vida, sim. A que ele sempre foi atrás, que por tanto tempo pareceu escapar-lhe. Foi perseguido pela morte, desde quando o avô morreu, quase no mesmo dia em que ele nascia. E depois, pela morte do irmão Vincenzo. E, também, pela do pai. Tentou esquecer esse sofrimento junto a Franca, mas não só ela.

Também com tantas outras mulheres, demais da conta. Inclusive, por meio dos caprichos e das loucuras que a imensa riqueza lhe permitiu fazer.

E, no entanto, somente agora sabe que pode encontrar um pouco de paz. Porque entre os seus braços se encontra a vida. Se encontra o seu futuro, e o da Casa Florio.

O bebê abre os olhos, começa a chorar, mas Ignazio lhe molha os lábios com um dedo sujo de licor.

— Este é o sabor que você tem de lembrar. Este, antes mesmo, do sabor do leite. — Encosta o bebê no peito, descuidado de que também ele próprio vai ficar fedendo a licor. — Isto fez de nós o que somos: os Florio.

— Dom Ignazio... os operários estão aqui. — Saro entra no escritório e olha a praça através das cortinas da janela. Ignazio, sentado à escrivaninha, troca olhares perplexos com Erasmo Piaggio, sentado na poltrona à frente, então se levanta e espia por cima dos ombros do empregado, imitado pelo diretor da NGI. Na verdade, uma dezena de empregados está à espera, na frente da entrada, conversando com Pietro Noto, o porteiro.

— O que eles vieram fazer? — murmura.

— Ah! Talvez tenham vindo pedir satisfação pelos atrasos no trabalho? — conjectura Piaggio.

Ignazio volta a sentar-se à escrivaninha.

— Explique para eles que, desde que Codronchi saiu do cargo, em julho do ano passado, as coisas ficaram muito complicadas. E é preciso torcer para que essa Sociedade Canteiros Navais, Bacias e Estabelecimentos Mecânicos Sicilianos que resolvemos criar — diz, batendo o dedo indicador nos papéis à frente — faça as coisas voltarem a caminhar... — Levanta-se, de um salto. — Espero mesmo que não estejam aqui para pedir outro aumento salarial! Com que coragem, com aquilo que aconteceu em janeiro! Temos de voltar a conversar com Garibaldi Bosco: é a única pessoa que pode lhes dizer que se acalmem. Quanto aborrecimento, esses protestos contínuos...

— Vieram prestar a sua homenagem pelo nascimento do *nico*, do pequeno. — Giovanna está na soleira da porta. Apareceu sem fazer barulho e agora olha o filho com ar de censura. — Eu mandei acomodá-los — explica. Vira-se para Saro. — Mande trazer aqui outras cadeiras, depois coloque biscoitos e vinho na escrivaninha. São nossos trabalhadores e precisamos acolhê-los bem — acrescenta, prevendo a objeção do filho, que na verdade arregalou os olhos. — Seu pai teria agido assim — murmura. E, enquanto se afasta, pensa com amargura que o seu Ignazio teria ido pessoalmente anunciar o nascimento do herdeiro para os operários da Oretea, assim como acontecera com o nascimento de Vincenzino.

Logo em seguida, passos pesados dos operários ressoam nos corredores da Olivuzza, empoeirando os tapetes e marcando o parquete. Vestidos com roupa de festa, os homens se entreolham, intimidados pelos grandes quadros, pelos elaborados arranjos de flores, pelo ouro e pelo estuque; mas, acima de tudo, por aquela casa que parece não ter fim. Não esperavam entrar; o porteiro lhe dissera que entregaria a mensagem a dom Ignazio e que poderiam voltar para casa. Então, aparecera dona Giovanna, a viúva do patrão —, que dissera simplesmente "Bem-vindos. Venham" e se dirigira ao escritório que tinha pertencido ao marido e agora pertence a Ignazio.

Passam pela saleta verde e divisam dona Ciccia que, sentada na poltrona, cochila com a boca aberta. Alguém ri, mas é só um instante; logo em seguida, percebem o retrato de Ignazio na moldura de prata. Então, o grupo para e faz o sinal da cruz.

Giovanna observa-os, sente que seus olhos se umedecem. Um operário de idade avançada, com grandes bigodes grisalhos, a olha de esguelha.

— Era um verdadeiro pai para nós todos. O Senhor o chamou cedo demais para junto de si — diz.

Ela assente de modo rápido, depois lhes dá as costas e continua a andar na direção do escritório. Ignazio encontra-se na soleira da porta, junto com Piaggio. Na escrivaninha, lotada de papéis e pastas, garrafas de vinho e bandejas com biscoitos. Ao lado, guardanapos de linho bordado, com as iniciais de Ignazio e de Franca.

Os operários se dispõem ao longo das paredes da sala e o operário com bigodes grisalhos se aproxima de Ignazio.

— Vossa senhoria, nós viemos aqui para lhe dar as nossas... os nossos...

— ...felicitações — sugere um jovem no fundo da sala. Tem olhos inteligentes e parece o mais bem-vestido.

— Sim, felicitações. O nascimento do *picciriddu* é uma coisa boa não só para o senhor, mas para toda a Casa Florio, e estamos muito contentes por o senhor ter resolvido chamá-lo como *u' principale*, o chefe, seu pai, que o Senhor cuide dele.

— Amém — sussurra Giovanna, no fundo da sala.

— Obrigado. Foi muita gentileza de vocês virem até aqui. — Ignazio mastiga as palavras, enfiando os polegares nos bolsos do colete. — Posso oferecer-lhes algo de comer? Imagino que tenham vindo a pé.

— A pé e com a escolta.

De novo, foi o jovem que falou, e a ninguém passou despercebida a nota de sarcasmo na voz. Piaggio ergue as sobrancelhas, se aproxima da janela e distingue, em um canto da praça, um grupinho de carabineiros, policiais. Então, enquanto os homens se aproximam da escrivaninha para pegar um cálice de vinho ou um biscoito, volta-se para o jovem:

— O senhor é...? — pergunta.

— Nicola Amodeo. Torneiro da Oretea.

— Bem, sr. Amodeo, a escolha me parece uma precaução necessária, considerando os protestos de janeiro na frente da sede da NGI. — Piaggio só precisou de um instante para perceber que aquele não é um simples operário. Mantém a cabeça alta e quer definir o papel dele. *É um sindicalista, ou pior*. — Foram escolhas dolorosas para nós também, sabe? Demitir nunca foi um prazer; mas, enquanto não forem encaminhados os serviços do estaleiro naval, a fundição não pode se permitir empregar mais pessoas do que as extremamente necessárias.

Ignazio se aproximou dos dois, assente.

— O senhor não se dá conta do quanto foi ruim esse mês de janeiro para a gente pobre de Palermo. — Amodeo balança a cabeça. — As demissões dos aprendizes foram um golpe duro. Tinham pedido só um aumento, porque o preço de tudo aumentou, a começar pelo pão; e, em vez disso, foram colocados na rua e indicados para a polícia. E agora ninguém quer contratá-los, porque ficaram com o estigma de anarquistas.

— Ora, que exagero! — exclama Piaggio. — Eram apenas aprendizes, cabeças quente, ingratos que tinham feito piquetes sem razão. E, além do mais, o senhor mesmo disse, o preço de tudo está aumentando em qualquer lugar. Os impostos, para citar um caso! — Faz um gesto para um empregado, que se aproxima com uma bandeja, na qual há vários copinhos com marsala. — Se o senhor estivesse em nosso lugar, teria feito a mesma coisa. Punir alguns serve para lembrar a todos quem dá as ordens.

Amodeo recusa o vinho.

— Os senhores os demitiram sem lhes dar tempo para se explicar — comenta, seco.

— Depois dos protestos que fizeram, o que nós deveríamos fazer? Readmiti-los? — intervém Ignazio. — Certos encrenqueiros são como ratos em um celeiro: de uma só vez, engolem tudo.

Amodeo abaixa a cabeça.

— O senhor, dom Ignazio, não entende que aqui temos fome, muita fome; e a fome é perigosa. Nos protestos de janeiro não estávamos só nós da fundição ou da rampa; estavam, também, carpinteiros, pedreiros, cortadores de pedra... Tinha gente do distrito dos Tribunali, de Monte di Pietà, de Castellammare, até da Zisa e de Acqua dei Corsari. Palermo precisa de trabalho.

— Vocês acham que eu não sei? — Ignazio ergue o tom de voz e retorce os lábios em uma careta exasperada. — Até quando havia Codronchi, o processo para o estaleiro naval foi levado adiante... Parecia que os trabalhos fossem iniciar de um momento para outro. Estive até em Roma para pressionar, pedir e brigar... Agora, tudo está parado no ministério, não se pode falar em *picciuli*, e ninguém quer se empenhar pela gente. Sem contar que temos protestos por toda a Itália e o governo tem bem mais em que pensar. Não depende de nós!

O operário balança de novo a cabeça, dá um sorriso constrangido.

— Dom Ignazio, depende do senhor também.

— Eu...

É Giovanna que o interrompe. Coloca a mão no braço dele, o faz dar meia-volta.

— Eis Franca com o *picciriddu*. Venha — diz para ela.

Ignazio ergue a cabeça. Na soleira da porta, apareceu a esposa, apoiada por Maruzza. Atrás delas, a babá segura o monte de rendas e bordados em que o bebê está envolto.

Os operários as recebem batendo palmas, proferindo uma bênção em siciliano.

— Que o Senhor o guie e proteja sempre. — E acrescentaram alguns elogios ao bebê e à mãe.

Ainda está pálida, a sua Franca, pensa Ignazio; passaram-se poucos dias do parto e ela mal consegue se recuperar. Uma onda de ternura aquece o peito dele. Vai organizar uma viagem no verão para ela e para toda a família, talvez com o trem de propriedade dele, de modo que não tenham de se cansar e disponham de todo o conforto dos vagões pessoais. Sim, vão voltar para Paris e talvez até à Alemanha, diz com seus botões, e o pensamento lhe faz surgir o primeiro sorriso do dia.

O importante é se afastar de Palermo e de toda aquela miséria.

Ignazio anda nervosamente de um lado para outro, tentando aliviar o mau humor.

A sala de jantar no primeiro andar da Olivuzza nunca foi um dos aposentos preferidos dele; grandes demais e sombrios, os móveis de mogno, exageradamente maciços e antiquados, os candelabros de prata. E sempre detestou os dois antigos pavões de coral e cobre que exibem a cauda em cima da cornija da lareira, sem falar do gigantesco protetor de faíscas. Mas já se passou um ano do nascimento de Ignazio — que todos chamam de "Baby Boy" — e é hora de ele e Franca voltarem a ser o centro da vida social de Palermo. Ainda que isso signifique receber, com todas as honras, certas pessoas que lhe são particularmente detestáveis, como naquela noite.

Detém-se ao lado da mesa.

— Ovos à Montebello? Para um jantar depois do teatro? — bufa, olhando o menu.

Nesse instante, Franca entra, envolta em um vestido de renda escuro e uma estola de seda cor de marfim. Não veste colar algum, somente os dois braceletes e os brincos de pérola de Cartier que Ignazio lhe deu durante a viagem de núpcias. Mais uma vez, o corpo voltou a ser sinuoso, como antes da gravidez. Os cremes mais caros — da Veloutine de Charles Fay ao *cold-cream* de Pinaud et Meyer —, os banhos frios para favorecer a tonicidade da pele, as massagens regulares a ajudaram, mas agora ela está pensando em se submeter, em Paris, a um tratamento que deveria realizar um *peeling* no rosto com esmalte líquido. Porém, lhe disseram que é muito doloroso e que ela, aos 26 anos, *ainda* não precisa disso.

— Você deve saber, meu querido, que d'Annunzio adora os ovos — comenta com voz cantada. — Mas, como você vê, também temos lagosta ao molho tártaro, aspargos em molho espumoso e, para terminar, o *trionfo di gola*. — Ela se vira, suspira. — Que homem fascinante e único. Sabe, conversamos por um bom tempo, durante o intervalo, entre o terceiro e o quarto ato.

— Ah, quando começaram os assobios, ele foi atrás de você...

— Mas o que você está dizendo? Foi um triunfo! Oito chamadas só no primeiro ato... quem estava fazendo barulho eram aqueles estudantes estúpidos na galeria. E as obras de Gabriele são sempre audazes, suscitam discussões. Essa maravilhosa *Gioconda* não é exceção. Claro, graças também a Duse e a Zacconi, que são...

— Você o chama até pelo nome. — Ignazio a interrompe, frio. — É um *fimminaro*, um mulherengo, e não tem medo de flertar com as mulheres.

Franca desvia, concentrando a atenção no corpete do vestido, tira um invisível fiapo.

— Vocês se reconhecem entre si, não é? — Então, faz um gesto para o empregado e lhe entrega a estola, pedindo-lhe que a leve para Diodata.

Ignazio arregala os olhos.

— Você está decotada demais!

Franca atira-lhe um olhar em que frieza e incredulidade se misturam.

— Acho que é a primeira vez que você diz isso a uma mulher. Ou você costuma sugerir isso, também, às suas... amigas?

— O que uma coisa tem a ver com a outra? Todos sabem que d'Annunzio é um homem muito *sensível* às belas mulheres! — exclama, aproximando-se dela. — Você o é, e ele ambiciona tê-la entre as conquistas dele. Ora, não negue! Eu percebi como olhava para você esta noite, como lhe falava...

— Imagino que você reconheça certos modos de macho caçador.

Ignazio fecha o rosto.

— Não brinque, Franca.

Ela agita a mão, enfadada.

— Ele me pediu um "talismã" para a nova obra teatral, e eu prometi que lhe daria um. Pensei em um grão de coral... E então, se você prestasse mesmo atenção, teria visto que estávamos conversando com Jules Claretie.

— Mas é o diretor da Comédie Française e aposto que é um pederasta, assim como tanta gente de teatro. Franca, não estou brincando: fique longe de d'Annunzio. — Ignazio a agarra pelo pulso.

Ela se solta.

— Eu sei tudo sobre você. Tudo. Sei quanto gasta com as suas amantes, aonde vocês vão, até que perfume elas usam, porque posso senti-lo em você. Os rumores a seu respeito são tão previsíveis, que agora nem presto mais atenção neles. E, agora, você fica com ciúmes só porque conversei com um homem, na frente de um teatro inteiro? Você é ridículo!

— Não tenho intenção de fazer papel de corno na frente de toda Palermo.

Franca joga a cabeça para trás, dá uma risada alta.

— Bom! Como é que você se sente, estando do outro lado por uma vez? Ver que outros desejam o que você tem, e a que não dá atenção? — Acaricia o pescoço, os dedos descem pelo decote. Decidiu provocá-lo. — Em sua opinião, o que os outros homens pensam, quando veem você bancando o cretino com as esposas deles?

— Como você ousa... — Ignazio está acalorado.

— Sou sua esposa: me permito e muito. Agora, porém, basta. Ou você quer fazer papel de ridículo na frente de todos?

Um ataque de tosse, discreto, mas peremptório, os interrompe. Mastro Nino está na soleira da porta.

— Os condes Trigona e monsieur Claretie chegaram. Faço-os entrar?

Franca ergue uma ponta da saia.

— Irei recebê-los eu mesma — declara e, depois de um último olhar gélido na direção de Ignazio, passa na frente dele com passos largos e sai da sala.

— Esta noite sua mulher está esplêndida, *curò*. Todos perceberam, a começar pelo nosso poeta. Ele olhou mais para ela que para o espetáculo — sussurra Romualdo, erguendo o queixo na direção de Franca, que, animada, conversa em francês com Giulia e monsieur Claretie.

Giuseppe Monroy ri por debaixo dos bigodes finos e diz, em siciliano:

— Não fale assim com o nosso Ignazziddu. Não vê que ele já está nervoso?

— *Uns cabeças-ocas* é o que vocês são — sibila Ignazio.

— Mas dizem que Duse sabe... usar as rédeas com ele. — Giuseppe pega uma garrafa de champanhe e começa a beber sozinho, sob os olhos atônitos do garçom. — E que mulher, essa. Que olhos, parecem lançar chamas! E que porte, que colo!

Nesse momento, passos ressoam no corredor, junto com algumas vozes masculinas e uma risada feminina profunda, gutural. Franca e Giulia trocam olhares, se aproximam da porta. Gabriele d'Annunzio é o primeiro a entrar, e o faz ao seu modo, com os braços abertos e as palmas das mãos voltadas para o alto. Fixa o olhar em Franca, lhe segura as mãos, leva-as primeiro aos lábios, depois ao coração.

— Dona Franca, esta casa é moldura digna para o seu esplendor.

— Agradeço-lhe, mestre — responde ela com um sorriso. Então indica a mulher ao lado. — Posso apresentar-lhe a condessa Giulia Trigona, uma querida amiga minha?

Giulia, com um vestido vermelho fogo, esboça uma jocosa reverência. D'Annunzio sorri em resposta, inclina-se.

— Encantado, senhora. Palermo pode se declarar cidade felicíssima, se a beleza de suas filhas rivaliza com a da voluptuosa Actea, ninfa das margens. As senhoras são graciosas como uma brisa do vento etésio, sopro meridiano do grande Mediterrâneo.

— Ora, deixe de nos adular — exclama Franca. — Ou os nossos maridos, homens ciumentos que são, se sentirão no dever de desafiá-lo para um duelo.

— Não seriam os primeiros! — exclama d'Annunzio. — Já ouvi outras vezes o rimbombar da morte...

À porta da sala de jantar, envolta em uma capa de cetim cinza-claro bordada com contas de vidro, em graduação do branco ao prateado, uma mulher observa a cena, ostentando um sorriso entre o irônico e o amargo. Aproxima-se de Franca.

— É mais forte que ele. Na presença de uma bela mulher, tem de se exibir. — Estende-lhe a mão. — Sou Eleonora Duse. É um prazer conhecê-la, dona Franca.

Franca hesita por um instante. De perto, sem a maquiagem teatral, com os longos cabelos castanho-escuros soltos sobre os ombros, Duse não é simplesmente bela ou sensual. É magnética. É a encarnação da elegância dos gestos unida a um corpo harmonioso, uma beleza tão perfeita a ponto de parecer irreal.

— A honra e o prazer são meus — diz, enfim. — Foi um privilégio assistir a sua interpretação desta noite. A senhora deu voz ao tormento interior de Silvia, mas também conseguiu transmitir uma coisa ainda mais difícil: seu sofrimento físico. Com um simples piscar de olhos...

— Somente uma mulher sensível sabe quão forte é o laço entre o amor e o sofrimento — responde Duse.

Franca sorri e faz um gesto para que ela se acomode. Nesse instante, no vão da porta, aparece um homem ofegante, de traços ao mesmo tempo meigos e resolutos, e com um olhar vivaz.

— Ah, eis aqui o meu escultor! — exclama d'Annunzio.

Ermete Zacconi, que na *Gioconda* interpreta o escultor Lucio Settala, marido de Silvia, faz uma mesura para Franca, lhe segura a mão.

— Dona Franca, é uma honra — diz. — Perdoem o atraso, mas depois do espetáculo sempre preciso de um momento de paz...

— Sou capaz de imaginar, sr. Zacconi. A sua personagem é... tão intensa, que me arrancou mais de uma lágrima.

— Espero que não de horror! — D'Annunzio correu para perto dela, apertou-lhe a mão, lançando um olhar falsamente humilde.

— De pura e autêntica emoção, eu lhe garanto, mestre.

Ele lhe beija a mão e sorri.

Ignazio procura o olhar de Franca, para lhe dirigir uma censura muda, mas ela lhe dá as costas e, com um gesto, convida a todos para que se acomodem à mesa.

* * *

Assim que Franca e Ignazio sentam-se às respectivas cabeceiras da mesa, com o poeta à direita de Franca e Duse à esquerda de Ignazio, os empregados servem os pratos cobertos por cloches de prata. O aroma dos ovos e do pão, recém tirados do forno, invade a sala.

— Ovos a Montebello? Mas a senhora está me mimando! — exclama d'Annunzio, saboreando um naco, sem afastar os olhos de Franca.

Ignazio treme. Giuseppe troca olhares com Romualdo, que dá uma risadinha.

Então, na pausa entre a lagosta e os aspargos, o poeta entrelaça os dedos sob o queixo, observa Franca.

— A senhora tem um pescoço de cisne. Os brincos que usa o tornam mais curto e afastam a atenção de sua milagrosa beleza. — Agita a mão na direção dos pendants, os pingentes de Cartier. — Ora, tire-os.

— De verdade?

— Sim.

Obediente, Franca tira um, depois se olha na superfície da garrafa de prata à frente. O poeta se aproxima mais dela, quase roça a face dela.

— Está vendo? A senhora deveria usar somente colares e *corsages* que exaltem a linha da sua garganta.

Franca assente. Tira o outro brinco, volta a se olhar.

— O senhor tem razão — confirma, admirando-se no reflexo.

Na outra ponta da mesa, exasperado, Ignazio só pensa na hora em que ficará sozinho com a esposa. Não, não pode suportar toda essa confiança. E tem a certeza de que Franca se aproveita das atenções de d'Annunzio para se vingar dele. *Ela vai ver! Acha que só ela tem direito de fazer cenas?*

Ele volta a si quando capta o olhar de Romualdo, que está tentando fazê-lo entender como o mau humor dele já é evidente para todos. Então, manda que seja servido o vinho branco, um Pinot, e se levanta.

— Gostaria de fazer um brinde aos nossos hóspedes e ao sucesso deles... — anuncia. — Mas, acima de tudo, à sra. Duse, cujo talento supera, talvez, o seu charme.

A atriz lhe dirige um sorriso grato; então, fita a dona da casa.

— Para uma mulher, ver a sua inteligência reconhecida é tão importante quanto receber um cumprimento pela própria beleza. A senhora não acha, dona Franca?

Ela assente.

— Os homens, frequentemente, pensam que nossa sensibilidade é mais um limite que um recurso e que nos coloca em uma posição de inferioridade. Nós vemos e compreendemos tudo; e com frequência resolvemos nos calar, mas eles parecem não se dar conta disso.

Giulia Trigona abaixa a cabeça, olha um bordado da toalha de linho.

— Ou pior, acham que a posição de marido e de pai os coloca acima de todos os limites, e que isso lhes permita humilhar e mortificar a própria esposa na frente de todos — murmura.

Romualdo Trigona empalidece e abaixa a cabeça sobre o prato.

— A minha musa não pode ser sufocada pela densa névoa da banalidade. — D'Annunzio olha Duse, ergue a taça na direção dela. — Por isso, afastei as inúmeras infelicidades do cotidiano e escolhi viver além delas, livre das redes e dos laços de uma sociedade medíocre, como a nossa coloca em torno do indivíduo. Para mim, a liberdade é sagrada, e vale tanto para o homem quanto para a mulher.

Duse balança a testa, solta o garfo.

— Isso significa também afastar-se de quaisquer obrigações derivadas de uma relação. Em outras palavras, não assumir a responsabilidade moral das próprias escolhas.

— Pelo contrário: honrar, como única deusa, a liberdade individual significa assumir *todas* as responsabilidades decorrentes de tal escolha. — O poeta indica o diretor da Comédie Française. — Monsieur Claretie poderá, com certeza, confirmar que, na França, graças ao divórcio, o vínculo matrimonial não é mais um suplício eterno... Sinal de uma admirável independência de pensamento.

Claretie assente, enxuga os lábios.

— Longe de mim não reconhecer a importância do casamento — diz, com voz tranquila. — Porém, acredito que os artistas deveriam fugir dos laços. A arte exige liberdade, até porque, tantas vezes, gera alterações íntimas que podem causar sofrimento ao próximo.

— Paradoxalmente, o teatro, com as máscaras dele, revela a hipocrisia dos relacionamentos humanos — intervém Zacconi. — Permite dizer tudo e o contrário de tudo por meio das palavras de um poeta.

— Ora, não exageremos! O matrimônio é a base de uma sociedade virtuosa. Nele, os papéis são definidos, os filhos são educados, os limites entre lícito e ilícito são demarcados. Negar a importância dele é loucura pura — falou Ignazio com voz um tanto aguda e fixando o olhar em Franca.

Ela ergue as sobrancelhas.

— É mesmo? — Coloca a taça de vinho na mesa, acaricia a sua base. — Eu acho que é o comportamento que fala por nós; são as nossas ações e não as palavras ou os proclamas. É uma questão de dignidade, de amor-próprio e de honestidade, porque com frequência forma e substância coincidem. O senhor, Zacconi, define como "hipocrisia", mas eu prefiro acreditar que seja autêntico respeito pelos outros, a começar pelos próprios familiares e pelo nome que a pessoa tem.

Eleonora Duse a examina. Então, lentamente, os lábios se curvam em um sorriso. Ergue a taça na direção da outra.

— Como contestá-la, dona Franca?

Franca vai se lembrar daquela cena e dessas palavras muitos anos mais tarde, na escuridão de uma sala de cinema, olhando uma mulher anciã, frágil e intensa, interpretando o papel de uma mãe que encontra, já adulto, o filho que havia abandonado. No rosto marcado por rugas profundas e nos cabelos tão brancos vai procurar, em vão, aquela Duse que ela conhecera e admirara. E não poderá deixar de se perguntar se, assim como o corpo, também o espírito dela, por fim, teria se tornado cinzas, igual ao título do filme.

Porque aquele era um destino do qual não escapavam nem as mulheres mais lutadoras e inteligentes. Franca sabia bem disso.

É um inverno tranquilo o que acompanha a entrada do novo século em Palermo. E a cidade que um cronista do *Corriere della Sera* chamou de "a mais bonita da Itália" celebra a estação se exibindo, revelando a todos a alma sofisticada. Casas e palacetes, com graciosas grades de ferro forjado e jardins bem cuidados, surgem no espaço ocupado pela Exposição Nacional de 1891, ruas silenciosas saem da Rua da Liberdade, a nova e grande artéria da cidade que faz lembrar um *boulevard* parisiense. E é exatamente a capital parisiense que Palermo olha: isso se vê nas lojas com letreiros de vidro pintado, nas joalherias que expõem alfinetes de gravata e anéis inspirados nos de Cartier, nas chapelarias que pegam os figurinos da *Mode Illustrée* ou da *Mode Parisienne* e, é claro, nos *cafés chantantes*, cada vez mais numerosos, cheios de luzes e espelhos, com grandes balcões de zinco e mesinhas com poltronas de veludo. Ao lado da histórica doceira Gulì, da confeitaria do Cavalier Bruno ou do Caffè di Sicilia, onde os homens discutem política e negócios, são abertas salas de chá reservadas para as senhoras: salas decoradas com pinturas florais e móveis de gosto oriental ou com tendências árabes, onde as senhoras podem tomar chá ou saborear *granite* e *sorbetti*, sem medo de serem importunadas por cavalheiros exibidos. O Teatro Massimo, finalmente pronto, no momento está fechado, mas a posição de terceiro maior teatro da Europa, depois da Ópera de Paris e da Staatsoper de Viena, ainda não foi abalada e, de qualquer modo, os palermitanos podem desafogar o desejo pela vida mundana nos estabelecimentos balneários que surgem em Acquasanta, Sammuzzo e Arenella.

E, justamente na metade do caminho entre Palermo e Arenella, onde se encontra a Villa dei Quattro Pizzi — agora, frequentada raramente pelos Florio —, havia a casa da família Domville, uma residência em estilo neogótico que Ignazio comprou, transformando-a radicalmente. Ele a renomeou Villa Igiea e a intenção dele é torná-la o sanatório mais *à la page*, de acordo com a moda, de toda a Europa. Uma estrutura com grandes espaços abertos, arejada, cheia de luz, com duzentos quartos virados para o jardim e, portanto, para o mar. Além disso, atrás do complexo, se encontra o monte Pellegrino, de onde chega um aroma de terra misturado com o da arruda e do orégano. O contraste de cores e de perfumes é tão insólito quanto revigorante.

— *And this is the terrace: 3 thousands square meters... Almost 32.300 square feet.** Estamos no inverno; contudo, aqui, ao ar livre, a temperatura é agradabilíssima e o ar é balsâmico, muito útil para curar as moléstias dos brônquios e dos pulmões.

Ignazio espia as reações dos hóspedes perante o esplêndido terraço e a magnificência do golfo de Palermo iluminado pelo sol de janeiro. Os homens assentem, comentando em voz baixa, mas parecem pouco propensos a se manifestar. Mas ele sente orgulho daquele lugar, e gastou uma quantia considerável para trazer aqueles onze médicos ingleses para a Sicília, para que assistissem à inauguração da Villa. Como é possível que não estejam exaltados por todas as potencialidades do local?

— Talvez tenham observado que o piso todo é em linóleo. O prédio inteiro é à prova de incêndio e é aquecido por estufas de cerâmica e por pequenas lareiras...

— Se dom Ignazio me permite, gostaria de acrescentar que os serviços de desinfecção e de lavanderia, bem como os laboratórios, são colocados a certa distância do prédio principal, de modo a não perturbar a estadia dos pacientes e garantir uma maior salubridade.

Quem falou foi um homem magro, com olhos muito escuros e grandes bigodes grisalhos. É Vincenzo Cervello, professor de Matéria Médica e Farmacologia na Universidade de Palermo, que vai ser o diretor sanitário da Villa Igiea, onde terá condição de aplicar o próprio tratamento inovador para doenças pulmonares: manter os pacientes por duas a três horas por dia em um quarto cheio de *igazolo*, ou seja, de vapor de formaldeído com cloral e iodofórmio. Um tratamento tanto inovador quanto controverso: aquele grupo de médicos ingleses ouviu as explicações dele com evidente perplexidade e tentou várias vezes fazer-lhe perguntas embaraçosas. Mas Cervello sempre defendeu vigorosamente a eficácia de seu método.

---

* E este é o terraço: 3 mil metros quadrados. Quase 32.300 pés quadrados. [N. da T.]

— ...estadia que, como os senhores observaram, concebemos prestando atenção a cada detalhe para garantir a comodidade e a discrição — completa Ignazio. — E agora, senhores, eu os deixo livres por algumas horas. Se desejarem, estão ao seu dispor algumas carruagens para visitar a cidade. Lembro que esta noite haverá o jantar de gala e será o meu imenso prazer recebê-los como meus convidados.

Finalmente, alguns sorrisos surgem nos lábios dos homens. Alguns olham ao redor, espiam por entre as sebes e as árvores do jardim. Há um instante de hesitação. É o mais jovem do grupo que pergunta, tímido:

— *And your wife... She will be there, won't she?**

Ignazio sorri, seco.

— *Of course.*** Minha esposa não vê a hora de conhecê-los, senhores.

Um murmúrio de satisfação acompanha o grupinho que se afasta.

Com um suspiro, Ignazio se apoia na balaustrada com vista para o mar.

— Felizmente, acabou. O senhor tem certeza de que não chegaram aos quartos do primeiro andar? — sussurra para o professor Cervello.

— Absoluta. E, da cozinha, viram apenas o ambiente principal. Além disso, visitaram somente um laboratório e uma das salas para terapia.

Ignazio assente. Os trabalhos estão longe do fim; semanas se passarão antes que o sanatório possa receber pacientes. Os habituais atrasos, devido a operários preguiçosos, ao material que não chega, à lentidão da burocracia para liberar permissões. A isso se acrescentam os custos de manutenção, que já são elevadíssimos, como havia conjecturado um dos hóspedes em uma conversa particular com Ignazio, regada com uma taça de brandy, umas noites antes.

Ele sorrira, diplomático, evitando responder.

Mas não importa. Para aqueles luminares, tudo tem de aparentar estar perfeito, e a Villa Igiea, pronta para ser inaugurada. Assim, eles aconselharão aos pacientes ricos deles esse lugar elegante, beijado pelo

---

* E sua esposa... Ela estará presente, certo?. [N. da T.]
** Claro. [N. da T.]

sol e pelo mar e dotado dos equipamentos mais modernos. E, uma vez ali, a eficácia do tratamento do professor Cervello fará o resto.

No momento em que os dois homens tornam a entrar no edifício, um empregado, pouco mais que um menino, surge no fundo do corredor e corre na direção de Ignazio.

— Devagar, mas que inferno! — Ele o censura, ríspido. — Aqui têm de reinar a tranquilidade e o silêncio!

— *Mi scusasse*, dom Ignazio. Mas chegou um telegrama e...

Ignazio o arranca das mãos dele e faz um gesto para ele se afastar. O menino vai embora quase nas pontas dos pés.

Ignazio lê apressado, depois se detém, segura o braço do professor Cervello.

— Ah, senhor, obrigado! Não vai vir! O ministro Baccelli não poderá estar presente na inauguração da Villa Igiea! Precisamos adiar!

O professor Cervello sorri, incrédulo, cobre a boca com a mão.

— Teremos tempo para terminar os trabalhos! E abriremos na primavera...

Os dois homens trocam um aperto de mãos.

— Que golpe de sorte! Vou anunciar esta noite no jantar de gala. Ah, vou estar com um ar pesaroso, me derramarei em mil desculpas...

— Penso ter entendido que bem poucos o escutarão, de qualquer forma. Creio que o principal objetivo desses ingleses seja o de ver a sua esposa — comenta o professor Cervello, que se fez audaz por conta da notícia.

Ignazio amarrota o telegrama, o enfia no bolso.

— Que olhem a minha Franca; pois há uma coisa que eles, logo, irão notar.

— Qual seria? — pergunta o professor Cervello, curioso.

Ignazio sorri.

— Minha esposa está grávida de novo.

— Caríssimo Ettore! — exclama Franca.

Ettore De Maria Bergler, um cigarrinho entre os lábios, está ocupado misturando em uma vasilha diversos tons de verde. Ao ouvir a voz, levanta a cabeça e se vira com um sorriso. Por um instante, entre os dois, passa a recordação de uma primavera de muitos anos antes, de um desenho a carvão, quando ela era uma jovem ingênua, certa de que Ignazio nem via as outras mulheres. Ele lhe estende a mão suja de verniz, beija-lhe os dedos.

— Dona Franca, que prazer vê-la! Veio ver como estão seguindo os trabalhos?

Ela assente e entrelaça os dedos sobre a barriga.

O terceiro filho nascerá em uns dois meses: depois da adorada Giovannuzza e de Baby Boy, outro menininho a deixaria louca de alegria. Por enquanto, aquele salão deverá estar pronto, pois nele receberão os convidados para o batismo do bebê.

— Bem, estamos indo bem. Michele Cortegiani e Luigi Di Giovanni estão quase mais adiantados que eu.

Franca levanta o olhar para os dois homens que, sentados em um andaime, estão dando os últimos retoques em uma coroa de rosas.

— Olá, sr. Cortegiani! Salve, sr. Di Giovanni!

— Os meus respeitos, dona Franca — respondem ambos.

Acima dela, dançam ninfas envoltas em roupas impalpáveis.

— Magnífico — murmura, girando sobre si mesma, para ver os afrescos que estão ganhando vida. — Tem algo de... mágico nessas criaturas.

— Tenho certeza de que a arte é uma magia que deve ser vivida sem preconceitos. Não acha?

Ela suspira, assente. É amiga de escritores e pintores e sabe bem quanto é importante que cada obra seja envolta por uma aura de mistério. Porém, a essa altura, ela já aprendeu a reconhecer as pequenas e grandes obsessões dos artistas, a mesquinharia e, sobretudo, os temores, que identifica até nas cartas que Puccini e d'Annunzio lhe escrevem.

— Pois é. Vocês, artistas, são criaturas tanto potentes quanto frágeis.

O pintor ergue as sobrancelhas, então tira do bolso um lenço, com o qual enxuga um fiozinho de suor.

— O problema dos dias de hoje é que não existe mais humildade. Certas pessoas veem um só quadro, ou ouvem uma única ópera lírica e se sentem no direito de fazer críticas ferozes. — Passa a vasilha para um ajudante e lhe diz para continuar a preparar as cores; então, limpa as mãos com um pano. — Venha, vamos ao jardim — diz, por fim, sorrindo. — Este é um mês de abril clemente, e não quero que a senhora se canse mais do que o necessário.

Seguem pelo corredor, descendo as escadas de linhas sinuosas e chegam ao grande terraço com vista para o mar, onde estão colocadas as grades de ferro forjado. Franca senta-se com um suspiro de alívio. O cansaço da gravidez se faz sentir.

Mas De Maria Bergler não parece notar.

— A senhora tem uma expressão tão... radiosa! — exclama. — Ah, como gostaria de pintá-la agora, com essa luz primaveril!

— O senhor é sempre tão gentil comigo — responde Franca. Porém, sabe que o pintor tem razão: nos últimos meses, Ignazio voltou a amá-la com paixão, e os comentários sobre as "distrações" dele parecem ter diminuído. Sua serenidade reencontrada é evidente. Quase não pensa mais nas outras mulheres: elas podem até ter as atenções de Ignazio, mas ela é a mãe dos seus filhos. Elas ficam com as migalhas; ela tem o banquete. E, acima de tudo, tem orgulho de si: a imagem externa dela nunca se manchou, nem por um instante.

— Então? Como se sente?

— O pequeno pula como um diabrete — murmura Franca, acariciando a barriga. O menino parece quase responder com um pequeno pontapé no flanco.

— Para o nascimento dele, teremos terminado o serviço. A senhora sente esse cheiro de verniz, de óleo e de cola, mas, acima de tudo, de madeira? Vem dos móveis desenhados pelo seu caro amigo Ernesto Basile; os carregadores da fábrica de Vittorio Ducrot acabaram de entregá-los, ainda estão embalados. Se a senhora quiser, depois os mostro. A senhora vai ver; no fim, será como estar em um jardim primaveril.

— Ou em um lugar de sonho, fora do tempo — diz Franca, sorrindo. Porque é isso que ela tem em mente. Um hotel exclusivo, reservado para a aristocracia mundial, na frente daquilo que Goethe definira *des schönsten aller Vorgebirge der Welt*, "o mais belo promontório do mundo". Um refúgio para regenerar mente e corpo.

E a ideia tinha sido dela.

Quando Ignazio compreendeu que a Villa Igiea nunca se tornaria o sanatório de luxo que ele havia imaginado — obstáculos burocráticos demais, muito dinheiro e, acima de tudo, muitas dúvidas sobre a eficácia do tratamento do professor Cervello —, ele se fechara por muitos dias em um silêncio raivoso, do qual saíra apenas para se lançar a invectivas contra a má sorte, declarando-se vítima da maldição de viver em uma ilha tão atrasada.

Franca o deixara desabafar. Depois, uma noite, recordara em tom nostálgico as idas deles a Saint-Moritz, Nice e Cannes e, com um suspiro, acrescentara que seria lindo ter também ali, em Palermo, um hotel de luxo como os que eles frequentavam habitualmente...

Ignazio olhara para ela com olhos arregalados, depois, exclamara:

— Mas com certeza! Franca, minha querida, é verdade! Pros diabos com o sanatório! A nossa Villa Igiea pode se tornar o hotel de luxo mais belo da Europa! — Em seguida, segurara-lhe as mãos e beijara-a.

Junto com o bom amigo Ernesto Basile, tinham passado tardes inteiras discutindo como imaginavam aquele lugar: da mobília dos quartos e dos salões às quadras de tênis, um esporte que Ignazio praticava com entusiasmo; do jardim panorâmico, com pontes e escadas, à estação telegráfica; da possibilidade de colocar à disposição dos hóspedes alguns barcos e, talvez, até mesmo um dos iates deles, à excelência da cozinha que — Franca havia sido irredutível — tinha de ser administrada por um chef e uma equipe franceses, como seriam franceses também o maître e o sommelier. Graças ao ameno clima siciliano, além do mais, o hotel estaria aberto sempre, também no inverno. Ignazio havia então contado como um dos médicos ingleses, a certa altura, dissera: "Aqui na Sicília, janeiro é como um mês quente de junho na Inglaterra!". E tinha ido tomar um banho de mar, imitado pelos outros colegas.

Tinham rido tanto juntos, ela e Ignazio. Foram cúmplices como nunca haviam sido antes. Franca sugerira e explicara; ele a escutara. Ela se sentira — e ainda se sente — parte daquele projeto. E, além de tudo, ama aquele lugar longe da cidade, ama os aromas de flores e de algas, e o modo como o sol se reflete no mar e ao longo da costa da cidade, salpicando-a de ouro e de bronze. Ama tanto que resolveu reservar um andar inteiro da Villa Igiea para si mesma, Ignazio e os filhos deles.

Os dedos correm pelo colar em ouro e coral de Sciacca.

— Sabe, gostaria de me mudar para cá o mais rápido possível. A Olivuzza parece um porto de mar... sempre uma confusão, entre empregados e hóspedes que chegam e saem! Agora, mais do que nunca, preciso de tranquilidade.

— Com certeza! De resto, que lugar melhor que este, que traz o nome da deusa da saúde?

Franca dá risada.

— Ah, se o senhor soubesse... No começo, quando meu marido ainda pensava em tornar este complexo um sanatório, ele ficou se torturando por semanas, sem saber se Igiea deveria ser escrito com o "i" ou sem. Por fim, foi o caro d'Annunzio que confirmou que o nome da deusa da saúde é exatamente Igiea. — O rosto tem uma expressão doce. — Se for menina, meu marido quer dar-lhe esse nome. Mas eu desejo muito que seja um menino.

— Vai ser o que o destino quiser. O importante é que tenha saúde. E sua sogra, dona Giovanna, como está?

— Bem, obrigada. Resolveu ficar na Olivuzza — acrescenta, ainda que o pintor não lhe tenha perguntado. Mas o alívio pela escolha da sogra em ficar em casa junto com o filho caçula é tão grande que Franca não consegue escondê-lo e transparece na voz, além de no rosto. Desde que ela chegara à Olivuzza, sete anos antes, Giovanna não mudou o modo de vida, marcado por orações e bordados, melancolia e lamentos. O véu de dor e tristeza dos aposentos dela, a essa altura, é uma sombra que nenhuma luz consegue afugentar.

Não, muito melhor o sol, a vida e o calor que se respiram naquele lugar.

— Alguns dias atrás, ouvi o seu marido conversando com Ernesto sobre a possibilidade de construir uma casinha no parque da Olivuzza para o seu cunhado — volta a falar o pintor.

— Ah, sim. É um projeto que ele vem discutindo faz certo tempo. Eu não sou muito favorável, porque significaria mexer muito no jardim e destruir o templo, mas tanto faz. Quando se trata do irmão, ele não dá atenção nem a mim, nem à mãe. Vincenzo agora está com dezessete anos e lhe pediu *mais espaço e mais liberdade* — explica, destacando as últimas palavras.

O pintor esconde um comentário mordaz por trás de um sorriso diplomático. Na verdade, o caçula dos Florio *já* está se apropriando de todo o espaço e liberdade que deseja: por um lado, com a paixão por automóveis, dos quais se vangloria de conhecer cada parafuso e cinto; por outro, com a coleção de conquistas femininas, não diferente da do irmão. *Como dois desmiolados assim nasceram de um casal pacato como Ignazio e Giovanna Florio continua a ser um mistério*, conclui De Maria Bergler, mas evita formular aquela consideração em voz alta.

Levanta-se.

— Lamento muito, mas devo voltar ao trabalho, dona Franca. Posso, porém, dizer uma coisa antes? Além de minha contribuição, tenho certeza de que a Villa Igiea se tornará um lugar extraordinário, que todos invejarão. Não creio que teria acontecido o mesmo com o sanatório. Felizmente, seu marido mudou de ideia...

— Apenas as pessoas destituídas de fantasia não mudam de ideia. E os estúpidos — responde Franca com um sorriso. — E sim, estou de acordo com o senhor. Talvez o meu otimismo nasça da alegria por esta nova gravidez, mas eu também estou convencida de que a Villa Igiea revelará para o mundo a extraordinária beleza de Palermo.

Naquele domingo de abril, o sol já brilha e afugenta as sombras das árvores da praça Marina, enquanto o vento garbino ergue nuvens de pó sobre as pedras de Cassaro. Logo cedo, Ignazio precisou ir à Villa Igiea para discutir com o mestre de obras os acabamentos dos parapeitos que dão para o mar. Teria ficado de bom grado passeando no jardim, mas tinha um encontro importante.

Agora está no prédio da Navegação Geral Italiana e relê uma carta.

É o esboço da correspondência que mandou quase um ano antes ao *Giornale di Sicilia*; uma longa e minuciosa relação de tudo que seria necessário fazer para tirar a ilha das eternas dificuldades: um "Projeto Sicília", assim o chamara, que sugeria transformar as culturas extensivas em intensivas, construir lagares de azeite, relançar a produção do enxofre, experimentar cultivar sorgo e beterraba, replantar as videiras atacadas pela filoxera, fazer propaganda entre os agricultores para explicar a necessidade de inovação das culturas, facilitar as reformas legislativas... Era o plano de ação daquele Consórcio Agrário Siciliano que ele tanto desejara, reunindo dezoito mil pessoas, entre nobres, intelectuais e políticos unidos pela ideia de que fosse chegado o momento de agir para rejuvenescer a economia da ilha.

Porém, o governo, generoso ao falar, não havia agido do mesmo modo ao colocar a mão no bolso. O projeto murchara. Das cinzas da desilusão nascera, contudo, uma nova ideia que o animara na mesma hora: fundar um jornal.

Tinha pensado bem nisso. Das colunas de um jornal, os interesses da Casa Florio teriam tido outra visibilidade. E, além do mais, um jornal era, àquela altura, um indispensável instrumento de pressão sobre a opinião pública. Por exemplo, para criticar as decisões de um governo que estava descontentando a todos, porque impunha impostos e não ajudava. Quando os políticos entendem que as pessoas comuns não os seguem mais, e até lhes são hostis, nada podem fazer além de mudar a linha de ação.

Por fim, um jornal era o melhor modo de mostrar a todos qual poderia ser o futuro.

Um jornal daria voz ao descontentamento e à esperança.

À voz *dele*.

Não é mais o tempo do pai dele, quando um homem sozinho poderia mudar o destino de uma cidade inteira. E o pai, por anos, tinha tido Crispi na retaguarda. Com a queda de Crispi, e também de di Rudinì, agora como chefe do governo está aquele Luigi Pelloux que não entende nada da Sicília e pensa em resolver tudo com os carabineiros e os fuzis deles. Ignazio tem um gesto de irritação. Poucos dias antes — em 8 de abril — Pelloux mandou suspender as facilitações para as construções navais, colocando em séria crise a finalização do serviço em Palermo. *Com esses políticos do Norte não dá mais para conversar. Eles não entendem certas coisas. Agora é preciso chamar um exército e enfrentá-los, fazer com que eles se assustem. É preciso envolver o povo*, pensa, quase com raiva.

Ergue o olhar, observa ao redor. O edifício está em silêncio. Nenhum rangido, nenhum ruído hoje. Até as rachaduras parecem ter desaparecido.

Alguém bate à porta. Uma imponente figura masculina aparece na soleira.

— Entre, caro di Rudinì, entre!

Carlo Starabba di Rudinì, primogênito do ex-primeiro-ministro, é um homem de porte maciço, com grandes suíças escuras, elegantemente vestido.

— Então, o senhor está pronto? — pergunta Ignazio.

— Sinto-me honrado, acima de tudo. Ser o proprietário de um novo jornal não é pouca coisa. O diretor nos espera na sede, certo?

— Morello já deve ter chegado, sim. — Ignazio assente e fixa a atenção em um mapa portuário pendurado na parede mostrando a costa da Calábria e o estreito de Messina. — Sabe, é de Bagnara Calabra, como o meu bisavô. Que estranhas coincidências.

— Pensava que fosse de Roma. Escrevia para *La Tribuna*, não é?

— Sim, pois é. Bom, está na hora de ir.

Dentro do veículo, a escuridão é fresca, reconfortante. Ignazio brinca com as abotoaduras de brilhantes — duas grandes pedras que iluminam o pulso — e contém um suspiro, depois entrelaça os dedos para esconder a tensão.

— E seu pai, como está?

— Bem, obrigado. Sempre chateado com Pelloux — responde di Rudinì, dando de ombros.

— Eu o compreendo, e tem toda a razão de estar. O senhor sabe que eu o apoiei com convicção e que ele sempre teve em mim um aliado fiel — replica Ignazio. — E compreendo porque esteja contra o atual governo, tomado por um afã de normalização que, certamente, não ajuda a Sicília e o Sul inteiro. Como se a Sicília fosse igual ao Piemonte ou à Toscana! Nós sobrevivemos aos Bourbon, mas não conseguimos nos liberar dos vínculos e dos impostos medonhos que o governo de Roma nos impõe... enquanto as empresas do Norte têm liberdade de manobra, é óbvio!

Carlo di Rudinì retorce os lábios em uma careta repleta de amargura.

— Quando estava no governo, o meu pai sempre agiu de modo a proteger os interesses do Sul da Itália e, em particular, da Sicília. Somos uma nação ainda muito jovem, que vem de governos diferentes. Toda a unificação foi feita com muita pressa. A Itália, meu caro dom Ignazio, já nasceu dividida — comenta, em um tom desencantado. — Quem criou a Itália, quarenta anos atrás, não se deu conta de quanto o Sul e o Norte eram diferentes, e agora nós sofremos as consequências.

Ignazio assente.

— É assim: depois da unificação, a Sicília e os sicilianos foram colocados de lado, como um sapato velho. Nenhum projeto, nenhuma inovação; só as acusações de devorarmos dinheiro sem nada saber fazer, de sermos... uns broncos. — Quase cospe essa palavra. — É um dos motivos pelos quais eu fundei o Consórcio Agrário, por confiar que se pudesse fazer alguma coisa de concreto, de moderno. Claro, enquanto em outros lugares os proprietários de terras são uma força escutada e ajudada, aqui nós somos vistos como pobres idiotas.

Di Rudinì o observa de esguelha, cético. De subvenções, a Casa Florio teve tantas, e até a ajuda dos políticos nunca faltou, a começar pelas subvenções navais. Ignazziddu Florio, porém, não tem nem a autoridade do avô nem o temperamento do pai. É dotado de boa vontade e tem ideias brilhantes, certo, mas é inconstante, um Maria vai com as outras, uma bandeirola que se agita conforme sopra o vento. E, quanto às atividades produtivas, certamente não brilha pelas inovações: deveria gastar mais e melhor com as empresas dele, que, pelo contrário, vãos aos trancos e barrancos, como a Oretea, e não conseguem acompanhar o ritmo das empresas do Norte da Itália.

Contudo, além de reconhecer nele uma singular sensibilidade para as questões sociais, sabe que é um homem poderoso, rico e com uma vastíssima rede de conhecimentos. É por isso que se deixou envolver na fundação do jornal.

Ignazio parece ler os pensamentos de di Rudinì, pois se inclina para a frente, lhe segura o braço.

— Estou certo de que, graças a esta iniciativa, conseguiremos fazer *scruscio*, barulho. A informação livre será a bandeira deste jornal! Aproveitarei os meus contatos com o exterior para ter notícias de todos os cantos do mundo, e nele escreverão pessoas importantes: Colajanni, Capuana... até o grande d'Annunzio me garantiu que colaborará conosco. O *Giornale di Sicilia* fez muita coisa, mas é hora de alguém defender, de verdade, os interesses dos sicilianos. Este é um ponto em que todos estão de acordo. Até Filippo Lo Vetere, um socialista, não um nobre sentado no trono: "é inútil fazer a guerra entre proprietários e camponeses", diz. Ninguém nos ajudará; temos de nos ajudar sozinhos.

Ignazio gostaria de acrescentar que pensou em como atrair os leitores, oferecendo aos assinantes louças ou serviço de mesa de sua fábrica de cerâmica, mas não tem tempo. O veículo chegou à Via dei Cintorinai, à sede do jornal, cujo primeiro número sairá naquele dia mesmo e vai suscitar comoção, muita. Para várias gerações, vai contar a vida amarga de Palermo com sinceridade e coragem; nas escrivaninhas do jornal, irão se formar algumas das mais importantes vozes do jornalismo siciliano e italiano. E, antes de ser fechado, assistirá à morte de alguns dos seus jornalistas por mão da máfia.

L'Ora.
Corriere politico quotidiano della Sicilia.

Costanza Igiea Florio nasceu no dia 4 de junho de 1900. Será chamada simplesmente de Igiea e foi recebida pela família como uma promessa de felicidade para o novo século.

Mas dessa vez a alegria não é compartilhada pelos operários da Casa Florio. Nenhum deles se apresenta na Olivuzza para festejar o nascimento. Não se pode fazer festa quando falta trabalho.

Porque, entre junho e novembro, as subvenções para a construção de novos navios são cortadas. Um procedimento que prejudica os estaleiros do Norte — que, no entanto, já têm as encomendas deles — enquanto literalmente põe de joelhos os do Sul; primeiro entre todos, o canteiro de Palermo, ainda não finalizado. A Navegação Geral Italiana deverá interromper os trabalhos. E Ignazio é forçado a demitir centenas de operários.

Em uma situação tornada ainda mais difícil pelo atentado em que o rei Umberto I perde a vida, parece inútil recorrer à Roma, de onde provêm somente palavras vagas ou indícios de medo por uma possível revolta e, portanto, sugestões para vigiar os possíveis provocadores; prendê-los imediatamente, se for necessário. Em Palermo, é negada até mesmo a esmola: o prefeito pede uma subvenção para as famílias em dificuldade, mas o governo se opõe; por fim, é o próprio prefeito quem retira o pedido, temendo criar um precedente perigoso.

As famílias de desempregados aumentam. No início de 1901, são quase duas mil.

Aumentam também os impostos municipais na canhestra tentativa de equilibrar um balanço, a essa altura, em déficit crônico.

E, sobre a grande e interminável onda de fome, desespero e incerteza, emerge uma única frase, sussurrada por todos, pelos operários da Oretea, pelos empregados, pelos artesãos, pelos carregadores e pelos trabalhadores do estaleiro. Uma frase que é uma acusação sem remissão.

Ignazio Florio é um mentiroso.

O estaleiro traria o bem-estar para a cidade, ele dissera. A economia teria tido um novo impulso, ele afirmara. Haveria comida e trabalho para todos, ele prometera.

Em vez disso, Palermo está inerte e só pode olhar à distância aquele mastodôntico estaleiro inacabado, que está ficando obsoleto sem nem mesmo ter começado a funcionar.

E a culpa é de Ignazio Florio.

* * *

O alvorecer do dia 27 de fevereiro de 1901 causa arrepios, com xales colocados nas costas, com as montanhas salpicadas de neve e com um céu de chumbo. Só em fevereiro faz realmente frio na Sicília.

E esse frio chega à Olivuzza, vai além das paredes e das janelas fechadas com pedaços de lã para afastar o vento, diminui o calor dos aquecedores e chega a Ignazio sob as cobertas.

Coisa estranha para ele, já está acordado. Na verdade, quase não dormiu. Está com trinta anos, mas, nessa manhã, sente ter quase o dobro.

Arrepiado, levanta-se, veste o roupão e vai ao escritório. Pede um café e um conhaque, então dá ordens para não ser perturbado.

Olha a pilha de pastas sobre a escrivaninha: papéis que não deseja sequer tocar. No entanto, estão ali, pedindo-lhe contas e explicações. Débitos com bancos, a começar pelo Banco Comercial Italiano, que lhe forneceu a liquidez quando havia estourado aquela confusão horrível do Crédito Mobiliário. Está endividado no momento e foi forçado a dar como garantia uma cota das ações dele da NGI.

E agora ficou sabendo que as comissões para os navios militares, com as quais contava depois de o governo ter cancelado os fundos para a construção dos barcos a vapor civis, foram concedidas aos estaleiros de Nápoles e de Gênova. Palermo e os Florio foram excluídos. Para eles, nada; nem mesmo as migalhas.

Então, essas ações valem pouco, pouquíssimo, e os bancos querem outras garantias, outras certezas.

Toca o sino.

— Chame Morello no jornal, agora! — ordena ao empregado que aparece à porta. Em seguida, senta-se à escrivaninha. Tem a sensação de que lhe falta o chão sob os pés e que não existe nada a que ele possa se agarrar para não cair.

De repente, ouve um vago rumor, como um gemido contido.

Lá estão eles, os ruídos que anunciam a queda.

Ignazio dá um murro na escrivaninha. Se ele, ao menos, tivesse investigado mais a fundo sobre a solidez do Crédito Mobiliário, anos antes, em vez de conferir os capitais. Se, ao menos, tivesse escutado quem lhe aconselhava manter distância dessa instituição bancária quando estourou o escândalo Banco Romano. Se, ao menos, não tivesse aplainado as perdas dos correntistas colocando dinheiro do próprio bolso...

E agora, quase oito anos depois, a Casa Florio sofre as consequências dessas escolhas.

A ajuda de Roma tinha sido pouquíssima e, a essa altura ele já sabe, seria cada vez menor. A política havia se tornado uma aposta contínua, com alianças tanto precárias quanto cambiantes; o governo mudava de cara o tempo todo — Luigi Pelloux fora sucedido pelo ancião Giuseppe Saracco, e então, já fazia uns dias, Giuseppe Zanardelli, outro político do Norte, ocupava o posto — e era quase impossível estabelecer um relacionamento contínuo e *profícuo* com um ministro ou com um subsecretário, que se limitavam a agarrar o que podiam e a proteger os próprios interesses e os de quem lhes havia feito favores.

Sim, agora eram os industriais do Norte que tinham todo o poder político. Eles tinham as fábricas e os estaleiros, e as indústrias siderúrgicas na linha de frente. Eles tinham a possibilidade de colocar nos trens os próprios produtos e de fazer com que eles chegassem a qualquer lugar, em um instante. Sem se preocupar com as dificuldades do transporte por navios.

Por um momento, o ar se comprimiu contra o estômago, como se tivesse se transformado em pó de ferro, despencando na base dos pulmões. Então, de repente, ele o expele com um som rouco, meio termo entre um grito sufocado e um soluço.

Como chegamos a este ponto? Como eu cheguei a esse ponto?, se pergunta, o olhar fixo no quadro que mostra o *Valkyrie* dele, uma tela que encomendara pouco antes de vendê-lo e que lhe traz à memória momentos felizes. Recorda quando tinha tempo e a mente tranquila para se dedicar às regatas, aos torneios e ao tênis. Agora, bem pouco lhe resta: as festas, claro, e as pequenas... distrações que ele se permite, de vez em quando.

Sempre amou a vida, o esporte, a aventura. E, em vez disso, está preso a uma escrivaninha — exatamente como o pai —, tem de encontrar um modo de sair desse impasse, e ninguém, ninguém parece disposto a ajudá-lo. Nem mesmo Alessandro Tasca di Cutò, que se tornou um influente socialista, quer ouvi-lo. Na última vez que conversaram, ele lhe dissera que o destino do estaleiro havia sido marcado pela mania de grandeza de Ignazio e que os trabalhadores pagariam pelas consequências das ações irresponsáveis dele.

Então, à porta, advertira:

— As pessoas têm medo de perder tudo, Ignazio. E do medo nasce o caos. Lembre-se disso. — E tinha ido embora, sem se despedir.

As pessoas?

Sou eu *quem tem medo de perder tudo.*

Porque, agora, o estaleiro de Palermo corre o risco de nunca ser terminado.

E *ele* corre o risco de falir.

— Não — diz em voz baixa, e bate com as mãos abertas sobre a mesa. — Não pode ser — repete.

Tem de reagir. Mas como? A quem pedir ajuda?

Como puderam me fazer tal afronta? Aos Florio?

No dia 28 de fevereiro de 1901, o editorial do *Ora*, assinado por Rastignac — ou seja, por Vincenzo Morello —, apresenta um título duríssimo: "Esquecida".

> *Assim, a Sicília foi esquecida!... À Palermo foi dado um tratamento especial, mas para excluí-la de todos os benefícios desfrutados, ou por desfrutar pelas outras regiões... Nas leis e nas disposições, a esquecida é sempre a Sicília, enquanto a crise na ilha é maior que em outros lugares, enquanto nas indústrias de Palermo o trabalho está suspenso faz muito tempo.*

É gasolina no fogo, pelos medos de uma cidade à qual tudo foi negado: o próprio passado glorioso, a possibilidade de ter um papel no presente da Itália unida, um futuro de esperança e de progresso.

É assim que Palermo ergue a cabeça. E o faz com raiva e com uma fúria que nasce, sim, do medo, mas acima de tudo de uma dignidade violentada.

O resultado concreto é a primeira e verdadeira greve da cidade. Não uma manifestação dos operários da Fundição Oretea, ou dos estaleiros, não. Claro, a greve começa da comissão das associações sindicais do distrito de Molo, onde se localiza o estaleiro; mas participam dela operários, cocheiros, alfaiates, pescadores, barbeiros, jardineiros, quitandeiros, pedreiros, padeiros, marceneiros... Porque todos sabem que se o estaleiro dos Florio não voltar a trabalhar, tudo vai ruir; pois ao governo não interessa nem um pouco se em Palermo há ou não há comida nem trabalho, porque eles só pensam em cuidar dos próprios problemas. Sempre fizeram isso.

O Cassaro se enche de gente; mulheres e crianças encabeçam o cortejo e desfilam junto com os operários. Passam na frente da Navegação Geral Italiana e chegam ao Palácio Real; uma torrente que, em cada rua, em cada cruzamento, aumenta de tamanho, se transforma em rio na cheia. Os carabinieri patrulham as ruas, seguem os chefes da manifestação; a polícia prende os operários que aderem ao sindicato.

Só que os palermitanos não aguentam mais, e gritam, e reagem, e das cusparadas passam aos socos, dos pontapés aos porretes e a greve se transforma em uma guerrilha, com as forças da ordem caçando os manifestantes, e estes pegando de assalto os quartéis e as lojas; devastam e se dão aos saques, porque assim é, porque a fome é fome, e o medo é medo.

Somos lama da terra, pensam os palermitanos, gente sem valor, para ser reprimida com chicotes, para ser encarcerada como os delinquentes, para levar tiros. E, então, o confronto exacerba-se, a violência aumenta mais ainda: um ataque dos *bersaglieri* com baionetas é revidado com pedradas, os letreiros são arrancados e incendiados, aparecem punhais, sabres, pistolas. Os sindicatos, apesar do pontapé inicial dado aos protestos, temem, agora, não mais conseguir conter a fúria popular.

E, de fato, depois de uma última mensagem de Zanardelli, repleta de tranquilizações vagas e de promessas improváveis, os sindicatos ficam com medo, capitulam e declaram o fim da greve.

Mas nada mudou.

* * *

No dia 3 de março de 1901, um Ignazio tenso e posto à prova está olhando pela janela da sede do *Ora*. Durante dois dias, sentiu a cidade vibrar, como se estivesse a ponto de explodir. Percebeu a tensão que crescia pelas suas, o mal-estar que se nutria do próprio desespero dele. Viu os confrontos, maldizendo os socialistas, mas também os políticos de Roma e os telegramas oficiais desses: o de Crispi — inútil e retórico, assim como o remetente — e os de Giovanni Giolitti, ministro do Interior, e do próprio Zanardelli. O chefe do governo lhe havia até mesmo mandado um telegrama pessoal, solicitando-lhe que usasse a influência dele para acalmar as águas.

Agora fale comigo, agora que está com medo, dissera para si mesmo.

Morello faz as últimas correções no texto do editorial; em seguida, aproxima-se da janela e alcança-o.

— Já estão prendendo as pessoas às dezenas. Se em Roma eles insistirem em não entender o que realmente aconteceu aqui e continuarem com a repressão, então, são criminosos. Giolitti e Zanardelli terão os mortos na consciência deles — diz. Começa a procurar a cigarreira no bolso do casaco.

Ignazio acende um charuto para ele, recusa o oferecimento de um e morde os lábios.

— Ah, e depois, um... amigo meu me mostrou o telegrama que dois deputados palermitanos, Pietro Bonanno e Vittorio Emanuele Orlando, mandaram para Zanardelli: acusam o senhor de ter instigado a greve porque está passando por dificuldades e quer usar isso como chantagem. E me apontam como seu cúmplice. — Morello balança a cabeça. — Já vi muito, dom Ignazio, desde os tempos da *Tribuna*, e já falei sobre variados assuntos, sem medo. — Exala uma baforada, se afasta da janela para sentar-se em uma poltrona de couro, na frente da escrivaninha. — Acusaram-me de tantas coisas: de ser um escravo do poder *e* de me opor à ordem estabelecida — diz, com um tom de diversão na voz. — Bobagens. A ideia de ser o instigador de uma greve me enche de orgulho, e não de vergonha ou de medo, como aqueles dois gostariam.

— Apesar das calúnias de Bonanno e Orlando, os parlamentares palermitanos se posicionaram a favor da greve e contra a exclusão das comissões: o barão Chiaramonte Bordonaro, o príncipe de Camporeale e, obviamente, o meu cunhado Pietro. Nunca como nos dias atuais a cidade ficou coesa. — A passos lentos, aproxima-se da outra poltrona, senta-se na frente de Morello. O aroma cálido do charuto chega até ele.

— Até o prefeito de Seta tentou intervir a favor dos pedidos dos grevistas...

— E o comissário tentou se opor. O Estado contra si mesmo, chegamos a esse ponto... e então me acusam de ter especulado com o dinheiro público, de ter "mania de grandeza", como diz Tasca di Cutò. — Faz um gesto irritado, começa a bater o pé no chão. Da rua chegam gritos raivosos, logo controlados. — Mesmo que fosse verdade, o problema não sou eu, nem as minhas perdas: são os operários que nos vemos forçados a demitir, porque não temos mais motivos para mantê-los, já que não há trabalho. É isso que me enfurece: olham os Florio como se nós fôssemos a causa de todos os males, depois de tudo que fizemos, que *eu* fiz por esta cidade... e tenho certeza de que esses *crasti e cornuti*, esses capados e chifrudos, do *Giornale di Sicilia* vão recomeçar a dizer tais bobagens e que, também, vão lhe dar corda!

— Fazem o serviço deles, dom Ignazio, assim como eu faço o meu. — As sobrancelhas de Morello se erguem com eloquência. — O senhor, em vez disso, pense em aproveitar o momento. O senhor tem um nome para usar e o apoio da maioria dos políticos palermitanos. Não de todos, claro, porque os socialistas e aqueles dois seguem pelo próprio caminho, mas no fundo não importa. Faça pressão, mova-se agora. Em Roma, serão obrigados a ceder alguma coisa, se não quiserem que logo comece uma guerra civil. As pessoas voltarão a confiar no senhor. As más-línguas serão obrigadas a engolir isso tudo. E os operários verão que *'u principale* sabe se fazer respeitar.

Ignazio assente. Mesmo assim, dentro dele, um medo está tomando corpo, subindo do estômago. Porque não sabe mais quanto poder o nome dele tem em Roma, pois há um tempo, certas críticas os jornais nem as teriam pensado, quanto mais escrito.

"O senhor, do seu pai, só tem o nome. Logo, esse nome não vai mais ter nenhum poder. E será somente culpa sua." Assim Laganà havia profetizado, poucos anos antes.

Ignazio engole em seco; esse dia, ainda que não consiga dizer isso para si mesmo, chegou.

— Este?

— Bem, o veludo verde-escuro destaca os seus olhos, Checchina, mas o vestido não me parece... adequado. — Francesca se tornou uma mulher fascinante e desenvolta. Superou a dor pela morte de Amerigo, se casou de novo há alguns anos e agora divide o tempo entre Palermo, Florença e Paris junto com o marido, Maximilien Grimaud, conde d'Orsay.

— Espere... — Quem falou foi Stefanina Spadafora. Casada faz pouco tempo com Giulio Cesare Pajno, interrompeu os preparativos para a viagem de núpcias para ajudar Franca na difícil escolha. Fuma com uma piteira de ébano que segura firme entre os dedos, exala a fumaça. — Não, Francesca tem razão; não chegamos lá — diz, por fim.

— Você vai posar para um dos pintores mais famosos da Itália, se não da Europa, minha querida. Não pode se apresentar como uma colegial. — Giulia Trigona está deitada na beirada da cama, a cabeça apoiada em uma das mãos, o ar ligeiramente enfadado. As saias estão acima dos tornozelos, revelando as longas pernas torneadas.

De roupão e camisola, Franca afasta o vestido, indica o decote e lança um olhar eloquente para as amigas, mas Stefanina balança a mão como se fosse dizer não, inútil insistir, não cai bem. Em seguida, levanta-se, atravessa o quarto, pisando nas pétalas de rosas do piso, olha entre os perfumes da penteadeira, abre um vidro.

— Que autêntica sinfonia de notas quentes! Que colônia é?

Franca não se vira, mas concorda. Chama-se La Marescialla, foi criada pela Officina Farmaceutica de Santa Maria Novella e é um presente da mãe dela, explica, enquanto anda pelo quarto, pensativa, sob o olhar dos querubins no teto.

— O vestido cor de granada? — sugere Francesca, tirando os sapatos e sentando-se na poltrona que Stefanina acabou de liberar. — Você pode. Tem um corpo invejável, mesmo depois de três gestações.

— Não, seria uma escolha óbvia — responde Franca. — É preciso alguma coisa... — diz, dando batidinhas nos lábios com as pontas dos dedos. Depois, chega perto do grande armário, ao lado esquerdo da cama, abre e, com as mãos nos quadris, o vistoria. *Sim, é preciso algo surpreendente*. Que faça com que todos se lembrem de que ela é "a Única", como d'Annunzio a definiu, e que nenhuma mulher poderá competir com ela, nem mesmo aquela Lina Cavalieri que o marido mandou vir para Palermo, apesar de tudo, até mesmo das greves e das manifestações que agitaram a cidade inteira.

Claro, com certeza Ignazio está preocupado. E, com efeito, ele está em Roma para falar com os ministros e com os políticos sicilianos, para resolver a questão dos estaleiros que ainda está se arrastando. Mas quando voltar — e Franca sente uma pontada de raiva —, irá direto ao Teatro Massimo para assistir aos ensaios da *Bohème*, e não para casa ou para falar com os operários na Oretea.

Ele até teve a cara de pau de se justificar antes de partir: "Sou o empresário e preciso verificar que tudo esteja correndo bem".

Idiota.

Franca tamborila na porta do armário. Ele realmente acha que ela não sabe de nada? E mesmo que já lhe tenha dito, certa vez: "Eu sempre sei tudo, Ignazio". A essa altura, ele deveria ter entendido que certas coisas, quanto mais são feitas em segredo, mais se descobre sobre elas, principalmente se quem as faz é um exibido como Ignazio.

Franca só precisa de um indício — um novo terno inglês, um compromisso inesperado tarde da noite, um tratamento especial para os bigodes — para entender que, no horizonte, existe uma conquista, um novo caso a ser mantido.

Quanto às pessoas — que continuam a sussurrar, a dar risadinhas, a fazer alusões —, agora Franca sabe que a fofoca é um animal sempre faminto e, se não encontra nova carniça para remexer, come a que existe. Assim, ela lhes dá uma resposta irônica e as observa enquanto elas a dilaceram, ou então ostenta uma nova joia, sabendo bem que elas tentarão entender como é *o outro*.

Verdade, pois até nisso Ignazio é tanto desavergonhado quanto previsível: depois da enésima aventura, se apresentará na frente dela com um presente — um anel de safira, um bracelete de platina, um colar de diamantes — a título de recompensa. E, com frequência, vai ser muito parecido com o que ele deu para a mulher do momento.

As joias sempre chegam: às vezes durante a traição, outras quando a história acabou de chegar ao fim. Agora ela aprendeu a compreender a importância que Ignazio atribui às mulheres com quem a trai pelo valor do objeto que lhe dá de presente. Mas o dela, ela sabe, é um remorso que tem a consistências das cinzas.

Com Lina Cavalieri, entretanto, é diferente.

Lina, a filha da costureira, a vendedora de violetas, a dobradora de jornais que conquistou primeiro Roma e Nápoles, depois as Folies Bergère de Paris e o Empire de Londres. Tem uma voz cristalina, claro; mas, acima de tudo, é belíssima, com um rosto de Virgem Maria em que se destacam olhos muito escuros e um corpo de pecadora, que move com uma sensualidade despudorada. Os homens enlouquecem por causa dela: Franca ouviu dizer que, uma vez, foram necessários oito carregadores para levar embora as flores que lhe haviam lançado no palco. E ela sabe como usar a loucura deles: o aspecto inocente — se apresenta sempre sem maquiagem e sem joias — esconde uma alma de ferro. No ano anterior, Lina decidira se tornar uma cantora lírica: havia começado em Lisboa, no *Pagliacci*, e tinha sido tal fiasco que qualquer outra pessoa se afastaria dos palcos em silêncio, esmagada pela vergonha. Qualquer outra, menos ela. Corajosa, continuara a se exibir e agora — depois de ter lotado os teatros de Varsóvia e de Nápoles — chegava a Palermo admirada, esperada e desejada.

É a primeira vez que Ignazio desfruta de uma amante na frente da cidade toda, colocando-a em confronto direto com Franca. Tinha chegado perto disso uns anos antes, quando levara para a cama Agustina Carolina del Carmen Otero Iglesias, que todos conheciam simplesmente como "a Bela Otero". Outra cantora e dançarina de origens familiares obscuras, uma mulher que sabia usar o corpo com desenvoltura e uma boa dose de cinismo. Ignazio não se segurara em vangloriar-se dessa conquista — e das generosas graças dela — com os amigos do círculo, descendo até a detalhes vulgares que chegaram aos ouvidos de Franca, fazendo-a tremer de desdém.

Mas esse era o comportamento costumeiro dele; um *masculu* vaidoso.

Isso é um insulto.

Anos antes, Franca teria sofrido se desfazendo em lágrimas, se atormentando pela humilhação. Mas agora ela mudou e aprendeu a converter a dor em raiva. Descobriu o poder perturbador do rancor, a força que surge da ciência do próprio valor. Não mais se submete ao constrangimento, nem se pergunta mais se cometeu algum erro. Aprendeu a pensar em si mesma e a se proteger da dor que ele lhe causa. É um sentimento estranho, um misto de ciúmes, afeição, humilhação e amargura, o que agora sente por Ignazio. Arrependimento por aquilo que eram e pelo que foi jogado fora.

Não, Ignazio não é um idiota. É principalmente um egoísta, incapaz de amar de verdade.

Foi esse pensamento que a fez deixar de lado os últimos escrúpulos e aceitar posar para Giovanni Boldini, o mais aclamado e comentado retratista do momento. O pintor é hóspede deles: Ignazio o convidou para ficar na Olivuzza, por desejar que faça o retrato dela, assim como já fez para diversas damas da *high society* europeia. E, com a arrogância que lhe é típica, pediu ao pintor que o retrato de Franca seja exposto em Veneza, na mostra que ele fará no verão.

Franca balança a cabeça, pensa sobre a incapacidade de Ignazio de pensar nas consequências, de ir além da superfície das coisas: ele só pensou no prestígio social e na inveja que suscitará essa mulher tão fascinante. Não se deu conta de que Boldini tem um estilo de pintar que parece desnudar a alma, e retrata as mulheres como criaturas de carne e desejo. As suas são mulheres que acabaram de fazer amor, satisfeitas com o prazer que obtiveram.

Ela não queria aparecer assim, nua, exposta. Ao mesmo tempo, sentiu-se tentada a se deixar levar, revelar o que pode ser. Sensual. Cheia de paixão.

Sentiu-se tentada a mostrar ao mundo, e ao marido, quem é de verdade.

Pega um vestido cor de creme, olha-o por uns instantes, recoloca no lugar.

Nesse instante, alguém bate à porta. É Giovannuzza, seguida pela governanta e dois pugs que, mais que correr, parecem rolar atrás dela.

— *Maman*, o pintor chegou? Eu também posso ver? — pergunta a menina, os olhos fixos nos vestidos. Fascinada, estende a mãozinha e roça os tecidos. — Lindos... — murmura.

Franca não responde. Agora está olhando uma roupa pendurada na parte mais afastada do armário, um vestido que ainda não usou porque Ignazio o considera muito audacioso.

Ele. Ciumento. Seria para dar risada, se esse pensamento não a deixasse furiosa.

— *Maman?* — insiste a menina, em tom súplice.

A governanta está tentando tirar do quarto os cachorrinhos, que começaram a lamber os sapatos das mulheres, arrancando-lhes gritinhos de protesto.

— Não, meu tesouro. Essa não é coisa para crianças. — Com sorriso satisfeito, Franca se vira e acaricia a menina. — Vou mandar fazer também o seu retrato quando você for maior. Mas agora *geh und spiel im anderen Zimmer*, vá brincar em outro quarto, vai.

Giovannuzza bufa e fecha a cara.

— Mas elas podem... — protesta, indicando as duas mulheres.

— Elas são adultas, Giovannuzza. E não se deve desrespeitar as pessoas mais velhas.

De cabeça baixa e lábios cerrados, a menina sai. Não cumprimenta ninguém, nem mesmo Francesca, que, apesar de tudo, sempre a mimou.

E é ela mesma que diz:

— Podia ficar...

— Não. — Franca anda vagarosamente pelo quarto. Pega uma piteira em um cinzeiro, dá uma tragada. É um costume que aprendeu na última viagem à França. Acha o fumo muito relaxante.

As amigas a olham, na expectativa.

Giulia Trigona lê no rosto dela alguma coisa que as outras não percebem. Ela, que, como Franca, aguenta a falta de moderação de um marido infiel e, ao que dizem, violento.

— O que você tem na cabeça, Franca?

Ela não responde. Tira o penhoar, fica com as roupas de baixo e a camisola, se olha no espelho. Então vai ao armário, pega o vestido que havia examinado, o pega com a ajuda de Diodata.

Um murmúrio de empolgação surge entre as amigas. O vestido em veludo de seda preta, esculpido com um drapejado de tecido que destaca a cintura fina, parece feito para deixá-la ainda mais alta, para lhe dar um ar régio. É acompanhado por um peitilho, desenhado de modo a destacar o pescoço longo e tornar o vestido discreto, cobrindo o decote.

Franca pega o peitilho, o observa, então o joga na cama.

Não.

Não quer ser uma pacata senhora da boa sociedade. Quer se fazer notar.

Olha-se ao espelho. Balança a cabeça, e os longos cabelos escuros, soltos, balançam às costas. Ainda há algo que não a convence.

Então tira parcialmente o vestido, libera o tórax do tecido. E tira a camisola que está por baixo. Os seios — brancos e cheios — são os de uma mocinha, e não os de uma mulher que teve três filhos. Stefanina se inclina para a frente, solta uma risada.

— Assim? — pergunta, os olhos arregalados, enquanto Francesca leva as mãos à boca, murmurando em francês.

— *Mon Dieu!*

Giulia dá risadinhas.

— Ignazziddu vai ter um choque quando voltar para Palermo — diz. *E merece*, parece querer dizer.

Franca ignora as reações delas, puxa o corpete do vestido e pede à Diodata para fechar a fila de pequenos botões.

Quase não consegue respirar. Mas é isso que deseja. Esse é o modo dela de combater a estupidez cega de Ignazio. E a inveja dos palermitanos.

Não é mais um vestido, aquele; é uma armadura.

Ainda na cama, Giulia a observa com um vago sorriso.

— Com certeza, se você quer que o seu marido passe por uns quinze minutos de constrangimento, esse é o vestido perfeito. Você sabe o que irão dizer, não é?

Enquanto Diodata começa a ajeitar os cabelos dela, Franca dá de ombros.

— Ele pediu a Boldini que fizesse o meu retrato. Tem de aceitar minha escolha da *mise* — retruca, passando batom nos lábios. Indica para a amiga a porta da mesinha de cabeceira. — Você poderia pegar a bolsa com as joias, por favor?

Giulia obedece, coloca a pesada bolsa entre a seda dos vestidos e o lençol, e a abre.

No rosto das três amigas surge um lampejo de pura inveja. Nenhuma pode se vangloriar de uma coleção parecida de anéis, colares e braceletes, daquele peso e daquela elegância.

Franca aperta os olhos, separando mentalmente os presentes de Ignazio — as joias que simbolizam mulheres — dos dela. Dos que escolheu com atenção, quase com amor. Sim, porque depois dos filhos, não tem nada de maior valor. Aquelas joias são o sinal do que Franca Florio é aos olhos do mundo: bela, rica e poderosa.

Levanta-se, remexe entre os estojos e os saquinhos de veludo. Ei-las, as pérolas. Deixa que elas corram entre os dedos, acariciando-as. Em seguida, junta um colar com o outro e, por fim, o colar com as duas pérolas gêmeas grandes como cerejas. Por fim, os coloca: como uma cascata de luz, as pedras caem sobre o vestido escuro.

Franca se vira para uma última olhada ao espelho. Procura acalmar a respiração.

— Vamos.

Pequeno, atarracado, com uma voz sem graça, Giovanni Boldini escolheu uma saleta com as paredes claras, afastada, com uma luz oblíqua para iluminar a pele ambarina da dona da casa. Uma luminosidade cheia de verdor e primavera, quente como o ar que entra através das janelas semicerradas naquele março tumultuado. Ao lado deles, poltronas em damasco escuro; no piso, um imenso tapete persa.

As amigas seguem Franca, sussurrando, escolhem onde sentar-se, enquanto ela diz para a empregada que não quer ser perturbada. A porta se fecha. O pintor, que já preparou a base da tela, fica olhando-a por uns instantes, com as mãos juntas sobre o peito.

— Palavra de honra, dona Franca, a senhora é uma visão. — Em sua voz há um vago sotaque francês, já que vive em Paris por mais de trinta anos.

Ela sorri, mas apenas com os olhos.

— Não o consultei sobre a escolha do vestido. Está satisfeito?

Ela abre os braços para se fazer admirar, mas o pintor a detém.

— Quase... — Segura o pulso dela, parece fazer um passo de dança. — Precisa de mais um pouco de luz. — Retrocede um passo, as mãos nos quadris. Franca tenta imaginar como ele a vê; depois, adivinha, e isso a deixa desconfortável.

Stefanina se aproxima.

— Outro adereço? — sugere.

Boldini assente, quase saltitando.

— Sim, alguma coisa que ilumine o decote... um broche, ou pingente.

Franca coloca a mão nas costas da amiga.

— Você se lembra dos braceletes de ouro que comprei em Istambul? Então, pegue-os, por favor. E também o broche de brilhantes e de platina em forma de orquídea que Ignazio me deu no primeiro aniversário de casamento.

Stefanina desaparece atrás da porta, enquanto as outras mulheres se acomodam nas poltronas. Boldini está pensando, guia Franca pelo aposento, procura a melhor luz, encosta as pérolas no rosto dela e depois deixa que elas caiam de novo, as enrola, então as solta e, enquanto isso, murmura frases em uma mistura do dialeto ferrarese e do francês. É quase engraçado ver aquele homem tão baixo ao lado dela, bela e alta.

— Humm... é muito difícil encontrar o ângulo correto para a senhora. É tão... — Faz um gesto que poderia ser vulgar, mas que ele consegue transformar em um elogio. No meio-tempo, Stefanina chega com as joias e Franca as coloca. Os braceletes não, não são adequados: a manga do vestido os cobre. Melhor o broche, no entanto, que dá ainda mais luz ao jogo de drapejados do veludo.

Boldini se aproxima da grande tela. O retrato vai respeitar as proporções, e Franca surgirá em toda a sua altura. Ele coloca os óculos na ponta do nariz, começa a traçar os contornos da figura; mas, chegando na linha das costas, se detém, o pincel parado na metade do caminho. Olha Francesca.

— Com sua licença, senhora... Poderia dar à dona Franca o seu xale?

— O meu... Ah, mas é claro, aqui está!

Rindo, Francesca entrega o xale à Franca, que, no entanto, não sabe o que fazer com ele e também dá risada.

Muito sério, Boldini lhe pede para colocá-lo ao redor do corpo para que o tecido branco ilumine as costas nuas. Os cabelos escuros brilham à luz da primavera, enquanto Franca brinca com o xale, o drapeja, como se desejasse se envolver nele.

Então mexe a cabeça, porque Giulia disse alguma coisa e ela não entendeu. E é então que o pintor a detém.

— Assim! Fique parada, assim! — ordena, com os olhos arregalados. Sobe na plataforma que usa para pintar e traça furiosas, longas pinceladas, procurando capturar a luz.

Franca obedece. Pega de surpresa, os lábios semifechados, o olhar absorto, o quadril despontando em um movimento sensual que parte do braço, parecido com uma onda.

Não sabe que naquele momento está nascendo um quadro que irá transformá-la em uma lenda.

PORCELANA

abril de 1901 — julho de 1904

Li malanni trasino du sfilazzu di la porta.
"As desventuras entram pelas frestas da porta."

PROVÉRBIO SICILIANO

O fim do segundo governo Pelloux (24 de junho de 1900) marca também a conclusão de uma época dominada pelos políticos "reacionários" como Crispi (que morre em 11 de agosto de 1901) e di Rudinì. O novo rei, na verdade, chama para formar o governo um expoente da esquerda liberal, Giuseppe Zanardelli, que, como ministro da Justiça durante o primeiro governo Crispi, elaborou o novo Código Penal (1889), abolindo a pena de morte e afirmando o direito à greve (até então considerada um crime). Zanardelli escolhe como ministro do Interior Giovanni Giolitti, que decide não adotar uma postura repressiva contra a onda de greves de 1901 (mais de 1.500, entre indústria e agricultura), de 1902 (mil, no total), nem durante a primeira greve geral italiana (15-20 de setembro de 1904), convencido de que "o movimento ascendente das classes populares [...] é um movimento invencível por ser comum a todos os Países civilizados e por ser apoiado pelo princípio da igualdade entre os homens" (discurso na Câmara, 4 de fevereiro de 1901). No dia 1º de dezembro de 1903, Giolitti torna-se chefe do Executivo (Zanardelli pede demissão no dia 3 de novembro e morrerá cerca de um mês depois) e apresenta ao Parlamento o próprio governo, sustentando que "é necessário iniciar um período de reformas sociais, econômicas e financeiras", dado que "a melhoria das condições das classes menos favorecidas da sociedade depende principalmente do aumento da prosperidade econômica do País". É iniciada assim a "era giolittiana", caracterizada por uma ação de mediação do governo no campo social e político, com o objetivo de reforçar o Estado liberal graças à contribuição dos católicos e dos socialistas. Com os primeiros, Giolitti age com paciência e determinação para superar de fato, ainda que não oficialmente, o bloco do non expedit; com os segundos, procura um diálogo e, com efeito, negocia longamente com Filippo Turati; mas um governo de coalizão com os socialistas jamais acontecerá.

Giolitti pode contar, inclusive, com uma conjuntura econômica favorável, que segue a retomada internacional iniciada em 1896 e que, *na Itália, é reforçada graças também às comissões estaduais, ao prosseguimento da política protecionista (sobretudo nos setores siderúrgico e têxtil), a um aumento da mão de obra (devido ao crescimento demográfico) e aos investimentos do exterior no setor bancário (já em 1894 nasce o Banco Comercial Italiano, com capital alemão, suíço e austríaco), que tece relações sempre mais estreitas com o mundo empresarial. Um desenvolvimento que, contudo, se concentra no "triângulo industrial" (Turim, Milão, Gênova), não afeta a primazia da agricultura e exclui, de fato, o Sul da Itália, cujos problemas nunca são enfrentados de modo orgânico, somente com as "leis especiais", que se revelam inadequadas. Uma das consequências é o aumento do fluxo migratório (começado depois da Unificação): os 300 mil imigrantes do período entre 1896 e 1900 se tornam, na verdade, meio milhão entre 1901 e 1904 (sessenta por cento tendo como destino o continente americano).*

Na política externa, no dia 28 de junho de 1902, ainda sob o governo Zanardelli, a Itália, a Alemanha e a Áustria firmam o quarto tratado da Tríplice Aliança (já renovado em 1887 e 1891), acrescentando-se uma declaração na qual a Áustria afirma não ter interesses em colocar obstáculos a eventuais ações italianas na Tripolitânia (atual Líbia ocidental): agora esquecida a fracassada ação colonial de Crispi, a Itália tem por objetivo ocupar um território com o qual tem importantes relações comerciais. Nessa perspectiva, até as relações com a França ficam menos tensas: depois do acordo que, em 1898, pôs fim à "guerra alfandegária", o ministro do Exterior italiano, Giulio Prinetti, e o embaixador francês Camille Barrère chegam a um acordo em que a Itália garante apoio diplomático para a França em Marrocos e, por sua vez, a França declara não se opor a uma intervenção italiana na Tripolitânia.

No dia 20 de julho de 1903, aos 93 anos, morre o papa Leão XIII. Ele é sucedido, no dia 4 de agosto, pelo patriarca de Veneza, o cardeal Giuseppe Sarto, que assume o nome de Pio X. No dia 11 de junho de 1905, com a encíclica O firme propósito, *Pio X concede aos católicos — no caso de "extrema necessidade para o bem da alma" — a possibilidade de serem dispensados do* non expedit, *já que devem "se preparar com prudência e seriedade para a vida política, quando a ela forem chamados".*

Tem pouco mais de dez centímetros de altura, branco, enfeitado com faixas de motivos florais. É o vaso que, em 1295, Marco Polo trouxe da China e que agora está guardado na basílica de São Marco, em Veneza. Mas, acima de tudo, é marca concreta de uma obsessão iniciada no Oriente, na verdade durante o Neolítico, e destinada a se difundir pelo mundo inteiro: a da porcelana. Por muitos séculos, esse material delicado e resistente, às vezes tão delicado que, através dele, se pode ver "o cintilar da água", como escreveu Abū Zayd al-Sīrāfī em 851, continua a ser um mistério para o Ocidente. Segundo Marco Polo, por exemplo, quem fabrica xícaras e pratos "recolhe certa terra como se fosse em uma mina, e com ela fazem grandes montes e deixam ao ar livre, à chuva, e ao sol por trinta e quarenta anos sem mexer". E, ainda em 1557, o erudito Giulio Cesare Scaligero afirma que "quem fabrica [a porcelana] utiliza cascas de ovos e conchas finamente moídas, transformadas em pó e maceradas na água [...] Que forma os vasos, são enterrados [e não] são retirados, a não ser depois de cem anos". E sim, exatamente nesse período, sob a égide de Francisco I de Medici em Florença, se consegue criar a "porcelana de pasta mole", que, em vez de ser uma massa que contém caulim e feldspato, é produzida com quinze a vinte por cento de argila branca e quartzo: aparentemente igual à porcelana, os objetos assim feitos são, pelo contrário, muito mais frágeis (na verdade, só restam 64 peças) e com diversas imperfeições. Pouco depois, de qualquer forma, os portugueses primeiro e em seguida os holandeses, começaram a importar para a Europa a porcelana "original", que se torna imediatamente um objeto de desejo, tão cara a ponto de ser considerada o "ouro branco".

Em busca da fórmula secreta, se encontra também o conde Ehrenfried Walther von Tschirnhausen que, no início do século XVIII, está estudando o ponto de fusão de algumas substâncias, entre as quais o caulim. Mas não obtém resultados, e então o rei Augusto II força o alquimista Johann Friedrich Böttger a ajudá-lo. Em 1708, as experiências deles têm sucesso: o Ocidente também pode produzir a "sua" porcelana. Von Tschirnhausen morre pouco depois, mas o rei transfere o laboratório de Böttger para o castelo de Albrechtsburg, nas vizinhanças de Meissen e, em 1710, a fábrica já está em plena atividade: graças ao escultor e modelador Johann Joachim Kändler, alcança um nível artístico altíssimo (um dos presentes de núpcias de Elizabeth II foi um conjunto de porcelana de Meissen).

O segredo da porcelana não é mais tal e revelá-lo pode ser muito rentável. Assim, no giro de poucos anos, nascem as manufaturas de Höchst (caracterizada pelas figurinhas de Johann Peter Melchior), de Viena (com desenhos em estilo barroco), de Sèvres (onde é produzido o "rosa Pompadour", em homenagem à amante de Luís XV e patrona da fábrica), as localizadas nos arredores da cidade de Limoges (favorecidas pela descoberta, nas vizinhanças, de uma jazida de caulim) e muitas outras, até na Dinamarca, cuja produção se distingue pelo uso peculiar do azul-cobalto e, obviamente, na Inglaterra, onde Josiah Spode cria o *bone china*: acrescentando pó de ossos de animais à massa, a porcelana fica incrivelmente fina e transparente.

Na Itália, em 1735, o marquês Carlo Ginori abre a manufatura de Doccia (que fica nas mãos da família até 1896 e se especializará na produção de louças e objetos de uso cotidiano) e, em 1743, Carlos III de Bourbon e a esposa fundam a Real Fabbrica di Capodimonte: graças à descoberta de uma jazida de caulim na Calábria, a produção chegará a superar, por gosto artístico e refinamento, tanto a alemã quanto a francesa. Em Capodimonte, na verdade, são produzidos principalmente pequenos grupos de esculturas, dos quais emerge a habilidade dos modeladores e se exalta a particularidade da tonalidade leitosa da porcelana.

Com a Revolução Francesa e as sucessivas agitações, se encerra esse primeiro e glorioso período da porcelana na Europa. Desaparecidas as cortes que sustentavam — financeiramente, mas não somente — as atividades das manufaturas, é imposta a lei do lucro, que colocará em segundo plano a arte, destacando a funcionalidade. Parece a triste conclusão de uma bela história, mas não é. Porque o fato de a porcelana ser agora um objeto cotidiano torna ainda mais fascinante o *verdadeiro* mistério dela, o que Edmund de Waal assim exprimiu em seu *La strada bianca*: "A porcelana é branca e dura, mas deixa passar a luz. Como é possível?".

Nesta noite, Palermo é uma cortesã à procura de amantes: mulher sensual e invejosa, com os olhos semicerrados buscando esconder o veneno, mulher que deseja ver e ser vista. Por isso, se exibe sem restrições: vestidos em cone ou com linhas sinuosas para serem usados sem o peitilho, como exige a nova moda francesa; leques de plumas, luvas de renda, binóculos de madrepérola, joias luminosas, sorrisos, beijos soprados das pontas dos dedos, elogios.

E o Teatro Massimo é — literalmente — o palco desse cenário, onde tudo se manifesta em plena luz, ainda que sob o véu de uma elegante hipocrisia.

Porém, entre todos os espetáculos sendo recitados na plateia e nos palcos — gestos furtivos de amantes, mães que exibem filhas que estão na idade de arranjar um marido, murmúrios sobre o último escândalo, olhares severos para relembrar dívidas a serem pagas — nesse 15 de abril de 1901, há um que ainda não começou e que todos esperam com impaciência. Um espetáculo que poderia ser um drama. Ou uma *pochade*.

Vamos ver poucas e boas, pensa o arquiteto Ernesto Basile, com o pincenê sobre o nariz aquilino. Está sentado na plateia, junto com a esposa e, como sempre, antes de cada apresentação, se encanta admirando a graça formal daquela sala projetada por ele. E, exatamente enquanto observa o palco, percebe — apenas por um instante — Ignazio aparecer em um canto da cortina. Ergue o olhar para o camarote dos Florio. Ainda está vazio.

A amante de Ignazio Florio vai estrear em Palermo na *Bohème*, obviamente no papel de Mimì. E Franca Florio nunca falta a uma estreia.

As luzes diminuem. Com um farfalhar de tecidos, os espectadores dirigem-se aos seus lugares, enquanto a orquestra abre as partituras e o primeiro violino soa a nota para a afinação.

Um murmúrio. No camarote dos Florio aparece Vincenzo. Agora está com dezoito anos, o ar sensual e malicioso, e uma atitude marota que enlouquece as mulheres. É raro vê-lo no teatro, porque prefere as atividades esportivas. É sua a Fiat 12 HP estacionada na frente do Massimo, um carro com o qual ele corre pela cidade, erguendo nuvens de pó e protestos dos transeuntes.

Enquanto o rapaz olha ao redor com ar curioso, chega Giovanna, vestida de seda preta. Está com a testa ligeiramente franzida e os lábios fechados. Vincenzo dá-lhe um beijo no rosto, a faz sentar-se na frente dele, e acomoda-se em seguida.

O murmúrio na plateia torna-se mais intenso. Alguns espectadores fingem falar com os vizinhos, enquanto espiam na direção do palco; outros olham para cima, sem pudores.

A grande cortina — na qual Giuseppe Sciuti quis representar o cortejo da coroação de Rogério II — balança lentamente. Quase parece respirar.

Franca surge como do nada, envolta em um magnífico vestido cor de coral. Por alguns instantes, fica imóvel e percorre a plateia com o olhar, cujos olhares ela acolhe, indiferente às manifestações de curiosidade. Depois, sorri para Vincenzo, que puxou a cadeira para ela e se acomoda ao lado da sogra. A expressão do rosto está composta, serena, quase inexpressiva. Os olhos fixam o palco, na expectativa. Como se, naquela noite, *La Bohème* fosse encenada apenas para ela.

Palermo emudece.

Até o maestro, que nesse ínterim subiu ao pódio, parece esperar um aceno de Franca. Dos bastidores, uma batida de palmas dá início a um tímido aplauso. O maestro inclina-se. A cortina se abre.

Do seu canto, fora das vistas do público, Ignazio a vê.

Cólera e nervosismo se apossam dele. Sim, esperava que tivesse uma desculpa para não estar presente naquela noite; pelo contrário, Franca está ali. É um desafio, tem certeza.

Ou melhor: é uma vingança.

Eles brigaram duramente quando ele voltou de Roma. Tudo culpa daquele pintorzinho e do retrato dele, quase vulgar, que faz Franca parecer uma bailarina que se exibe em um café cantante. Aquele maldito Boldini vira coisas da mulher que só ele tinha o direito de ver, a começar pelas longas pernas, e as havia até registrado na tela, sob os olhos daquelas fofoqueiras Stefanina Pajno, Francesca Grimaud d'Orsay e Giulia Trigona. Mas o cúmulo tinha sido quando Franca lhe dissera, com toda a calma, que em sua opinião, ao contrário, aquele retrato era um *"tableau fascinant"*, um quadro fascinante. *Que desavergonhada!*

Ignazio dá um murro na parede e começa a andar, de maneira nervosa, de um lado para outro, driblando cenógrafos e um figurinista com os braços cheios de roupas.

— O que está acontecendo, Ignazio? Você deveria estar aqui para me tranquilizar. No entanto... — Lina Cavalieri se aproximou, coloca uma das mãos no braço dele.

Ele inspira profundamente.

— Que nada! Você vai ser maravilhosa; vai encantar a todos, como encantou a mim.

Aquela mulher lhe inflamou a alma, além das veias. Desde a primeira vez que a viu, quis tê-la em sua cama e conseguiu. Pouco importa que os caprichos dela sejam dispendiosos e que o obrigue a segui-la em seus giros pela Itália. Ela vale todo aquele dinheiro.

— Ah, eu sei — responde Lina, colocando nas costas o xale do figurino. Abre um botão da blusa, revelando um pedaço de pele cor de leite, então olha Ignazio com uma mistura de inocência e de sensualidade. Então, entrelaça os dedos nos dele e deixa que ele beije a mão dela. Por fim, ergue a cabeça, olha o palco. — Sua mulher está aqui?

Ignazio assente.

— Nunca perde uma estreia.

— Suponho que ela saiba...

Ele hesita antes de dizer:

— É uma mulher que sabe se colocar no mundo. — O tom é ligeiro, dissimula bem a cólera.

— Espero que sim — replica Lina, porém a ânsia lhe ofusca os olhos escuros.

Ignazio acaricia-lhe o rosto.

— Seja como for, pense nisto: você está em um dos teatros mais belos da Europa, cheio de gente que deseja apenas ouvir você cantar.

Lina gostaria de responder que estão ali para vê-la; que os dotes de cantora são secundários, mas não tem tempo: o diretor de cena faz-lhe um gesto para se aproximar. Ignazio a empurra com doçura e a olha entrar no palco. Mais que uma costureirazinha tímida e ingênua, Lina parece uma nobre mulher decadente. Mas tem uma presença cênica tão forte a ponto de relegar a segundo plano até um tenor como Alessandro Bonci, muito amado pelo público pelo virtuosismo. Canta com um tipo de abandono sensual, com uma presença física que compensa a voz frágil. Move-se com elegância, sorri para Rodolfo como se fosse o único homem no mundo, chega a enrubescer.

Altro di me non le saprei narrare.
Sono la sua vicina
*che la vien fuori d'ora a importunare…**

É no fim da ária de Mimì que começam as vaias.

Uma, duas, dez, cem.

A orquestra se detém. Na plateia corre um arrepio; os espectadores trocam olhares incrédulos. Alguns se levantam de um salto, aplaudindo, mas da galeria se ouvem gritos e insultos, e a esses se unem os protestos vindos dos balcões. Entre urros, empurrões e gritos, os funcionários procuram, com afã, trazer a calma entre os espectadores e chegam até a ameaçar os mais agitados de colocá-los para fora. Mas é tudo inútil.

Na confusão geral, Lina se vira para Ignazio, as sobrancelhas franzidas, a mão segurando a de Bonci, que está petrificado pelo horror e tem o olhar perdido.

---

* Eu não poderia te contar mais nada sobre mim / Eu sou vizinho dele, quem sai agora para te irritar… [N. da T.]

Ignazio tenta tranquilizá-la com gestos, mas a mente é atravessada por um único e pungente pensamento. Mais uma vez, Palermo se recusa a lhe dar razão. Nenhum artista — nunca! — havia sido recebido com tanta hostilidade. Como é possível que essa cidade não compreenda a honra que recebeu? Lina Cavalieri é disputada por teatros e pelas cortes da Europa, perseguida pelos empresários, honrada por príncipes e magnatas, e eles, os palermitanos, o que fazem?

Eles a vaiam.

Agora, percebe no ar a hostilidade. Tem o cheiro seco da pirita e, como a pólvora, pegou foco, gerando o caos. E dizer que ele se esforçara para garantir que Lina recebesse a justa quantidade de aplausos. Dera discretas somas de dinheiro para os funcionários do teatro, pagara uma grande claque...

Mas não tinha sido o único a ter essa ideia.

O pensamento é surpreendente.

Dá um passo, procura o camarote da família com o olhar. Enquanto Vincenzo esconde o riso por trás da mão e a mãe está com os olhos baixos por causa do constrangimento, Franca olha o palco com ar impenetrável, a sombra de um sorriso nos lábios.

Ignazio segue a direção do olhar dela, como se fosse um fio. Na outra ponta, está o olhar de Lina.

Com um arrepio, se dá conta de estar assistindo a uma briga entre leoas pelo domínio do território, a uma guerra silenciosa entre duas criaturas ferozes que estão avaliando a força uma da outra, indiferentes ao que se encontra ao redor delas.

Franca.

É ela por trás dessa avalanche de vaias. Ah, não diretamente, não foi necessário. *Tem tantos amigos e admiradores dispostos a agradá-la, que só precisaria ter dito uma palavra para desencadear o inferno.*

E para fazer com que todos compreendam quem manda de verdade.

Enquanto a orquestra finalmente volta a tocar, Ignazio fica imóvel. Logo terminará o primeiro ato, e vai ter de consolar Lina. Mas não será difícil: lágrimas e recriminações não são do gosto dela. É uma mulher corajosa, que abriu caminho pegando a vida a tapa e recebendo outros tantos. É também essa coragem, esse orgulho, que Ignazio admira em Lina.

Porém, até aquela noite, não compreendera quanta estrada a mulher dele percorrera. De mulher honrada, fiel, mãe de família, claro, mas não era esse o ponto.

O ponto era que, no casamento deles, ele era a parte fraca.

E sempre seria.

A grande sala da Corte d'Assise di Bologna, do Tribunal de Bolonha, está lotada e envolta em uma névoa de fumaça de cigarro, que arregala os rostos dos presentes. Com o chapéu e a bengala na mão, Ignazio entra e olha ao redor. À frente, os longos bancos que recebem os jornalistas e os advogados, enquanto, acima das cadeiras dos juízes, em uma tribuna, senta-se o público. Muitos o reconheceram: compreende pelo murmúrio que atravessou a sala e pelos olhares curiosos que se fixam nele.

— Sr. Florio, por aqui. — Um secretário faz-lhe um gesto para se aproximar dele, e Ignazio avança, incerto, esforçando-se para olhar os juízes e não a cabine onde, entre dois policiais, em um banco de madeira, está sentado Raffaele Palizzolo. Mas, por um instante, os olhos dos dois homens se encontram e Ignazio tem um sobressalto: Palizzolo apresenta um aspecto acabado, com o rosto encovado e uma magreza a ponto de a roupa, ainda que bem-feita, parecer pendurar-se no corpo. Mantendo, no entanto, a coluna ereta e o olhar tranquilo, abaixa ligeiramente a cabeça, em gesto de cumprimento a Ignazio, e até esboça um sorriso.

Oito anos se passaram desde o caso de Emanuele Notarbartolo: oito anos em que a justiça tentou não afundar na areia movediça das pistas falsas, das reticências e dos desvios provocados. Dois anos antes, em Milão, acontecera um julgamento confuso, nos limites da farsa: os acusados eram dois ferroviários que, encontrando-se no trem em que Notarbartolo fora assassinado, *tinham* de ser cúmplices dos assassinos. Porém, exatamente durante esse processo, no banco das testemunhas, subira o filho da vítima, Leopoldo, que, com notável coragem, traçara o sombrio retrato de uma Palermo prisioneira de laços de clientela, onde havia gente disposta a tudo — até a matar — para conservar os próprios privilégios, e indicara Palizzolo como mandante do homicídio do pai. No tumulto que se seguira, a Câmara havia dado autorização para prosseguir e, no dia 8 de dezembro de 1899, o delegado Ermanno Sangiorgi mandara prender Palizzolo. Uns dias depois, o julgamento de Milão fora interrompido. Foi retomado em Bolonha faz dois meses, no dia 9 de setembro de 1901.

Ignazio senta-se no banco das testemunhas, cruza as pernas e coloca as mãos nos joelhos. Sente um desconforto grudento, difícil de se livrar. Até então, conseguiu manter sob controle o constrangimento que a situação lhe provoca, mas ali, naquela sala, não é simples. Nunca teve nada que ver com a Justiça e, principalmente, não consegue aceitar que o nome dele — junto com o de muitos outros expoentes da boa sociedade palermitana — seja associado a esse caso. Está tão nervoso que, no dia anterior, até brigou com Lina, que se oferecera para acompanhá-lo a Bolonha, ficando, é claro, bem longe daquela sala.

É o presidente, Giovanni Battista Frigotto, que inicia o interrogatório.

— O senhor é Ignazio Florio, filho do falecido Ignazio?

Ele assente.

— E a sua profissão é...

Ignazio pigarreia.

— Sou um industrial.

O presidente ergue as sobrancelhas.

— O senhor também não é dono de uma loja comercial?

— O velho exercício comercial de família, sim. Dirijo uma cantina para a produção de marsala, a Navegação Geral Italiana e...

— Não lhe pedimos que viesse de Palermo até aqui para conhecer a sua riqueza — comenta, seco, Frigotto. Examina Ignazio como se fosse um vulgar enriquecido que não sabe se portar diante da lei.

— Foi o senhor que perguntou sobre as minhas atividades, que, de qualquer forma, são de conhecimento público — retruca Ignazio, nervoso.

— Talvez lá em sua terra, sr. Florio. Aqui, estamos em Bolonha, e nem todos são obrigados a conhecer em detalhes quem o senhor é ou o que faz na vida.

O público faz barulho; ouvem-se até risadas caçoístas. Entre a multidão, Ignazio vê um jornalista de Catania que conhece de vista: está conversando com um colega e tem nos lábios um sorrisinho irônico. Mas, quando percebe que Ignazio o está olhando, ele abaixa a cabeça de repente e começa a escrever no bloquinho de notas.

— Então, sr. Florio... O senhor foi chamado aqui como testemunha de defesa. Conhece o acusado, Raffaele Palizzolo?

Ele assente.

— Fale, senhor.

Tosse.

— Sim.

Vira-se e olha para ele. Palizzolo esboça um sorriso discreto, quase como se se desculpasse pelo incômodo que lhe causou. Mas no olhar há uma advertência que só outro siciliano pode entender, e Ignazio sente um arrepio na coluna. Volta a olhar o presidente, que, por sua vez, tem um ar sério, talvez para intimidá-lo.

— *Signor* Florio, já ouviu falar da máfia?

Com essa pergunta, ele quase estremece.

— Não.

— Eu repito: o senhor já ouviu falar da associação criminal chamada máfia?

— E eu repito que não.

Frigotto faz uma careta.

— Estranho. Nos despachos de segurança pública que chegam de Palermo se lê que o senhor, como tantos outros, se vale de... certas pessoas para garantir a segurança da sua propriedade. E que tais pessoas pertencem à associação criminosa à qual pertenceria também o acusado. A máfia, justamente.

Ignazio movimenta-se na cadeira.

— Trata-se de trabalhadores que recruto na localidade onde moro. São pessoas honestíssimas, homens de bem. Quanto ao deputado Palizzolo...

— Ao *sr.* Palizzolo — corrige Frigotto.

— ...é uma pessoa de grande destaque em Palermo, sempre disposto a ajudar quem recorre a ele nas horas de necessidade.

— Devo recordar-lhe que o senhor está sob juramento, sr. Florio?

Ele cruza os braços no peito.

— Sei perfeitamente. Minha família conhece faz muito tempo Raffaele Palizzolo, que é também aparentado com minha esposa e...

— ...que brigou e manobrou para fazer com que o senhor tivesse favores no Parlamento. Ora, não faça essa expressão ofendida; é sabido que vocês, os sicilianos, se ajudam sempre entre si e que, com certeza, não se preocupam em estar pedindo essa ajuda a homens honestos ou a gente de má-fé.

Um murmúrio percorre a sala. Dessa vez são os jornalistas do sul que protestam por essa inferência. Até um dos advogados da parte civil, Giuseppe Marchesano, manifesta em voz alta o desdém.

Encorajado, Ignazio se inclina para a frente.

— Veja, senhor presidente, um "negociante" como eu precisa pensar no futuro de suas empresas e sabe que precisa ter uma voz forte para fazer com que certas instâncias cheguem às instituições. Ao deputado Palizzolo sempre foram caros os interesses da Sicília...

— E dos Florio! — grita uma voz no meio do público. Ignazio se vira de repente e reconhece o jornalista: é um palermitano que escreve para *La Battaglia*, o jornal socialista de Alessandro Tasca di Cutò.

Marchesano se levanta.

— Sr. Florio, pedimos-lhe que viesse para esclarecer um fato preciso. É verdade que Raffaele Palizzolo lhe ofereceu a compra da propriedade chamada Villa Gentile com o intuito de construir lá casas para os seus operários?

Ignazio franze a testa.

— Sim, mas eu não aceitei.

— Por quê?

— Ah, não lembro.

— Se Palizzolo tivesse lhe pedido emprestada uma soma considerável, o senhor a teria emprestado?

— Podendo dispor dela, sim. Como já disse, é pessoa conhecida, para não dizer da família...

— Considera que Palizzolo seja capaz de cometer um homicídio ou de ser o mandante dele?

Ignazio arregala os olhos.

— Não, mas é claro que não! — quase grita. — De qualquer modo, nesse caso horrível, o nome dele apareceu sobretudo depois daquele estranho julgamento de Milão e...

— Obrigado — interrompe Marchesano. — Senhor presidente, não tenho outras perguntas.

— Pode ir, sr. Florio — diz Frigotto, sem nem olhar para ele.

A irritação de Ignazio é tal que ele quase não percebe a névoa densa que o acolhe ao sair do Tribunal. Atravessa a sala a passos largos, erguendo e abaixando a bengala. *Mas como esse juiz se dá ao luxo de me tratar assim? E o que ele sabe a respeito de certas coisas?*, pensa com raiva. *É preciso viver na Sicília para entender. É preciso comer o sal e o pó dela, engolir para não ser mastigado, passar por cachorro para não acabar sendo roído como um osso...* Detém-se de repente, respira profundamente o ar frio. Aquela névoa que oculta a cidade, que torna os edifícios, os transeuntes e as carruagens fantasmagóricos, arranca dele um suspiro desconfortável. *Não, vocês do Norte não sabem de nada. Vocês se acham santos e não entenderam que só se chega ao paraíso conhecendo o que é o pecado. E, na Sicília, o pecado de que ninguém escapa é o de saber e não poder falar.*

— Dona Franca... — A camareira está na soleira da porta, a mão no batente, imóvel. — Desculpe-me por atrapalhar, mas a sua filha não está bem. Está com febre.

Franca está sentada à penteadeira do quarto de dormir na Villa Igiea. Afasta os olhos da bolsa de malha de ouro em que está guardando as joias que usou na noite anterior no jantar dos Lanza di Mazzarino. Não confia nas camareiras, nem em Diodata; prefere cuidar delas pessoalmente.

O quarto está cheio de malas e de baús, e a empregada que cuida das roupas está arrumando os vestidos de dia e de noite, roupões e sapatos. No dia seguinte, Franca, a mãe, Giovanna e as crianças partirão para a Baviera, depois de terem passado o mês de julho na Tunísia. Ainda antes, em maio, foram a Favignana para assistir à matança, junto com os Trigona e os duques de Palma — Giulio e Bice —, o irmão do duque, Ciccio Lampedusa, Carlo di Rudinì, Francesca Grimaud d'Orsay e outros parentes e amigos, como os primos d'Ondes e Ettore De Maria Bergler. Tinham sido dias muito agradáveis, marcados por passeios pela ilha ou por excursões de barco, mas também por longas, preguiçosas conversas e refeições informais.

Pelo menos, até que chegasse à imperatriz Eugenia, viúva de Napoleão III. Melancólica e gentil, a senhora idosa conquistara o afeto de todos e observara a matança com grande surpresa, lançando até uns gritinhos de surpresa. Franca, é claro, cuidara de todos os detalhes da permanência dela, organizando até um jantar esplêndido, e recebera em troca não poucos elogios. Mas a imperatriz lhe dera os parabéns sobretudo porque, apenas umas semanas antes, Franca havia sido nomeada dama da corte da rainha Elena.

Ignazio, porém, não sendo de origem nobre, não fora nomeado cavaleiro do rei, e isso o irritara muito. Uma irritação que se somava, seja à mais recente, do fim do processo contra Palizzolo, terminado com uma pesada condenação de trinta anos de cárcere, ou à do fato de ter de retardar a partida para Favignana, por ter de participar das cerimônias solenes em recordação da morte de Francesco Crispi, acontecida exatamente um ano antes, no dia 11 de agosto de 1901. Assim, sob o sol a pino, Ignazio se unira ao cortejo de representantes da Câmara e do Senado e, chegando nas Catacumbas dos Capuchinhos, tivera não apenas de ouvir um discurso interminável, mas também assistir à exposição do corpo, que recentemente fora embalsamado.

Tinha virado múmia e múmia vai ficar, pensara então Ignazio, lhe lançando um derradeiro olhar e enxugando o suor.

Então, chegara a Favignana de péssimo humor, que desabafara esvoaçando ao redor de Bice, sob os olhos do marido dela e de Franca. E, certamente, Bice não o ignorara.

Como sempre, Franca voltara a atenção para outros lados. Ser reconhecida como dama da corte doara-lhe um novo orgulho, unido a um forte sentimento de desforra. Não era mais, apenas, a bela mulher e a mãe do herdeiro de uma das mais ricas famílias europeias: agora, poderia hospedar, com plenos direitos, os soberanos na residência dela, desfrutava da estima deles. Que diferença fazia, para ela, um namorico a mais ou a menos?

Antes de partir, a imperatriz desejara saudar também as crianças. Com um sorriso de ternura, Franca se lembra das carinhas sonolentas de Giovannuzza e Baby Boy, junto com o pequeno Giuseppe Tomasi, o filho de Bice, vestidos com toda pompa, às sete da manhã, para que fossem apresentados à hóspede real antes de ela ir para o seu iate. Igiea, no entanto, ficara dormindo no berço.

Ela volta a si.

— Quem não está bem? Igiea ou Giovannuzza? — pergunta, com um tom de contrariedade na voz. Se uma das filhas está mal, precisarão adiar a partida por pelo menos uns dias, e ela gostaria mesmo de fugir do calor palermitano. E de Ignazio, cuja presença, naquele período, ela mal consegue suportar. Precisa de ar fresco, de gente, de alegria.

— A srta. Giovannuzza. — A empregada entrelaça os dedos, esperando. Parece nervosa.

— Estou indo.

Franca atravessa os cômodos de penhoar, a seda rodopiando ao redor dos tornozelos, os passos abafados pelos tapetes. Chega ao quarto de Giovannuzza, entra. A menina está na cama, as faces vermelhas de febre, os olhos inchados e semicerrados. Como sempre acontece, Franca pensa que ela aparenta mais que os oito anos dela, talvez por causa daquele ar melancólico que sempre teve, ou talvez por ser esguia e magra, assim como ela.

— *Maman...* — murmura Giovannuzza com voz rouca, e lhe estende a mão.

— Meu tesouro, o que você tem?

— Ah, minha cabeça dói tanto... *ich habe Durst...**

Franca olha a mesinha de cabeceira, procurando a garrafa de água. A governanta, solícita, se dirige à mesa no centro do quarto, coloca a água em um copo e lhe oferece, para em seguida voltar para os pés da cama da menina.

Franca ajuda Giovannuzza a sentar-se, apoiada nos travesseiros. A menina bebe um gole, mas tosse com força e cospe o líquido sobre os lençóis.

---

* Estou com sede. [N. da E.]

— Dói tudo, mamãe — murmura, então, e desanda a chorar, lamentosa.

Franca enxuga o rosto da filha com o lenço, lhe acariciando a face. Está quente. Demais.

Alguma coisa, dentro dela, estremece. A saúde de Giovanna sempre foi uma fonte de preocupações, mas essa não parece ser uma das febrinhas costumeiras.

— Chame um médico. Não o nosso, levaria muito tempo para chegar aqui. O do hotel — diz para a governanta. Então beija a menina, a abraça com força. — Estou aqui — murmura, embalando-a. — *Hab keine Angst, mein Schatz...* Não tenha medo, meu tesouro...

O médico é um homem magro e sério, com o rosto marcado pelos anos e pela experiência. Chega logo em seguida. Franca trocou de roupa e assiste à consulta com ânsia crescente. O médico sorri para Giovannuzza, tratando-a com grande delicadeza, mas está tenso, dá para ver no rosto dele.

Saem do quarto, se detendo junto da porta. Nesse momento, chega Maruzza.

— Então? — pergunta Franca, retorcendo um lenço.

— Receio que se trate de febre tifoide — responde o médico. — Está com os olhos inchados, a febre alta, os reflexos lentos... Todos os sintomas revelam um processo de infecção.

Franca leva as mãos à boca, fixando com os olhos a porta fechada.

— O que... como ela pôde pegar isso?

O homem estende os braços.

— Pode ter bebido água infectada, ou comido algo contaminado. Quem vai saber? Agora, se perguntar como ela contraiu a doença é inútil. Pense, sobretudo, em afastá-la dos outros e em mantê-la sempre limpa. Fale para as empregadas ferverem as roupas da menina.

Maruzza segura o braço de Franca, que continua a encarar o médico, atônita.

— Eu cuido disso — diz.

— Por enquanto, posso fazer uma sangria para aliviar a dor de cabeça e lhe darei 25 gotas de tintura de iodo em um copo de leite, já que parece estar...

Franca não escuta. Apesar do calor, tem a sensação de estar coberta por uma camada de gelo.

— A minha menina... — murmura. — Minha Giovannuzza... — E roça a porta, como se a carícia pudesse chegar à filha.

O médico abaixa a cabeça.

— A senhora precisa saber imediatamente, dona Franca: vai ser uma doença difícil de enfrentar. Meu conselho é levar a menina para um local menos sufocante, onde ela possa respirar melhor, sem a umidade do mar.

Franca se recompõe e pigarreia.

— Não pode viajar, não é mesmo?

O médico balança a cabeça.

— Mas... se a levássemos para a nossa casa nos arredores de Palermo, em Colli?

— Seria melhor, sim. — Aperta a mão dela, sorri. — Avise-me.

É de carro que Giovannuzza é transferida da Villa Igiea para a Villa ai Colli. Quem dirige é Vincenzo, que brinca com a sobrinha e tenta fazê-la rir. Aquela menina com grandes olhos escuros ocupa um lugar especial no coração dele e sempre correspondeu ao afeto daquele tio de bom coração. Agora, porém, envolta em um ninho de cobertas e de lençóis, Giovannuzza só consegue dar uns poucos sorrisos fracos. Durante grande parte do trajeto, ela ficou em torpor e com dificuldade para respirar, de vez em quando se queixando e apertando junto do peito a amada Fanny, vestida de cor-de-rosa. Adormece na metade do caminho. Franca arruma as cobertas, retira-lhe a boneca.

O que você tem? O que te aconteceu, nica mia?, pensa, e sente o coração contorcer-se em uma pontada de ânsia.

Com uma bufada e uma nuvem de pó, o carro para em frente à entrada da casa.

— Aqui você vai ficar melhor — diz Vincenzo a Giovannuzza, pegando-a nos braços para levá-la para casa. — Assim que ficar boa, vou te levar para passear. Iremos tão rápido, que eu vou fazer seu chapéu voar, e chegaremos até o cabo Gallo, para ver os pescadores que voltam do mar.

— Obrigada, tiozinho — diz ela. Em seguida, estende a mão e puxa seus bigodes, uma brincadeira que fazem desde que ela conseguira subir nos joelhos dele. Então se vira, procura a mãe com o olhar e Franca aproxima-se.

— O que foi, meu tesouro?

— Fanny...

Franca se vira para Maruzza, que segura outra coberta e uma cesta de brinquedos, da qual surge a boneca de porcelana. Entrega-a para Giovannuzza, que a abraça.

— Fanny também está com tanto frio... — murmura.

As empregadas à espera, em frente da casa, ouvem as palavras dela e, sem nem esperar as ordens de Franca, correm para aquecer a cama da menina.

Naquela noite, Ignazio abre a porta do quarto em que Giovannuzza foi colocada. O ar carregado de aromas balsâmicos, que deveriam ajudar a filha a respirar melhor, o atinge como uma bofetada.

O rosto da menina é uma mancha avermelhada no travesseiro. O de Franca é marmóreo.

Aproxima-se da filha, dá-lhe um beijo, e ela mal abre os olhos.

— Ah, *daddy* — diz. — Eu me sinto tão mal...

— Eu sei, meu amor — responde ele, colocando a mão no rosto dela, mas a tirando na hora, de tão quente que a pele está. Ergue a cabeça, procura Franca. Ela está sentada do outro lado da cama e o encara com olhos cheios de angústia. Pela primeira vez, depois de tanto tempo, está lhe pedindo ajuda para fechar as feridas que estão se abrindo no coração dela. Dá para perceber que ela gostaria de estar no lugar da filha, para não vê-la sofrer daquele jeito.

A pergunta que Ignazio lê nos olhos dela o aterroriza também. Por alguns instantes, os dois ficam imóveis, se olhando. Então ele lhe faz um gesto para sair do quarto e Franca o segue.

Assim que fecha a porta, ela desaba a chorar.

— Está muito mal, Ignazio, e não sei o que fazer. Deus do céu, me ajude...

Ignazio não responde. Aperta-a para junto de si, lhe acaricia os cabelos. Um gesto que não faz há tanto tempo, um gesto que havia sido de amor e que agora é só de consolo, mas que, pelo menos por um instante, diminui a ansiedade dos dois. Franca, com um suspiro, o acolhe e se apoia no peito dele.

— Estou com medo — diz, em um sussurro.

Eu também estou com medo, pensa, incapaz de falar. Porque aquele cheiro lhe fez voltar à memória o quarto onde morreu o irmão Vincenzo, e depois o quarto em que o pai soltou o último suspiro. É isso que lhe aperta o estômago, que o faz ficar fraco: aquele cheiro ácido de um corpo tentando se proteger da doença, aprisionado em uma imobilidade que se parece tanto, demais, com a morte.

Que a filha pode morrer, que o destino dela possa ser igual ao do irmãozinho dele, ele nem consegue imaginar.

Então, no dia seguinte, enquanto Giovannuzza passa a um torpor profundo e, de vez em quando, ao delírio, Ignazio usa as armas que tem: o poder e o dinheiro.

Chama Augusto Murri, professor de Clínica Médica na Universidade de Bolonha. Um gênio da medicina, autor de tratados fundamentais sobre as febres e as lesões cerebrais, admirado na Itália e no exterior. Na opinião de todos — amigos, conhecidos, médicos —, é o melhor. O único que pode salvá-la.

Assim, enquanto a família inteira se reúne na Villa ai Colli, Ignazio faz o médico ir a Palermo. Coloca à disposição dele um trem especial até Nápoles e, de lá, um barco a vapor para chegar à Sicília. Por fim, um automóvel para chegar à casa.

Enquanto isso, do lado de fora do portão, Palermo espera. É uma menina que está doente, uma alma inocente. Dissabores, invejas e maledicências são deixados de lado: chegam empregados pedindo notícias para os patrões, trazendo cartinhas com votos de pronto restabelecimento, ou dizendo que estão rezando rosários por Giovannuzza. Mas as notícias são sempre piores. A menina passa por longos períodos de inconsciência, não come, quase não reconhece mais ninguém, com exceção da mãe e da avó de quem herdou o nome.

Quando o doutor Murri chega, Giovannuzza perdeu a consciência já faz horas. Franca está ao lado da cama. Está pálida, desarrumada, com os cabelos escuros caindo em mechas ao redor do rosto, os olhos inchados por chorar e um lenço sujo entre as mãos. Tantas vezes tentou acordar a filha, dar-lhe um pouquinho de leite, molhar os lábios ressecados com água fria, mas a menina, a *sua* menina, não reage mais.

Augusto Murri é um homem de sessenta anos que caminha ligeiramente encurvado para a frente. Emana um ar de segurança tranquila. É calvo e tem bigodes fartos, brancos. Faz um gesto para Franca, pedindo-lhe que saia, mas ela se limita a encará-lo e a se endireitar na cadeira. Ignazio vai para o lado dela.

Não vão sair dali.

Então Murri ausculta o peito da menina, verifica os reflexos, tenta estimulá-la. Sente um nó na garganta, o médico, porque vê a expressão daqueles pais, sobre quem até ele leu alguma coisa nas colunas sociais. Mas as viagens, as joias e as festas fabulosas agora não valem mais nada. Nesse momento, são somente um pai e uma mãe, unidos por um medo que os devora.

Por fim, enquanto as empregadas arrumam a cama, o médico ancião faz um gesto para que os dois o sigam para fora do quarto. No corredor, estão Giovanna e Costanza, as duas avós, com as mãos cerrando os rosários. Ao lado delas, Maruzza.

O homem pigarreia. Quando fala, o faz devagar, com olhos baixos.

— Sinto muito, senhores. Em minha opinião, não é tifo. — Faz uma pausa, longa e opressiva. — É meningite.

— Não! — Franca cambaleia. Antes que Ignazio possa socorrê-la, Costanza se aproxima dela, passa o braço pela cintura da filha para impedi-la de cair no chão. Maruzza também acorre. As mulheres ficam unidas, os rostos colados, incapazes de falar. Lágrimas correm silenciosamente pelo rosto de Franca, que está com os olhos congelados e muito pálida.

Essa palavra é uma pedra que se precipita no fundo da consciência dela. *Meningite, meningite, meningite...* Começa a tremer, e a mãe a abraça ainda mais, desandando em soluços.

Ignazio ficou imóvel. Sente-se preso em uma espiral que suga o ar, as pessoas, as coisas, até a luz.

— Mas então... — diz. No entanto, não consegue prosseguir. Olha pela janela que se abre para o jardim e, por um instante, lhe parece ver o pai, junto a Vincenzino, no laranjal que ele tanto amava.

A voz do médico desperta-o.

— Faremos o tratamento necessário — diz Murri com voz firme. — Ainda há possibilidades de intervenção e faremos o possível para dar-lhe ajuda e alívio. Mas, assim como não há duas coisas iguais, não há duas doenças iguais, então a pequena Giovanna será acompanhada a cada instante, com muita atenção. Porém, devo ser honesto: as probabilidades de cura são muito baixas. Ainda que ela sare, poderá ficar muito prejudicada na fala ou nos movimentos. — Olha Franca, que parece prestes a desmaiar. — A senhora precisa ser muito forte. Dias difíceis a esperam.

Franca estende a mão, procura a de Ignazio, encontra-a.

Precisa sentir-se ao lado dele, o pai da filha dela. Apesar de tudo que aconteceu naqueles anos, quer ter a certeza de que ainda podem ficar unidos. Que possam percorrer mais um trecho de estrada juntos. Que o amor não se consumiu de todo. Que enfrentarão lado a lado aquela dor. Que ele não a deixará sozinha nos momentos mais sombrios. Que o abismo que se abre sob os pés deles não irá engoli-los.

Um fio de esperança permanece, e é a ele que ela se agarra. Àquele fio sutil. A doença terá consequências? Eles as enfrentarão, pouco importa. Ela vai ficar com Giovannuzza, a ajudará a se tornar a mulher que ela sempre imaginou.

Não quer e não pode entender que o limite entre ilusão e esperança é instável e que o amor, quando se une ao desespero, é capaz de gerar a mais dolorosa das mentiras.

O dia 14 de agosto de 1902 está quase amanhecendo quando Franca, que havia cochilado ao lado de Giovannuzza, acorda. Do jardim da casa, chega o chilrear dos passarinhos que cumprimentam o dia, e a luz, filtrada através das cortinas brancas, apresenta-se ainda tenra.

O quarto está fresco; um delicado perfume de ervas afastou o das fumigações.

A menina, imóvel, está de costas para ela. Está deitada de lado, as tranças escuras espalhadas no travesseiro. Franca se vira para olhá-la, a toca: parece-lhe mais fresca, até a vermelhidão diminuiu. A governanta dorme na cadeira, e assim dorme o resto da casa, mergulhada no silêncio.

Por um instante, Franca pensa que talvez os remédios tenham surtido efeito. Que a febre tenha baixado e Giovannuzza poderá acordar. Que importa se ela mancar ou se falar de modo estranho? Eles procurarão os melhores médicos para cuidar dela, a levarão para a França ou para a Inglaterra. Ficarão por muito tempo em Favignana, onde ela poderá respirar o ar marinho e se curar, ficando longe de olhares indiscretos. O importante é que esteja viva. Viva.

Estende de novo a mão, colocando-a no rosto.

E então compreende que a menina não está fresca, e sim fria. Que não está pálida, mas cinza. Que todos os sonhos, os desejos, as aspirações que tinha tido em nome da filha se faziam em pedaços. Que Giovannuzza jamais vai crescer, que ela não a verá vestida de noiva, que não estará ao lado dela enquanto se torna mãe.

A boneca de porcelana, Fanny, foi parar nos pés da cama. Franca a pega, então a coloca entre os braços da filha. Acaricia de novo, murmura um "Te quero bem" que nunca terá resposta, porque a menina não vai mais passar os braços no pescoço dela dizendo: "Eu também, mãezinha!".

Uma rachadura dilacera a alma, e a dor agora sai aos jorros, se espalha, a sufoca.

Giovanna Florio, sua filha, está morta.

E é então que Franca começa a gritar.

Nos dias atormentados que se seguiram ao enterro de Giovannuzza, Ignazio tenta ajudar Franca do único modo que é capaz, tentando afastá-la de Palermo, mantê-la longe dos lugares em que está arraigada a memória da primogênita. Mas quando ele lhe perguntou para onde ela queria ir — Londres? Paris? Baviera? Talvez para o Egito? —, Franca olhara para ele durante muito tempo, com ar ausente. Então dissera uma única palavra: Favignana.

É assim que eles embarcam na *Virginia*, a lancha a vapor que usam para chegar à ilha, e se encontram sozinhos no grande palácio na frente do porto, a pouca distância da almadrava. Franca sai de manhã cedo e volta para casa só quando o sol já está se pondo; diz que vai "andar", e à noite está tão cansada que muitas vezes vai dormir sem nem mesmo cear. Ignazio tenta encher os dias com as cartas provenientes de Palermo, relacionadas aos trabalhos na Oretea. Mas está preocupado.

E, certa manhã, resolve segui-la nas peregrinações dela.

A figura da mulher, tornada ainda mais esguia pelo vestido preto, se move como um fantasma pelas trilhas que levam à montanha, atrás da almadrava. A mulher caminha, gesticula, às vezes ri. De vez em quando para, olha o mar, retrocede. Ainda e ainda.

Só ao se aproximar um pouco que Ignazio compreende.

Ela está conversando com Giovannuzza: lhe diz que a mamãe gosta dela, que as bonecas a estão esperando, que no próximo verão tomarão banho de mar juntas, que lhe dará um vestido de seda no aniversário. E a chama com voz baixa, como fazia quando a menina brincava de esconde-esconde com os filhos dos hóspedes dela.

Quisera ir a Favignana porque ali tinha sido feliz com Giovannuzza.

É um modo — desesperado, atormentado — de ficar ao lado dela.

Ignazio volta pelo caminho que fez, com o coração apertado e lágrimas que lhe queimam as pálpebras. A morte não lhe tirou somente uma filha, mas lhe está subtraindo também a serenidade e a beleza da esposa, e ele não pode aceitar isso, não pode. Muitas coisas já lhe foram roubadas, e não quer nem pensar no que aconteceria se Franca perdesse a sanidade. Melhor, mil vezes melhor, voltar para a cidade.

Mas, uma vez em Palermo, Franca se fecha por horas no quarto da filha, na Olivuzza. Deu ordens para ninguém mexer em nada; não quer nem que as roupas sejam tiradas do armário. O perfume dela ainda está lá, uma mistura de talco e violetas, e as escovas de cabelo dela estão na penteadeira. Se fechar os olhos, a ouve andando pelo quarto, com os passos ligeiros. Senta-se na cama, uma das mãos no travesseiro e a outra segurando uma boneca de porcelana. Não é Fanny. Fanny está com ela, no caixão.

É assim que a sogra a encontra em uma tarde de outubro. Giovanna fez as crianças rezarem pela irmãzinha "que foi para o céu, com os anjos" e depois brincou um pouco com eles: Baby Boy, que tem quatro anos e meio, e Igiea, que tem dois e meio, sofrem muito com a ausência da mãe e estão irrequietos e cheios de caprichos.

Em silêncio, Giovanna senta-se ao lado de Franca. Ambas vestidas de preto, uma rígida na dor nova que lhe corrói as carnes; a outra encurvada pelo peso dos anos. Franca abaixa os olhos, segura a boneca com mais força. Não quer ouvir dizerem que ela tem de reagir, que tem de ser forte porque tem dois filhos e precisa pensar neles e que poderá ter outros filhos... Tantos lhe disseram isso, a começar por Giulia e Maruzza. O único resultado foi tornar a raiva mais profunda.

Porque não se pode morrer aos oito anos. E não se faz um filho para substituir outro.

Giovanna está com o rosário de coral e prata em uma das mãos e segura com força uma fotografia contra o peito. Mostra-a para Franca.

— Talvez você nunca tenha visto esta fotografia do meu Vincenzino. Tinha doze anos. — Entre os dedos, a fotografia de um menino vestido de mosqueteiro, o olhar doce e tímido. — Era um *picciriddu* tão lindo. Meu sangue, doce, doce ele era. Estava crescendo para se tornar o chefe desta família, e meu marido, que descanse em paz, o fazia estudar, encorajando-o sempre. Mas ele era frágil demais. — A voz se parte.

Franca abre os olhos, se vira.

Olhar Giovanna é como se olhar em um espelho.

E a ouve, ainda que não deseje. Sua dor, pensa, é única e só pertence a ela. Coloca a boneca na cama.

— Como a senhora ficou, depois?

— Como alguém a quem tivessem arrancado a pele. — Giovanna desliza a mão pela cama, acaricia o rosto da boneca, como se fosse o da netinha. — O Senhor tinha de me levar, não a ela — diz em dialeto. — Eu sou velha e terminei a minha existência. Mas ela... ela era uma flor. — Ergue a cabeça. Naquele rosto de velha, de pele acinzentada e faces enrugadas, a nora lê a amargura de uma vida destituída de amor e de ternura, unida a uma resignação que talvez seja mais dolorosa que o sofrimento. E se dá conta de que nunca viu a sogra sorrir *de verdade*, a não ser quando estava com os netos. Sobretudo com Giovannuzza.

— Você vai pensar sempre nela. Em tudo o que ela poderia fazer e jamais fará, no fato de que não vai vê-la crescer, que nunca vai conseguir saber como ela seria. Você vai se perguntar o que deve fazer, e só depois vai pensar que ela está morta. Vai ver vestidos, brinquedos... coisas que gostaria de comprar, e depois vai lembrar que não pode. Essas são as verdadeiras facadas, e não passam, porque para você, aqui, está sempre viva.

— Nunca vai acabar, então? — fala Franca, em um sopro.

Giovanna responde do mesmo modo.

— Nunca. Morreu também o meu marido, e só Deus sabe quanto eu o amava... Mas um filho é algo que não se pode entender. — Levanta a mão na frente dela, a fecha. — *Comu si t'ascippassero u cori*.

Como se arrancassem o coração. Sim, é assim que se sente. Por um instante, Franca revive o momento do parto da menina, quando a sentira sair de dentro de si. Talvez tenha sido nesse momento que começou a perdê-la.

A sogra dá-lhe um tapinha nas costas, levanta-se. Estão a esperando para o jantar, diz com doçura. Ela pode não aparecer para as visitas de condolências, mas tem de se alimentar, para aqueles que ainda estão lá.

Franca faz um gesto, sim, vai comer. Mas, ao ficar sozinha, lentamente desliza sobre a cama, se encolhe toda. O candeeiro que a sogra deixou aceso ilumina o perfil afilado. Passa a mão nos olhos. Queria não ver mais, não ouvir mais, não ter mais de se ocupar com nada, com ninguém. Queria ser velha como Giovanna, velha e resignada, para não sentir mais nada, além das dores de um corpo incapaz de se rebelar com o transcorrer do tempo. Em vez disso, tem 29 anos e lhe foi tirada a criatura que mais lhe dera amor em toda a vida. E tem de seguir em frente.

* * *

— Com licença, dom Ignazio... — Um camareiro espera na soleira da porta da saleta verde. — O príncipe de Cutò chegou. Posso mandá-lo entrar?

Ignazio levanta a cabeça rapidamente das cartas que estava lendo. Havia se esquecido desse compromisso. Passa a mão no rosto cansado.

— Claro.

Logo em seguida, aparece Alessandro Tasca di Cutò. Ele se detém no vão da porta, esperando, retorcendo a aba do chapéu, e fica olhando Baby Boy que, no tapete, brinca com um trenzinho de metal.

— Entre. Obrigado por ter vindo — diz Ignazio, levantando-se do sofá.

Alessandro aproxima-se.

— Vim oferecer-lhe as minhas condolências. Já conversei com sua sogra e gostaria também de ver sua esposa...

— Franca ainda está sofrendo muito e não recebe ninguém — responde Ignazio, com voz átona. Passa a mão entre os cachos loiros do filho, que ergue a cabeça na hora e estende os bracinhos. Está mais inquieto que de costume e procura de todos os modos chamar a atenção do pai, de quem se separa com dificuldade.

— Eu sei — responde Alessandro, apressado. — Minha irmã, Giulia, me disse. E por isso deixei passar tanto tempo, peço desculpas.

Ignazio se vira para a mesinha, em que apoiara alguns documentos, fecha com um tapa uma pasta, na qual está escrito CAPRERA, então diz:

— Venha, vamos ao jardim, assim o *picciriddu* pode correr um pouco. E acho que a você também agrade ficar... ao ar livre.

Alessandro faz uma careta, mas não responde. A essa altura já está acostumado com tais alfinetadas. Ficou preso cinco meses no cárcere de Ucciardone, depois da condenação por difamar o ex-prefeito de Palermo, Emanuele Paternò, que ele acusara de ter administrado mal o município. Uma condenação que ocasionara inúmeras manifestações de solidariedade para com aquele que, agora, era chamado por todos de "o príncipe vermelho", por causa das ideias socialistas dele.

— *Come on*, Baby Boy. Vamos sair, vamos — diz Ignazio para o menino, que segura na hora a mão dele e o arrasta para a porta-janela.

Chegando ao jardim, Baby Boy sai correndo na frente, gritando que quer andar no velocípede que o tio Vincenzo lhe deu de presente. Com um gesto, Ignazio pede a um empregado que fique de olho no menino.

Os dois homens andam um pouco em silêncio, sob um céu manchado de nuvens cinzentas. Quem fala primeiro é Alessandro.

— Fico feliz por ver que, pelo menos você, está reagindo — diz.

— Estou tentando. — Ignazio afasta o olhar do banco de pedra na frente do aviário, onde Giovannuzza sempre se sentava com a mãe. — De qualquer forma, há muito que fazer. E a Casa Florio não para.

— Ah, claro, os negócios não dão folga a ninguém, infelizmente. Vi que você está se ocupando do novo barco a vapor, o *Caprera*... quando pensa em lançá-lo?

Tem os olhos vivos, o príncipe vermelho, pensa Ignazio, irritado. Mas não tenciona fazer confidências. E certamente não quer tornar pública a tensão surgida entre ele e Erasmo Piaggio, nem o fato de a confiança dele no administrador genovês ter diminuído por causa dos muitos — excessivos? — interesses dele no Norte... A Navegação Geral Italiana tem o seu centro em Palermo, e em Palermo deve ficar.

— Espero que no ano que vem — responde, por fim. — Mas, primeiro, terei de resolver alguns... problemas.

— E o consórcio dos cítricos, como vai? Sei que você fez bons contratos de venda.

— Não o bastante para cobrir os custos... Mas é algo secundário, pelo menos para mim. O que me interessa é que o estaleiro finalmente esteja quase pronto: a construção do *Caprera* será, na verdade, a demonstração de que podemos competir em pé de igualdade com os estaleiros toscanos e lígures. Mas é tão difícil convencer quem não tem intenção de escutar você... Roma *in primis*, é claro.

— Entre os operários existe um otimismo cauteloso, na verdade. Depois das demissões do ano passado...

— De novo com essa história? — Ignazio se chateia. — Você não se cansa de contar? Ou não sabe como passar as noites naquela Câmara do Trabalho que vocês, socialistas, tanto desejaram?

Alessandro enrijece-se.

— Você sabe bem que a Câmara do Trabalho foi *desejada*, como você diz, sobretudo por Garibaldi Bosco. Que, certamente, não é contra nem você, nem a casa Florio. Pelo contrário...

— É, você, por sua vez, tem certeza de que a culpa do que não funciona na Sicília deva ser atribuída aos empreendedores como eu, cheios de ideias erradas, e que basta falar para as pessoas comuns se unirem para mudar as coisas. Você escreveu e repetiu isso até enjoar no *Battaglia*.

— Você não consegue suportar que um jornal desmascare *L'Ora* pelo menos uma vez por semana? Muitas vezes eu me perguntei o que você fez para levar Morelli a voltar para o *Tribuna* e entregar a direção do jornal àquele sardo, Medardo Riccio...

Nesse momento, um barulho metálico interrompe a paz do jardim. Os papagaios no aviário se agitam e um pequeno bando de pombas sai voando das palmeiras. Na pequena alameda, aparece um automóvel preto que, erguendo uma nuvem de cascalho e pó, se detém na frente dos dois.

Vincenzo, com chapéu de tecido e óculos para proteger os olhos do pó, desce do carro e troca um aperto de mãos com Alessandro. Se ele percebe a tensão entre o hóspede e o irmão, não dá a perceber.

— Voltei da estação. Finalmente, está tudo pronto para a partida.

Ignazio franze a testa.

— Para onde você vai?

— Côte d'Azur. Palermo me aborrece. E a Olivuzza, depois do que aconteceu com a pequena, está triste demais.

Alessandro esboça um sorriso entre irônico e triste. Nem um grave luto pode alterar os modos alegres do jovem Florio.

Ignazio indica alguma coisa atrás do irmão.

— E do serviço para aquilo, quem se ocupa? — pergunta, em tom irritado.

Passando a mão entre os cabelos para arrumá-los, Vincenzo se vira e olha a construção surgindo em meio a um caos de tábuas e pedras, tijolos e baldes de cal. Mais parece um palácio de contos de fadas que uma casa, com duas escadas sinuosas e rendilhado de ferro fundido enfeitando as varandas e o teto, acima do qual se ergue uma pequena torre.

— Ah, é, a vilazinha! — exclama, em seguida. — Basile se superou, não acha? — pergunta para Alessandro. — E certamente não tornei a vida dele fácil. — Dá uma risada. — Eu queria alguma coisa que fizesse pensar em um castelo, que tivesse elementos barrocos, mas também românicos, típicos do Sul, mas também nórdicos... Isso sem falar do interior: pedi a ele para poder subir ao andar superior diretamente do estacionamento, sem sair ao ar livre, e ele me contentou! Resumindo, conseguiu criar uma coisa verdadeiramente original, exatamente como eu queria. — Olha a construção com orgulho. — Mas agora está quase pronto, e acho que aqueles homens nos andaimes não precisam de mim.

— Com o custo de um edifício desse tipo, seria possível matar a fome de dezenas de famílias da... *daqueles homens* por um ano — explode Alessandro.

— Muito provável. Mas, com toda sinceridade, me importo bem pouco com eles — replica Vincenzo, e sorri ao ver a expressão escandalizada do príncipe.

— Nada a fazer, você sempre vai ser um *picciriddu* — suspira Ignazio.

— A vida é isso: começar um novo prazer quando o anterior deixa você enfastiado. — Vincenzo volta a olhar o irmão. — E não quero perder nenhum deles.

Depois de Alessandro Tasca di Cutò ter se despedido, Ignazio volta para casa, pensando na última frase do irmão. Sim, aquele desenfreado tem razão. Talvez seja exatamente um pouco de leveza que ele tem de dar para Franca. Algum sorriso, algum motivo de alegria. E se convence disso quando chega aos aposentos dela e os encontra mergulhados em uma penumbra dolorosamente parecida com a existente nos aposentos da mãe. É como se as paredes exalassem tristeza, exalassem uma respiração doentia.

Naquela casa, a vida se tornou um peso.

A Côte d'Azur, o sol, o mar, o calor, os amigos... No início, tem certeza, Franca vai resistir. Então ele vai escrever para os Rothschild, que têm o costume de passar o inverno na Riviera, e pedirá que eles o ajudem a convencê-la. Sim, eles vão precisar de um pouco de tempo, mas por fim vai dar certo: eles irão no trem deles, chegarão ao hotel de Beaulieu-sur-Mer de que Franca tanto gosta e passarão lá as festas de Natal.

Ele, também, precisa voltar a viver.

Embalada pelo trem, Franca adormeceu no assento de veludo azul, a cabeça apoiada no ombro de Ignazio. Há alguns dias, é como se ela o procurasse, como se a única coisa que possa lhe dar algum alívio seja o contato com o marido. Até na cama, não consegue dormir se não for abraçada com ele. Ignazio está confuso. Nunca foi muito bom para ler os sentimentos das mulheres. Entende os desejos delas, sabe adivinhar suas vontades, compreende as mensagens sensuais, antecipa o mau humor delas; mas a necessidade de afeto, isso não; se exprime em um alfabeto que ele não conhece.

Porém, sente que a morte de Giovannuzza — a primogênita, que fizera deles uma família — arrisca abrir um abismo entre eles. Não consegue suportar essa ideia; seria outra demonstração de fraqueza, um enésimo fracasso. Privado, não público, claro, mas agora ele sente uma necessidade desesperada de se agarrar às poucas certezas que tem. E Franca, para o bem ou para o mal, é uma certeza. Então responde aos pedidos dela de afeto. Se faz próximo, lhe dedica tempo, atenção, ternura. *D'Annunzio tem razão; minha esposa é única*, pensa. Toda aquela dor não lhe tirou nem a beleza nem a graça. E ele a ama, apesar de tudo. Ao modo dele, mas ama.

Assim, certa noite, logo depois da chegada deles ao Hotel Métropole, Ignazio se flagra observando-a, como não fazia havia tempos. Franca está sentada em frente à penteadeira; mandou Diodata embora e está tirando os grampos dos cabelos. A gola xale do penhoar mal cobre a nuca. O rosto está sério, mas o olhar é tranquilo, absorto. Jantaram no quarto, sozinhos, e Franca até tomou um prato inteiro de sopa de peixe, coisa que não fazia há tempos. Ele se aproxima dela por trás, coloca as mãos nos ombros dela e a acaricia até os braços, abaixa o penhoar até os cotovelos. Por onde os dedos dele passam, a pele se arrepia. Franca entreabre os lábios, se detém, as mãos fechadas sobre o pente.

Ignazio hesita, então toca o pescoço dela com os lábios.

Ele a deseja como não a desejava desde muito tempo.

Franca estremece. Está assustada? Ignazio não saberia dizer. É como se ele, sedutor contumaz, não soubesse como se comportar com aquela criatura frágil em que a mulher se transformou. Ergue a mão, toca-lhe o rosto, e ela se entrega a essa carícia com os olhos fechados. Parece incerta, como se tivesse medo de se abandonar. Então é ela que se vira, procurando os lábios dele, deixando que ele afaste com o amor a dor da morte. E restituindo-lhe um pouco de vida.

Depois daquela noite, Franca parece mais tranquila. Fizeram algumas excursões com Vincenzo, que contudo tem o vício de andar rápido demais com o adorado automóvel, e passaram o último dia do ano com as crianças: Baby Boy quis molhar os lábios no champanhe e depois fez uma careta de desgosto, que fez todo mundo rir; Igiea, agarrada à mãe, assistiu com olhos arregalados os fogos de artifício e, depois de uns gritinhos de susto, riu e bateu as mãozinhas.

Agora estão no jardim do Métropole, um enorme parque com palmeiras e árvores cítricas que chega quase à beira-mar. Sob o sol de janeiro, Franca lê estendida em uma espreguiçadeira, o vestido preto bordado com rendas recolhido em torno das pernas; Baby Boy corre atrás dos pombos e Ignazio anda por ali com uma Verascope na mão. É um presente de Vincenzo que, já faz uns meses, se delicia com a fotografia; ele espera que seja um modo de doar uma alegria à esposa.

Franca de vez em quando ergue os olhos do livro e observa o marido que, sempre com a testa franzida, parece incapaz de se resolver a tirar uma foto. De repente, Baby Boy se agarra a uma das pernas dele e começa a gritar que ele também quer a máquina *totográfica*. Desde a morte de Giovannuzza, vive cheio de birras e está sempre impaciente. Ignazio o deixa assim por uns minutos, mas, quando o filho se joga no chão e começa a dar socos, o pai ralha. Nem Franca, que se aproximou correndo, consegue acalmá-lo. Então, com um bufo impaciente, Ignazio chama a babá para levar o menino embora e não aborrecer os outros hóspedes. A moça chega correndo, com as tranças loiras balançando.

— *Occupez-vous de lui, s'il vous plaît. Peut-être qu'il a faim...** — diz Franca.

A babá balança a cabeça.

— *Il vient de manger, Madame Florio. Mais il n'a pas beaucoup dormi...* — Inclina-se e pega Baby Boy nos braços. — *Que se passe-t-il, mon ange? Allons faire une petite siesta, hein?*** — Então se afasta com o menino, que continua querendo se soltar e berra.

Franca volta para a espreguiçadeira seguida por Ignazio, que se senta ao lado e lhe segura a mão. Os grandes olhos verdes não estão totalmente serenos, mas o desespero parece ter desaparecido.

Talvez o abismo entre nós esteja se fechando, pensa Ignazio. *Talvez ainda tenhamos uma esperança*. Repete sempre isso para si mesmo, enquanto procura não olhar por muito tempo as fascinantes hóspedes do hotel.

Franca faz um gesto para ele se aproximar.

— Recebemos um convite dos Rothschild para esta noite — diz. — Um jantar e um jogo de cartas, algo para poucos amigos íntimos.

— Você gostaria de ir, minha Franca? Está com disposição?

— Só se você também quiser.

Ele toca a fronte dela com um beijo e assente. Depois dos primeiros e tranquilos anos de matrimônio, pouco a pouco Franca deixara de confiar nele. Às vezes, fizera exatamente o contrário daquilo que ele desejaria, como acontecera com o retrato de Boldini. Ele a sentira se afastando e nada fizera para detê-la, pelo contrário: a substituíra por mulheres que lhe pareciam mais passionais, mais livres, mais... viçosas. Como o irmão, ele sempre precisava de novidades, de emoções fortes e de sentir-se livre de quaisquer laços. Agora, porém, se dá conta de que, além do amor, Franca sempre lhe deu outra coisa: respeito. Aquele respeito que o mundo se obstina em negar-lhe, ou melhor, que reserva sobretudo ao nome dele ou à sua riqueza. Qualquer coisa que tenha

---

* Cuide dele, por favor. Talvez ele esteja com fome... [N. da E.]
** Ele acabou de comer, Madame Florio. Mas não dormiu muito... O que está acontecendo, meu anjo? Vamos tirar uma soneca, hein? [N. da E.]

feito ou dito, Franca se manteve acima de qualquer mesquinharia. Ao contrário dos outros e apesar de tudo, confiou nele e *ainda* confia. Mesmo ele tendo sido tão duro, tão... ingrato com ela.

É com essa ideia que Ignazio se afasta para ir escrever um bilhete para os Rothschild, aceitando o convite deles.

Então, instintivamente, se vira. E encontra no olhar um pouco daquele amor que temia ter perdido para sempre.

Naquela noite, Franca usa um simples vestido preto e um longo colar de pérolas. Enquanto Diodata penteia os cabelos dela, vê no espelho o olhar de Ignazio, e lê nele uma admiração que lhe aquece o coração.

Antes de saírem, passam no quarto das crianças. Igiea está sentada no tapete com uma boneca, e fica claro que está com sono, mas não pode dormir, porque Baby Boy continua a fazer birra. Joga os brinquedos no chão, se recusa a colocar a camisa de dormir, grita que quer ir ao mar, se solta dos braços da babá, abraça as pernas da mãe. Franca se inclina sobre ele, o acaricia, tenta acalmá-lo, mas o menino não ouve o que ela diz.

— Agora chega, Ignazino! — intervém o pai. O menino começa a chorar.

Enrubescida, a babá o carrega, fala com doçura com ele. Então se vira para Franca.

— Ele nem quis comer, *alors*... — murmura, exasperada.

Franca balança a cabeça.

— Tente contar uma história para ele. Normalmente, o acalma. — Ela se inclina sobre Igiea e dá-lhe um beijo. — Precisamos ir. Está ficando tarde.

Ignazio a segue para fora da porta, oferece-lhe o braço e, em silêncio, atravessam os luxuosos corredores do Métropole, então descem as escadas sob os olhares admirados dos hóspedes. Ignazio enrijece-se, mas Franca aparenta indiferença. No carro, porém, Ignazio segura a mão dela e percebe que está fria. Então se dá conta que a mulher estava nervosa como ele.

— Você está bem? — pergunta Ignazio.

Ela faz um gesto confirmando, ele então entrelaça os dedos nos dela e ela os aperta.

A ternura, aquela doçura antiga que lhe aquece o peito, está ali, uma pequena chama que ainda resiste. Estão se encontrando. Mais fortes que antes.

A noite corre tranquila, entre conversas e fofocas sobre o escândalo do dia: a princesa Luisa de Habsburgo, esposa do príncipe herdeiro da Saxônia, mãe de seis filhos e grávida do sétimo, fugiu com André Giron, o fascinante preceptor do primogênito, causando uma profunda consternação em todas as cortes da Europa. Depois do jantar, Franca e as senhoras jogam faraó, enquanto Ignazio segue os cavalheiros ao salão de fumar. Ali, o assunto da conversa é o duelo acontecido duas semanas antes em Nice, no jardim da casa do conde Rohozinski: dois mestres franceses haviam declarado a superioridade da escola de esgrima deles, e dois mestres italianos, ofendidos, os desafiaram. Ignazio foi sufocado por perguntas, porque todos sabem que Vincenzo emprestou aos duelistas e aos padrinhos os automóveis que lhes permitiram fugir da polícia, que desejava impedir o duelo. Mas ele não conhece nenhum detalhe e minimiza o caso, afirmando que os únicos duelos que lhe interessam são os no mar.

É quase meia-noite quando chega um empregado do Métropole. Ele se detém na porta, ofegante, com as mãos trêmulas. Pede para falar com os Florio, diz que eles precisam voltar imediatamente para o hotel.

Ignazio aparece, franze a testa.

— De que se trata? Mas o empregado balança a cabeça.

— *Retournez à l'hôtel, je vous en prie, Monsieur Florio. Vite, vite!** — quase grita. Depois de um último *"Vite, vite!"*, sai correndo.

Franca, que nesse ínterim aproximou-se de Ignazio, olha para ele, perplexa.

— Mas... o que aconteceu?

— Não sei — responde ele.

---

* Por favor, retorne ao hotel, sr. Florio. Rápido rápido! [N. da E.]

Enquanto os convidados e os anfitriões aproximam-se deles, preocupados, é chamado o veículo para levá-los ao Métropole.

No carro, nenhum dos dois fala. Na mente de Ignazio amontoam-se as hipóteses: um acidente de carro envolvendo Vincenzo? Um furto, um incêndio na Olivuzza? E se algo tivesse acontecido com a mãe, agora idosa e sofrida? Ah, seria um tormento saber que ela estava sozinha e tão longe... Poderia ter ocorrido alguma coisa com uma das empresas? *Mas não, é tarde da noite já...*

À medida que se aproximam do hotel, sente a angústia aumentar. Tortura o anel do pai, abre e fecha as mãos. Franca, ao lado dele, está deveras pálida, inquieta-se no assento, aperta as luvas.

Quando descem do carro, o gerente do hotel corre ao encontro deles no longo tapete vermelho. Agarra as mãos de Ignazio, diz alguma coisa.

A maior parte daquelas palavras ele não vai conseguir, nem anos depois, recordar. Porque algumas recordações são tão dolorosas que se depositam no fundo da alma, escondidas até de quem as possui por uma misericordiosa cortina de escuridão.

Uma desgraça.

— Que desgraça? — pergunta ele, enquanto Franca começa a tremer.

— Uma desgraça imensa, *monsieur* Florio! Um médico está aqui, chegou em seguida, tentamos reanimá-lo, mas...

— Quem? — grita e é como se ouvisse outra pessoa fazer a pergunta, porque perante os olhos dele cai uma névoa escura, e na sua garganta não há mais voz. Franca desmaia ao lado dele, mas ele não tem forças para socorrê-la.

Falta-lhe o ar, mesmo assim consegue repetir, "Quem?", enquanto ultrapassa o homem.

Encontra-se de frente com a babá de Baby Boy. Mal a reconhece. Mas vê que está gritando e chorando.

Com violência, a empurra para o lado. Ela cai no chão.

Baby Boy.

Ignazino.

Começa a correr, ultrapassa os empregados, devora as escadas, o coração quase saindo pelas costelas.

O longo corredor, o tapete vermelho, as luzes trêmulas, a porta escancarada, um homem e um policial ao lado da cama.

Seu filho.

Imóvel.

Ignazio cambaleia.

E se aproxima da cama, cai de joelhos, estende a mão. O menino está com os olhos abertos e um fio de saliva no canto da boca. Está de camisola, os cabelos loiros espalhados no travesseiro.

Ignazio sacode o menino.

— Baby Boy — chama, com uma voz que parece vir de muito longe. — Baby Boy... Ignazino...

Uma mão apoia-se no ombro dele. Ele sequer percebe.

Tudo. Acabou tudo.

Porque não morreu apenas o filho. Morreu o futuro da Casa Florio.

Os Florio retornam a Palermo, acompanhados por um caixão branco. Baby Boy vai dormir ao lado da irmãzinha, morta não faz nem seis meses, à sombra dos ciprestes do cemitério de Santa Maria de Jesus. E traz em si um mistério que ninguém, jamais, conseguirá desvendar. O relatório médico disse que o coração parou de bater. Mas a baba saindo pelos lábios...

Ignazio não quis nem que fizessem a autópsia.

— Pelo menos não esse insulto — murmurou, quando o legista lhe pediu permissão. Uma queda? Uma dose letal de sonífero ministrado pela babá para ele ficar quieto ou para ela ir a um encontro galante? São pensamentos que parecem arame farpado, só de tocá-los a pessoa se machuca. E, então, são postos de lado e guardados.

De qualquer forma, não muda nada.

De qualquer forma, seu filho morreu.

De qualquer forma, ele não é nem capaz de se ajudar.

Um coração parou de bater. Não, dois corações: o dele e o meu, pensa Ignazio no escritório, tarde da noite, enquanto pega a garrafa de conhaque, uma das últimas. Foi obrigado a interromper a produção tanto do conhaque, quanto dos vinhos de mesa. Os custos muito altos, unidos a uma grave infestação de filoxera nos vinhedos da Sicília ocidental, puseram a cantina de Marsala de joelhos. E não só a dele: os Whitaker também enfrentam o mesmo problema.

As rachaduras aumentam. Os ruídos tornaram-se mais fortes. Ele os sente ressoando na cabeça.

Dá um murro nos papéis sobre a mesa, então se deixa cair sobre o tampo da escrivaninha. Apoia a cabeça nos braços, os olhos fechados, o bater do coração nas têmporas.

Gostaria de chorar, mas não consegue.

Que sentido tem isso tudo?, pergunta-se ele. Por que insistir no combate, se não há ninguém para dar continuidade à luta? O que resta, se o que o avô e o pai lhe deixaram está destinado a se acabar com ele? Em que a família pode se apegar, a essa altura? Um filho é um galho que se estende para o céu. Mas, se quebra, dele não poderá nascer nenhuma outra folha.

E é assim que Ignazio se sente. Seco. Partido.

Nos dias seguintes à morte de Baby Boy, na casa imóvel e silenciosa, Ignazio chegou a pensar que talvez fosse melhor se entregar. Acabar com tudo.

Envolveu-se nessa raiva como em um manto. Sofrimento e revolta lhe tiram o sono; pela primeira vez, sente medo de não poder escapar daquela casa onde a quantidade de fantasmas agora supera a dos vivos.

O vazio, a escuridão, o silêncio. O esquecimento tornou-se atraente e com certeza menos cruel do que o que existe ali na Olivuzza. Ele quase se embriagou com essa sensação, com a possibilidade de desaparecer sem dizer nada para ninguém. Mas então pensou que todos — talvez, na verdade, até Franca — o teriam considerado um velhaco, um homem pífio, incapaz de lutar pelo pouco que ainda lhe resta. Um fraco, ao contrário do avô e do pai.

Então, continuou a viver. Ou melhor: se permitiu viver.

* * *

Algumas semanas se passam.

Vazias, mudas, inúteis.

Mas depois, talvez, alguém no céu tenha visto Franca e Ignazio e decide que já sofreram bastante.

Sim, deve ser isso. Porque acontece um milagre.

Franca descobre que está grávida. Depois de um primeiro momento de incredulidade, chega a alegria: grande e inesperada; e, por isso, absoluta. Eles se abraçam, misturam lágrimas e sorrisos, abraçam a única filha que lhes resta, a pequena Igiea.

Talvez ainda possamos ser uma família feliz, diz Ignazio para si mesmo. *Talvez o destino esteja nos dando outra possibilidade.*

— Uma viagem a Veneza?

— Na verdade, mais uma longa permanência que uma viagem.

— Dona Franca, a senhora está muito fraca. Eu desaconselho quaisquer viagens, principalmente em seu estado. Está só de quatro meses e...

— Vou tomar cuidado. Ficarei no hotel o máximo possível, descansarei. Minha mãe e Maruzza estarão sempre comigo. Eu prometo para o senhor que me comportarei bem, doutor. Por favor...

O médico balança a cabeça. Por fim, um sorriso indulgente aparece nos lábios severos.

— Que seja. Porém, faça o favor de seguir as minhas recomendações...

Ignazio teve a ideia de uma ida a Veneza, convencido, como sempre, de que se afastar daquilo que faz sofrer serve para acabar com o sofrimento. A verdade é que ele aguentou demais a atmosfera deprimente da Olivuzza e quer ter uma desculpa para não cuidar dos negócios.

Então, Veneza. Hotel Danieli, um pequeno grupo de amigos que façam bem à Franca e proporcionem um pouco de alívio a ele. Se unem ao casal Stefanina Pajno, as irmãs de Villarosa com os maridos, Giulia Trigona e a outra Giulia, irmã de Ignazio, além é claro de Costanza, a mãe de Franca, e de Maruzza.

São meses de tranquilidade. Franca faz passeios curtos na companhia das amigas ou da mãe, se permite passeios de gôndola para admirar Veneza refletida na água; observa, encantada, aquele gesso ocre se alternando com a pedra branca de Carso e com o mármore das janelas. Às vezes, procura Ignazio com a mão, lhe dedica a sombra de um sorriso cansado, enquanto a imagem deles se reflete na água escura do canal. À noite, joga cartas na suíte; com frequência, dos palácios, chegam também as gêmeas Vera e Maddalena Papadopoli, filhas do senador Niccolò, um riquíssimo banqueiro de origem grega, apaixonado por numismática.

Costanza logo olhou para as duas mulheres com suspeita: muito bonitas, com zigomas altos e olhos altivos, seguras de si, desenvoltas. Ela sabe, viu com o passar dos anos, mesmo ficando em silêncio, porque nunca se imiscuiu no casamento da filha. O genro perde a cabeça com muita facilidade por mulheres desse tipo. *Não gosto delas*, repete para si mesma a cada vez que as vê subindo as escadas do Danieli com aquele jeito de rainhas.

Porém, Franca ri com as fofocas das duas, aprecia a conversa, brilhante e arguta. E ambas são muito gentis com ela: trazem-lhe buquês de flores, perfumados *zaleti* para molhar no *vinsanto*, o vinho, ou cestinhas de *bussolai*, que o cozinheiro pessoal delas acabou de assar.

Em uma luminosa tarde de fim de setembro, Costanza se prepara para sair, como faz sempre que pode, já que o repouso forçado lhe causou fortes dores nas costas e nas pernas, agravadas pela umidade de Veneza. Franca dorme, uma das mãos apoiada na barriga, a outra no travesseiro. Ela arruma as cobertas dela, como quando era criança, e então pede para Diodata deixá-la descansar.

Com um passo levemente manco, Costanza se dirige para a livraria embaixo da Procuratie Vecchie. Franca encomendou *Elias Portolu*, de Grazia Deledda, livro sobre o qual todos expressam comentários maravilhados e que ela deseja fazer encontrar ao lado da filha quando acordar.

Ela o vê na entrada das Mercerie, sob a Torre dell'Orologio. Está sentado em um café, na praça São Marcos e, na frente dele, encontra-se uma mulher tão bela e elegante que parece ter nascido para se fazer admirar: cabelos acobreados, pele clara, olhos penetrantes, lábios cheios. Ignazio a está admirando, e não só isso. Inclina-se na direção dela, faz-lhe cócegas na orelha, da qual pende um brinco de ouro e de coral, então beija-lhe a mão. A mulher ri: uma risada aguda, transbordando alegria e sensualidade. Então, despenteia os cabelos de Ignazio com a mão enluvada, acaricia-lhe rapidamente a face, baixa os olhos e esconde um sorriso.

Costanza está petrificada. As pessoas passam ao lado dela, chocam-se contra ela, mas ela não consegue se mover. Apoia-se a uma coluna, procura conforto na solidez da pedra. A perturbação é tão grande que Costanza precisa conter uma ânsia de vômito.

A desfaçatez de Ignazio ultrapassou todos os limites. A esposa está ali, a poucos passos, grávida, depois de ter perdido dois filhos. E ele flertando. *Em público*.

Ignazio ergue os olhos, a vê. Empalidece na hora, abaixa a cabeça, solta a mão da mulher.

E então Costanza Jacona Notarbartolo di Villarosa, baronesa de San Giuliano, faz uma coisa que nunca, em quase sessenta anos de vida, tinha feito.

Encara Ignazio, vira ligeiramente o rosto de lado e então cospe no chão.

Costanza não leva muito tempo para descobrir que ela se chama Anna Morosini, conhecida por todos como "a dogaressa", até porque, desde que o marido foi morar em Paris, ela se mudou para o Palácio Da Mula e mandou colocar na escadaria o brasão dos Morosini, tendo acima dele o corno ducal. É a rainha incontestável da sociedade veneziana: os bailes dela são acontecimentos imperdíveis, as festas são legendárias, nos salões do palácio dela se cruzam políticos e intelectuais, do cáiser ao onipresente d'Annunzio. Anna se parece com Franca em muitas coisas, a começar pelos magnéticos olhos verdes e o corpo que parece uma estátua. É até dama da corte. Mas, por outro lado, não poderia ser mais diferente: é livre, vivaz, alegre e atrevida.

E Ignazio é terrivelmente atraído por ela.

Não importa como. Talvez uma brincadeira das gêmeas Papadopoli, talvez algo ouvido durante um passeio, talvez uma imprudência de Ignazio que de manhã canta na frente do espelho e cuida particularmente da barba. A verdade é que, em meados de outubro, Franca descobre o novo namorico do marido.

Ao voltar de um dos passeios, Costanza a encontra sentada na poltrona, de penhoar, massageando o ventre rígido e inchado.

— Ele não se detém nem na frente do filho... — murmura Franca, contendo as lágrimas com esforço. — Mal saiu, sabe o que ele me disse? "Vou dar um passeio de barco com uns amigos." Amigos! Eu gritei para ele poupar as mentiras, eu sabia que ele ia à casa da Morosini, que não tem nem ao menos a dignidade de se esconder. Nem me respondeu. Saiu correndo, batendo a porta. Não sabe fazer nada além de fugir.

Costanza abraça a filha.

— Coragem — murmura no ouvido dela em dialeto, apertando-a junto do peito. — Ele é homem, mas você é mulher e tem de reagir, e não por ele, mas pelo *picciriddu*. Sabe como ele é feito... que de nada adianta. Deixe-o ir. — Segura o rosto dela entre as mãos, a obriga a olhá-la. — As mulheres são mais fortes, minha preciosa. Mais fortes que tudo, porque conhecem a vida e a morte e não têm medo de enfrentá-las.

Mas Franca, nesse momento, se sente um cristal a ponto de se desfazer em pedaços. Corresponde ao abraço da mãe, mas sente um nó vibrante de emoções, um misto de raiva, dor e desilusão. Mais uma vez, Ignazio traiu a confiança dela e fugiu, deixando-a sozinha com as recordações e o peso da morte dos dois filhos. Fugiu daquele quarto, dela, do casamento deles. E isso Franca não consegue mais suportar, não consegue, não depois de tudo que aconteceu, não depois das promessas de ficar ao lado dela, de ajudá-la. Sempre disse a si mesma que Ignazio a ama do jeito dele, mas agora aquele jeito já não lhe basta mais.

Forçada a ficar deitada na cama por causa das dores no baixo ventre e nas costas, Franca olha através da janela a igreja de Santa Maria da Saúde e reza, suplica que seja um menino. Que nasça saudável.

Que Ignazio reconsidere. Que a vida pare de deslizar ladeira baixo, pois ela não consegue mais reagir, não dá conta.

Porque as únicas coisas que gostaria de ter são um pouco de amor e um pouco de serenidade.

Então manda um bilhete para o marido. Engole fel e humilhação enquanto lhe escreve e endereça ao Palácio Da Mula. Pede-lhe que vá ficar com ela, para poderem passar uma tarde juntos, porque ela não quer ficar sozinha e a mãe e Maruzza não lhe são mais suficientes.

É o marido dela e tem responsabilidade para com ela.

Quando o empregado volta, lhe entrega o envelope intacto com olhos baixos.

— Disseram-me que... o sr. Florio saiu... com a condessa para um passeio de barco.

Franca pega o envelope, diz para o rapaz ir embora com um gesto. Assim que fica sozinha, joga-o na lareira acesa.

A tarde vai acabando, se dirigindo para a escuridão. A luz dourada de outubro aquece as paredes e tijolos de terracota de Veneza antes que sejam engolidos pela névoa subindo dos canais. Franca anda pelo quarto sob os olhos da mãe e de Maruzza, que trocam olhares preocupados. Para distraí-la, as duas mulheres falam da polêmica relacionada ao retrato dela: Boldini o expôs ali, em Veneza, por ocasião da Bienal, mas não teve a acolhida esperada, pelo contrário, as críticas foram violentas. Ela continua a gostar do quadro, diz. Mas não acrescenta que gosta principalmente da imagem de si mesma que aquele retrato fixou para sempre: uma mulher bonita, sensual, segura de si. Há quanto tempo não se sente assim?

Por fim, ela lhes diz para saírem do quarto. Ela vai ficar bem, diz, confiante. Irá se deitar, claro.

Só que...

O teto da suíte do Danieli — um céu azul, no qual aparecem pequenos querubins — causa nela um efeito quase irritante. A luz filtrada pelas janelas transforma aquelas figuras em diabretes que caçoam dela pela ingenuidade, pela fraqueza que tem.

Porque assim ela se tornou, assim ela se sente. Frágil. Só à noite alguns pensamentos emergem com toda a cortante clareza, só à noite pode olhá-los frente a frente e admitir que errou tantas e tantas coisas na vida. Um casamento com um homem não confiável, um rapaz que sempre se recusou a crescer e que ela não soube controlar. A atenção espasmódica da vida mundana — os vestidos, as joias, as conversas, as viagens — que ocupou os dias dela, fazendo com que esquecesse o que era mesmo importante. O tempo roubado dos filhos com festas e recepções, quando ela pensava ter todo o tempo do mundo para ficar ao lado deles. No entanto, esse tempo havia acabado, aqueles filhos não mais estavam ali. E a sensação de culpa tornava-se um peso imenso.

Tinha esperado que o seu amor tivesse a força para entrar no coração de Ignazio, ocupando-o por inteiro. Tinha acreditado que os filhos estivessem em boas mãos, que afinal não precisassem dela tanto assim. Além do mais, céus santíssimos, sempre tivera seus compromissos sociais para cumprir: ser dona Franca Florio significava principalmente isso! Mas não é o bastante para obter a absolvição de que a sua alma necessitaria. *Quantas mentiras são ditas para afastar o peso do coração*, pensa agora, enquanto o remorso se transforma em um nó na garganta. *Ou, então, a gente viveria esmagado, não viveria mais*.

Abraça o ventre e as lágrimas fazem força contra as pálpebras para sair. *Com você não vou cometer os mesmos erros*, promete ao bebê que sente se mover dentro de si. *Vou ficar sempre ao seu lado*, sussurra.

E cochila assim, encolhida no leito, à espera. É o barulho da chave na fechadura que a faz acordar. Dá uma olhada no relógio sobre a mesa de cabeceira: são três horas.

Ignazio anda cauteloso pelo quarto, deixando um rastro perfumado de íris.

Ela liga a luz de repente.

— Você se divertiu no barco? — Os olhos de Franca se fecham, transformam-se em lâminas. — Imagino que sim. Com a condessa Morosini é difícil entediar-se. Todos dizem.

Ignazio, que está mexendo com as abotoaduras de ouro, sobressalta-se. Uma delas cai no chão, ele se abaixa para pegá-la e, enquanto isso, amaldiçoa certas fofoqueiras que não são capazes de ficar de boca fechada. Tinha esperado adiar a inevitável briga para a manhã seguinte. Já havia visto na vitrine do Missiaglia um belíssimo pingente com uma esmeralda...

— As pessoas falam em vão, minha Franca. Eu já queria dizer para você hoje, mas teria sido inútil, você estava tão agitada... Sim, a condessa Morosini é muito bonita, é verdade, e conhece todos em Veneza. É impossível andar por aí sem a encontrar. E hoje nos ofereceu o barco dela para um passeio na lagoa. — Enrola as mangas nos pulsos, aproxima-se e faz uma carícia no rosto dela. — Eu trouxe você para cá para ficar mais serena. Você acha mesmo que eu poderia ser assim tão insensível a ponto de fazer uma coisa dessas?

Franca retorce o rosto em uma careta de aborrecimento.

— Vá se limpar, por favor — diz para ele. — Você está com o perfume dela na pele. — E o afasta, colocando a mão no peito dele.

Ignazio não suporta se sentir engaiolado. Agarra o pulso dela, a obriga a olhá-lo.

— Acalme-se! E o que é, agora, eu não posso nem sair para dar uma volta? Só posso ver homens?

Franca não consegue conter as lágrimas.

— Você! — Bate no peito dele de novo, com violência. — Você não se importa nem com o meu estado — grita. — Nós perdemos dois filhos, eu estou grávida, e você não faz nada além de... de...

Ele agarra-a pelo braço e sacode.

— O que você está dizendo? Meu amor, por favor...

— Não muda nunca, não é? Para você, é impossível! Sempre tem de fugir de tudo. Das responsabilidades, do medo, até de mim, porque não consegue suportar demasiada dor, não é? Você é um covarde...

— Como ousa? — Ignazio está perturbado. Porque Franca tem razão. As palavras da mulher o atingiram onde mais dói, na zona cinzenta da alma que ele não tem coragem de chegar perto. E a isso se sobrepõe a sensação de culpa porque, maldição, é tudo verdade.

— Sim, você é isto: um covarde. — Franca reafirma em tom baixo. É uma constatação que não admite réplicas.

Ele se levanta em um salto, afasta-se. Sente o estômago pegando fogo, talvez por champanhe em excesso ou talvez por aquelas palavras que o estão partindo ao meio. Não é uma parte da consciência dele que ele olhe com frequência. Pelo contrário, a mantém bem escondida e, se casualmente pensa nela, repete a si a cantilena de sempre: que ele é um homem, que certas exigências são naturais, que nunca deixou nada faltar para a esposa, que de qualquer modo está sempre atento... bom, quase sempre. Por outro lado, todos agem assim, por que ele teria de ser diferente? *Malditos! Por que implicam comigo? Não veem que podem fazer mal para o bebê? Gente desmiolada!*

Franca soluça com violência.

— Sabe como eu me sinto? Humilhada! Posta de lado, porque estou grávida do seu filho! — grita, agarrando os lençóis. Com dificuldade, se levanta da cama, se posta na frente do marido, enquanto ele, com os braços abertos, tenta acalmá-la. — Você, aquela mulher, tem de esquecê-la — diz, enfiando o dedo no peito dele, os olhos cheios de raiva. — Deixe-a e as outras também, se houver, e pare de dar espetáculo — pressiona. — Não quero mais ouvir uma só palavra sobre ela. Você me deve isso, Ignazio. Deve a mim e ao seu filho.

De repente, Ignazio sente medo: nunca viu Franca alterada assim durante uma briga e teme pela sua saúde. Segura as mãos trêmulas dela e faz que sim, com a cabeça.

— Te prometo. Mas agora, acalme-se, por favor. — Beija-lhe as pálpebras. — Vamos, acomode-se na cama. — Então, beija os dedos dela, a abraça com delicadeza. — Você está cansada, meu amor... — diz à mulher. — O médico já falou que você tem de ficar em repouso, que não pode ter desgostos...

São os soluços dela que respondem ao marido.

Enfiam-se na cama, ele semivestido, ela de camisola. Adormecem.

Franca acordará sobressaltada, na manhã seguinte, tomada por fortes dores no ventre. E as reconhece na hora; são as contrações.

Mas é muito cedo, cedo demais.

Giacobina Florio nasce no dia 14 de outubro de 1903, quase dois meses antes da hora.

O parto foi difícil. A recém-nascida é magra e cianótica.

E morre naquela mesma noite, depois de poucas horas de agonia.

*   *   *

Silêncio.

Franca ergue a cabeça, aperta os olhos. A luz é agressiva, os lençóis por demais ásperos.

Por uns instantes, se pergunta onde está. Por que sente aquela sensação de opressão no peito. Por que está sozinha.

Mas é só um instante. Tudo volta à lembrança, cortando a respiração dela.

Da janela fechada chega, ligeiro, o marulhar das ondas no porto. O quarto — simples, quase monástico, em relação ao da Olivuzza ou da Villa Igiea — está no palácio de Favignana.

Diodata, Maruzza e uma governanta andam pelo quarto, prestando muita atenção para não a perturbar, mas observando-a a cada instante, como ordenou dom Ignazio.

— Fiquem perto dela — disse para Maruzza, quando se despediu, depois de tê-las levado para a ilha com o *Virginia*. — Minha esposa está... perturbada. Cuidem para que ela não faça nenhuma loucura.

Haviam falado em voz baixa, mas ela ouvira tudo.

Não é uma ideia tão esdruxula, pensara Franca com frieza. Pelo contrário. Lhe daria alívio. Paz.

Pega o penhoar, o veste, balança a cabeça e os cabelos lhe caem nas costas em grandes ondas. Anda pelo quarto. Na penteadeira, entre escovas de cabelo e joias, uma caixinha de calmantes à base de láudano. A sombra dourada dela se estende no tampo de mármore, atinge a do copo com água pela metade. Pouco distante, o vidrinho de marfim com a cocaína que o médico lhe prescreveu para combater a astenia e a depressão.

Ri com amargura, Franca.

Como se um pouco de pó e umas gotinhas pudessem acalmar o que ela carrega dentro de si.

Três filhos mortos em pouco mais de um ano.

Mexe entre os objetos, encontra a piteira e um cigarro. Fuma devagar, os olhos verdes se espelhando no mar cor de turquesa de Favignana. É um dia insolitamente límpido para ser fevereiro.

Límpido e frio. Só que ela não sente o frio externo. Tem um gelo dentro de si que parece absorver tudo. As forças. A luz. A fome. A sede.

Talvez esteja morta e não saiba. De resto, não consegue mais chorar, não sabe como. As lágrimas param entre os cílios, se recusam a cair, como se virassem pedra. *Mas não, não é assim*, diz para si, apagando o cigarro no cinzeiro cheio de bitucas. Se estivesse morta, não sofreria tanto.

Ou talvez sim e esse seja o seu inferno.

Ela chama Diodata.

Bebe um pouco de café, mas não toca nos biscoitos. Emagreceu muitíssimo nas últimas semanas e quase não há necessidade de apertar o corpete. Ignazio lhe escreve, manda telegramas para saber como está... mas não consegue mais ficar perto dela, e talvez nem ela o queira perto de si. Com Baby Boy, o Ignazino dela, eles perderam a alegria, o futuro. E, se é possível viver sem alegria, nada se pode fazer sem futuro. Com Giacobina morreu a esperança.

Algo se partiu.

Pega o xale e o chapéu, ambos pretos. No peito, um medalhão com os retratos dos filhos.

Lá fora, a ilha é varrida por um vento gentil, mas frio. Alguns moradores a observam, umas mulheres esboçam uma mesura. Franca não olha ninguém. Segue a estradinha que margeia a casa, chega quase na frente do prédio municipal e então vira em direção ao mar. O mesmo caminho, todos os dias, os mesmos passos lentos.

Anda, e a barra da saia fica empoeirada, colora-se com o branco dourado do tufo. Perto da almadrava, alguns homens tiram o chapéu, a cumprimentam. A eles reserva um olhar ligeiro e um gesto da cabeça.

Percebe os olhares de comiseração, adverte a piedade que há neles, mas não importa. Nada mais sente, nem enfado, nem ressentimento. Na alma há um território escuro, feito de lava, onde não mais existem traços de vida, nem possibilidade de que a vida renasça.

Caminha ao redor da almadrava, de onde chegam os sons e os cheiros do trabalho: um barulho de martelos, um roçagar de redes sendo consertadas, a fumaça acre dos fornos de breu para as quilhas que devem ser calafetadas. Faltam meses ainda para a descida da almadrava ao mar, mas os homens e as coisas já estão se preparando para aqueles dias de maio, depois da festa do Crucifixo. Desde que se casaram, ela e Ignazio nunca faltaram a essa estranha festa de morte e vida, em que o cheiro do mar se mistura com o fedor do sangue dos atuns.

Faz a volta. Encontra-se em frente a uma pequena bacia, com uma fileira de pedras que descem na direção do porto. Ali a água é limpa e logo funda. À direita, está o atracadouro para as embarcações, ainda fechadas nos depósitos.

A água.

É tão azul, tão límpida.

Deve estar gelada, pensa enquanto tenta descer entre as pedras para tocá-la. Mas é tranquila e o marulhar contra as rochas parece acalmá-la pelo menos um pouco.

Como seria bom se desse para deixar de sentir essa dor. Essa opressão no peito que não mais a abandona. Se conseguisse se distanciar da vida, ficar imune à raiva, à inveja, aos ciúmes, à angústia. Significaria também não sentir mais nenhuma alegria, mas que importa?

O que é uma vida sem amor? Sem a alegria dos filhos? Sem o calor de um homem?

E então, que benefício ela extrairia desse sentir? A vida não dá nada de graça: ela foi favorecida pela sorte, em beleza e riqueza e destino, mas esse mesmo destino se voltou contra ela. Viveu um grande amor e só teve em troca traições. Teve riqueza, mas as joias mais belas, os filhos, lhe foram arrancadas. Foi admirada e invejada, e agora só sentem por ela piedade e compaixão.

A felicidade é um fogo-fátuo, um fantasma, alguma coisa que só tem a aparência da verdade. E a vida é mentirosa, essa é a verdade. Promete, faz você saborear alegrias e depois as arranca de você do modo mais doloroso possível.

E ela não acredita mais na vida.

Examina as mãos nuas, destituídas de joias. Só a aliança de casamento e o anel de noivado. Às vezes, quando quer se torturar, pensa naquelas lápides brancas e naquelas coroas de lírios do vale de seda colocados ao lado dos túmulos. Lembra a musselina em que foram envoltos. Revê os detalhes das roupinhas, recorda as mãozinhas geladas e rígidas. Estão mortos e levaram tudo embora.

Volta a olhar o mar. *Não é justo*, diz para si. Se a sorte tinha de se enfurecer com ela, por que não a atingiu diretamente, em vez de se vingar nos filhos? Eram três inocentes.

É como se sentisse o peso de uma maldição, de uma *magarìa*, uma magia antiga, de uma injustiça que não foi reparada e que só agora encontra satisfação. Mas ela não quer lhe dar essa satisfação. Se a vida deseja se enfurecer contra, ela há de impedir. Sairá do jogo.

Avança até quase o mar.

Imagina bem o que poderia acontecer. O pensamento já é um consolo e lhe aquece o peito, causa-lhe alívio.

No começo, a água seria tão gelada que lhe cortaria a respiração. O sal encegueceria os olhos, irritaria a garganta. Tentaria subir à superfície, mas nesse ponto o vestido, pesado pela água, a puxaria para baixo. O peito iria doer, claro, e sentiria medo, mas depois o gelo a envolveria, levando-a para o fundo, em um abraço parecido com o de uma mãe que põe o filho na cama para dormir.

Sim. A morte pode ser mãe.

Disseram-lhe que quem está para se afogar, no fim, sente um tipo de estranho bem-estar, uma paz profunda. E talvez seja isso que sentiu o pai, oito anos antes, quando se afogou nas águas em frente a Livorno. Não Giovannuzza, que foi embalada pela febre até a morte. Não Ignazino, com aquele coraçãozinho que parou de repente. Não Giacobina, que nem teve como abrir os olhos. Se pensa nos três filhos, a primeira recordação que lhe vem à mente é a de um corpinho apertado contra o dela e que fica cada vez mais frio, mesmo ela tentando lhe oferecer calor.

O frio. Quanto ela sente no corpo. Parece que nunca vai embora.

E talvez seja essa a esperança que me resta, pensa, enquanto segue adiante. Tira o chapéu, joga o xale de lado. Não lhe serão úteis. Afasta até a ideia de que o que está pensando em fazer seja um pecado mortal ou que será um escândalo.

Nada mais lhe importa.

Até respirar a cansa. Quer apenas deixar de se sentir mal. Desaparecer.

— Meu filho morreu quando tinha treze anos. Morreu com o pai dele, tinham saído para pescar e não voltaram mais.

A voz que falava em siciliano chega até ela, quando o mar já molhou as botinas.

Ela se vira. No alto, atrás dela, uma velha vestida de preto, envolta em um xale de lã. Fala sem a olhar. É pequena como uma criança, mas tem a voz forte e clara.

— Seu filho...?

— Era a minha vida, o único filho que eu tinha. Meu marido me deixou com duas filhas mulheres e eu cuidei delas. Só elas me restavam. — A mulher anda com dificuldade nas pedras. — Deus dá e Deus tira.

Um soluço escapa dos lábios de Franca. Balança a cabeça, irritada. Como essa desconhecida toma a liberdade de falar com ela, assim? Os dela não eram filhos de um pescador! Gostaria de responder que ela não pode compreender, que toda a vida e a família dela estão se despedaçando, mas um nó na garganta a impede.

A velha, agora, olha para ela com atenção.

— Isso nos toca — prossegue, a voz enrouquecida pelos anos. — E daqui não podemos escapar.

Sente-se nua. Afasta o olhar, enquanto percebe as lágrimas correndo pelas pálpebras. É como se aquela desconhecida tivesse compreendido a intenção dela e a estivesse colocando perante a verdade; a de que não se pode fugir quando ainda existe uma responsabilidade a ser enfrentada.

— A minha menina — murmura Franca.

Igiea ficou em Palermo com a governanta e a sogra. E a imagina naqueles quartos agora tão vazios. Cobre a boca com as mãos, mas não consegue conter os soluços. E agora Franca chora. Por muito tempo, até a gola do vestido ficar molhada, chora toda a dor que tem dentro de si e que ainda não tinha encontrado um modo de sair. Chora por si, pelo amor perdido dos filhos, pela dor daquilo que não foi e nunca poderá ser, por aquele casamento em que ela acreditara e que se esvaziou por dentro. Chora porque se sente um nome, um objeto, e não uma pessoa.

E se afasta do mar. Mas nunca deixará de ouvir o apelo dele.

* * *

Quando Franca volta para a Olivuzza, algumas semanas depois, Palermo a espia com uma mistura de suspeita e piedade. E a observa, tenta ler no rosto dela as marcas da dor. A cidade quer saber, quer ver.

E ela se oferece à cidade. Mostra-se esplêndida por ocasião de uma nova visita do cáiser e da esposa: usa as legendárias pérolas, os leva para visitar a casa do cunhado, agora pronta, e se faz fotografar aos pés da escada da obra-prima projetada por Ernesto Basile. Recebe na Villa Igiea o príncipe Filipe de Saxe-Coburgo, para quem oferece uma festa inesquecível, como faz também para os Vanderbilt, que chegaram a Palermo no iate deles, o *Varion*. Participa da inauguração da estátua de Benedetto Civiletti dedicada a Ignazio Florio, ao lado de Giovanna, que não contém as lágrimas, no meio dos operários vindos especialmente de Marsala. Assiste ao lançamento do *Caprera*, o primeiro barco a vapor saído do estaleiro. Junto com a cidade inteira, festeja a volta para casa de Raffaele Palizzolo, que foi absolvido na Corte Suprema de Cassazione por insuficiência de provas da acusação de ser o mandante do homicídio de Emanuele Notarbartolo. E, por ocasião da festa de Santa Rosalia, transforma um barco a vapor da Navegação Geral Italiana em um verdadeiro jardim flutuante, do qual os convidados podem assistir aos fogos de artifício.

Nunca uma fraqueza, nunca uma palavra fora de lugar, nunca um traço da dor que a queimou por dentro. Mas o sorriso desapareceu dos olhos dela, substituído por um olhar indiferente.

Como se nada mais pudesse tocá-la. Como se, realmente, estivesse morta.

LÍRIOS-DO-VALE

maio de 1906 — junho de 1911

> *Cu prima num pensa, all'ultimu suspira.*
> "Quem primeiro não pensa, depois suspira."
>
> Provérbio siciliano

O terceiro governo Giolitti se instala no dia 29 de maio de 1906 e dura até 11 de dezembro de 1909. O "longo ministério", como será definido, traz acima de tudo mais reformas no campo social. Se já em 1902 foi aprovada a Lei Carcano (proibindo que menores de doze anos trabalhem, limitando a doze horas diárias o trabalho feminino, instituindo a "licença maternidade"), em 1904 se define a obrigação de assegurar os operários contra os infortúnios; em 1907, é proibido o trabalho noturno para as mulheres, se estabelece que os trabalhadores têm direito a "um período de repouso não menor que 24 horas consecutivas a cada semana", enquanto em 1910, se institui a "caixa maternidade". Enquanto isso, no dia 29 de setembro de 1906, nasce a Confederação Geral do Trabalho, com 250 mil associados e, no dia 5 de maio de 1910, é instituída a Confederação Geral da Indústria.

No campo econômico, Giolitti nacionaliza as ferrovias (15 de junho de 1905) e, ainda que parcialmente, os serviços telefônicos (1907), mas o resultado mais relevante advém da "grande conversão" da renda (1906), desejada principalmente pelo ministro das Finanças, Luigi Luzzatti, por um consórcio de bancos estrangeiros e pelo Banco da Itália (na pessoa do diretor, Bonaldo Stringher): a renda de quatro por cento livres dos títulos do débito público (que monta a cerca de oito bilhões de liras, ou seja, mais de 32 bilhões de euros) é convertida em 3,75 por cento (1º de julho de 1907) e depois em 3,5 por cento (1º de julho de 1912). A economia no pagamento dos juros fica, em 1907, em torno de vinte milhões. O balanço do Estado se fecha no ativo, a reputação internacional da Itália se consolida e a lira é cotada na verdade acima do ouro.

Depois da crise econômica internacional de 1907 — causada pela desmesurada atividade especulativa dos anos anteriores e, na Itália, superada graças a uma ação conjunta entre o governo e o Banco da

Itália —, Giolitti precisa enfrentar uma das maiores tragédias da história italiana: no dia 28 de dezembro de 1908, às 5h20 da manhã, um terremoto de magnitude 7,2 destrói Messina e Reggio Calabria, devastando uma área de cerca de seis mil quilômetros quadrados, causando entre oitenta mil e cem mil vítimas. Enquanto o governo é acusado de excessiva lentidão nos socorros, o rei e a rainha Elena chegam a Reggio Calabria, já no dia 30 de dezembro, e se empenham concretamente na ajuda à população. No dia 8 de janeiro de 1909, é aprovada a doação de 30 milhões para a reconstrução da área afetada pelo terremoto.

Vencendo as eleições de 7 de março de 1909 — que testemunham a entrada pela primeira vez de católicos no Parlamento —, Giolitti renuncia ao cargo no dia 2 de dezembro, talvez como consequência das acusações que o socialista Gaetano Salvemini faz, pela primeira vez, em um artigo no Avanti! *(14 de março de 1909) e depois no ensaio "O ministro da má vida" (1910); segundo Salvemini, o atraso do Sul da Itália nasce na verdade de uma vontade expressa de Giolitti que, desse modo, pode contar com fraudes e violência eleitoral para se manter no poder.*

No dia 30 de março de 1911, porém, Giolitti forma o quarto governo dele, que vai durar até o dia 21 de março de 1914. E, no dia 29 de setembro de 1911, abrirá caminho para as intenções expansionistas da Itália, declarando guerra ao Império Otomano para conquistar a Tripolitânia e a Cirenaica (Líbia Oriental). Dessa vez, o empreendimento africano — apoiado na Itália por liberais, católicos e nacionalistas, e apresentado como a conquista de um tipo de Eldorado — tem sucesso: no dia 11 de outubro, Tripoli cai nas mãos dos italianos, e no dia 18 é a vez de Bengasi. Com o Tratado de Losanna (18 de outubro de 1912), a Itália obtém o controle da Líbia... ou seja, de uma "grande caixa de areia", segundo a célebre definição de Gaetano Salvemini.

Uma planta delicada, o lírio-do-vale. Pequena, com flores muito brancas, em forma de sino e com um perfume tão característico a ponto de dar o nome à própria planta, já que *mughetto* (lírio-do-vale, em italiano) vem do francês *muguet*, que por sua vez deriva de *muscade*, "que tem o cheiro de almíscar". Certamente, d'Annunzio se lembrou disso quando, em seu drama *Il ferro*, faz o personagem Mortella dizer: "Como você é fresca! Tem cheiro de maresia, de água da chuva e de lírio-do-vale".

Uma planta nascida da dor, ao menos de acordo com as lendas: das lágrimas de Eva, expulsa do Jardim do Éden, ou das lágrimas de Nossa Senhora aos pés da cruz. Mas também das lágrimas derramadas por Freia, a deusa nórdica da fertilidade e da força, enquanto está presa em Asgard, recordando com nostalgia a primavera da terra dela.

Uma planta que traz sorte, ao menos na França. No dia 1º de maio de 1561, é oferecido a Carlos I um caule de lírio-do-vale como um presente auspicioso, e o rei decide que todos os anos, nesse mesmo dia, presentearia as damas da corte com lírios-do-vale. Perdida nas dobras da história, essa tradição reaparece no dia 1º de maio de 1900, em Paris: as grandes casas de moda organizam uma festa e oferecem lírios-do-vale para as operárias e para as clientes. Assim, no dia 24 de abril de 1941, quando o marechal Pétain institui "a festa do trabalho e da paz social", substitui a rosa-mosqueta, símbolo do dia internacional dos trabalhadores desde 1891, pelo lírio-do-vale. Ainda hoje, principalmente na região de Paris, são dados lírios-do-vale no dia 1º de maio. E Christian Dior adota o lírio-do-vale como flor símbolo, chegando até a dedicar-lhe a coleção primavera-verão de 1954.

Uma planta ligada à ideia de um amor puro, virginal, e por isso usada nos buquês de noiva. Apenas recentemente se compreendeu que essa tradição tem uma base científica: o perfume do lírio-do-vale deriva na verdade de um aldeído aromático chamado *bourgeonal*, que não apenas faz aumentar a velocidade dos espermatozoides dos mamíferos, mas os atrai como um tipo de ímã. Além disso, trata-se do único perfume do mundo para o qual os homens têm uma sensibilidade maior que as mulheres.

Uma planta útil. Já na metade do século XVI, o cientista de Siena, Pietro Andrea Mattioli, nas anotações dele sobre a obra de Dioscórides, afirma que o lírio-do-vale serve para fortalecer o coração, sobretudo se a pessoa sofre de palpitações. No fim do anos 1800, o médico francês Germain Sée confirma a ação benéfica sobre o coração e destaca a eficácia diurética.

Uma planta infiel. A ingestão acidental pode causar estado de confusão, alterações nos batimentos cardíacos e fortes dores abdominais até por vários dias.

Uma planta tanto suave e delicada quanto perigosa. Assim como o amor.

O perfil das montanhas Madonie se destaca contra o céu claro do alvorecer. O sol aparece nos cumes, acaba com a escuridão, os colore com o sol, enquanto do mar vem um vento fresco que carrega o cheiro do sal e do mato.

Mas esse aroma não consegue apagar outros odores mais fortes, novos naquela terra, na metade do caminho entre o mar e o campo.

Óleo de motor. Combustível. Fumaça de cano de escapamento.

No vento se ouvem frases, incentivos, impropérios, gritados em inglês, francês, alemão. Ou em italiano, com uma forte pronúncia do Norte. Por cima de tudo, porém, paira o barulho dissonante de motores que murmuram, tossem, ressoam.

Mecânicos. Pilotos. Automóveis.

São apenas cinco horas da manhã, mas a planície de Campofelice, aos pés das Madonie, já está cheia de gente. Chegaram trens especiais de Palermo, Catania e Messina, e alguém até mesmo passou a noite ao ar livre, só para estar presente. Agora, a multidão à espera se comprime contra a cerca, que de todo modo não irá defendê-la nem das nuvens de pó e nem dos pedregulhos lançados pelos automóveis que correm a quase cinquenta quilômetros por hora.

Ao lado do aterro, por sua vez, ao longo de um trecho de estrada coberto por alcatrão, se erguem o posto dos telégrafos e a tribuna de madeira dos comissários e da imprensa. Em frente, outra tribuna, enfeitada com festões e bandeirolas e destinada aos convidados mais importantes. O entusiasmo é palpável ali também, até mesmo entre as pessoas que pouco se interessam pela competição: as senhoras desejam se mostrar e ser vistas, alguns homens olham com suspeita aquelas máquinas ruidosas e perigosas. Todos sabem que não podem faltar a um acontecimento comentado em todos os lugares, na Itália e no exterior.

Um acontecimento. Porque essa competição é isso — e sempre foi — na mente de Vincenzo Florio. Uma ocasião preciosa de visibilidade, de afirmação, de modernização. Para ele, a família dele, a Sicília inteira. Já que o futuro demora para chegar à ilha dele, resolveu levá-lo para lá. Não é a primeira vez que isso acontece com um Florio. O avô, de quem herdou o nome, fizera algo muito parecido.

Por isso, lutou sem se deter perante obstáculo algum: mandou aplainar campos e consertar trilhas, sendas e caminhos pagando do prório bolso, até mesmo colocando betume ao longo do circuito para evitar que o pó reduzisse a visibilidade dos pilotos; pagou os pastores para que mantivessem longe da estrada as ovelhas deles, bem como alguns "cavalheiros" para que nenhum dano fosse causado aos veículos e aos equipamentos; garantiu que ao longo do percurso tivessem carabineiros, agentes de polícia e até mesmo uma companhia de soldados ciclistas para os serviços de comunicação; contou com os cronometristas do Automobile Club de Milão; chamou um cinegrafista para filmar a partida e a chegada; instalou em um quiosque o "totalizador" para as apostas; colocou à disposição um luxuoso barco a vapor, o *Umberto I*, de modo que pilotos e mecânicos, depois da competição, possam chegar rapidamente primeiro a Gênova e depois a Milão, onde acontecerá a Copa de Ouro, outra importante competição. E agora está pronto para celebrar seu triunfo com medalhas, taças e troféus criados pelo grande ourives Lalique, que desenhou até o prêmio do vencedor: à Targa Florio.

E, para isso, envolveu a família inteira; até Franca se deixou convencer a percorrer uma parte do circuito de automóvel, ao lado de outras senhoras, para mostrar a todas a severa, peculiar beleza das Madonie. Mas ao que realmente Vincenzo fez apelo foi à habilidade dela para organizar festas mundanas, vencendo, desse modo, a desconfiança. Festas, jantares, buffet, excursões: tudo foi organizado por Franca com a habitual elegância. Mais difícil foi envolver Ignazio, que no fundo é um preguiçoso e só pensa em mulheres. Mas, como para ele se trata sempre de ter o melhor, Vincenzo aproveitou o constante desejo de aparecer; e foi assim que, mesmo entre dúvidas e queixumes, o irmão lhe deu o dinheiro necessário para toda a iniciativa. E conseguiu até — mas sem o menor esforço, porque ela o adora — levar naquele turbilhão a pequena Igiea, a qual lhe disse que, quando crescer, que ser "pilota".

É um manipulador, Vincenzo. Ele sabe disso, e também sabem os familiares, que aceitam, contudo, esse lado da personalidade dele com um sorriso indulgente.

É, portanto, com ar satisfeito que Vincenzo, com roupas esportivas e sapatos ingleses, caminha nesse momento entre pilotos e mecânicos. Transformou-se em um belo homem: os traços do rosto são finos; os bigodinhos destacam o nariz bem desenhado, e a boca, frequentemente aberta em um sorriso, é macia, quase feminina. Sob a luz cada vez mais forte, ele observa os automóveis que se mostram, assumindo forma e consistência. São carros diferentes dos que circulam agora numerosos também em Palermo: estes são mais parecidos com carruagens, têm bancos semelhantes a sofás e um volante que parece o leme de um navio. Os de corrida, no entanto, são estreitos, afilados. Mesmo parados, lhe transmitem a emoção da velocidade.

Cumprimenta com um gesto Vincenzo Lancia, que já está ao volante do Fiat dele, depois aproxima-se de um homem com bigodes espessos que usa um macacão e traz na cabeça um boné de couro, está discutindo animadamente em francês com um mecânico, indicando-lhe os pedais.

Vincenzo sorri e pergunta em francês:

— Ainda está tendo problemas, sr. Bablot?

Paul Bablot se vira, limpa a mão suja de óleo e de graxa no macacão para cumprimentar Vincenzo, que retribui.

— Ah... a viagem não foi um passeio. A umidade acabou por atolar o motor e, agora, estamos vistoriando tudo pela enésima vez. É sério, essa sua competição é um desafio, *monsieur* Florio. O percurso é, no mínimo... insólito.

— Sim, o concebemos assim, eu e o conde de Isnello: nos inspiramos no da Gordon Bennet Cup. Queríamos um percurso que exaltasse não apenas as qualidades dos carros, mas também as dos pilotos. E tinha de ser um circuito, para que os espectadores pudessem assistir a mais de uma passagem. Aqui, as pessoas nunca viram tantos carros juntos... Tenho certeza de que alguns camponeses jamais os viram. Ah, vai ser uma experiência que os senhores não esquecerão. E, de qualquer forma, o senhor conseguiu chegar... pense em quem não pode nem mesmo partir.

Vincenzo dá um sorriso com um toque de irritação e lança um olhar para um grupo de homens em roupa esportiva que estão observando os carros com ar crítico. Uns falam em voz alta, em francês, e não fazem nada para esconder a raiva. *E como poderia ser diferente?*, pensa. Uma greve da NGI em Gênova deteve os carros deles, que não chegaram, portanto, a tempo para as provas regulamentares e as vistorias. Assim, de protagonistas da corrida, tornaram-se simples espectadores.

— Investimos tanto nesta competição; e, por fim, fomos submetidos à vontade de *quatre porteurs* quaisquer — sibila, visivelmente irritado. — Na Itália, não há respeito por nada, infelizmente. Esta é uma manifestação que pode remoçar a Sicília, fazê-la entrar na modernidade, mas eles pouco se importam, maldição!

Bablot dá de ombros.

— Compreendo sua decepção; mas, para mim, quanto menos concorrentes, melhor! — exclama, entrando no carro. — Mesmo que, para dizer a verdade, eu não tenha grandes receios: meu Berliet é extraordinário! — Faz um gesto para o mecânico tirar as mãos dos cilindros, tenta dar a partida, e o motor responde com um rugido.

Vincenzo assente, lhe faz um gesto de saudação e se volta para olhar outro carro, um Hotchkiss de 35 cavalos, que está com o número 2 no radiador. Nele, inclinada na direção dos pedais, está uma moça com os cabelos presos em um coque. De repente, com um movimento sinuoso, ela desce do carro e começa a verificar o radiador, limpando as mãos no avental colocado por cima de uma indumentária que lhe chega aos tornozelos. Só com um segundo olhar, Vincenzo se dá conta de que são calças compridas muito amplas.

Todos no ambiente das corridas conhecem e respeitam madame Motan Le Blon e estão acostumados a vê-la, sempre junto com o marido, Hubert: um casal singular, unido por uma paixão arrebatadora por carros.

Mas ali, uma mulher mecânica não pode passar sem ser observada.

Com efeito, quando Vincenzo está se aproximando dela, chega aos seus ouvidos um comentário em dialeto:

— Olha, uma mulher trabalhando como homem! — Seguido por uma risada irônica.

Vincenzo se volta, franzindo a testa, mas é impossível descobrir quem pronunciou aquela frase. Quando retorna a olhar para madame Le Blon, percebe que ela está sorrindo.

— Consigo ouvi-los, ainda que não entenda — murmura a mulher, dando de ombros. — Certos olhares não precisam de explicação; eles se perguntam como é que uma mulher está lidando com um carburador, em vez de ficar em casa cuidando dos filhos. — Tira o avental, o coloca de lado e então põe um lenço, prendendo-o sob o queixo. — Se as fofocas me irritassem mais do que o devido, eu teria parado fazia tempo. E, em vez disso, correr com o meu marido é uma das coisas que mais me deixa feliz, e nada ou ninguém me impedirá de fazer isso. Pelo contrário, vou lhe dizer uma coisa... — Abaixa ainda mais a voz, aproxima-se dele. Emana um vago cheiro de suor, óleo e sabonete de lavanda. — Sei dirigir como e até melhor do que ele. Já dirigi um Serpolett a vapor em Nice. Uma experiência maravilhosa.

— Minha esposa não tem medo da velocidade e seu controle sobre carros é verdadeiramente notável. Poderia fazer comer poeira alguns pilotos que eu conheço... — Hubert Le Blon se aproxima da esposa, coloca uma das mãos nas costas dela e lhe dá um beijo no rosto com ternura.

Vincenzo cumprimenta o homem e beija a mão de madame Le Blon, pensando que não seria nada mal competir com aquela mulher.

— *Signor* Florio, falta pouco: estamos quase prontos!

Quem falou foi um jovem com sobrancelhas e bigodes hirsutos, de penetrantes olhos escuros. Uma vez, brincando, Vincenzo perguntou a Alessandro Cagno se a babá dele o havia alimentado com óleo para motor, tamanha a paixão por carros. Tem 23 anos — a mesma idade de Vincenzo — e corre agora já faz cinco anos, depois de ter trabalhado pesadamente como mecânico na oficina de Luigi Storero, em Turim, e então na Fiat de Giovanni Agnelli, de quem também é motorista. Participou como mecânico em 1903 na Paris-Madrid, a "corrida da morte", interrompida em Bordeaux devido aos inúmeros acidentes, entre os quais o que causara a morte de Marcel Renault; em 1904 e 1905 se distinguiu na Gordon Bennet Cup e, há pouco, venceu a prestigiada corrida de subida ao Mont Ventoux.

— *Signor* Cagno, bom dia! Mas é verdade que em Turim escreveram uma música sobre o senhor?

Cagno parece constrangido.

— Na verdade, fala também de Felice Nazzaro e de Lancia…

— E do seu Itala, não?

— O Itala? Eu vou fazer cantar hoje, e o senhor vai ver como irá gorjear — replica Cagno, enfiando a boina na cabeça.

Vincenzo cai na risada e agita as mãos em sinal de cumprimento. Então se vira para a tribuna, procurando o irmão e Franca, hospedados junto com os Trabia e os Trigona no Grand Hotel delle Terme, em Termini Imerese, um edifício de linhas elegantes projetado por Damiani Almeyda e escolhido para acolher os pilotos e a boa sociedade palermitana. Não os vê e suspira, balançando a cabeça. Ainda não chegaram. Gostaria de cumprimentar pelo menos Ignazio, compartilhar com ele aquele momento.

Então, de repente, distingue uma mancha cor-de-rosa se movendo entre os carros, aparecendo e desaparecendo entre a multidão de pilotos e mecânicos. Surpreso, a segue com os olhos. Só quando a mancha se detém ao lado do Berliet de monsieur Bablot, a reconhece.

— Annina! — chama.

Anna Alliata di Montereale — Annina, como a chamam todos — é a irmã mais nova de uma das melhores amigas da cunhada Franca, Maria Concetta Vannucci, princesa de Petrulla. É alguns anos mais nova do que ele, e se conhecem desde sempre.

A moça volta-se para ele, reconhece, vai encontrá-lo, segurando o chapéu com uma das mãos. Está com os olhos brilhando de emoção, as faces acaloradas.

— Annina, mas o que você está fazendo aqui? Vai ficar toda suja!

— Ah, paciência! É tão gostoso ficar no meio dos carros, tão divertido! Gostaria de comprar um, sabe? — Abaixa os olhos para a barra de rendas do vestido, respingada de lama, e para as botinhas, agora manchadas de óleo. Balança a cabeça. — Porém, *maman* diz que não é coisa para mulher. — Suspira. — Que bobagem!

Vincenzo não sabe bem como responder. Sempre conversaram, Annina e ele, durante os bailes e os jantares, mas geralmente em ocasiões formais. Sempre a considerou uma jovem vivaz e inteligente, no entanto a paixão que lhe ilumina o rosto nesse momento é uma descoberta para ele.

— Sua mãe é prudente — considera, sem jeito. — Desde que ficou viúva, teve de cuidar de toda a família...

— Não, não é isso. É que ela tem ideias tão... antiquadas. — O olhar de Annina se enche de tédio. — Precisaria entender que não é mais o tempo de parelhas de cavalos e de carruagens para passear. Que o futuro já está aqui.

— Não é fácil passar de um tempo para outro — comenta Vincenzo, pensativo, os pensamentos voltados para a mãe. Ficou na Olivuzza, dizendo que precisava cuidar de dona Ciccia, que agora quase não se move mais, mas ele sabe que ela jamais teria ido ali.

Naquele ínterim, em meio à multidão, percebe alguns encarregados da organização. Talvez o estivessem procurando. Então se vira, dá-lhes as costas. *Não agora*, pensa. *Não neste instante.*

— Sabe, no começo, minha mãe dizia que quando eu corria pelas alamedas da Olivuzza, eu estragava o jardim dela e fazia morrer de susto os passarinhos no aviário. Mas é uma senhora idosa, é preciso entendê-la. Ignazio, por outro lado, que com certeza não é velho, me chamou de irresponsável mais de uma vez. Só porque ele é um *scantulino*, covarde, nasceu morrendo de medo. Pense só, não quer nem mesmo andar a cavalo por temer muito da velocidade excessiva.

Annina ri, olha para ele de esguelha.

— Mas... um pouco irresponsável você, não é?

Ele sorri.

— Um pouco — responde, com insólita franqueza. Mas não diz que a velocidade é algo que faz o sangue cantar nas veias, o faz sentir-se vivo, lhe dá arrepios. E que a risada dela provocou nele o mesmo efeito.

— Dom Vincenzo! — Um dos mecânicos está se aproximando a passos largos. — Estávamos procurando o senhor.

Vincenzo faz um gesto afirmativo, diz que logo irá ter com eles. Então volta a olhar Annina.

— Vá para a tribuna. Tenho certeza de que sua mãe está preocupada...

— Tudo bem. Mas deve me prometer que irá me levar para dar uma volta em um dos seus carros.

Ele sorri.

— Sim, prometo. Logo.

Annina se vira, dá um passo, depois vira-se de novo e coloca a mão enluvada na de Vincenzo. A voz dela é um sussurro que o rugido dos motores deveria apagar, mas que, pelo contrário, ressoa límpido.

— Hoje, aqui, eu tive a certeza de que é inútil esperar que os sonhos se realizem. É preciso dar o primeiro passo. Obrigada por ter me mostrado que é possível realizar os próprios desejos.

Ignazio segue os preparativos da competição na tribuna, envolto em um terno inglês comprado no ano anterior. Neste ano, não renovou o guarda-roupa. Não teve tempo, mas principalmente não deseja ter mais faturas para pagar, além das que já estão sobre a escrivaninha: a mãe, Franca e até Igiea — *uma menina de seis anos!* — parecem não fazer nada além de comprar chapéus, vestidos, luvas, sapatos e bolsas, andando pela Europa. Pediu diversas vezes para Franca não exagerar, mas ela sempre o escutou com um ar indiferente, quase sem se dignar a olhá-lo.

Somente uma vez, ela lhe respondeu:

— Imagino que para as outras mulheres você não peça economia nas joias e nos hotéis. — Uma frase pronunciada com calma, sem raiva, acompanhada por um olhar tão gélido a ponto de deixá-lo desconfortável.

Ele resmungou um "O que você está dizendo?" de que ainda se envergonha. A frieza com Franca não faz nada além de tornar mais pesado o fardo das coisas que o angustiam. A começar por aquele maldito estaleiro naval, no qual depositara tantas esperanças: sim, havia sido finalizado, mas a falta de encomendas, a redução das gratificações e as greves haviam minado o projeto desde os fundamentos. Por fim, fora forçado a ceder a cota dele de ações da Società Cantieri Navali, Bacini e Stabilimenti Meccanici Siciliani para Attilio Odero, o genovês proprietário dos estaleiros de Sestri Ponente e de Foce, em Gênova. Mas nem assim conseguira pagar as dívidas — sobretudo os 2 milhões que devia ao Banco Comercial Italiano, exatamente por causa do estaleiro — e precisara demitir operários e empregados, tanto no estaleiro quanto na Oretea. Reduzira-se a pedir que certos créditos lhe fossem saldados... ele, que normalmente não cuidava desses detalhes.

Na frente política, a situação era ainda pior: Giolitti tinha demasiado poder. E defendia interesses contrários aos do Sul e da Navegação Geral Italiana, especificamente. Logo seria preciso discutir renovações das subvenções marítimas: uma ladeira íngreme, repleta de opositores, a começar por Erasmo Piaggio, em quem depositara confiança e esperanças, mas que se revelara um mísero aproveitador, como todos os outros. Ele o forçara a demitir-se, e Erasmo tinha ido embora batendo a porta, jurando que o faria pagar pela presunção dele. Uma cena por demais semelhante àquela que acontecera com Laganà.

E, também, havia a cantina...

Ao pensar nisso, as costas enrijecem-se, a boca fica amarga. Sentado ao lado dele, Romualdo se vira para olhá-lo. Conhece-o bem demais para não se dar conta do seu mau humor.

— O que você tem? — pergunta.

Ignazio dá de ombros.

— Aborrecimentos.

Mas Romualdo não se satisfaz com aquela resposta, não dita naquele tom. Agarra Ignazio por um braço, se dirige a um canto tranquilo da tribuna. Eles se conhecem desde sempre, não precisam de tanta formalidade.

— O que foi?

Um suspiro.

— A cantina. — Lança ao amigo uma olhada em que se misturam pesar, lamento e vergonha. É um pensamento que o atinge já faz dias, mais precisamente desde a metade de abril, quando foi obrigado a firmar a cessão da marca com o leão.

A cantina tinha sido uma das primeiras empresas da família, criada pelo avô que morrera exatamente quando ele nasceu. O pai jamais teria permitido que tudo acabasse mal; ainda que ele esteja morto há quinze anos, Ignazio ouve com clareza as palavras de censura e de decepção que ele lhe teria dito, o olhar de reprovação com que o teria encarado. Ao pai jamais teriam faltado o dinheiro, a estima, nem o respeito.

Ao pai ninguém teria pedido "maiores garantias".

— A cantina? Ou seja? — pergunta Romualdo, perplexo.

— Já faz bastante tempo que firmei o contrato de cessão dos imóveis da cantina e dos estabelecimentos de Marsala e criei com alguns sócios a SAVI Florio & C. (Sociedade Anônima Vinícola Italiana) para poder ter liquidez, dividir os custos e ter um pouco de tranquilidade. Você sabia, não? Então, no mês passado, eu cedi as unidades de Alcamo, de Balestrate e Castellammare, até as que produzem o conhaque, que nós já não usamos mais. — Faz uma pausa, umedece os lábios. — Nós, agora, não somos mais proprietários nem de um tijolo sequer, só temos ações. E, apesar disso tudo, os juros dos empréstimos me estão comendo vivo, vivo!

De repente, Romualdo vê no rosto do amigo rugas profundas e se dá conta de nunca as ter percebido antes.

— Pensei que você continuava sendo o proprietário da cantina, mas...

— Não, não. Eu lhes cedi tudo, menos o estabelecimento de Marsala, e eles me pagavam uma quantia. Agora eu cedi até isso. Só fiquei com a *palazzina* e o marsala já pronto para ser vendido. — Suspira. — Preciso de *picciuli*. De *picciuli* e de tempo. Sabe o que aconteceu um dia desses? Fecarotta me mandou uma carta pedindo um pagamento. E é a segunda vez que acontece. Eu não podia acreditar.

— Fecarotta? O que você comprou dele, uma joia para ela? — pergunta Romualdo, erguendo o queixo na direção de Franca.

Ignazio balança a cabeça.

— Não. Para Bice — murmura, e desvia o olhar. — Me deixa louco aquela mulher.

Bice. Beatrice Tasca di Cutò.

Romualdo mastiga uma praga.

— São perigosas, as Tasca di Cutò. Deixe-me dizer isso, que me casei com uma — afirma. — *Curò*, você não poderia fazer de outro modo, com todas as pessoas que vivem às suas custas. A SAVI permitiu que você recuperasse o fôlego e, claro, você teve de assumir compromissos... O que, é culpa sua se agora o mercado de vinho está de joelhos? — Coloca a mão no braço dele. — Primeiro a filoxera, depois a crise e os impostos estatais sobre o álcool...

— Aquele foi um golpe duro. Tentaram por anos cobrar impostos sobre os vinhos licorosos, em Roma, e por fim conseguiram. — Ignazio dá um murro na balaustrada. — Eu procurei novos caminhos... há anos com o conhaque, depois com os vinhos de mesa, mas não deu em nada. E agora parece que o marsala já não está indo bem por ser *muito* alcoólico! E dizer que os médicos o aconselham como restaurador da saúde... — Balança a cabeça, leva a mão às têmporas, está com o fôlego curto. Agora, está tomado pela raiva, um sentimento fácil que só pede para se manifestar e receber alívio. Não se alimenta de ideias ou de pensamentos. E, como sempre, Ignazio a acolhe, abraça, a torna dele. — Até a Anglo-Sicilian Sulphur Company não existe mais. Não que eu ganhasse muito com ela, mas é a ideia, entende? Os americanos conseguiram explorar as jazidas de enxofre com um processo novo, portanto: fim das exportações nos Estados Unidos, para nós. E aposto que logo vão vender a produção deles também para a Europa; então, adeus até para o comércio com a França. Não tem nada, nada que vá pelo caminho certo! Você se dá conta da situação?

— Sei — assente Romualdo.

Ficam lado a lado sem falar. Por fim, é Ignazio que recomeça, e o faz devagar, quase como se sentisse dificuldades para ordenar as palavras.

— De qualquer modo, eu nunca me importei muito com o enxofre. No entanto, a cantina... Também Vincenzo assinou, apesar de eu não saber se ele entendeu... Só pensa em se divertir, o rapaz. — Suspira. — E, com a fábrica, se foi também a marca do leão. Tudo, tudo a essa altura é deles... Não sobraram mais do que... — Faz um gesto eloquente.

Migalhas.

Romualdo olha Ignazio com olhos arregalados, incrédulo. Não sabe o que dizer. Claro, tudo sempre ficou nas costas do amigo, desde quando tinha pouco mais de vinte anos, e ele se ocupou sem se poupar, ainda que às vezes se dedicasse a empreendimentos que não dava para entender bem aonde o levariam. Quanto a Vincenzo, é só um *picciriddu* que brinca com carros. O que ele sabe das responsabilidades, das escolhas a fazer? Mas... a Casa Florio sem a cantina? Sem o marsala? Isso lhe parece impossível.

— Não conversamos sobre isso... Quer dizer, que tenha sido feito esse acordo é fato notório, mas que vocês tenham precisado...

Ignazio abaixa os olhos.

— Pelo menos, assim, ficamos com alguma coisa — replica. Há tanto não dito naquele olhar elusivo, naquelas meias palavras.

Impotência, pena, humilhação.

— Eu tentei, Romualdo. Tentei com todas as minhas forças, mas as dívidas eram mesmo excessivas. Os bancos, por enquanto, sugam tudo... e os impostos! Os impostos que temos de pagar!

Romualdo observa o amigo com olhos arregalados. Por um longo instante, tudo ao redor para. A multidão, os carros, as conversas e os barulhos desaparecem, absorvidos por um branco cegante. Ficam apenas os dois, imersos em uma sensação que nenhum deles consegue explicar por completo.

Mas que parece ser a consciência de que o primeiro tremor de um terremoto acaba de chegar.

Franca olha Ignazio e Romualdo conversando intensamente. Cerra os lábios. Dois homens que se recusam a crescer, ainda que já tenham fios brancos entre os cabelos e pálpebras pesadas. Nada de bom jamais saiu das conversas deles. E essa vez não será exceção.

Arruma o sobretudo bordado de peles, depois aperta o pulso de Giulia Trigona, sentada ao lado dela, e indica os dois homens com um gesto de cabeça.

Giulia lança para eles um olhar entediado.

— Devem estar falando de alguma mulher — murmura. — Minha Franca, nós nos casamos com dois homens bem... enfadonhos.

A outra dá um sorriso amargo e está para responder quando Annina Aliata di Montereale senta-se ao lado dela. Está com o rosto enrubescido, os olhos brilhando, irrequieta. Arruma o vestido, inclina-se para a frente para ver melhor a linha de partida, ajeita o chapéu.

A irmã, Maria Concetta, se ajeita ao lado dela com um suspiro.

— Annina, por favor, contenha-se. Primeiro você desaparece por uma hora, e aí chega aqui suja de lama e toda agitada. Uma senhora jamais deveria estar assim... ruborizada. Franca, Giulia, digam-lhe vocês também que não podemos nos comportar assim...

A moça ergue os olhos para o céu. Ignora a irmã, olha Franca.

— Não acha que é um espetáculo belíssimo? Que lamentável a greve que bloqueou as equipes francesas...

Franca sorri. Gosta do entusiasmo de Annina, ainda que a entristeça um pouco.

— Sim, pena mesmo. Para não falar do horrível acidente sofrido por Jules Mottard.

— Um acidente? É mesmo? — exclama Annina.

— Nas provas, em uma curva, o carro se ergueu, empinando como um cavalo, depois caiu, esmagando as rodas. Ele machucou o ombro esquerdo e...

— Aí, veja, Annina, que tenho razão quando digo que dirigir é muito perigoso? — exclama Maria Concetta. — E você insistindo em ter um carro...

— Se a pessoa souber dirigir e for prudente, certas coisas não acontecem — declara a moça, reativa. — Tenho certeza de que andar de carro não seja mais perigoso do que cavalgar.

Até Giulia Trigona está cética.

— Talvez para um homem, sim. Mas uma mulher... arriscaria muito. Poderia comprometer a possibilidade de ter filhos.

Annina ergue as sobrancelhas.

— Questão de tempo. Vai ser normal ver uma mulher dirigindo um carro veloz e, porque não, competindo com os homens — declara.

Franca ri com indulgência.

— Pareço ouvir o meu cunhado falando — diz. Então olha a estrada, finalmente livre dos mecânicos e curiosos. Os juízes da corrida vão dar a partida. Os motores são ligados, o ar se enche de explosões e de gritos. Nas tribunas, todos levantam-se, enquanto a fanfarra dá o sinal de partida, seguida por um tiro de canhão.

Naquele ano, quem chega em primeiro lugar — 9h30 para fazer os 450 quilômetros do percurso — é Itala de Alessandro Cagno, que também dá a volta mais veloz — quase 47 quilômetros por hora. O segundo classificado, outro Itala, atravessa a linha de chegada depois de dez horas. Paul Bablot é o terceiro, enquanto madame e monsieur Le Blon, devido a uma série de pneus furados, chegam depois do tempo máximo, fixado em doze horas. Melhor que outros concorrentes — como Vincenzo Lancia ou o americano George Pope, em um Itala — que não conseguem nem completar o percurso.

A profecia de Annina será concretizada em 1920, por ocasião da décima primeira Targa Florio, quando a baronesa Maria Antonietta Avanzo participará da corrida com um Buick; infelizmente, o chassi vai se romper durante a segunda volta. Mas também participará Eliška Junková, "miss Bugatti", que chegará em quinto lugar na edição de 1928; sempre galante, Vincenzo Florio, pedindo desculpas para o vencedor, Albert Divo, dirá que Eliška é a vencedora moral da competição. Entre os anos 1950 e 1970, haverá Anna Maria Peduzzi e Ada Pace, que participarão cinco vezes, e também Giuseppina Gagliano e Anna Cambiaghi.

Por setenta anos, a corrida será um palco cobiçado pelos maiores pilotos: de Felice Nazzaro a Juan Manuel Fangio, de Tazio Nuvolari a Arturo Merzario, de Achille Varzi a Nino Vaccarella. O muito jovem Enzo Ferrari competirá cinco vezes, de 1919 a 1923, chegando em segundo lugar em 1920, em um Alfa Romeo. E haverá anos tristes, com pouquíssimos participantes, graves acidentes ou tragédias, como a do conde Giulio Masetti, o "Leão das Madonie", morto em 1926 a bordo da Delage dele com o número 13, que, a partir de então, não será mais dado a nenhum carro de corrida. Por fim, chegará o dia 15 de maio de 1977: Gabriele Ciuti perde o controle da Osella e atropela alguns espectadores, matando dois deles. A competição é interrompida na quarta volta. "Morreu a Targa", gritam os jornais e, por uma vez, não exageram. O "pequeno circuito das Madonie" será abandonado para sempre.

Mas nada disso ainda aconteceu naquela manhã úmida de 6 de maio de 1906. Ninguém pode saber que marca — profunda, exaltante, indelével — a Targa Florio deixará na história do automobilismo não apenas italiano, mas também mundial.

No entanto, uma aposta já foi vencida. Naquele dia, todos, italianos e estrangeiros, pilotos e espectadores, se apaixonaram. Pelas Madonie, pelos automóveis, por um novo modo de correr, por uma experiência vibrante, cheia de emoção.

Vincenzo Florio trouxe o futuro para a Sicília. E a Sicília não o esquecerá mais.

— Ah, você tem a Poudre Azurea di Piver, o meu pó de arroz favorito. Posso usar? — pergunta Giulia, sentando-se ao lado de Franca.
— Claro. Fique à vontade.

No quarto de Franca na Villa Igiea, a luz do sol afasta os restos de penumbra daquela manhã de fim de abril. Igiea está ao lado da penteadeira e observa as duas mulheres com uma expressão difícil de decifrar, um misto de curiosidade e melancolia.

Giulia se vira, faz cócegas no nariz dela com a pluminha do pó e consegue tirar um sorriso dela. Então, volta a se olhar no espelho. Ela tem 36 anos, e Franca, 33: ambas belas e elegantes; contudo, nos rostos delas há um véu, lançado pela dor que ambas experimentaram e pela amargura que se enraizou nos corações delas, como uma planta impossível de ser erradicada.

Nos olhos verdes de Franca surge uma lágrima, que ela se apressa a secar com o dorso da mão.

— Está bem? — pergunta, então, Giulia.

Franca dá de ombros.

— Baby Boy teria gostado tanto da corrida... — murmura. Volta a si, enrola uma mecha de cabelos em um dedo e a prende no grampo do qual ela caíra, apesar do cuidado de Carmela, a empregada que assumiu o lugar de Diodata, que se casara uns meses antes. Então, com um aceno, chama a governanta e lhe pede para levar Igiea e preparar a mala da pequena. Vai assistir à competição dos "barcos a motor" da janela do quarto e, em seguida, como acontece cada vez mais, vai ficar uns tempos com a avó, na Olivuzza.

Quando a babá se afasta, ela volta a falar:

— Sabe, Vincenzo fez muito bem ao organizar esse novo evento uma semana depois da Targa Florio. Muitos ficaram e outros vieram de propósito de toda Europa, tem muita alegria e até Ignazio está um pouco menos sombrio.

Giulia assente.

— Eu tentei várias vezes conversar com ele, perguntar: mas e a cantina? E o enxofre? E o estaleiro? Mas ele nada, mudo. Ou então me disse que devo cuidar dos problemas da casa Trabia e não dos deles. Como se fôssemos dois desconhecidos.

Franca fica em silêncio, e Giulia a olha de esguelha.

— Não diz nada nem para você e nem para minha mãe, imagino.

— Ah, você sabe, a administração da Villa Igiea me mantém muito ocupada e não tenho vontade de ficar correndo atrás dos problemas de trabalho dele. Quanto à sua mãe, neste período não quer ver ninguém. Com dificuldade, a convenci a ficar com Igiea por algumas semanas.

— Por causa de dona Ciccia?

Franca confirma.

— Pobre dona Ciccia. Claro, já estava idosa e não andava mais, mas morrer assim, de repente, por causa de uma pneumonia... Lembro que uma vez, enquanto procurava inutilmente me ensinar a bordar, me disse em siciliano: "Porque é isso que uma boa mulher casada tem de saber fazer". Como as coisas mudaram!

— Para nós, sim — comenta Franca. — Para a sua mãe, por outro lado, não mudaram nada. E está enfrentando a morte de dona Ciccia de modo demasiado... intenso, quase como se fosse um luto familiar. Como se nós, os Florio, não tivéssemos tido lutos o suficiente.

Giulia suspira. Pega na penteadeira o vidro da Marescialla dell'Officina Farmaceutica di Santa Maria Novella, coloca umas gotas nos pulsos, passa o perfume para a cunhada, em seguida levanta-se de repente e vai à janela.

— Ah, o céu está ficando encoberto, mas com certeza não serão duas nuvens que deterão Vincenzo e a sua competição! — exclama, tentando alegrar a atmosfera. — Sabe, ontem à noite Pietro e eu conversamos muito tempo com Ludovico Potenziani, enquanto a esposa dele Madda conversava com Ignazio sobre a Targa Florio. Parece-me que os dois estavam muito entusiasmados com essas competições esportivas.

— Bem, na verdade, todos disseram que a segunda edição foi ainda mais bonita que a primeira. E sim, Madda fez questão de me contar que se emocionou muito e com certeza vai voltar. Sabe que nos convidaram para ir à casa de San Mauro, em Rieti? — Franca se levanta, coloca um anel com uma grande esmeralda que combina perfeitamente com o vestido verde.

— Das gêmeas Papadopoli, confesso que prefiro Vera. Eu a acho mais... moderada. São mulheres inteligentes que se casaram com homens não muito astutos, e esse foi o destino delas. — Um comentário seco, que corta carne e ossos. — Sei que são suas amigas e que ficaram perto de vocês... em Veneza, mas não tenho simpatia por elas. Acho que são um pouco desinibidas demais.

Franca afasta a lembrança de Veneza e de Giacobina, dessa menina nascida apenas para morrer, levando com ela todas as esperanças. Não quer que a dor a leve de novo para baixo, impedindo que desfrute dos prazeres que a vida lhe oferece. Compreendeu que, se quiser ficar tranquila, tem de esquecer, ignorar, não ver. Que a consciência da própria infelicidade com frequência é a pior das condenações.

— Parece-me que estou ouvindo minha mãe falar — murmura para a cunhada, enquanto desce as escadas.

Giulia ergue os olhos para o teto.

— Dona Costanza é uma ótima observadora — comenta, erguendo a barra da saia. — A mim parecem duas santas do pau oco.

Franca sorri.

— Têm rostos angelicais, sim... mas creio que saibam muito bem o que conseguir de um homem.

Giulia dá uma risadinha.

— Bem, você também tem o seu grupo de admiradores, eu acho. D'Annunzio adora você e tem aquele marquês que, quando você está em Roma, manda buquês de flores todos os dias...

— Os deixo sonhar — comenta Franca.

No térreo, são recebidas por um ruído que aumenta de intensidade enquanto atravessam os salões. Dezenas de convidados vieram assistir à competição dos "barcos a motor" que Vincenzo Florio organizou segundo os modelos de Montecarlo e de Nice. Mas a Pérola do Mediterrâneo — assim se chama a competição criada pelo jovem Florio — é uma corrida bem mais séria e melhor organizada do que aquelas dos franceses, que a essa altura, mesmo assim, são compromissos imperdíveis para os apaixonados por motonáutica.

Ignazio está sentado no jardim e, ao redor, estão os Potenziani e o primogênito de Giulia, Giuseppe, que vai completar dezoito anos. É um belo moço, com um ar atrevido que lembra um pouco o do tio Vincenzo.

O príncipe Ludovico Potenziani, o rosto longo e afilado, usa um chapéu para se proteger do sol.

— Claro que, por ser apenas 28 de abril, faz mesmo muito calor — comenta. Madda franze os lábios em uma risada. Tem um rosto delicado e cabelos claros e luminosos, muito diferentes das madeixas escuras de Franca e Giulia. — Ora, não fique se lamentando. Estamos na Sicília, a terra do sol, e são quase duas horas da tarde! E, além disso, sinta o cheiro do mar! É tudo tão maravilhosamente vivo aqui! — exclama e inclina-se para a frente para pegar um canapé que o empregado lhe oferece. O decote do vestido se abre, revelando seios perfeitos, apesar das duas gestações. O olhar de Giuseppe e o de Ignazio se detém um instante a mais do que o devido sobre aquele tanto de tez.

Giulia dá as costas para o grupinho e sibila para Franca:

— O que eu te disse?

Todos se levantam e se encaminham para o pequeno templo grego que se projeta para o mar, onde foram colocadas inúmeras poltronas, embaixo de grandes coberturas de tecido que as protegem do sol. Franca, Giulia e Madda se acomodam na primeira fila. Ignazio chama um empregado para que sejam servidos limonada para as senhoras e vinho branco para os homens. Ludovico Potenziani se acomoda em uma espreguiçadeira à sombra. Giuseppe Lanza di Trabia senta-se atrás do grupinho.

— Vera, onde está? — pergunta Franca para Madda. — Não recebo uma carta dela faz semanas.

— Em Veneza com Giberto, creio. É um daqueles maridos que pensam muito na união da família. — Madda olha ao redor, coloca a mão no braço de Franca. — Que lugar belíssimo é a Villa Igiea. — Sorri, vira o rosto para o sol. — Não dá para não ser feliz aqui. Você e Ignazio são muito afortunados. E ainda há pouco tiveram como hóspede Eduardo VII!

— Com a esposa Alexandra e a filha Vitoria, sim. Ficaram fascinados, tanto com a Villa Igiea como com a Olivuzza, e particularmente com a *villa* de Vincenzo. Ignazio ofereceu-lhes a nossa Mercedes e a Isotta Fraschini que comprou faz pouco tempo, e eles aproveitaram para visitar Palermo com todo o conforto. É um verdadeiro pecado não terem podido ficar para assistir à competição…

— Ludovico é tão enfadonho — comenta Madda em voz baixa, lançando um olhar para o marido. — Ele não tem vontade de fazer nada. Se queixa por qualquer coisa, detesta as novidades. Não é como o seu Ignazio, que é um entusiasta, e sempre procura ter companhia. É um homem tão divertido!

— Um traço muito típico dos homens sicilianos e dos Florio em particular — intervém Giulia. — Sempre encontram o modo para fazer alguma coisa, para o bem e para o mal, e sabem fascinar, bem sabendo quando é hora de voltar para a toca. — E lança para Madda um olhar fulminante.

Nesse instante, do cais, chega a voz de Vincenzo, ampliada por um megafone de latão, cumprimentando os hóspedes e, entre aplausos, anuncia os nomes dos concorrentes: primeiro, os da categoria *racers* — o *Flying Fish*, de propriedade de Lionel de Rothschild, o *Gallinari II*, com motor Delahaye, e o *New-Trèfle III* de Émile Thubron — e depois os da categoria *cruisers*: o *C.P. II*, construído em Nápoles; o *Adèle*, de Zanelli; e o *All'Erta*, com carroceria Gallinari e motor Fiat.

Um tiro de canhão dá início à competição, que se torna na hora um apaixonante duelo entre o *All'Erta* e o *Flying Fish*, enquanto o *Adèle* fica para trás. O *Flying Fish* vai triunfar, atravessando a linha de chegada depois de dez voltas — cem quilômetros no total — em duas horas e dezoito minutos.

Franca e Giulia seguiram cada instante da competição com atenção e entusiasmo, fazendo perguntas contínuas para Ignazio e Ludovico sobre os timoneiros, os cascos e a velocidade dos barcos. Madda, no entanto, suspirou que todo aquele barulho tinha lhe dado dor de cabeça e que ia então dar um passeio.

Mas quando Giulia se voltou para procurar Giuseppe, viu que a poltroninha do rapaz estava vazia.

E não consegue conter uma careta de decepção.

O inverno é um fantasma na Olivuzza. Dá passos sem som, usa um véu de pó dourado, parecido com o tule com o que às vezes os mortos são cobertos. E se esconde nas sombras que se estendem entre os aposentos, faz ondular as cortinas de veludo, desliza pelo piso de quadrados brancos e pretos e carrega o eco dos dias em que aquela casa era cheia de vozes de crianças e de risadas. É um fantasma triste, mas, a essa altura, Giovanna o conhece bem. E lhe faz companhia naqueles aposentos que são para ela tão familiares.

Até que, no dia 8 de fevereiro de 1908, o destino embaralha as cartas.

É tarde da noite quando Giovanna desperta com os gritos dos empregados, por uma confusão de passos, um violento barulho de portas batendo. Sente-se confusa, por um instante se pergunta o que seria aquele cheiro que lhe invade as narinas e a faz tossir. Em seguida, compreende. Sente, mais do que vê, o fogo. Um incêndio.

Está perto, diz a si mesma, levantando-se da cama. Chega à porta, que escancara: o corredor do primeiro andar está envolto por uma nuvem de fumaça escura que parece subir pelas tapeçarias e portas de madeira dourada. Então, agarra um xale, sai correndo do quarto, dirige-se ao andar de cima, onde dorme Igiea. Mas, nas escadas, encontra a babá, que está com a menina nos braços, correndo para colocá-la a salvo, seguida por duas camareiras descalças e de camisola.

As mulheres precipitam-se para fora da casa e alguns empregados correm ao encontro delas, envolvem Igiea em uma coberta, gritam, pedem, rezam. Então, enquanto dão à Giovanna uma jarra de água para acalmar a tosse, lhe explicam que vários homens ficaram dentro e estão tentando evitar que as chamas se propaguem no restante da Olivuzza.

Mas é só no instante em que o carro de bombeiros chega que Giovanna se vira. O calor do fogo parece acariciar a pele dela, afastando o frio daquela noite de fevereiro e do medo. Indiferente aos gritos dos empregados e aos soluços de Igiea, ela observa as chamas que envolvem a casa dela, ouve o crepitar das traves que se quebram e o estilhaçar dos vidros das janelas que se fazem em pedaços. Ela consegue apenas pensar que quando aquela luz vermelha se apagar, quando aquele calor infernal desaparecer, ela finalmente poderá voltar para o quarto, para a cama, e dormir. Poderá voltar para sua vida, rodeada por recordações, protegida por aquilo que lhe é mais caro, velada por seus fantasmas. *Tudo será como antes*, repete para si mesma.

Fica assim, imóvel, com as mãos entrelaçadas na barriga, até chegarem Franca e Ignazio: ela estava em uma recepção na casa dos Trabia e, quando lhe fora dada a notícia, sentiu-se mal; Ignazio, por sua vez, estava com Vincenzo no Teatro Politeama, vendo uma luta, e foi avisado pelos carabineiros. Franca envolve Igiea no manto dela de pele de raposa, então se aproxima da sogra e lhe segura a mão, em um gesto de ternura. Mesmo assim, Giovanna não reage e fica parada até quando Ignazio coloca nas costas dela o paletó dele.

É ele quem decide. Chama o motorista, manda levar todas as senhoras para a Villa Igiea. Precisam repousar e, de qualquer forma, não há nada que possam fazer ali. Nada, até que as chamas sejam apagadas.

Sentada entre Franca e a babá, Giovanna se enrola no paletó do filho. Então, quando o carro sai andando, fecha os olhos e cobre o rosto com as mãos.

Ignazio, no dia seguinte, é o primeiro a entrar nos aposentos devastados. Foi um incêndio acidental, lhe dizem os bombeiros, talvez uma lareira que não fora apagada, talvez uma fagulha caída em uma cortina ou sobre um tapete... Mas que importância tem agora?

Com o coração agoniado, Ignazio anda pelas paredes escurecidas, passa os dedos nos fragmentos de tapeçaria rasgados pelo calor, passa por cima de móveis reduzidos a cinzas, fragmentos de preciosas porcelanas enegrecidas e quadros desfigurados. Por fim, chega ao quarto de dormir da mãe.

Daquele aposento, de várias saletas e, acima de tudo, do maravilhoso salão de baile, não restam mais do que as paredes. Os outros aposentos no piso térreo — incluindo o escritório — milagrosamente estão intactos. E, felizmente, o incêndio não se estendeu às partes novas da Olivuzza; os aposentos dele e de Franca, a sala de jantar, o jardim de inverno e a saleta verde se salvaram.

Sentada em uma poltrona no jardim da Villa Igiea e envolta em um grande xale, Giovanna escuta o relato do filho; ainda que triste, Ignazio sabe que seria inútil esconder a verdade. Fala devagar, procurando não deixar transparecer a amargura, mas Giovanna a sente, a percebe na pele, como se fosse um eco do calor da noite anterior.

Em seguida, ele tira alguma coisa do bolso do casaco.

— Olhe, este eu encontrei no chão do seu quarto — diz, estendendo-lhe um colar de diamantes todo sujo de fuligem. — Sinto muito. Receio que as pérolas e os camafeus tenham ficado irrecuperáveis. Vamos tentar procurá-los, de qualquer modo — murmura.

Giovanna pega o colar. O ouro foi deformado pelo calor e as pedras estão opacas. Gira a peça entre as mãos e quase não a reconhece, porque não, não pode ser um dos presentes do marido. Então, se lembra da grande caixa de marfim embutida na penteadeira, aquela onde estavam guardadas as joias dela.

E, de repente, se dá conta.

Não verá mais os sapatinhos de tecido bordado de Giovannuzza. A camisa de batismo de Vincenzino, com acabamento em pequeno ponto feito por dona Ciccia. O último vidro de perfume de Ignazio. Seus óculos. O rosário de coral e de prata. As fotos do marido, do filho com roupinha de marinheiro e dos netinhos mortos, colocadas na cômoda, para que fossem a primeira coisa que visse de manhã e a última em que pusesse os olhos à noite. Todos os vestidos do guarda-roupa. O medalhão com o cacho de cabelos de Ignazio. O livro de orações em que guardava um retrato do pequeno Blasco. Os cadernos com as lições de alemão de Vincenzino. O violino dele. As cortinas adamascadas. O rosário de dona Ciccia. O grande retrato de Ignazio, pintado quando ele ainda era jovem e saudável.

A vida dela em cinzas.

Mas, também…

Não tinha tido coragem de se desfazer da caixa de pau-rosa e ébano em que Ignazio guardava as cartas da mulher que ele amara. Giovanna a encontrara pouco depois da morte dele e, mais de uma vez, os ciúmes a haviam impelido a tirá-la da cômoda e levá-la à lareira para queimá-la, mas não tinha conseguido. A nostalgia prevalecia sobre o rancor. Até o que mais odiara tinha se tornado querido para ela. Ali dentro havia traços de Ignazio, do amor dele; por mais que fosse doloroso, por mais que aquele amor não fosse reservado a ela, aquelas cartas faziam com que ele ficasse perto dela. E agora se transformaram em fumaça.

Agora são só cinzas, carvão e fuligem.

E Giovanna não sabe como conseguirá seguir adiante, agora que desapareceu até o último dos fantasmas dela.

* * *

Annina Alliata di Montereale gosta de automóveis e de velocidade. E é corajosa, resoluta. Encara o futuro sem medo.

Vincenzo percebeu isso logo. E teve a confirmação quando, dois meses antes, em julho, ela lhe pediu para se casar com ele. Sim, ela. Annina foi extraordinária nesse quesito também.

Estavam indo para a praia, e ele a convidara para dirigir o carro no lugar dele. No outro carro, Franca sorrira, indulgente; Maria Concetta se persignara e o chofer resolvera andar *muito* mais devagar que de costume. Annina havia acelerado e ultrapassado o carro, jogando o chapéu no banco traseiro e erguendo o rosto na direção do sol. Então buzinara e, ao fazer isso, roçara no braço de Vincenzo. Ele enrubescera como um menininho de escola.

Eles haviam parado perto do balneário de Romagnolo. Na frente deles, a costa de Aspra e de Porticello, e o mar de um turquesa tão intenso que feria os olhos. Ela descera do carro com passos rápidos, puxando para cima as mangas do vestido cor de pêssego, a boca semiaberta em um meio sorriso. Vincenzo pegara o casaco, se aproximara dela e eles começaram a andar lado a lado.

— Não me censure porque sou irresponsável, está bem? Você sabia que eu iria dirigir desse modo.

— Jamais faria isso. Amo a velocidade, você sabe.

Ela assentira, então segurara a mão dele, apertando-a entre as suas.

— Eu sei. Somos perfeitos juntos. — O rosto de Annina se fizera sério. — Case-se comigo.

Ele a encarara, atônito. Uma mulher que faz um pedido de casamento?

Além do mais... Casar-se? Ele? Renunciar a tudo, às *amigas*, à vida, aos entretenimentos, às viagens, às corridas de carro...

— Sim.

A resposta viera do fundo da alma. Porque com ela não precisaria renunciar a nada, porque compartilhariam as mesmas paixões, porque os dois tinham fome de vida. Desde que Annina entrara na vida dele, inclusive, ele nem mais olhava para as outras. Claro, se permitia algumas noitadas na Casa das Rosas, mas era uma coisa normal para um homem, não?

Com olhos arregalados, Vincenzo ficara em silêncio por alguns instantes.

— Eu deveria ter feito o pedido, você sabe, não é?

Ela dera de ombros.

— Você vai me fazer um pedido público, com um anel. Coisa para a família e os amigos, que já estão esperando e morrem de vontade de ter alguma coisa sobre a qual comentar ou, talvez, fofocar. Eu desejo saber se você me quer tanto quanto eu quero você.

Ele não respondera. Ele a beijara, erguendo-a do caminho que levava ao mar.

— Ah, meu Deus! Que coisa! Que coisa! — murmurara Maria Concetta, que se unira a eles enquanto isso. Franca não, não sorrira. Suspirara, afastando o olhar.

Annina não é uma moça como as outras. Para ela, joias e vestidos interessam só até certo ponto. É pragmática, alegre, cheia de vida; e, acima de tudo, resolvida a viver sem compromissos. Pretende ser respeitada. Não é como Franca que, depois de anos de brigas, resolveu ignorar os relacionamentos do irmão.

Vincenzo sabe disso. Com ela, terá de mudar de estilo de vida, pensa, enquanto abre a porta da casa no centro do parque. É recebido pelo cheiro de madeira e por aquele cheiro mais delicado, de pot-pourri de frutas cítricas, na grande mesa de centro. Olha ao redor: na entrada que faz às vezes de sala, arabescos de madeira saem das paredes para se entrelaçar em linhas sinuosas no teto. À esquerda, uma lareira de majólica e de madeira; na frente, uma grande janela que se abre para um terraço coberta por tecidos brancos, mobiliada com sofás de ferro batido. Os móveis de Ducrot — sofás forrados de verde, um grande consolo de linhas floridas — completam aquele espaço em que luz e madeira parecem misturar-se, indistintamente.

Ele vai ao porão, onde se encontram as despensas, mas também uma sala de bilhar, usada inclusive como salão para fumar e sala de jogo. Enquanto espera que o primo Ciccio d'Ondes se junte a ele para uma partida de bilhar, arruma os tacos nas prateleiras, passa gesso nas pontas. O enorme ambiente, também ele atapetado de verde, está mergulhado no silêncio e no frescor: o lugar ideal para passar aquela tarde de verão sem ser perturbado. Não poucas vezes levou lá mulheres com as quais passou tardes inteiras jogando cartas, usando como aposta as roupas e as da beldade da vez.

Esse pensamento lhe causa ao mesmo tempo prazer e cansaço. Quando havia começado o incêndio na Olivuzza, em fevereiro, por uns instantes temera que o fogo destruísse também a casa dele. Lembra bem como essa ideia o fizera cair no mais profundo desespero: aquela casa era uma parte dele, espelhava o seu desejo de liberdade, a sua independência, o seu estar sempre procurando coisas surpreendentes.

Esta é uma casa de solteiro, diz para si mesmo com um suspiro. Precisará mudar alguma coisa, ou então encontrar outro lugar para viver com Annina. Alguma coisa para eles construírem juntos.

Sempre pensou só em si mesmo, e agora não pode deixar de pensar em estar ao lado dela. E, pela primeira vez na vida, se sente perdido. É jovem demais para se lembrar da dedicação da mãe ao marido, e ignora quanto amor a avó Giulia tenha dedicado ao avô de quem ele herdou o nome. Tem perante de si tantos casamentos, demasiados que se baseiam somente nas conveniências, sociais ou econômicas. A simples ideia da jaula de mentiras, de ódio e sofrimento que certos casais construíram para eles lhe provoca arrepios.

De uma coisa tem certeza: quer Annina em sua vida. Por um lado, procurará não lhe causar mal; por outro, tentará dar-lhe tudo que ela merece.

Amor e respeito. São palavras novas para ele, são o início de uma viagem por uma terra fascinante e desconhecida.

Mas, com Annina ao lado, ele sente que pode chegar até ao fim do mundo.

Naquela tarde de fim de outubro de 1908, no escritório da Olivuzza, Ignazio esfrega os olhos, pega uma folha de papel. A enésima conta.

WORTH,
Vestidos, Mantôs, Lingerie, Peles

A lista a seguir quase lhe causa vertigens:

1   vestido de noite em veludo cinza-toupeira, drapejados de tule da mesma cor, bordados com lantejoulas cinza foscas e cintilantes, bainha de peles de gambá
1   corpete em tule guarnecido de espigas de trigo maduro
1   costume de piquê, *gilet de lingerie*
1   mantô para noite de veludo cor de cereja guarnecido de pele de chinchila; mangas bordadas a ouro com motivos *étincelle*
1   vestido de renda de prata e cetim azul cor de céu...

Mandar Franca, a menina e a minha mãe a Paris para repor o guarda-roupa, após o incêndio, foi uma péssima ideia... diz para si mesmo, fixando com desânimo o valor no fim da lista. Em outros tempos, aquela soma o deixaria indiferente; hoje, pelo contrário, vem como uma bomba. Como são as contas de Lanvin e de Cartier, onde a esposa levara a sogra para substituir algumas das joias perdidas no incêndio.

Por outro lado, a mãe ficara ainda mais sorumbática, Igiea muito assustada e Franca... bem, mandá-la para longe servira para evitar as brigas e os comentários ácidos depois de ela ter sabido do relacionamento dele com Vera Arrivabene.

Primeiro, a mãe de Franca e depois Giulia tinham tido razão: não era possível confiar nas gêmeas Papadopoli. Madda, àquela altura, não escondia mais o interesse por Giuseppe Lanza de Trabia, de dezenove anos. Quanto a Vera, o marido era mais de dez anos mais velho que ela e era um severo oficial da marinha. Era também amigo de Ignazio... mas isso não fora suficiente para detê-lo.

É bonita, cheia de vida e alegre, Vera: ela o faz se sentir bem e deixa o coração dele mais alegre, e é disso que Ignazio precisa desesperadamente. Entre aquelas paredes, sente-se oprimido.

Afasta as contas da Worth, da Lanvin e de Cartier e folheia a dos trabalhos de restauração da Olivuzza. Precisaram reconstruir oito aposentos — incluindo o salão de baile — sem contar os trabalhos de limpeza e de pintura para tirar a fuligem das paredes de outros. Junto com Franca, pensou em aproveitar a ocasião para fazer uma entrada circular na frente do salão de baile: um ambiente na moda, para conversar e relaxar.

— Relaxar, como não... — murmura Ignazio.

Um toque ligeiro na porta.

— O advogado Marchesano, dom Ignazio — anuncia o camareiro.

— Faça-o entrar.

Com passos pesados, Giuseppe Marchesano entra e se aproxima da escrivaninha. Já faz um tempo que ele é representante legal da família depois de ter sido deputado e advogado da parte cível no processo pelo crime Notarbartolo. Mas o breve interrogatório que fizera a Ignazio ocorrera sete anos antes; desde então, o vento havia mudado de direção tantas vezes, e Marchesano se conformara. Além do mais, certamente não era o único na Sicília que tinha um passado em contradição com o presente.

Ignazio nem se levanta. Desconfortável, olha a maciça pasta que Marchesano colocou na escrivaninha, em seguida olha para o advogado com uma expressão entre impaciente e inquieta.

— Dê-me alguma boa notícia — diz assim que a porta se fecha atrás do camareiro. — Preciso delas.

Os bigodes do advogado — escuros e compactos como os cabelos — estremecem.

— Receio não poder ser útil, então. — Senta-se, indica a grande pasta. — Escreveram-me do Banco Comercial. — Faz uma pausa. — De Milão, da sede central — acrescenta.

Com os olhos fechados, Ignazio massageia a base do nariz.

— Continue — murmura.

— Na reunião de 10 de novembro, pediram-lhe oficialmente que ceda às companhias La Veloce e Italia as ações da Navegação Geral Italiana que o senhor dera como garantia para o crédito. Indicaram essas duas companhias por serem afiliadas à NGI e, portanto, as ações ficarão dentro do grupo — fala com calma, pronunciando bem as palavras. Ignazio Florio, ele sabe, não é um idiota, mas deve aceitar o fato por aquilo que ele é: o Banco Comercial Italiano, o maior credor da Casa Florio, não confia mais nele.

E está tentando colocá-lo para fora da Navegação Geral Italiana. Ignazio cobre o rosto com a mão.

— Estão com medo — murmura. — Temem que nós possamos vender as ações da NGI a qualquer companhia estrangeira para termos dinheiro, permitindo, assim, a entrada de concorrentes perigosos no mercado de transportes marítimos.

— É óbvio. Eles estão mantendo o senhor sob controle desde que vendeu as ações para Attilio Odero. Na prática, o senhor entregou nas mãos deles o estaleiro. Como se diz? O senhor "deixou o navio afundar".

Já se passaram quase três anos desde que cedeu as ações da Estaleiros, Docas e Estabelecimentos Mecânicos da Sicília para conseguir um pouco de dinheiro, sendo na verdade afastado das atividades da empresa. Um sacrifício que ainda dói. E que de nada serviu.

— Aquele chifrudo do Piaggio está por trás disso tudo. Desde que eu o demiti, ele enfiou na cabeça que a NGI vai ser destruída pelo Lloyd Italiano dele. E estou pronto para apostar que Giolitti está de acordo e que não vê a hora de se livrar de mim! Ele e todos os amigos dele!

Marchesano ergue uma sobrancelha, mas não faz comentários. Solta os fechos da pasta, pega uma folha, olha para ela, semicerra os olhos. Então tira do bolso um pincenê e o coloca.

— Com o tempo, o senhor cedeu ao Banco Comercial cada vez mais ações da NGI, sem contar que agora, na prática, não há liquidez no caixa — declara. — O senhor cedeu até mesmo as ações da SAVI para o Banco Comercial como garantia de um empréstimo e não se sabe se vai conseguir resgatá-las. Além disso, logo será época de renovar as subvenções estatais para a navegação, e bem diferentes são as ofertas dos seus concorrentes...

— Resumindo, o que o Banco Comercial quer? — A voz de Ignazio é um fio. — Porque alguma coisa eles precisam me dar em troca... não podem tencionar que eu me desfaça de tudo, assim!

— O Banco Comercial tem as ações e oferece o direito de resgatar em maio ou novembro do próximo ano, obviamente com um preço

diferente. — Marchesano tira o pincenê, cruza as mãos sobre a barriga.
— Honestamente, dom Ignazio, o senhor tem razão: são condições brutais. Se essas ações não forem resgatadas, o senhor ficaria de fora da Navegação Geral e de tudo que está ligado a ela, o principal sendo a Fundição Oretea, mas também a doca seca. Contudo, dada a situação da casa comercial, não vejo o que...

Pega outra folha, a estende para Ignazio.

Ignazio olha os valores. Na pureza deles, os números são impiedosos. E resumem uma situação dramática.

Sente as mãos tremendo, sente um aperto no estômago. Estende o braço e toca a sineta. Quer que Vincenzo também esteja presente.

Até agora, o manteve afastado de tudo, nunca lhe explicou em detalhes o que estava acontecendo. Não queria fazê-lo viver uma juventude oprimida pelos pesos e responsabilidades, como tinha sido a dele. Permitiu tudo a Vincenzo, mimando-o como a um filho, o filho que não tem mais.

Um pensamento que o atravessa, descarrega no chão como uma corrente elétrica.

Ainda haverá um motivo para lutar?

O irmão chega pouco depois. Nesses minutos longuíssimos em que Ignazio e Marchesano ficaram em silêncio, as sombras se estenderam pelo aposento, tomando posse das prateleiras, se retorcendo aos pés da escrivaninha até subirem para o tampo, entre os papéis. Quase parece que a madeira respira, emitindo pequenos ruídos.

Um enésimo, longuíssimo lamento.

Vincenzo chega sem fôlego, em mangas de camisa e roupa esportiva. Tem manchas de graxa nas mãos e nas calças claras e o ar alegre.

— O que está acontecendo, Igna? Estava fazendo uns acertos no meu carro com os mecânicos... Ah, advogado Marchesano, o senhor também está aqui?

— Entre.

O tom lúgubre do irmão apaga o sorriso de Vincenzo. Ele fecha a porta, senta-se ao lado de Marchesano. Ignazio lhe estende a folha com os dados, diz-lhe para ler.

Vincenzo obedece. Franze a testa, balança a cabeça, várias vezes.

— Não entendo... — murmura. — Todo esse dinheiro... como é possível? — Vincenzo empalidece e torna a olhar as colunas, passando o dedo, como se assim agindo os números pudessem mudar. — Quando isso aconteceu? Por que você não me disse antes?

— Porque isso tudo começou faz quase quinze anos e você, na época, era pequeno demais. Lembra-se da falência do Crédito Mobiliário? Os caixas foram abertos junto ao nosso banco e as pessoas tinham confiança para depositar dinheiro exatamente por esse motivo, e agora... eu aplainei os débitos da filial do Crédito, pagando os correntistas com dinheiro da Casa Florio. Tudo começou aí. Eu tirei o dinheiro de minhas mãos e, nesse ínterim...

Ele se cala e indica os papéis sobre a mesa.

Um rosário de tentativas, uma montanha de falências: do Consórcio Agrícola Siciliano à cantina do Marsala. Da Estaleiros, Docas e Estabelecimentos Mecânicos da Sicília à Anglo-Sicilian Sulphur Company. E até a Villa Igiea, cujas ações estão quase todas agora empenhadas para a Société Française de Banque et Dépôts. Até na França tinha precisado ir para conseguir um pouco de dinheiro.

— A perda de liquidez me levou direto para os braços de outros bancos para pedir empréstimos. E assim vieram os juros...

— Só restam as almadravas na ativa. — O advogado Marchesano confirma o pensamento de Vincenzo, que parou com o dedo na palavra "Egadi".

Ignazio se recosta no espaldar da cadeira e olha o advogado. Quase parece que uma parte dele acredita que daquele homem gorducho possa surgir uma solução, uma saída. Mas a outra parte, a racional, lúcida, berra para ele que Casa Florio está aprisionada pelas dívidas.

E agora todos sabem, e não apenas em Palermo, mas também na Europa. Não é mais apenas a questão das contas dos costureiros, dos joalheiros e dos fabricantes de móveis. Nem do fato de que os hotéis da Côte d'Azur ou dos Alpes suíços, a essa altura, pedem que a conta seja liquidada no momento em que ele deixa o hotel, enquanto antes bastava um aperto de mãos com a certeza de que o saldo chegaria em pouco tempo. Há as letras de câmbio, sempre mais numerosas, que esperam ser quitadas. E as hipotecas que, nesse ínterim, foram feitas sobre casas e fábricas.

— Sim, as Egadi são a única fonte ainda rentável da casa comercial — retruca Marchesano. Levanta-se, observa os irmãos. Ao lado dele, um menino que até o momento só pensara em aproveitar a vida e agora está aniquilado por aqueles números, cujo significado real ele não consegue nem compreender totalmente, porque para ele o dinheiro sempre foi algo com que não se preocupar. Na frente dele, Ignazio. De repente, aquele homem de quarenta anos elegante lhe parece velho e cansado. Como se o peso de uma maldição tivesse se abatido sobre ele. Um homem sem um objetivo na vida.

Sem um filho para quem deixar tudo.

Sente pena, Marchesano.

Não podem pretender o impossível, os Florio, ou acusar sabe-se lá quem, reflete. Os avisos com certeza não haviam faltado, e essa comunicação do Banco Comercial era só o ponto de chegada de anos de atividades arriscadas, de conselhos dados e nunca ouvidos e de leviandades.

Ignazio pisca como se acordasse de um longo sono.

— Com estes papéis em mãos, não poderemos nunca entrar na posse das ações — comenta, amargo.

O advogado só pode estender os braços.

— Eu lhe disse: são condições muito duras. Mas também são as únicas que eles estão dispostos a oferecer. — Enfia as mãos nos bolsos, se afasta um pouco da escrivaninha. — A situação é grave, mas não irresolúvel, dom Ignazio. Temos de pensar em um plano de recuperação. Como dar um novo rumo à situação. Porque, no momento, a Casa Florio não tem credibilidade. — O tom é pacato, as palavras como punhaladas.

Ignazio leva a mão à boca para não praguejar, treme, depois dá um murro na escrivaninha.

— Maldição! — grita.

Vincenzo se sobressalta, recua na cadeira. Nunca viu Ignazio tão furioso e desesperado.

— O Banco Comercial já é dono do nosso banco... das ações, da clientela... e isso já faz seis anos! Como garantia para o dinheiro que eu havia pedido! E agora quer todo o resto?

— Mas, na época, eles lhe haviam concedido uma abertura de crédito de cinco milhões...

— De quanto? — As vozes de Vincenzo e de Marchesano se confundem. O advogado se vira para olhar o jovem e, dessa vez, não esconde uma pena misturada com enfado.

— Há seis anos, o seu irmão abriu um crédito com o Banco Comercial e continuou a se endividar ano após ano, garantindo isso com as ações, a começar pelas da NGI. O senhor foi mantido afastado disso tudo por muito tempo. É bom que agora saiba como no seu futuro se acumulam nuvens de tempestade.

Vincenzo abre a boca para falar, mas não consegue.

Começa a entender. Relembra. O *Aegusa*, o iate em que transcorrera tantos verões despreocupados, quando era pequeno. Vendido. E o mesmo destino tiveram o *Fieramosca*, o *Aretusa*, o *Valkyrie*. Mas então, *até a venda da Villa ai Colli...*

— Eu sempre achei que você tivesse cedido a Villa ai Colli às freiras, porque Franca não queria mais colocar os pés lá, onde havia morrido Giovannuzza. E, em vez disso...

Uma ruga de dor surge na testa de Ignazio. Dá de ombros, como se dissesse "Sim, também, também por esse motivo", e então estende a mão sobre a mesa, pega outra pasta, a empurra na direção do irmão. A etiqueta diz: Venda dos terrenos de Terre Rosse. A propriedade de Giovanna d'Ondes, o dote dela.

Vincenzo balança a cabeça, incrédulo. Estende a mão para abrir a pasta, então a empurra para trás, como se ela queimasse.

— *Maman*, o que ela sabe?

— Da situação em que nos encontramos? Pouco. Ela sabe que passamos por dificuldades, mas...

— E Franca?

O olhar de Ignazio é mais eloquente que quaisquer palavras.

— Acima de tudo, o senhor precisa resolver se vai resgatar as ações da SAVI dadas como garantia para o Banco Comercial, e então salvar a sua participação nas atividades da cantina de Marsala. O senhor tem contas particulares que devem ser liquidadas o mais rápido possível.

— Mas ainda há recursos... — murmura Vincenzo. Ele se levanta, agita as mãos, então indica os itens na ativa. — Há os imóveis, as ações... claro, até as da SAVI têm um valor.

Ignazio bufa.

— Mas você não ouviu que esses títulos foram dados como garantia para os débitos? Resumindo, não podemos contar com eles, já que é quase impossível resgatá-los. Sim, temos uns créditos para recuperar, mas trata-se de bem pouco. O grosso de nossas riquezas agora vem de Favignana e das casas. — Ignazio abre os braços, como se abraçasse o que o rodeia.

Por um instante, Vincenzo pensa na casa, no parque da Olivuzza e nos preparativos para o casamento com a adorada Annina. Ele lhe prometeu um casamento de contos de fadas, e em vez disso...

A voz de Marchesano interrompe os pensamentos dele. O homem coloca um indicador sobre as folhas.

— O senhor mesmo compreende o que é preciso fazer. — Pela primeira vez, levanta o tom de voz. — Precisa *cortar as despesas*. Entendo que para o senhor seja difícil pensar nisso, mas é preciso começar de algum lugar...

— E de onde? Do Teatro Massimo? Do Hospital Cívico? Mas o senhor sabe em que condições estava o balanço? A que estado ficaram reduzidos os pavilhões? Eu intervim para recuperar... e agora precisaria abandonar tudo?

— Dom Ignazio, o senhor administra muitas iniciativas que não são rentáveis. Precisa colocar um ponto-final em certas coisas.

Ignazio se afasta da escrivaninha, se move com dificuldade, se aproxima da janela. Está com os cabelos despenteados, a gravata frouxa.

— Cortar os fundos para ações beneficentes significaria gritar para o mundo que não somos mais os Florio, que nosso nome, o nome do meu pai e do meu avô, não vale mais nada. O senhor entende isso?

O advogado não responde na hora. Leva as mãos à boca, como se quisesse conter os pensamentos. Mas por fim ele fala. E Ignazio e Vincenzo lembrarão para sempre aquelas palavras duras como pedra, até quando forem velhos, até quando não tiverem mais uma casa própria e forem obrigados a viver como hóspedes de alguém.

— O senhor não tem mais um nome com o qual contar, dom Ignazio.

Vincenzo solta o corpo na cadeira. Ignazio fica olhando para o nada, então fecha os olhos. Pela primeira vez, agradece pelo pai estar morto, porque não teria suportado uma vergonha daquelas. E pouco importa que ele, provavelmente, jamais fosse se encontrar *naquela* situação.

— Em que ponto nos encontramos? — murmura Ignazio.

Marchesano se endireita, pega o relógio de bolso, toma tempo, porque gostaria de dizer tantas coisas e as palavras lhe queimam na boca como tições ardentes, e não, não quer ser ofensivo. Por fim, se decide.

— Não temos muitas soluções, a não ser nos dirigir para o alto, muito alto.

— Ao Banco da Itália? A Bonaldo Stringher, aquele tubarão que é o diretor? — Ignazio balança vigorosamente a cabeça. — Não! Ele nos colocaria uma corrente no pescoço. Tem aliados demais entre os industriais. Eles só esperam isto: me colocar para fora e dividir entre eles a Casa Florio como vira-latas.

— Eles poderiam fazer isso, sim, mas duvido. Neste momento, o objetivo principal é proteger a economia de Palermo e da Sicília; andar nessa direção é conveniente para todos. — O advogado limpa a garganta. — Temos de pedir com urgência um encontro com Stringher, antes da assembleia dos sócios. — Retoma o fôlego com peso, então continua, e o faz olhando Ignazio nos olhos. — O senhor se dedicou a negócios que se revelaram um fracasso. Subvencionou empresas que fecharam no período de poucos anos. Assumiu a construção de um estaleiro que nunca entrou em plena atividade e, então, precisou vendê-lo. O senhor pecou por arrogância e inexperiência. Tantas pessoas o aconselharam pensando no melhor, mas você as afastou. Além do mais, fez inimigos demais, a começar por Erasmo Piaggio, que demitiu com maus modos. Por isso, sim, estamos nesse ponto e, sim, o nome dos Florio vale agora tanto quanto o papel em que está escrito. O seu patrimônio está gravemente comprometido e não lhe resta mais do que um caminho para salvar, pelo menos, a dignidade: encontrar um modo de sair da situação de cabeça erguida.

Quando Marchesano vai embora, Vincenzo coloca a cabeça entre as mãos, fica olhando o tapete persa sem o ver. Ignazio anda pelo escritório.

— Pare. — Vincenzo está com a voz rouca de raiva. — Fique quieto, mas que inferno.

Ignazio aproxima-se dele.

— O que você quer? — diz, em tom belicoso. — Não posso nem andar?

— Você me deixa louco, me deixa — responde Vincenzo, e o empurra. Está com vontade de brigar? Sim. De gritar, de entender, de se rebelar, porque aquilo que ele acabou de descobrir não pode ser verdade. É impossível, não consegue acreditar.

Ignazio o agarra e sacode.

— *Statti calmo.*

— Por que você nunca me disse nada?

— E o que você teria entendido disso? Só tem duas coisas na cabeça: carros e mulheres... E, além do mais, do que serve os dois se angustiarem?

Vincenzo se levanta em um salto.

— Porque você, por sua vez, é um santo... Quanto gastou com as suas *fimmine*, hein? As joias que deu de presente para todas, para não dizer as casas, como a de Lina Cavalieri! E agora, com Vera, você não faz outra coisa além de ir para Roma e voltar... negócios que nada!

— Não se atreva a me julgar. Sou eu que pago as suas distrações, lembra disso? Sabe quanto custa a organização da Targa?

Ficam frente a frente. Vincenzo o empurra, mastiga um insulto. Têm quase a mesma altura, parecem-se muito. Mas os quinze anos de diferença entre eles são visíveis, hoje mais do que nunca.

— Você tinha a obrigação de me dizer o que estava acontecendo. Não tinha entendido que estávamos tão... — Ele procura a palavra e não a encontra.

— ...desesperados? — completa Ignazio, bufando. — Sim, que inferno, estamos. E não excluo que tenhamos de vender algumas propriedades para sanar as dívidas. — Engole em seco, sabendo que na verdade seria necessário fazer mais, muito mais, para dar uma folga para Casa Florio.

Vincenzo tenta se acalmar, mas está com medo. E não é aquele medo inebriante que sente ao correr com o carro. Não, esse gela o sangue e os pensamentos e apaga o futuro. Olha ao redor, como se não reconhecesse o lugar onde se encontra, como se os móveis e os objetos que fazem parte desde sempre da vida cotidiana dele repentinamente pertencessem a outra pessoa. Caminha pelo escritório e roça o painel de mármore representando um episódio da vida de São João Batista. É uma obra do grande escultor do Quattrocento, Antonello Gagini, e Vincenzo lembra que o pai o comprara quando ele era muito pequeno; parecera-lhe imenso e muito pesado. Ao lado, se encontra um quadro da escola de Rafael. Então a escrivaninha, as poltronas de couro, o tapete persa… E, do outro lado da porta, naquela casa e na vida, há os vasos de majólica, os cristais da Boêmia, as porcelanas alemãs, os sapatos ingleses, os ternos de alta-costura… Como pode pensar que nada disso lhe pertença mais? Que existência o espera?

— Sinto muito. — A voz de Ignazio chega atrás dele, o obriga a dar meia-volta.

Ele se vira, o abraça.

— Sairemos disso de cabeça erguida, Igna. Você vai ver…

Mas ele balança a cabeça, se solta do abraço.

— E você… que agora vai se casar… — diz, com a voz entrecortada.

Àquele pensamento, a ruga na testa de Vincenzo relaxa.

— Prorrogamos tudo para o próximo ano. Annina é uma moça inteligente. Vai entender. — Ele o tranquiliza.

— Pense no que dirão de nós… a começar por Tina Whitaker, com a língua de cobra dela!

Vincenzo faz um gesto, como se dissesse "E quem se importa?".

— Vamos procurar sair disso, de algum modo — responde. Uma parte dele teima em pensar que haja uma solução, uma solução qualquer, porque deve haver um modo de sair daquilo. A família fez tanto por Palermo e pela Sicília. Como podem esquecer tudo isso?

Ignazio assente e suspira, abatido. Mas a mente segue adiante, procura alguma coisa que o console e encontra: Vera, o sorriso tranquilo, a serenidade dela. Só que junto a essa ideia se forma outra: um pensamento ao mesmo tempo luminoso e cruel. Tenta afastá-lo, mas em vão. Porque foi exatamente a leveza que Vera lhe concedeu que lhe permite ainda ter confiança no futuro. Dar-lhe uma esperança.

Uma esperança que está dentro de Franca. Sim, a esposa está de novo grávida. Depois de cinco anos da morte de Giacobina, Franca espera um filho, e só Deus sabe quanto ele espera que seja um menino.

Porque todo ser humano precisa acreditar que o seu mundo não acaba com ele, que tem alguma coisa para deixar para o futuro. E Ignazio está se agarrando a esse futuro como um náufrago a uma rocha.

— Vamos ao Royal Cinématographe? Ah, se você soubesse quanto eu me comovi ontem com *Francesca da Rimini*! E depois chorei de rir com *La scimmia dentista*!

— Como você quiser, minha cara — responde Franca. Dirige-se ao chofer. — Na rua Candelai, cruzamento com a rua Maqueda, por favor. — O Isotta Fraschini se vira com delicadeza, evitando os buracos do pavimento.

A nova gravidez, recém-anunciada, encheu Franca de uma estranha incerteza. Não é medo pelo bebê, tampouco uma consequência do constante mau humor de Ignazio, que de qualquer modo agora está em Roma, a negócios. *E também por outros motivos*, pensa. A imagem de Vera Arrivabene passa pela mente dela, mas ela a afasta rapidamente. Não, é uma sensação mista de cansaço e impaciência. Gostaria de viajar, talvez para Paris ou para os Alpes, mas o médico proibiu: agora transita entre a Olivuzza e a Villa Igiea, chama as amigas para perto de si para jogar cartas, lê muito — acabou a nova tragédia do adorado d'Annunzio, *La nave*, que no entanto dessa vez a deixou um pouco entediada — e vai bastante ao cinematógrafo, na companhia de Stefanina Pajno, cuja conversa a distrai sempre, e de Maruzza, que se encanta ao ver as "cenas de verdade", talvez porque a fazem lembrar quando era jovem e rica e podia viajar na companhia do pai e do irmão.

— Porém, o Regio Teatro Bellini é um cinematógrafo mais bonito. Mais elegante — diz ela com um insólito tom de alegria na voz.

Stefanina abre as mãos.

— Mas para essa gentinha a elegância não faz diferença. Para elas, bastam as histórias, mesmo sendo as das marionetes. — Ri baixinho.

— Vou confessar uma coisa para você, Franca querida: quando era pequena, assisti a um espetáculo das marionetes lá da janela do meu quarto, com a babá ao lado, porque os meus pais não queriam que eu me misturasse à multidão. E, quando o contador de histórias começou a narrar e a fazer vozes engraçadas, me emocionei: senti medo, dei risada, chorei, mesmo a babá cobrindo os meus ouvidos para eu não ouvir os palavrões. Pronto, com o cinematógrafo eu sinto a mesma... libertação!

— E, além disso, oferece a todos a possibilidade de ver o mundo e de conhecer histórias que nem nos livros... — acrescenta Maruzza, entusiasmada.

— Isso mesmo. — Stefanina ajeita o vestido azul para sair à tarde, se recosta no espaldar e olha pela janela. — Tudo está mudando, fica mais rápido, até em uma cidade preguiçosa como Palermo. E não estou falando só das ruas novas, pois finalmente estão fechando as ruazinhas do porto com os casebres, nem dos automóveis e nem mesmo daquelas máquinas voadoras de que o seu cunhado Vincenzo tanto gosta! Estou falando das mulheres: não vai demorar muito e nós também, como as parisienses, deixaremos de usar o espartilho e, quem sabe, organizaremos no Politeama encontros como o das sufragistas de Londres. Você leu, não? Elas estavam em quinze mil, no Albert Hall! Parece até que, de repente, as mulheres têm pressa em fazer coisas novas, correr ao encontro do futuro. Contudo...

— O quê? — murmura Franca, se virando para olhá-la.

— Às vezes penso que essas mudanças sejam acima de tudo superficiais. E que na realidade nós mulheres ficamos de qualquer maneira para trás, presas ao passado.

— A independência sempre dá um pouco de medo — comenta Maruzza. — Mas não é possível fugir do progresso.

— Também não é possível apagar o passado com um só golpe. E nem seria justo. Eu, por exemplo, no cinematógrafo, acho impróprio sentar-me ao lado de minha lavadeira ou de um cocheiro. Parece-me uma coisa que vai contra... a ordem social, é isso.

Maruzza ergue os olhos para o céu.

Franca escuta, mas fica em silêncio, então passa a mão na barriga. Talvez a inquietação advenha também disso: em que mundo viverá o bebê? Qual será o lugar dele nessa cidade que se agita, pronta para seguir o futuro, mas com o rosto voltado para o passado?

O revestimento de madeira foi lustrado com cera e exala um perfume delicado. Ao longo das paredes, prateleiras cheias de volumes encadernados em couro se alternam com quadros de tons tristes. O piso de mármore lustroso cintila à luz do sol. É um sol insolente, incomum para novembro, até ali, em Roma. E parece quase zombeteiro.

Giuseppe Marchesano e Ignazio Florio estão sentados de frente para uma imponente escrivaninha. Tudo, naquele cômodo, parece ter o escopo preciso de suscitar intimidação; até a grande porta de folha dupla revestida de marroquim vermelho, agora fechada às costas dele.

Na frente deles, Bonaldo Stringher, diretor-geral do Banco da Itália, folheia o fascículo que Marchesano lhe entregou.

Ignazio respira com dificuldade. Percebe as gotas de suor nas têmporas e as enxuga com um gesto furtivo.

— Vejo que o senhor aderiu a conselhos mais pacíficos — diz Stringher. Tem um rosto que parece esculpido em mármore, uma ampla calvície, os olhos são pequenos e penetrantes, e um jeito tanto enérgico quanto indiferente.

Ignazio endireita a coluna.

— Todos têm o direito de se arrepender — responde em tom arrogante.

Marchesano solta uma careta de irritação. *Ignazio Florio consegue ser arrogante até à beira do abismo*, pensa.

A mão de Stringher corre pelo colete escuro, se imobiliza na corrente de ouro do relógio. E o consulta quase como se pensasse quanto tempo ainda poderia conceder aos dois homens.

— Troquei umas ideias sobre o seu caso com nosso presidente do Conselho. O honorável Giolitti considera que a Casa Florio deva ser protegida, não tanto por ser sua, mas para garantir a ocupação e a ordem pública na Sicília, que já é bastante difícil de administrar.

Marchesano gostaria de responder, mas Stringher ergue a mão para impedi-lo. Olha ao redor, então pega em um cinzeiro um charuto apagado. Torna a acendê-lo e, enquanto isso, fixa o olhar em Ignazio.

— Então o senhor estaria disposto a entregar a gestão do seu patrimônio a um administrador externo? E seu irmão? O que pensa disso? Afinal, ele é proprietário de um terço dos seus bens...

— Meu irmão tem plena confiança em mim.

O olhar de Stringher é cético.

— Então, não haverá problemas em conseguir a assinatura *dele* também nesses documentos.

— O senhor a terá — intervém Marchesano. — Os senhores Florio estão comprometidos em entregar todas as suas atividades a um administrador externo por um período de dez anos, obtendo em troca uma quantia que garanta o teor de vida deles.

Stringher ergue as sobrancelhas.

— Essa quantia deverá sustentar também os parasitas de que os senhores Florio se cercam? Justo para entender de qual soma estamos falando.

— Parasitas? Bons amigos, a quem prestamos assistência e apoiamos, isso sim. — Ignazio não consegue se conter. — Minha família tem uma dignidade a zelar, sr. Stringher. Concordo, nós cometemos... *eu* cometi diversos erros na gestão do patrimônio familiar. Admito. Mas tenho um nome importante, estimado. Não permitirei que ninguém me humilhe e...

Marchesano coloca a mão no braço dele e o aperta. *Cale-se, pelo amor de Deus*, parece lhe dizer com o olhar.

— Como já disse ao sr. Florio, ele precisará fazer sacrifícios, mas nada que não possa enfrentar. Ele e sua família precisarão ser mais prudentes... mas, claro, não viver como gente comum.

Stringher se recosta no espaldar da cadeira, observa os dois homens, girando o charuto entre os dedos.

— As ações da NGI que o senhor vai ceder às companhias indicadas não bastam para cobrir as suas dívidas. O senhor precisa de 21 milhões de liras[*].

---

[*] Cerca de 86 milhões de euros. [N. da A.]

Ignazio sobressalta-se. Aquela soma o deixa sem fôlego, deixa-lhe com os pulmões secos.

— Consegui obter uma prorrogação do pagamento para as ações da SAVI que o senhor deu como garantia e que deveria pagar até dezembro — prossegue Stringher, correndo o dedo pelo relatório. — Porém, o senhor tem outros compromissos para honrar.

— Mas as subvenções...

— Eu não confiaria muito nisso, sr. Florio. O Lloyd Italiano já está se movendo nessa direção. Ao contrário, comece a pensar em ceder a eles uma parte da frota de barcos a vapor da NGI. Isso, sim, poderia dar um alívio à sua posição.

Então eu tinha razão, pensa Ignazio, os olhos fixos na borda do tapete persa, a vista se anuviando. *Maldito Piaggio! Parece que o objetivo da vida dele era tirar das mãos dos Florio tudo o que fizemos.*

O que Stringher pensa, por sua vez, está ligado à conversa que teve com Giolitti. O Ministério dos Transportes está procurando conduzir a renovação das subvenções marítimas. A natureza delas — segundo o chefe do governo — tem que mudar, porque, no momento, impede que outras firmas, talvez lígures ou toscanas, ofereçam os seus serviços a preços mais vantajosos. Não é questão de Norte ou Sul para Giolitti: é que o Estado não pode continuar a sustentar empresas que, na verdade, administram um monopólio. E Stringher sabe muito bem que já houve na verdade um leilão público para a renovação dos serviços de transporte, ainda que, por vários motivos, nenhuma sociedade tenha participado dele. Stringher sabe e fica calado, porque ele, ao contrário de Ignazio Florio, sabe qual é o momento adequado para falar.

Stringher conhece o poder dele, sabe a quem deve lealdade.

E se, por um lado, socorrer a Casa Florio significa ajudar a economia de toda uma ilha, por outro, o governo lhe declarou com extrema clareza os próprios interesses. E as duas coisas não coincidem necessariamente.

Ignazio está imobilizado. Naquele silêncio, o único que consegue falar é Marchesano. Ele se levanta, olha para Stringher e murmura:

— Obrigado, diretor. Nós lhe comunicaremos a nossa decisão.

* * *

— Dona Franca, a senhora está aqui! Eu a procurei por todos os lugares até que Nino me disse que a senhora estava no jardim. Com este frio!

Maruzza, habitualmente tão pacata, não esconde a ansiedade. Agasalha Franca com o xale dela, lhe esquenta as mãos. Desde que voltou de Messina, Franca não fala, dorme pouco e mal, quase não come. Agora está ali, imóvel, no banco de pedra na frente do aviário, usando apenas um casaco de lã por cima de um vestido de veludo cinza-escuro.

— Entre em casa, por favor. Pedi ao *monsù* que preparasse para a senhora um chá com a *lemon tart* de que a senhora tanto gosta. Vamos para dentro, daqui a pouco vai começar a chover.

Como resposta, Franca ergue a cabeça e olha Maruzza com um sorriso estranho.

— Estavam lá. Eu os vi... — murmura. — Só eu podia vê-los, mas estavam ali...

— Mas quem, dona Franca? O que está dizendo? — A voz de Maruzza fica aguda, cheia de preocupação. — Venha, vamos nos esquentar junto da lareira. A senhora precisa de repouso e de calor. *Mastro* Nino acendeu aquela grande, na saleta cor de carmesim.

Mas Franca não se move. Volta a olhar à frente, e os dedos tocam o xale escuro que Maruzza colocou sobre o corpo dela.

Nos seus olhos, há uma imagem que não quer se apagar.

A praia de Messina.

No amanhecer do dia 28 de dezembro de 1908, a terra tremera entre a Sicília e a Calábria. Já havia acontecido no passado e aconteceria de novo. Aquela sempre tinha sido zona de terremotos, de redemoinhos marítimos, de fortes correntes; e os Florio sabiam disso muito bem, ainda que mais de um século tivesse transcorrido desde quando os irmãos Paolo e Ignazio Florio haviam partido de Bagnara Calabra, justamente após um terremoto, para tentar a sorte em Palermo.

Porém, aquele não havia sido um terremoto "qualquer". Tinha sido a mão de Deus que descera do céu sobre os homens e as coisas para destruí-los. A terra se abrira em dois, despedaçada como casca de pão. E só deixara migalhas.

Reggio Calabria havia sido devastada; muitas cidades — inclusive Bagnara — haviam sido reduzidas a um monte de destroços; Messina se transformara em pó e pedras em pouco menos de dois minutos. Depois o espírito do terremoto se apossara do mar, levantando-o, e ondas altíssimas haviam se abatido sobre o que restava da cidade e os que se achavam na rua. Começaram incêndios, vazamentos de gás e explosões. Por fim, chegara a chuva, empastando o pó, sujando em vez de lavar, cegando os sobreviventes que vagavam, atônitos, entre as ruínas. Os jornais haviam enchidos páginas e páginas de detalhes, um pior que o outro: os abismos de onde brotavam mãos e pernas; os lamentos, a princípio fortes, angustiantes, depois cada vez mais fracos; as pessoas que fugiam para o interior, no campo, ou então ficavam imóveis, petrificadas, gritando sem parar. E contaram também sobre homens que cavavam, frenéticos, entre os tijolos, vigas e mortos procurando qualquer coisa para roubar: a eterna história dos chacais que se banqueteavam com a desgraça alheia.

Nos dias seguintes, as informações haviam se acumulado, confusas, a angústia e o desânimo sobrepuseram-se à necessidade e à urgência de prestar socorro, que podia chegar exclusivamente via mar, pois as estradas estavam interrompidas por deslizamentos de terra e imensas voragens.

O próprio rei dissera, ao chegar a Messina junto com a rainha Elena, no dia 30 de dezembro, a bordo do *Vittorio Emanuele*, no telegrama que enviara a Giolitti: "Aqui temos calamidade, fogo e sangue. Mande navios, navios, navios". Então, chegara a notícia de que Nicoletta Tasca di Cutò, irmã de Giulia Trigona, ficara sob os escombros com o marido, Francesco Cianciafara. Por sorte, o filho deles, Filippo, um menino de dezesseis anos, havia conseguido salvar-se.

A essa altura, Franca não se contentara mais com os jornais e enchera Ignazio de perguntas. Tinha desejado saber o que havia feito o cruzador *Piemonte*, da Marinha Real, que se encontrava no porto de Messina no momento da tragédia e fora o primeiro a intervir; que ajuda chegara dos navios mercantes ingleses; mas, sobretudo, o que a NGI estava fazendo. E ele lhe explicara que estavam enviando comida e ajuda, que quatro barcos a vapor da Navegação Geral Italiana estavam prontos para acolher as vítimas do terremoto, que estavam chegando de Gênova o *Lombardia* e o *Duca di Genova* com provisões para cerca de duas mil pessoas por um mês, e que o *Singapore* e o *Campania* atracariam no porto de Nápoles tendo a bordo quase três mil refugiados.

Mas não lhe bastara.

Quando Ignazio lhe dissera que tencionava ir a Messina, Franca lhe pedira para acompanhá-lo. Com a recusa do marido, implorara e suplicara. Giovanna e Maruzza lhe tinham dito e repetido que havia muitos perigos para uma senhora grávida, que havia o risco de epidemia e de infecções, que ela era necessária em Palermo nos comitês de beneficência para os refugiados, que não podia se cansar, que o susto poderia fazer mal ao bebê... Tudo inútil. Na manhã da partida, Franca se fizera encontrar à porta, com o casaco de viagem e uma mala e, em um tom que não admitia réplicas, dissera:

— Eu também tenho de estar lá.

Haviam embarcado em um barco a vapor e, após rápida troca em uma lancha, se encontraram na praia de Messina. Enquanto Ignazio providenciava o desembarque de comida e de remédios e participava das equipes de socorro, Franca caminhara entre as tendas e os acampamentos improvisados, pronta para ajudar do modo que fosse possível.

E foi, então, que ela os vira.

Crianças, muitas. Sujas de lama e de sangue, pedindo um pedaço de pão ou cavando entre os destroços, à procura de um sinal de vida onde já não havia mais do que pó e morte; recém-nascidos imóveis e cinzentos que as mães se obstinavam a apertar contra o seio; criancinhas nuas que mal andavam e que chamavam, desesperadas, pela mamãe, vagando ao redor nos montes de destroços; crianças que olhavam para ela, vivas, mas sem vida nos olhos.

A recordação dos filhos a deixara perturbada. Em cada olhar, havia visto o de Giovannuzza, em cada passo incerto reencontrara Baby Boy, todos os recém-nascidos lhe pareciam Giacobina... Até seguira uma menina com uma camisola branca e longos cabelos escuros que parecia a primogênita, a chamara pelo nome, mas a garotinha fora embora procurando a mãe dela, uma senhora sentada não muito longe dali com um menininho adormecido nos joelhos.

Por um instante, invejara aquela pobre infeliz que perdera tudo, mas ainda tinha consigo os filhos.

E a partir daquele momento, não conseguiu pensar em mais nada.

— Só eu podia vê-los, mas eles estavam ali... — repete, e estende a mão como se pudesse tocar o rosto de Giovannuzza com uma carícia ou despentear os cachos de Baby Boy.

Maruzza se aproxima, passa o braço pelos ombros dela, atrai o seu rosto para junto de si.

— A senhora precisa deixá-los partir, dona Franca — murmura. — Eles estão sempre aqui contigo, mas não mais nesta terra. E, por mais doloroso que seja, a senhora precisa cuidar de quem está aqui ainda. Igiea e... esta criaturinha aqui — conclui, apoiando uma mão sobre o abdômen dela.

Franca desanda a chorar. Chora por aqueles órfãos que não pôde ajudar. Sim, eles recolheram uns cinquenta desabrigados — principalmente crianças — na fábrica de cerâmica deles, convertida em hospital; de três, Giovanna e ela cuidaram pessoalmente, mas um morreu por causa dos ferimentos, outro foi buscado pelo avô e o terceiro se afeiçoou à sogra e nunca sai do lado dela.

Mas ela não quer os filhos dos outros; quer os dela, os dela.

E, no entanto, não os tem mais. Para ela, são sombras que vagueiam pela Olivuzza, anjinhos destinados a jamais crescer. Às vezes, ouve os passinhos deles nas escadas; outras vezes, quando está cochilando, parece sentir a carícia de uma mãozinha ou o beijo de uma boquinha. Então, acorda de sobressalto, o coração aos pulos, e na escuridão procura um traço da presença deles, o perfume, uma risada... mas está sozinha.

E Maruzza tem razão, assim como tivera razão a mulher daquele pescador cinco anos antes, em Favignana, quando ela estava pensando em... Há Igiea e há um bebê que chegará em poucos meses. Um menino? Espera que sim, mas acha difícil acreditar. Na vida dela, a esperança tantas vezes se transformou em veneno.

Franca enxuga as lágrimas e, apoiada por Maruzza, levanta-se e olha o aviário. Naquela casa, naquele parque, tantos são os indícios do passado, demasiadas as recordações.

— Voltamos para Villa Igiea, Maruzza? — A voz dela é um sopro.

— Tudo bem — responde a outra, abraçando-a pelos ombros, de lado. — Vamos voltar.

* * *

É março de 1909, quando, no escritório de Bonaldo Stringher, se reúne um grupo de advogados e de diretores de banco para discutir a situação da Casa Florio.

Os dois irmãos não estão presentes. No lugar deles, participam Ottavio Ziino e Vittorio Rolandi Ricci, os advogados que, junto com Giuseppe Marchesano, representam os interesses da casa comercial. É Rolandi Ricci que assume a desagradável tarefa de definir a situação: não há mais tempo, diz. Sim, mais que dinheiro, falta o tempo, já que o risco é não existir nada mais para salvar. À pressão deles se acrescenta a do prefeito de Seta, que solicitou ao diretor do Banco da Itália uma solução rápida para o caso.

Na verdade, Palermo está de novo inquieta.

Não apenas porque no dia 12 de março, na praça Marina, foi morto com quatro tiros o tenente Giuseppe "Joe" Petrosino, que chegara a Palermo, vindo de Nova York, para esclarecer as ligações entre a máfia siciliana e a "Mano Nera" norte-americana. E nem mesmo só porque a eterna espada de Dâmocles da falta de renovação das subvenções — e do subsequente desaparecimento da seção marítima de Palermo — ainda pesa sobre a cidade e a leva, no dia 21 de março, a uma paralisação que envolve todas as atividades — das fábricas às escolas, das lojas aos bondes — e que, por milagre, não explode em uma revolta.

A essa altura, as vozes correm soltas já faz muito tempo e as pessoas querem saber. Passam na frente da Olivuzza, passeiam no jardim da Villa Igiea e esticam o pescoço, olhando com atenção, aguçando as orelhas. Procuram flagrar um movimento nas janelas; analisam os automóveis estacionados na frente da entrada ou as caleches ainda usadas para os passeios vespertinos; ouvem a música vinda das salas; observam os que são convidados para as conversas, as festas, o chá e se perguntam se na verdade a crise é tão grave quanto dizem.

Insolente e ávida, Palermo espera compreender o que acontecerá, e o faz com um sorriso maligno, pois são muitos os que pensam que, para aquele arrogante do Ignazio Florio, tenha finalmente chegado a hora do acerto de contas. Mas esse sorriso esconde o medo. Se os Florio afundarem, é difícil que a cidade permaneça à tona. Do trabalho às obras de beneficência e aos teatros, muitas coisas correm risco nessa situação.

De Roma chegam notícias que fazem Ignazio tremer. Depois do encontro com os representantes da Casa Florio, Stringher lhe escreveu que Ziino, Rolandi Ricci e Marchesano — com a bênção do Banco da Itália — estão tentando criar um consórcio de bancos que assuma os débitos e administre a Casa. Está irritado, Stringher, ainda que as palavras sejam cautelosas. Para ele, Ignazio é um pedinte enfadonho, um incapaz que choraminga porque os bancos não o ouvem mais.

Por outro lado, Ignazio não sabe mais a quem recorrer. Em uma tarde do início de maio, vai à sede do Banco Comercial para discutir uma enésima prorrogação, mas não consegue nem mesmo ser recebido pelo diretor que, segundo o secretário, está "muito ocupado".

— Se for assim, certamente não serei eu quem irá incomodá-lo — replica, seco, indo embora acompanhado pelos olhares dos outros funcionários.

Nunca se sentiu tão humilhado.

Ele, que teria podido comprar a filial inteira. Ele, que poderia ter sido o dono da vida deles. Ele, colocado à porta com incômodo.

Ao voltar para casa, a inquietação dele não encontra vazão. Gostaria de conversar com alguém. Não com um amigo, nem como Romualdo, porque se envergonha, mas com alguém que o compreenda. O irmão? Não, Vincenzo saiu de carro com Annina e Maria Concetta. Marcaram o casamento para o verão e resolveram viver por uns tempos na sua casa da Olivuzza — que Vincenzo está mandando reformar, para que Annina "tenha o espaço dela" — e um pouco em Catania, uma travessa da elegante rua Libertà, em uma construção de linhas modernas, no centro de uma das zonas de maior expansão da cidade. *Uma construção que ainda tenho de terminar de pagar, mas que coisa!*, pensa Ignazio com um gesto irritado.

Nem Franca está por perto: está na Villa Igiea, organizando uma reunião noturna em que se alternarão jogos de cartas e exibições musicais. Ela sempre gostou de jogar cartas e é também boa jogadora; mas, nos últimos tempos, parece pensar só nisso. No início, Ignazio tinha ficado contente: ao voltar de Messina, por semanas, Franca não quisera ver ninguém e passava dias inteiros fechada no quarto da Olivuzza. Depois, no entanto, ele se deu conta de que esse passatempo da mulher estava ficando cada vez mais caro e lhe pedira para que limitasse as apostas. Mas ela parecia estar surda a qualquer advertência.

Na verdade, as coisas entre eles pioraram de novo.

A gravidez de Franca, aquela que os havia reaproximado, que trouxera um pouco de esperança, chegou ao fim no dia 20 de abril de 1909.

Uma menina.

Chamaram-na Giulia, como a amada irmã de Ignazio. Tem os pulmões fortes e ânimo para dar e vender, essa recém-nascida que agora enche com a presença dela os quartos das crianças, que permaneceram vazios por tanto tempo. Logo após o nascimento, Igiea — que agora tem quase nove anos —, depois de olhar para ela por um bom tempo, perguntara à babá se a irmã também morreria, como os outros.

A mulher sorrira de volta, constrangida, e com uma carícia no rosto da menina garantira que não, que a irmã viveria. Franca, felizmente, não ouvira. Mas Ignazio sim, e sentira um aperto no coração, porque aquela simples pergunta reacendera o fogo de sua dor.

Dos cinco filhos, só restavam dois. E duas meninas, ainda por cima.

Logo depois do parto, Ignazio presenteara Franca com um bracelete de platina. Não de safiras, porque essas ele lhe dera no nascimento de Baby Boy. Pouco importava se tal gasto fosse somado às outras dívidas. Segurara nas mãos dela, beijara-as. Ela olhara para o marido durante um longo tempo antes de falar, recostada nos travesseiros, o rosto inchado e cansado.

— Sinto muito — dissera por fim. A meia-voz, os olhos verdes imensos e resignados.

Sinto muito por não ser um menino. Por ser velha demais para dar outro filho para você. Porque, apesar de tudo, amei você e confiei em você e em nosso casamento. Mas agora não há mais nada, nem o fantasma daquele amor que nos uniu. Porque eu sei que você tem outra. E não é uma das suas conquistas passageiras.

Tudo isso passara da alma de Franca para os olhos dele, e a amargura que ela sentia se transferira para Ignazio, obrigando-o a abaixar os olhos e a assentir.

Porque era assim e assim é. O pensamento corre para Vera. Pronto: ela compreende a frustração que tem e sabe ficar do lado dele, e encorajá-lo. Tranquilizá-lo, ao menos um pouco.

Ele a imagina, Vera, que vai encontrá-lo e o abraça sem falar. E o ajuda a tirar o casaco, faz com que ele se sente no sofá da suíte do hotel de Roma, onde se encontram, e apoia a cabeça na dele. Não o atormenta, o escuta. Não o julga, o acolhe.

Porque se era verdade que Franca tinha sido o primeiro, grande amor, também era verdade que não tinha sido o único. *Porque o modo de amar muda, porque as pessoas mudam e muda o modo como elas precisam se sentir amadas*, pensa. *Porque as fábulas terminam e, no lugar delas, com frequência só resta o desejo de um abraço reconfortante, que tire das costas o medo do tempo que passa e que deixe em você a ilusão de não estar sozinho.*

Mas Vera está em Roma, longe.

Ignazio anda pela casa e, à passagem dele, os empregados se põem de lado, abaixam os olhos. Então pergunta onde está a mãe, e alguém lhe indica o salão verde. Giovanna está sentada em uma poltrona, um bordado ao lado, mas as mãos retorcidas pela artrose estão abandonadas em seu regaço. Está cochilando.

Ele se aproxima, dá-lhe um beijo na testa e ela desperta.

— Ah, meu filho... O que diz o pessoal do banco? — pergunta em dialeto.

Ele hesita por um instante, e em seguida:

— Tudo tranquilo, *maman*. Não se incomode — mente, com o coração apertado.

Ela sorri e, com um suspiro, fecha de novo os olhos.

Ignazio senta-se ao lado dela, segura uma de suas mãos. O que poderia dizer a essa pobre mulher, que já teve de renunciar às terras do dote, às Terre Rosse em que passara a sua juventude?

Olha a foto do pai na mesinha ao lado da poltrona. E, por uma vez, estranhamente, não lê no olhar severo dele uma acusação de inadequação. Pelo contrário, parece que seu pai lhe está dizendo: "Força, tenha coragem, porque é isso que o momento pede".

Ainda há esperança, pensa Ignazio, dirigindo-se ao escritório; e repete as palavras para si mesmo quando aparece na porta do quarto de Igiea e a vê brincando, tranquila, enquanto a babá embala Giulia, que dorme profundamente.

Os Florio ainda têm solidez, recursos e um nome, *apesar do que Marchesano pensa, mas que inferno!* As investigações dos técnicos do Banco da Itália garantem que há dinheiro, que a família ainda tem ativos permanentes e que as dívidas pessoais — aquelas que fazem tantas sobrancelhas se levantarem pelo espanto — não são a causa principal dos problemas.

Entra no escritório e bate com força na porta.

— Não me rendo — diz em voz alta. — Vocês todos vão ver com quem estão lidando.

Tamanha é a irritação com os homens do Banco da Itália e do Banco Comercial que não apenas o tratam como um incapaz, mas enfiam o nariz em todos os lugares, remexem e fazem perguntas sem parar, que Ignazio não se dá conta de ter uma cobra em seu peito. É na verdade Vittorio Rolandi Ricci, um dos advogados dele, que escreve para Stringher lamentando-se do fato de que, apesar da situação dramática, em Palermo ele continua a viver de champanhe, a jogar dinheiro em mesas de jogo e a se conceder luxos custosos.

Stringher perde a paciência. Mas a seu modo. Escreve para Ignazio uma carta tão dura quanto fria. Enche-a de palavras de censura, de desdém, de acusação, de condenação, de desprezo, de desconfiança. E, acima de tudo, apresenta a ameaça explícita de abandoná-lo ao destino.

A leitura dessa carta faz algo surgir em Ignazio. Não é a primeira vez que se sente humilhado, não é a primeira vez que passa vergonha, mas o tom formal e indiferente de Stringher o abala profundamente, lhe dá uma lucidez nova e dolorosa. *Tem que* responder. Então se tranca no escritório e escreve. Prepara uma minuta, escolhe as palavras com cuidado, porque não quer mostrar ao diretor do Banco da Itália como ele se sente mortificado, mas não pode também se arriscar a irritá-lo ainda mais. Escreve, relê, altera, reflete. Declara que vai demitir o excesso de empregados, reduzirá as despesas da administração da casa e limitará o máximo possível o resto. Tenta também se justificar, explicar, mas depois se dá conta da inconsistência dessas desculpas e as apaga com um traço firme da pena. Por fim, os dentes mordendo o lábio inferior, escreve a carta à máquina e queima a minuta que ficou ruim.

Não posso fazer mais que isso, diz para si enquanto fecha o envelope e senta-se meio largado na poltrona, esfregando os olhos. Quanto ele gostaria de um cálice de conhaque, do *seu* conhaque...

Nesse momento, ouve o motor do Isotta Fraschini e o cumprimento murmurado pelo chofer.

Franca voltou para casa.

Ignazio tira o relógio do bolso. Essa carta o fez perder a noção do tempo.

São duas e meia.

— A esta hora... — murmura. Então, um pensamento o atinge. *Quanto ela terá gastado esta noite?*

Sai do escritório, atravessa a passos largos os salões e fica na frente de Franca no momento em que ela entra no quarto. Tem nas mãos uma bolsinha de ouro com fecho de brilhantes, uma das últimas compras feitas na Cartier, e um montinho de notas promissórias.

Vendo aquilo, Ignazio começa a tremer.

— Quanto você gastou? — sibila.

Ela ergue a mão, olha os papéis como se não lhe pertencessem.

— Ah... não sei. Assinei e pronto, disse a eles que pagaria até amanhã.

Exausto, Ignazio segura as têmporas com as mãos.

— Eles quem? E quanto você precisaria pagar?

Franca entra, fazendo Carmela, que dormia em uma cadeira, acordar sobressaltada. Chuta os sapatos, estende as notas para Ignazio, com um seco "Pegue", então se aproxima da empregada que, com os olhos baixos pelo constrangimento, começa a desabotoar o vestido de *faille* com *paillettes*, lantejoulas, pretas e prateadas.

Ignazio olha os valores e empalidece.

Chegando ao último botão, Carmela ergue o rosto e vê que Ignazio está com uma das mãos sobre a boca, como para se impedir de soltar um grito. Franca percebe o desconforto da moça.

— Pode ir, querida. Você arruma amanhã — diz.

Carmela sai rapidamente.

Franca, com as roupas de baixo, observa Ignazio por alguns instantes, com sobrancelhas erguidas, então se senta na cama.

— Você se deu conta de quanto gastou? — A voz de Ignazio está irreconhecível. Áspera e, ao mesmo tempo, com um toque de pranto. — Você entende que, enquanto você se divertia, eu estava aqui, sozinho como um infeliz, escrevendo uma carta na qual me justificava para aquele cachorro do Stringher? Eu me humilhei em nome desta família, e você...

Franca tira as meias. A última gravidez a deixou um pouco pesada, e o rosto começa a mostrar os sinais dos desgostos, dos excessos, das noites insones.

— Eu não tenho obrigação de saber o que você faz com o seu tempo. De resto, creio que Vera desfrute mais dessas confidências.

— Você nunca quis saber nada ao meu respeito e de como eu me sentia! — grita, e joga as notas na direção dela. — Você alguma vez me perguntou como eu estava, como andavam os negócios? Ou o que eu passei depois da morte dos nossos filhos, o que isso significou para mim? Nunca deixei faltar nada a você: roupas, joias, viagens... E você foi uma ingrata! Você, você, você... Só existia você com a sua dor. Alguma vez você pensou que eu precisava cuidar de cada coisa, manter tudo organizado, enquanto você dedicava o seu tempo a se fazer lamentar pelo resto do mundo? Eu também perdi três filhos, sabe? Não tenho mais um herdeiro, alguém a quem entregar a Casa Florio quando... Eu perdi o meu futuro, mas para você, isso nunca importou. — Aproxima-se, olha-a nos olhos. — E agora vão me obrigar até a estar sob tutela, como se eu fosse um idiota, incapaz de administrar o meu patrimônio. Você sabia que as coisas andavam mal, mas continuou a virar o rosto para o outro lado, a seguir a sua vida, a gastar sem critério. E a me humilhar, sim, porque estas notas eu não posso honrá-las, nem amanhã e nem sabe Deus quando. Mas isso não importa para você. Você é uma egoísta. Você é uma maldita egoísta que entrou nesta casa somente graças à sua carinha bonita!

Franca o olha com indiferença. Talvez tenha bebido, ou talvez simplesmente esteja cansada. Não reage na hora. Levanta-se, veste a camisola, o penhoar, então se senta de novo na cama e acaricia as cobertas.

— Como você pode me acusar de ser uma egoísta, depois do que me fez passar por tantos anos? — replica por fim, em voz baixa. — Você diz que eu não fiquei ao seu lado nos negócios; mas, se a Villa Igiea é famosa em toda a Europa, se deve unicamente ao que eu fiz, e faço, todos os dias pelos hóspedes. Não, Ignazio... — Inclina-se para pegar uma nota, amassa o papel. — Foi você que seguiu os seus desejos sempre e de qualquer modo. Que gastou uma fortuna com suas amantes, muito mais do que eu gastei. Você se divertiu sem pensar em mim, em como eu me sentia. E sabendo que, no fim de cada caso, quando o enfado ou o cansaço sobrevinham, eu estava ali, esperando você, sem fazer perguntas. Mas agora tudo é diferente, Ignazio meu. Cada qual tem o seu modo de fugir da dor, e ninguém pode censurar o outro por ter tentado sobreviver, apesar de tudo. — Uma sombra de melancolia tempera o ódio que a essa altura não tem mais o cuidado de esconder. — Sabe qual é a verdade? Teria sido mil vezes melhor se não tivéssemos nos casado.

Ignazio sente o sangue esvair do rosto. Engole em seco.

Eles se olham por um longo instante.

Em seguida, ele sai do aposento e, no escuro, se dirige ao quarto dele.

— Esse Florio é um ingrato! O senhor leu a minha carta, em que eu lhe descrevia meu encontro com ele, faz poucos dias? Ele diz que, com o acordo que fizemos com os bancos, ele seria expulso da administração da Casa. Ameaça sair do acordo e pedir uma concordata judicial em Palermo, propondo para os credores o pagamento das somas devidas no período de sete anos, graças a um administrador formalmente indicado pelo tribunal, mas decidido por ele. O que ele acha que está fazendo? Quem ele acha que é? — Vittorio Rolandi Ricci para de falar, suspira. Sabe que, com Bonaldo Stringher, não precisa controlar o que diz. Eles se conhecem há anos e, mesmo no absoluto respeito à formalidade, desenvolveram uma cumplicidade sincera, forte, de poucas palavras, mas rica de conhecimento compartilhado sobre os mecanismos da economia e do poder.

Stringher não responde na hora. Levanta-se da escrivaninha, se dirige à janela e abre as cortinas, deixando entrar a luz de um sol brônzeo que parece reclamar o poder dele antes que a escuridão tome posse do aposento. Ainda está observando o tráfego do fim de tarde na via Nazionale, quando diz:

— Sim, eu li sua carta. O senhor foi preciso e honesto, e lhe agradeço por isso.

Bem ao contrário de Florio, com carta dele cheia de boas intenções, que, porém, se desfazem como a neve sob o sol no período de poucos dias, pensa. *Esse homem foi estragado pelos privilégios que teve e que ainda acha que tem.* Por um instante, se pergunta se não seria o caso de mostrar a carta a Rolandi Ricci. *Não, seria inútil, decide por fim. Certas armas só devem ser usadas quando são úteis. Se forem úteis.*

Os olhos claros de Rolandi Ricci estão cheios de raiva.

— Esse homem é cego! Apesar dos esforços que fizemos e da proposta de acordo que lhe apresentamos, aparece com a ideia de hipotecar a Egadi, a fonte de renda mais importante dele! E aí, o que sobraria para ele?

Stringher volta para a escrivaninha, senta-se, assente.

— Sim, só um idiota, ou uma pessoa mal aconselhada, poderia pensar uma coisa dessas. Na verdade, suspeito que ele seja ambas as coisas. Nós estamos fazendo o possível, mas não se pode salvar quem não quer ser salvo.

— O fato é que ele não entendeu mesmo o que aconteceria se recusasse o nosso acordo. Não sabe que as concordatas judiciais, no fim, se transformam exatamente naquilo que querem evitar...

— Ou seja, a falência — completa Stringher, passando o dedo nos lábios, seguindo a linha dos bigodes. — Longe da honra e do respeito!

— De fato, é como se ele estivesse abrindo a porta para os especuladores — comenta Rolandi Ricci, cruzando as mãos sobre o ventre redondo.

— Ou, talvez, já esteja aberta... — murmura Stringher.

Rolandi Ricci fixa-o com expressão interrogativa. Sabe muito bem que o diretor-geral do Banco da Itália nunca faz afirmações despropositadas.

— Acho que os Florio estão se movendo exatamente nessa direção. O senhor notou a ausência de Marchesano nos últimos encontros, não notou? A atitude de Ignazio Florio, como o senhor a descreveu, as ideias deles, as soluções por ele propostas não fazem nada além de confirmar os... rumores que chegaram até mim. Ele está procurando novas alianças em outro lugar. — Stringher inclina-se para a frente. — Nós estamos trabalhando conscientemente e o governo nos pediu para ajudar a Casa Florio *principalmente* para salvaguardar a ordem pública na Sicília. Porém, se os Florio não aderirem ao nosso consórcio ou se forem mal aconselhados, nós não temos motivos para impedir que os credores atinjam o patrimônio deles. A Casa Florio será arruinada, e outros empreendedores ocuparão o lugar vazio deixado pela atividade deles. O senhor me entende?

Uma pausa. Um silêncio longo, interrompido pelos barulhos da rua e pela respiração difícil de Rolandi Ricci que, por fim, sussurra:

— Sim. Eu o compreendo perfeitamente.

No fim de maio de 1909, o advogado Ottavio Ziino, com olhar baço e rosto pétreo, comunica a um impassível Stringher que os Florio saíram do consórcio.

— Eles tomaram outras providências. Não poderiam aceitar as condições propostas — conclui, com voz inexpressiva.

Bonaldo Stringher o escuta e balança a cabeça. Então, olha para Ziino com uma límpida indiferença.

— Solicito que diga ao seu assistido que se trata de uma decisão insensata e que lamentará as consequências. Ele traiu a minha confiança e a dos credores, agiu com teimosia e dissimulação, e o comportamento dele o levará à ruína.

Ziino não consegue ocultar o tremor das mãos, mas não abaixa o olhar.

Stringher se levanta, arruma a gravata.

— A partir deste momento, Ignazio Florio não me diz mais respeito. Os credores terão a liberdade de repartir o patrimônio da Casa Florio como e conforme preferirem. Eu não mexerei um dedo sequer.

Em Palermo, a notícia é como uma rajada de tramontana, gélida. Vai dos escritórios do Banco da Sicília aos do Banco da Itália, colora-se de ansiedade. Nos salões, a recusa a participar do consórcio se mistura com fofocas sobre Vera Arrivabene: foi ela — dizem os bem-informados — que o teria aconselhado a agir assim. Ela, e não a esposa, porque Ignazio — dizem essas mesmas pessoas — acostumou dona Franca a nunca se misturar nos negócios. Outra pessoa afirma ter sabido "de fonte de *extrema confiança*" que alguns conselheiros de Ignazio já fizeram acordos com certos industriais que... Outros sentenciam que a Casa Florio é nave que afunda. E todos sabem que fim levam os destroços.

A notícia se espalha pelas ruas, pelas fábricas, e chega até o porto. Logo desencadeiam-se vozes, gera-se incerteza e confusão. Os acordos comerciais e as transferências de propriedade pouco importam para os operários, para os marinheiros e para os pobres que vivem de ações beneficentes. Pressentiram o que os espera, e a ameaça nunca foi tão concreta: se o dinheiro dos Florio está para acabar, a miséria deles está começando.

Quando Ignazio comunicou a decisão em família, Vincenzo se limitou a dar de ombros e dizer: "Faça o que quiser", antes de fugir para a casa de Annina para organizar o casamento que será celebrado em poucos meses. Giovanna, pálida e sofrida, se persignou, murmurou uma oração, depois pegou Igiea pela mão e se afastou.

Afundada em uma poltrona, as mãos nos joelhos, Franca ouviu o marido sem piscar.

— Você acha mesmo que nós conseguiremos sair dessa confusão? — perguntou por fim, depois de ter acendido um cigarro.

Ele deu de ombros e murmurou um "Espero", que Franca mal ouviu.

Porém, depois, ela fez um gesto que não fazia há tanto tempo: aproximou-se dele e o abraçou. Esse gesto de afeto era exatamente aquilo de que Ignazio precisava no momento. Alguma coisa dentro dele desmoronou, revelando os traços de um amor ainda vivo, apesar das brigas e das recriminações.

Afastou-se de Franca, segurou uma das mãos dela.

— Por quê? — perguntou, olhando-a nos olhos verdes.

— Porque é assim — replicou, correspondendo ao olhar dele. E, depois de tanto tempo, surgiu um vislumbre de ternura.

São tantas as coisas que Ignazio gostaria de lhe perguntar. Foi mesmo culpa só dele, das infidelidades, ou ela também se sente um pouco responsável pelo naufrágio daquele casamento? Ela foi sempre fiel, ou cedeu à corte de alguém, como dizem por aí? Por que a morte dos filhos, em vez de uni-los, os havia separado cada vez mais?

Em vez disso, fica imóvel, em silêncio, enquanto ela vai se arrumar para uma das recepções noturnas dela na Villa Igiea. Outro motivo de amargura; nos últimos tempos, as salas de jogos da Villa são frequentadas também por pessoas pouco respeitáveis: golpistas e trapaceiros profissionais, agiotas e prostitutas que se aproveitam principalmente dos burguesinhos ingênuos ou enfadados. E que, apesar de tudo, fazem o dinheiro em caixa girar, coisa de que os Florio precisam desesperadamente.

Ao ouvir a porta de casa se fechar com a saída de Franca, Ignazio cobre o rosto com as mãos.

A enésima ocasião de conversar, de se explicar, foi perdida.

O acordo que salvaria a Casa Florio foi assinado no dia 18 de junho de 1909. O padrinho da transação foi um certo Vincenzo Puglisi, que colocou os Florio em contato com os titulares de uma empresa do Piemonte, a Fratelli Pedemonte-Luigi Lavagetto e C., e outros da indústria de conservas de Gênova, os Parodi. Foi cedida a produção das almadravas de Favignana e Formica por cinco anos e feita uma hipoteca pesadíssima sobre todo o arquipélago das Egadi.

Que idiota, pensa Bonaldo Stringher no escritório em Roma, enquanto lê os relatórios particulares que os escritórios regionais lhe enviam. *Não vai simplesmente acabar mal. Vai acabar na total miséria*, acrescenta, acendendo um charuto.

Rolandi Ricci entra no escritório no momento em que Stringher fecha o fascículo. Senta-se sem esperar convite.

— Então, o Banco Comercial venceu.

Stringher fica imóvel por um instante, em seguida, levanta-se e coloca os papéis em um armário.

— Sim, Florio não se deu conta de que Lavagetto e Parodi assinaram a transferência dos direitos a favor do Banco Comercial, para quem, se um dia eles estiverem em dificuldades, cederiam o crédito deles para o banco, e ele seria forçado a negociar diretamente com o Banco.

— ...que portanto compraria a propriedade das Egadi sem nem piscar, deixando-o no meio da rua — conclui Rolandi Ricci.

A risada de Stringher é desdenhosa.

— O Banco Comercial dá o dinheiro para Lavagetto e Parodi, que o dão aos Florio, os quais, exatamente com esse dinheiro, pagarão os débitos contraídos com o Banco Comercial... Uma clássica operação de compensação, resumindo. Nós, contudo, conseguimos dois devedores muitíssimo mais confiáveis do que Ignazio Florio. Se penso no que esse homem jogou para o alto... Para mim, é difícil imaginar um exemplo melhor de idiotice aplicada às finanças. Ele não resgatou as ações da SAVI, assim, está de fora da cantina. Está praticamente fora da Navigazione Generale Italiana, não possui mais nem o estaleiro, nem a rampa de lançamento... Vai ser uma catástrofe. É só questão de tempo.

— Incrível! Somos mesmo poucos...

— Sim, minha cara. Uma recepção com contenção de despesas, diferente do que acontecia poucos anos atrás. Você lembra quando, no fim de cada baile, era dado a todos os participantes uma lembrança em ouro ou prata?

— Bem, por outro lado, soube que tiveram de demitir vários empregados, e que Ignazio abriu mão do alfaiate inglês dele...

— Ela, por sua vez, não renuncia a nada. Você viu que roupa?

— Francesa ou inglesa? O vestido, estou dizendo... De qualquer forma, depois do nascimento da última filha, ela ficou bem mais pesada...

— Claro, com aquele *corsage* em platina e diamantes e com aquelas pérolas no pescoço, pode usar qualquer coisa, porém...

Franca ignora aquelas maledicências, que a seguem como um enxame de vespas. *Digam o que quiserem, esses parasitas*, pensa. Nada mais lhe importa faz tempo. Com um vestido de renda e seda verde que destaca a cor dos olhos, anda por entre as mesas, decoradas com recipientes com flores brancas e fitas de cetim, verifica para que tudo esteja em ordem e nenhum dos hóspedes seja esquecido. O sorriso é o escudo dela.

A pequena orquestra começa a tocar uma valsa, e Vincenzo e Annina dançam, pela primeira vez como marido e mulher. É o dia 10 de julho de 1909, e parece ter voltado um pouco de felicidade na Olivuzza.

Está bonita, Annina, com aquele vestido que destaca a cintura e o véu preso aos lados da cabeça com lírios-do-vale. Vincenzo também está bonito; mas, acima de tudo, tem o olhar de um homem apaixonado; segura a esposa próxima de si, a faz rodopiar vertiginosamente e depois fica parado, rindo. Os dois beijam-se livremente, como se estivessem sozinhos no mundo.

Franca sabe reconhecer a verdadeira felicidade. Ainda que essa não mais exista na vida dela, sente o amor e reconhece-lhe o perfume: um aroma intenso, doce, parecido com o dos lírios-do-vale que enfeitam o véu de Annina.

Franca sente saudades da felicidade.

Olha o casal dançando e reza para que o sentimento deles não perca o viço, como havia acontecido com ela e Ignazio. Reza para Vincenzo não fazer Annina sofrer. Nele vibra o espírito dos Florio: é audaz, determinado, olha para longe; mesmo assim, o irmão sempre o protegeu, pagando todas as empreitadas dele. Annina só tem 24 anos, é bonita e segura de si. Porém, ela também teve uma vida cor-de-rosa. Eles conseguirão encontrar juntos a força para enfrentar as tempestades que, inevitavelmente, chegarão?

Franca suspira e procura o marido com o olhar. Está em um canto, com a testa franzida, a pouca distância da poltrona onde Giovanna está sentada ao lado de Maruzza.

Como de costume, Ignazio não lhe disse nada do que está acontecendo. Pede-lhe com insistência para não fazer apostas muito altas no bacará ou na roleta, para poupar, para se conter nas despesas com as roupas, mesmo sabendo que ela não pode, aos olhos do mundo, abrir mão de renovar o guarda-roupa a cada ano, nem de deixar de se hospedar em longas férias na Côte d'Azur ou nos Alpes austríacos. Porém, agora, até Franca tem plena ciência da grave crise que afeta a Casa Florio. Falara disso abertamente com Giulia Trigona apenas algumas semanas antes, admitindo que sim, que os boatos sobre as dificuldades deles eram mais que fundamentados.

A amiga lhe havia dado um abraço, em lágrimas, mas não deixara de lhe revelar que, na verdade, a cidade inteira sabia disso fazia tempo. No início de junho, o marido Romualdo havia se tornado prefeito de Palermo e ela o ouvira descrever em tons angustiados as greves não só dos portuários e dos empregados da Navegação Geral Italiana, mas também da fábrica de cerâmica, os confrontos sangrentos entre operários e carabineiros, as lojas da via Maqueda atacadas com pedradas, o café na praça Regalmici completamente destruído, os passantes espancados, as barricadas na frente da igreja dos Crociferi... Tudo porque as pessoas não queriam e não podiam aceitar o fato de que as subvenções navais não seriam renovadas, já que agora estavam — ao que parecia — nas mãos do Lloyd Italiano de Erasmo Piaggio, que não tinha o menor interesse em incluir Palermo e os habitantes dela.

Às palavras de Giulia haviam se somado as crônicas enfurecidas do *Ora*, que Maruzza lia em voz alta para Franca e que haviam aumentado a inquietação dela, perturbada com a ideia de que, a tão pouca distância da Olivuzza ou da Villa Igiea, houvesse se desencadeado um semelhante inferno. Aquelas desordens tinham sido um dos motivos pelos quais o casamento de Annina e Vincenzo havia sido adiado por uns dias e a recepção reservada a poucas pessoas íntimas. Uma festa em grande estilo arriscaria exacerbar o ânimo dos operários... sem contar que teria afetado demais as finanças deles.

Maria Concetta, a irmã de Annina, se aproxima dela, a segura pelo braço.

— São mesmo lindos juntos, não?

— Sim, lindos e felizes. Espero que fiquem assim por muito tempo.

Na frente delas, passa um homem com um rosto em forma triangular e bigodes finos. Ele usa uma roupa empoeirada e leva em um dos ombros, com desenvoltura, um tripé, no qual está montada uma grande caixa com aparência ao mesmo tempo delicada e pesada. Sorri para Franca e inclina a cabeça em sinal de cumprimento.

Maria Concetta não consegue se conter e lança um olhar interrogativo para a amiga.

— É o sr. Raffaello Lucarelli, um amigo de Vincenzo — explica Franca com um sorriso. — Ele fez... como ele o definiu? Ah, sim, "um maravilhoso filme dos fatos", ou seja, um registro cinematográfico do casamento. Diz que quer mostrá-lo no seu teatro dele, o Edison.

— Então toda Palermo poderá assistir ao casamento? *Mais c'est époustouflant!*

— Primeiro Palermo, e depois provavelmente a Itália inteira... Sabe, Vincenzo é assim. Não resiste ao apelo das novidades e quer mostrar para o mundo que está sempre um passo adiante em relação aos outros. Não se preocupa com a opinião alheia.

Maria Concetta aproxima-se de Franca, segura o braço dela, envolto em uma longa luva cor de gelo.

— Como Ignazio... — murmura.

É uma alusão discreta, feita sem maldade. Franca assente e tenta esconder a amargura que lhe subiu aos olhos ao pensar em Vera Arrivabene. Uns dias antes, havia entrado no escritório de Ignazio para falar com ele. Não o encontrara, mas em compensação logo percebera as cartas dela. Estavam ali, na escrivaninha, em uma caixa de prata. Uma delas, além do mais, estava sobre o apoio de mesa, ao lado da resposta de Ignazio, já no envelope e pronta para ser enviada. Ela a havia lido. Eram as palavras de uma mulher apaixonada que revelavam confiança, cumplicidade, alegria. Tudo o que ela e Ignazio haviam perdido.

Sentira-se uma ladra: recolocara tudo no lugar e saíra do escritório na ponta dos pés.

É possível que Ignazio corresponda realmente ao amor dessa mulher?, perguntara-se, fechando a porta.

— Ele é assim. Mas depois volta para mim, sempre — responde agora para Maria Concetta, esforçando-se para sorrir.

Quantas vezes dissera — e dissera para si mesma — essa frase em dezesseis anos de casamento? *Ele sempre deve voltar para você*, dissera Giovanna tanto tempo antes. *Se você quiser conservá-lo, ele deve saber que você irá perdoá-lo sempre. Feche os olhos e os ouvidos e, quando ele voltar, fique calada.* E ela se comportara assim. Tinha sofrido, esperado e perdoado em silêncio. E então aprendera a não sofrer mais, a viver sem esperá-lo, a perdoá-lo sem esforço. A aceitá-lo e a si mesma.

Agora, porém, não pode deixar de se perguntar se com Vera é diferente. E se, no seu futuro, não exista outra solidão. Uma solidão em que até o laço de dor que a une a Ignazio tenha se desfeito. Uma solidão em que se sobrevive somente quando se aceita viver na companhia dos fantasmas.

— O que vão fazer depois de o casalzinho partir para a viagem de núpcias? — pergunta Maria Concetta. — Maruzza me disse que vocês gostariam de viajar por uns dias.

Franca assente, depois mexe na bolsa para procurar a piteira. Faz um gesto para a amiga segui-la ao jardim.

— Sim. Ignazio gostaria de ir para a Côte d'Azur; precisa de um pouco de paz. — Acende o cigarro. — Foram dias horríveis para todos, e haverá outros, receio. Igiea e Giulia também irão, além de minha sogra.

Maria Concetta afasta os cabelos do rosto, olha para trás. Do buffet onde os convidados se encontram, o som de risadas seguidas por aplausos. Vincenzo deve ter falado alguma coisa engraçada.

— Minha mãe está preocupada — diz. — Além das desordens na cidade... Bem, você sabe quais rumores correm sobre a situação da Casa Florio, e ela gostaria que Annina não estivesse envolvida nisso. Ela viveu em um ambiente tranquilo, é uma moça sem caraminholas na cabeça e não quer que ela se encontre em dificuldades.

— Não posso dizer que ela esteja errada — comenta Franca, seca. — De resto, basta uma pessoa dizer uma palavrinha aqui e outra acolá, e eis que um momento difícil se transforma em ruína, na mesma hora.

Maria Concetta posta-se na frente dela, olhos nos olhos. São amigas faz anos, podem ser sinceras uma com a outra.

— Quer saber como minha irmã comentou esses rumores? — pergunta com doçura.

— Diga-me.

— Ela disse que, no que lhe diz respeito, os Florio poderiam até voltar a morar na Via dei Materassai, como pobres perfumistas, e ela não se importaria nem um pouco com isso, porque ama Vincenzo e quer estar com ele.

Franca experimenta uma grande ternura. Quase se esquecera da existência de sentimentos tão fortes, tão puros. E esse pensamento espelha-se no gesto de Maria Concetta, que lhe segura as mãos e fala com voz trêmula:

— Cuide dela, Franca, por favor. É tão jovem, tão pronta a se lançar de cabeça na vida... Não sabe, não pode saber como é difícil ser esposa e mãe. Precisa de uma amiga que a siga e proteja.

Franca abraça Maria Concetta, sente a emoção apertar-lhe a garganta.

— Será como uma irmã para mim. Prometo, cuidarei dela. Agora, ela é uma Florio. E, para nós, os Florio, nada é mais importante que a família.

— Dom Ignazio, e estes, onde colocamos?

Ignazio se vira, olha os funcionários que fazem o serviço pesado carregando caixas e móveis tirados da sede da Navegação Geral Italiana. A essa altura, aquele prédio na praça Marina não é mais dele. Não vai mais ver o passeio público ao longo do Cassaro, nem o cinza das pedras, da praça ou os veículos lustrosos do bonde. E, talvez, não ouça mais os ruídos nem as fendas se abrindo.

Não foi preciso muito para Luigi Luzzatti — novo primeiro-ministro, mas raposa velha da política e das finanças — arrumar as coisas: em junho de 1910, entregou a uma companhia recém-constituída em Roma, a Sociedade Nacional de Serviços Marítimos, a gestão dos serviços convencionados. E essa sociedade entrou em posse da maioria dos navios dos Florio. Por algum tempo, Ignazio continuará a ser o vice-presidente do conselho administrativo da NGI e Vincenzo estará mesmo presente na fatal reunião do dia 25 de abril de 1911, em Roma, quando a sede da NGI será definitivamente transferida para Gênova.

Mas a realidade não muda: os Florio ficaram de fora da Navegação Geral Italiana.

Junto com Vincenzo, Ignazio abriu uma sociedade de administração de direitos marítimos. Uma pequena empresa que, para ele, é a desculpa para ficar naquele ambiente em que — pode admitir isso abertamente — ele agora significa pouco ou nada. Arrumaram um escritório na rua Roma. Mais luminoso, com certeza, e moderno, com uma bela vista dos prédios que destruíram uma parte do centro histórico, com aquela mania de modernização que parece ainda percorrer a cidade como uma onda elétrica.

Ignazio faz um gesto para que os operários o sigam pelas escadas. Indica duas amplas salas, uma ao lado da outra.

— Nesta, os móveis baixos, os quadros e a escrivaninha de meu pai; na outra sala, as estantes de livros e os armários fechados.

— Por fim, você a trouxe mesmo...

A voz de Vincenzo faz Ignazio sobressaltar. De chapéu de palha e terno de linho, Vincenzo fica ao lado do irmão e indica com a ponta da bengala a pesada escrivaninha de mogno que os carregadores estão colocando no lugar.

— Não poderia deixá-la lá — murmura Ignazio.

— Não sinto grande amor por essas velharias e pelas tradições de família, mas no fundo está certo assim. — Olha de esguelha para o irmão. — Não fique melancólico. Pense, pelo contrário, que teremos menos problemas e poderemos nos reerguer graças ao acordo sobre as almadravas.

— Espero que sim — responde Ignazio.

Vincenzo não compreenderia, ele sabe. O irmão olha sempre adiante, nunca se sentiu preso ao passado. Talvez não pense que deixar a escrivaninha do pai e do avô nas mãos de um desconhecido teria sido um insulto ao nome dos Florio. E provavelmente mal imagina quais são as consequências do fim da ligação deles com a Navegação Geral Italiana. É só questão de tempo: Ignazio deverá abandonar a Fundição Oretea, que o avô Vincenzo desejara fundar contrariando o parecer de todos e que havia feito algumas das mais belas obras em ferro fundido que decoravam Palermo. E deverá vender a rampa de lançamento: alguns parlamentares palermitanos já estão se movendo para fazer um acordo com Attilio Odero, o proprietário do estaleiro. Parece que o acordo prevê que os operários sejam remanejados e que, portanto, não haverá muitas demissões, mas ninguém acredita nisso: Odero tem outros interesses, e a nova companhia tem sedes em Roma, Gênova e Trieste. Em todos os lugares, menos em Palermo. Tudo parara nas mãos de gente do Norte, principalmente lígures. Sim, Ignazio sabe como vai acabar, e também sabe a gente de Palermo, aquela que agora o olha com hostilidade e não mais abre caminho à passagem dele.

Ignazio se volta para o irmão. Estão sozinhos na sala cheia de grandes caixas e móveis.

— Você... também acha que a culpa disso tudo seja minha — diz.

— Sim e não — responde Vincenzo. Sem raiva, sem recriminação. — Você teve muitas coisas contra você e não se deu conta. Tentou manter tudo em pé, mas nem sempre esteve... à altura das circunstâncias.

Não tem coragem de acrescentar mais nada. Além do mais, que sentido teria, agora, censurar o irmão pelas despesas absurdas, pelos presentes principescos, pelas viagens contínuas, pelas recepções luxuosas? E, de qualquer forma, ele também sempre teve tudo que desejava, quer fosse um automóvel ou uma mulher. *Talvez com Annina tudo mude*, diz para si. *Aprenderei a apreciar as coisas simples, despretensiosas...* Sorri com a ideia, mas então vê que o irmão está colocando sobre a escrivaninha uma fotografia de Baby Boy em uma moldura de prata. E fica com o coração apertado. *Sempre pensei ser corajoso porque não tenho medo de correr com o automóvel ou de voar em um aeroplano*, pensa. *Mas a verdadeira coragem é a de viver com uma dor que não se acaba e fazer isso todos os dias, seguindo adiante, custe o que custar. Annina e eu ajudaremos você a suportar a sua dor, meu irmão. Porque certos laços são ainda mais fortes que o sangue. Nunca diremos isso, porque somos homens, e os homens não dizem certas coisas. Mas é assim.*

Aproxima-se, coloca a mão no ombro dele.

— Vamos fazer de tudo para sobreviver — diz então. — E faremos isso juntos.

Ignazio está correndo pelos corredores do Quirinale e quase não vê os guardas que tentam fazê-lo parar. É um empregado de libré que se detém na frente deles e faz um gesto para que não interfiram, pois é um caso muitíssimo delicado.

Penoso, na verdade. Pois uma tragédia se abateu sobre Romualdo Trigona, amigo de Ignazio desde sempre, quase um irmão. A esposa Giulia foi apunhalada até a morte no hotel Rebecchino, uma pensão romana de terceira categoria, pelo barão palermitano Vincenzo Paternò del Cugno, tenente da cavalaria.

Como foi possível?, pergunta-se Ignazio, perturbado, sem fôlego. *Como?*

Não consegue encontrar uma resposta.

Mas onde essa história começou, ele sabe muito bem.

Quase dois anos antes, em agosto de 1909, durante uma festa na Villa Igiea. Foi lá que Giulia e Vincenzo se conheceram. Uma mulher insatisfeita e deixada de lado que se tornava alvo das atenções do descendente de uma família nobre e não particularmente rica. Uma relação como tantas outras, para manter escondida dos olhos do mundo, para ser consumada em segredo.

No entanto, tudo se tornara de domínio público: Giulia havia até mesmo saído de casa e vendido algumas das propriedades para sustentar o amante. Fora encaminhado o processo para a separação legal.

No escândalo que abalara os Tasca di Cutò e os Trigona, Franca tentara argumentar com Giulia, lembrando-lhe que estava condenando as filhas Clementina e Giovanna a uma vida marcada pela vergonha, a um estigma social indelével. Mas Giulia não quisera ouvir nenhum argumento; ainda que abandonasse Vincenzo — dissera —, nunca mais voltaria para Romualdo. Definira o marido como mulherengo, gastador e covarde, incapaz de assumir quaisquer responsabilidades.

Ignazio, por sua vez, tentara se haver com Vincenzo Paternò e, graças à rede de parentescos e de conhecidos da boa sociedade palermitana, não demorara muito para conseguir encontrá-lo e conversar com ele. Paternò del Cugno havia se revelado um jovem carismático, porém altivo e arrogante, que o havia até mesmo acusado de estar pensando em conquistar Giulia. Não escondera o interesse que sentia pela riqueza da amante por ter imensas dívidas de jogo. Esquentaram-se os ânimos, foram trocadas palavras ríspidas. Pouco faltou para que fossem às vias de fato.

Ofega, Ignazio, mais pela dor que lhe oprime o peito que pelo cansaço. *Poderia ter feito mais alguma coisa*, diz para si. *Todos* teriam podido fazer mais alguma coisa; no entanto, ninguém interveio.

E agora Giulia está morta.

Ele para no segundo andar, interroga o funcionário com os olhos e o homem lhe indica uma porta dupla no fundo do corredor, o último dos aposentos reservados para as damas e os cavalheiros da corte.

Aproxima-se, bate à porta.

Do outro lado, soluços.

Ignazio entra.

Romualdo está largado em uma poltrona. Ao lado dele, o empregado pessoal.

Ele a matou... Desgraçado, maldito, ele a matou...

Ignazio joga de lado o chapéu e o sobretudo, se ajoelha aos pés de Romualdo, o abraça, e o amigo se agarra a ele como um náufrago a uma rocha. Está mal e não apenas por tudo que aconteceu. Há alguns dias, está com febre e dá para ver que acabou de se levantar da cama.

— Ele a matou, maldito desgraçado! Mesmo tendo acontecido tudo o que aconteceu, eu... — Soluços interrompem o fluxo de palavras raivosas. — Giulia... eu jamais quis que acabasse *accussì*. — Se agarra à gola do casaco de Ignazio. — E ele? É verdade que se matou?

Ignazio segura o rosto dele e o sacode.

— Ele deu um tiro na cabeça, mas só se feriu, pelo que dizem. Parece que ela aceitou se encontrar com ele para lhe dizer que queria largá-lo, e que ele... já estivesse pensando em impedi-la. Ele levava uma arma e... — Não consegue prosseguir. Até ele tem de fazer força para conter as lágrimas.

Romualdo se contorce, dá um tapa na testa com as mãos fechadas em punho.

— Nem os animais são mortos assim... — Em seguida, dá um pulo, agarra Ignazio pelos ombros. — Eu tinha de saber! Você sabe, não é, que há poucos dias aquele infame veio aqui, nos nossos aposentos, muito agitado... Disseram-me que Giulia tentou acalmá-lo, mas ele começou a gritar: "Covarde, meretriz, quer me abandonar neste momento? Vou te matar!". Eu tinha de ter entendido!

— Eu sei. — Sim, tinham lhe contado sobre aquela terrível cena. — Agora, fique calmo. — Ignazio ergue a cabeça, procura o empregado com o olhar. — Dois conhaques — ordena. Pega a taça, diz para o amigo engolir de uma vez só.

Romualdo obedece e parece recobrar o controle, ainda que as mãos continuem a tremer.

— Ela... você a viu?

— Não. Vim para cá na mesma hora. Franca está... lá, no hotel, junto com Alessandro. Só sei que o príncipe de Belmonte foi dar a notícia ao pai de Giulia, que estava de partida para Frascati. Já perdeu uma filha no terremoto de Messina, esse pobre homem...

Porém, Romualdo não o escuta.

— Ela queria agir por conta própria e eu não conseguia suportar que ela agisse assim. Você sabe o que eu passei, sabe também que a rainha pediu que tentássemos nos reconciliar, mas ela nada, nada...

Ignazio assente de novo. Tinha estado perto de Romualdo também nos dois dias antes, no difícil momento em que ele e Giulia tinham assinado a separação legal e sabia quanto ele havia sofrido. Força o amigo a beber outro conhaque.

— Eu sei.

Romualdo cobre o rosto.

— Morta como uma prostituta — murmura em siciliano. — Que coisa horrível!

O amigo o segura pelo ombro.

— Pense assim: agora você não vai ter mais nada do que se envergonhar. Agora, você é tão vítima quanto ela, ou mais. E precisa prestar atenção no modo de se comportar. Você vai ter de comparecer perante o rei e a rainha e falar com eles.

Palavras duras, Ignazio sabe. Mas ele é o único que pode ser tão franco com Romualdo.

É preciso que o amigo reaja do modo certo. Pertence a uma das famílias mais importantes da ilha, é um político de primeiro escalão, foi prefeito de Palermo.

Romualdo olha para ele. Está transtornado, mas compreendeu o sentido das palavras de Ignazio.

— Comparecer perante o rei e a rainha — repete, mecanicamente. — Mas tenho de falar também com os meus cunhados.

Ignazio assente com veemência.

— Claro, claro... Com Alessandro, principalmente, que em primeiro lugar é o seu cunhado e, também, um adversário político, lembre-se.

— Faz uma pausa, força o amigo a encará-lo. — Nos conhecemos desde quando usávamos calças curtas, *curò*. Por isso, me ouça: você tem de ser forte. Mesmo se você pensar em como tudo acabou, mesmo que te pareça a maior vergonha... você tem de mandar enterrá-la na capela da sua família. Aja de modo que você organize o funeral. Era sua esposa, a mãe dos seus filhos, e você não vai se esquecer dela.

Romualdo passa a mão entre os cabelos, assente. Não, não esquece que Giulia era uma Trigona. Prefere esquecer as cenas que tornaram a vida deles mais parecida com uma guerra que um casamento, porque ele também é responsável por esse fracasso. Da dor sobem à tona também as lembranças das traições contínuas dele, sobretudo a última, com uma atriz da companhia de Eduardo Scarpetta que Giulia lhe jogara na cara tantas vezes, com ódio.

Sabe que Ignazio tem razão: o assassinato de Giulia é um golpe na credibilidade social e, portanto, à carreira política dele. Compete a ele reencontrar a dignidade e demonstrar que na família ainda há valores, e ele está ali para defendê-los.

Então, com dificuldade, Romualdo levanta-se. Cambaleia, veste-se. De vez em quando estanca, olha para o vazio, o corpo sacudido por soluços. Porque a gente pode se odiar, pode se ferir, pode se distanciar, mas a morte é uma marca que cristaliza tudo e deixa aos vivos o ônus da existência. A morte é piedosa para quem se vai, mas uma condenação sem apelo para quem fica.

E a morte de Giulia, *aquela morte*, selou para sempre a ligação dos dois.

De sua parte, Ignazio sabe o que deve fazer. Vai pedir a Tullio Giordana, o diretor do *Ora*, dois artigos: o primeiro, defendendo a memória de Giulia; o segundo para apoiar Romualdo. Ela, bondosa e indulgente, mas vítima de paixões violentas. Ele, honesto e nobre, mas vítima de circunstâncias trágicas. Só vai restar um culpado: Vincenzo Paternò del Cugno.

Vai ser assim. *Tem* de ser assim.

A volta a Palermo é estranha, sombria. Franca continua a organizar recepções noturnas na Villa Igiea, mas também passa muito tempo ao lado da mãe, que ficou sozinha depois da morte do filho, Franz, com apenas trinta anos, uns meses antes. Ignazio se divide entre a Sicília e Roma, oficialmente por negócios, na verdade para ficar perto de Vera, que agora se tornou o centro dos pensamentos dele. E, de fato, quando volta para a casa é hostil e frequentemente está de mau humor, até porque os credores não lhe dão sossego.

Sobre tudo paira uma espécie de melancolia. O fim de Giulia revelou para ambos que final trágico pode ter um casamento infeliz. Por sorte, os jovens Vincenzo e Annina tornam os dias mais leves.

Em uma luminosa manhã de maio, Franca vai até a cunhada nos estábulos, agora convertidos em garagens. Annina esperou que Igiea terminasse a aula de música, em seguida, levou a menina lá para admirar os carros. Está lhe mostrando como funciona a direção.

— Está vendo? É ligada às rodas, e as faz girar. Da próxima vez que vieram os mecânicos amigos do tio, vou pedir para eles mostrarem tudo direitinho para você.

Igiea faz que sim, mas sem muito interesse; já passou o tempo em que ela queria ser "pilota". Agora prefere desenhar, olhar as fotografias ou ir ao cinematógrafo com a mãe ou com o tio e Annina; porém, acima de tudo, ama o mar. Em uma mesinha da Olivuzza, há uma foto que a retrata, junto com a mãe, na escadinha de uma das grandes cabines móveis que usam para trocar de roupa: ela está em pé e olha a objetiva, séria, Franca encontra-se atrás dela. Giulia — que todos chamam de Giugiù — não aparece, porque ainda era pequena demais para tomar banho de mar. Essa imagem é muito cara para ambas: estavam vivendo um momento de serenidade rara e, como tal, preciosa.

Annina limpa as mãos, esfregando uma na outra. Aproxima-se de Franca e, juntas, vão para a casa, enquanto Igiea as precede com passos ágeis, seguida por um dos amados gatos persas dela.

— Sabe, Vincenzo queria ir para a Suíça umas semanas. Talvez nós viajemos em julho, porque antes ele tem de resolver as últimas questões relacionadas à Targa. — As duas sabem muito bem, as questões são o dinheiro que ainda precisa ser pago aos organizadores e transportadores. — A ideia de Vincenzo de levar as tribunas de Buonfornello para Cerda foi muito inteligente. Viu quanta gente veio? E que paisagem?

Franca assente.

— Sim, confesso para você que, depois das duas últimas edições, estava um pouco preocupada. Você lembra dois anos atrás, quando havia tão poucos competidores, que o próprio Vincenzo resolvera participar? Bem, pelo menos essa foi a desculpa dele...

Annina ri, ergue o rosto para o sol. Não receia, ainda, que a pele fique vermelha.

— Vincenzo nasceu para organizar eventos e projetar novidades. Sabe envolver todos, e os incentiva para que façam o melhor. — Então, fica séria. — E eu não tenho intenção de perdê-lo de vista nem um minuto. Não gostei do modo como certas convidadas olhavam para ele.

Franca vira o rosto para o lado. Nunca dirá o que pensa: teme que o cunhado tenha adquirido não apenas o fascínio dos homens Florio, mas também os péssimos costumes do irmão. Porém, gosta demais de Annina.

— Fique sempre atenta — murmura para ela, então. — Você precisa sempre olhar com os olhos bem abertos.

Os lábios de Annina desenham um sorriso.

— Os homens agem como são ensinados. E eu estou tomando providências para adestrá-lo bem.

No ar, o perfume das rosas do jardim é tão forte que chega a ser inebriante. Igiea corre na direção da babá, que está sentada em um banco: Giugiù está dando os primeiros passos, e a irmã mais velha a encoraja, batendo as mãos.

Annina roça as pétalas de uma rosa *noisette*, e cheira o aroma picante.

— De vez em quando, penso em Giulia Trigona, pobrezinha. Não tive coragem de te perguntar, mas... É verdade que você a viu?

Franca sente um arrepio.

— Não. Primeiro fui ao hotel, e depois com Ignazio e Alessandro ao cemitério do Verano para a autópsia, mas não me deixaram entrar.

— E você tem notícias daquele homem?

Franca suspira.

— De Ignazio não chega nem uma palavra. Se for acreditar nos jornais, está em Regina Coeli, mal consegue falar, porque o tiro da

pistola destruiu o lado direito do rosto dele. Terá, de qualquer forma, de responder à acusação de homicídio premeditado perante o Tribunal. Creio que seja provável que Ignazio seja chamado a testemunhar.
— Abaixa o rosto, engole as lágrimas. — Tenho um grande remorso por não ter insistido mais com ela. Teria de ter ficado mais perto dela. Sabia que ele lhe pedia constantemente dinheiro, que tinha chegado a ameaçá-la. E Giulia queria mesmo deixá-lo, porque havia se tornado violento. Se eu tivesse estado mais presente, talvez...

— Pode ser que acontecesse depois, mas teria acontecido de qualquer modo. Foi ela quem resolveu marcar o último encontro, o maior erro que cometeu.

Porém, Franca não consegue resignar-se. Falar de um destino tão atroz no meio daquele jardim florido lhe parece chocante, cruel.

— Ela era tão querida para mim como, ou mais, do que uma irmã. Já não suporto estar rodeada por toda essa morte — diz baixinho. — Perdi pessoas queridas demais.

Annina aperta-lhe o braço.

— Quer dizer, então, que Vincenzo e eu traremos vida para esta casa. Quem sabe, com um bebê, que tenha um sorriso grande feito o do papai dele! — Dá risada. — Sim, um novo e pequeno Florio! É preciso trazer um pouco de alegria para esta família.

É uma praga antiga, a cólera, que a cidade conhece bem, e contra a qual Vincenzo Florio, o avô de Ignazio, tivera de combater.

As vítimas designadas são sempre as mesmas faz séculos: gente que vive na miséria, que não pode se lavar de modo adequado, que vive em condições de promiscuidade. Primeiro uma, depois dez, depois vinte. A prefeitura de Palermo manda funcionários de casa em casa, mas muitos não abrem por sentirem medo: todos sabem, ao encontrar uma pessoa doente, levam-na ao hospital, e a deixam morrendo sozinha como um cachorro...

Tudo acontece muito, muito rápido.

Dos andares baixos, a cólera sobe para os superiores, se espalha do centro histórico para a periferia, chega às casas, se agarra às carnes dos moradores.

Nada e ninguém pode detê-la.

Na manhã do dia 17 de junho de 1911, Annina acorda sonolenta, com fortes dores na barriga. Ao lado dela, Vincenzo a beija, toca-lhe a testa. Está quente.

— Você está com um pouco de febre — diz, preocupado. — Vou chamar o médico — sussurra, depois a beija mais uma vez.

Quando chega o médico da Casa Florio, a febre subiu muito. Annina sente dificuldades para respirar. O médico a toca, se afasta.

Cólera.

Como é possível que a cólera tenha chegado à Olivuzza? Ali tudo é limpo, tem água corrente, os banheiros e...

Mas ainda assim.

Com a notícia, Franca é tomada pelo pânico. Já perdeu uma filha por causa de uma doença infecciosa e não quer nem pensar que Igiea e Giugiù possam ficar doentes. Manda que as meninas, com Maruzza e a governanta, saiam de Palermo. O médico impõe o isolamento de Annina; Ignazio suplica a Vincenzo que obedeça, que fique longe dela, mas ele balança a cabeça.

— É minha esposa. Tenho de ficar com ela — murmura, e a voz, normalmente acesa, se transforma em um fiapo. — Não a deixo sozinha. Tem de sarar.

É ele quem a carrega nos braços e a leva para um quarto no terceiro andar da Olivuzza, longe de todos. Segura-a perto do peito, mas Annina, tomada pela febre, mal o reconhece. O rosto manchado de vermelho, os cabelos suados colados ao crânio, está muito fraca. Ele arruma os cabelos dela, banha a testa com panos úmidos. Está sentado ao lado da cama, segura a mão dela, dá-lhe beijos, manda embora as empregadas apavoradas e ele próprio troca os lençóis e as roupas íntimas.

— Não morra — diz, segurando a sua mão. — Não vá embora — suplica. Pela primeira vez na vida, sentiu-se amado e acolhido, sentiu a alegria de compartilhar paixões em comum, de rir e de se emocionar pelas mesmas coisas. Tudo não pode acabar assim. Tudo não *deve* acabar assim. — É cedo demais — diz, aos sussurros, a boca contra o dorso da mão dela. — Você não pode me deixar. Queremos um filho, lembra quanto a gente falou disso? Você me prometeu um menino.

Acorde, implora em seu íntimo, olhando o rosto imóvel e cerúleo.

— Acorde — diz, e tenta fazê-la beber. À noite, Annina fica inconsciente. No térreo, a irmã, Maria Concetta, chora e se desespera, bem como a mãe, mas o médico as impede de subir. — Já basta que o sr. Vincenzo esteja lá. Vamos esperar que ele não fique doente, também — comenta, seco, e olha Ignazio, com o rosto pálido.

As duas mulheres resolvem permanecer lá durante a noite, para ficarem perto de Annina.

Na manhã seguinte, os espelhos dourados dos salões da Olivuzza e os vidros das janelas refletem rostos pálidos e marcados. Os empregados procuram sabão e vinagre para desinfetar-se.

Há Giovanna, no quarto dela, que chora e reza de joelhos na frente do crucifixo. Há Franca, apavorada, fechada no quarto, que espera que as filhas não tenham sido contaminadas. Há Ignazio, atônito, que pega o telefone para chamar Vera e lhe contar o que está acontecendo e ouvir a voz dela.

Há Vincenzo, que sente a alma se despedaçar.

E há Annina, em um leito molhado de suor, que não acorda mais, que não consegue beber e nem falar, com a respiração cada vez mais difícil e o corpo que parece a ponto de se desfazer.

Na tarde do dia 19 de junho, tem uma crise de convulsões.

Vincenzo grita, chama ajuda. É a febre, está forte demais. Das escadas sobem as vozes de Maria Concetta e da mãe, os gritos de Ignazio e do médico.

Annina se contorce, se debate, ofega.

Ele tenta mantê-la quieta, mas não consegue, e ela se agita cada vez mais.

Então, para, os olhos revirados para trás, a coluna arqueada. Fica frouxa entre os braços de Vincenzo, sem respirar, já sem pulso.

E, de repente, tudo acabou.

CHUMBO

outubro de 1912 — primavera de 1935

Cu avi dinari campa felici e cu unn'avi perdi l'amici.
"Quem tem dinheiro vive feliz e quem não tem perde os amigos."

Provérbio siciliano

No dia 30 de junho de 1912 é aprovada a nova lei eleitoral: têm direito a voto os homens com mais de 21 anos de idade e capazes de ler e escrever; até os analfabetos podem votar, mas precisam ter mais de trinta anos e ter feito o serviço militar. Assim, se passa de pouco mais de três milhões de eleitores para mais de oito milhões. Os socialistas propõem estender o voto às mulheres, modificando o primeiro parágrafo da lei para "São eleitores todos os cidadãos italianos maiores de idade, sem distinção de sexo", mas a Câmara, no dia 15 de maio de 1912, recusa a emenda.

São exatamente os socialistas que preocupam Giolitti em relação às eleições do dia 26 de outubro de 1913. O congresso de Reggio Emilia (julho de 1912) decretou a expulsão dos moderados da parte dos maximalistas, entre os quais se destaca o futuro diretor do Avanti!*, Benito Mussolini. Giolitti, então, entra em uma negociação com os católicos, que se concretiza no Pacto Gentiloni (que tem o nome de Vincenzo Ottorino Gentiloni, presidente da União Eleitoral Católica Italiana). Firmando um documento em sete pontos, os candidatos liberais se empenham para impedir que qualquer "lei anticatólica" chegue ao Parlamento. Aparentemente, a manobra é um sucesso, mas a maioria que a compõe é dilacerada por forças contraditórias (dos signatários do Pacto Gentiloni aos liberalistas anticlericais) pelo menos em parte novas, como é o caso dos nacionalistas e dos socialistas revolucionários. "Vá embora, honrado Giolitti", diz Arturo Labriola à Câmara, no dia 9 de dezembro de 1913. "O País cresceu sob as suas mãos, escapou da sua tutela, fala uma nova língua [...] Situação nova, política nova, homens novos. Os mortos enterram os seus mortos."*

Giolitti se afasta no dia 4 de março de 1914, depois de os radicais terem se retirado do governo, deixando-o em minoria. E indica ao rei, como seu sucessor, Antonio Salandra, cujo governo toma posse no dia 21 de março de 1914.

No dia 28 de julho, o Império Austro-Húngaro declara guerra ao Reino da Sérvia, depois do atentado que, um mês antes, custou a vida do arquiduque Francisco Ferdinando e da esposa, Sofia, mortos por um nacionalista sérvio de apenas vinte anos, Gavrilo Princip. No dia 1º de agosto, a Alemanha declara guerra à Rússia e, dois dias depois, à França. No dia 4 de agosto, o Reino Unido declara guerra à Alemanha. A Itália, por sua vez, leva quase um ano para decidir se entra na guerra. Um ano de confrontos violentos entre a frente neutralista — os socialistas, os giolittianos e, principalmente, os católicos, já que o novo papa, Bento XV (eleito no dia 5 de setembro de 1914), se posiciona imediatamente contra a guerra — e o grupo mais reduzido, até no Parlamento, dos intervencionistas, capazes de conquistar o povo com um discurso veemente, como o que Gabriele d'Annunzio faz, do Scoglio di Quarto, no 55º aniversário da Expedição dos Mil, perante pelo menos cinquenta mil pessoas. Vinculado ao Pacto de Londres, um acordo secreto firmado entre o governo italiano e a assim chamada Tríplice Entente (Grã-Bretanha, França e Rússia) e mantido em segredo do Parlamento, Salandra obtém do rei o pleno poder, e no dia 23 de maio de 1915 a Itália declara guerra à Áustria, pisoteando os últimos vestígios da Tríplice Aliança. E se prepara para combater no Tirol do Sul e ao longo do rio Isonzo, ou seja, nos territórios que deseja tirar das mãos do Império Austro-Húngaro por considerá-los dele.

O conflito se transforma rapidamente em uma exasperante guerra de trincheiras. Depois da derrota em Caporetto (de 24 de outubro a 19 de novembro de 1917), que testemunha a morte das tropas italianas pela artilharia austro-tedesca (pelo menos dez mil mortos e 265 mil prisioneiros), a Itália demite o general Luigi Cadorna e coloca nas mãos do general Armando Diaz a tarefa de reorganizar o exército. A batalha de Vittorio Veneto, combatida entre os dias 24 de outubro e 3 de novembro de 1918, será decisiva: os italianos derrotam os austríacos e, no dia 3 de novembro, entram em Trento e em Trieste. Nesse mesmo dia, na Villa Giusti, em Pádua, é assinado o armistício. No dia 11 de novembro a Alemanha também se rende. Ao custo de milhões de mortos (os números oscilam entre quinze e dezessete milhões, mais de um milhão apenas de italianos), a geografia política da Europa se transforma de modo irreversível. E a esses números é necessário acrescentar os mortos pela devastadora epidemia da gripe espanhola (1918-1920) que, segundo as últimas estimativas, estariam em torno de cinquenta milhões no mundo (seiscentos mil na Itália).

Quem se aproveita da difícil situação social e econômica do pós-guerra é Benito Mussolini, expulso do Partido Socialista (29 de novembro de 1914) por causa da posição intervencionista dele. Aproveitando-se do descontentamento generalizado dos veteranos de guerra, funda os Fasci di Combattimento, marcados por uma forte repulsa pelos socialistas: uma postura que, em breve, faz apelo também à burguesia, apavorada com as greves e as ocupações das fábricas que, durante o assim chamado "biênio vermelho" (1919-1920), ocorrem em toda a Itália. Nem Giolitti, que voltou pela quinta vez como chefe do Executivo (de 9 de junho de 1920 a 7 de abril de 1921), consegue resolver essa situação. Os Fasci ficam cada vez mais violentos e organizam verdadeiras ações em bando contra os trabalhadores e os sindicatos. No dia 22 de outubro de 1922, mais de quarenta mil fascistas se reúnem em Nápoles, resolvidos a marchar sobre Roma. O chefe do Executivo, Luigi Facta, pede ao rei para proclamar estado de sítio, mas Vittorio Emanuele III recusa: Facta se demite e no dia 29 de outubro o rei entrega a Mussolini o cargo de chefe do governo. No dia 16 de novembro, apresentando à Câmara o Executivo dele, Mussolini pede plenos poderes "para a reorganização do sistema tributário e da administração pública": eles lhe são concedidos por um ano, com 275 votos contra noventa. O Partido Fascista (dentro da assim chamada Lista Nacional) obtém 65 por cento dos votos nas eleições do dia 6 de abril de 1924, mas o deputado socialista Giacomo Matteotti, em um veemente discurso na Câmara, pede para serem anuladas, porque foram realizadas em um clima de violência e abusos. No dia 10 junho, Matteotti é sequestrado: o desconcerto é tal que, no dia 26 de junho, 123 deputados da oposição decidem abandonar as sessões da Câmara até que o fato seja esclarecido (secessão do Aventino). O cadáver de

Matteotti é descoberto no dia 16 de agosto em um bosque em Riano (RM); no dia 3 de janeiro de 1925, Mussolini assume a responsabilidade "política, moral, histórica" do homicídio e determina, na prática, o início da ditadura fascista, como mostram as "leis fascistíssimas", promulgadas entre 1925 e 1926 que, entre outras coisas, determinam "a dissolução de todos os partidos, associações e organizações que manifestam ações contrárias ao regime", indicam o chefe do governo como único depositário do poder executivo, preveem o licenciamento dos funcionários públicos "incompatíveis" com as diretivas do partido, vetam as greves e acabam com a liberdade de imprensa. Nas eleições do dia 14 de março de 1929 (que se realizam em forma de plebiscito, enviando aos eleitores uma lista de nomes que podem aprovar ou rejeitar), o "sim" obtém 8,5 milhões de votos, representando mais de 98 por cento dos eleitores: um resultado sobre o qual há a influência também da grande ressonância suscitada pela assinatura do Patti Lateranensi, o Tratado de Latrão (11 de fevereiro de 1929), um acordo entre o Estado e a Igreja que finalmente configura a fratura de 1871.

"Juízes dos nossos interesses, fiadores do nosso futuro, somos nós, somente nós, exclusivamente nós e ninguém mais", diz Mussolini em Cagliari, no dia 8 de junho de 1935. A história mostrará que ele estava errado: em 1940, a Itália entra na Segunda Guerra Mundial, um conflito que modifica o equilíbrio político, social e econômico do mundo inteiro. E isso é apenas o início. Como escreve Winston Churchill em 1948: "O cenário de ruína material e de convulsão moral do qual nós emergimos é de tamanho desalento que nunca, nos séculos passados, teria sido possível imaginar. Depois de tudo que sofremos e obtivemos, nos encontramos enfrentando problemas não menores, mas bem maiores do que aqueles que, com tanto esforço, resolvemos".

"O chumbo é um corpo metálico, lívido, terrestre, pesado, sem som, com pouca brancura e muita lividez", escreve Ferrante Imperato em *Da história natural* (1599). Abundante na natureza, fácil de fundir e de trabalhar, é usado desde o período dos egípcios; os fenícios, os gregos e os romanos o utilizam para fazer armas, como pontas de flecha ou as assim chamadas "nozes mísseis" para lançar com as catapultas, já que as balas de chumbo só aparecerão na Idade Média. Mas fabricam também instrumentos de pesca (lastro, sondas, âncoras), soldas de vários tipos, tubos condutores (devido à resistência à oxidação) e panelas nas quais cozinhar e concentrar o mosto para obter o "açúcar de Saturno" (diacetato de chumbo), que serve para tornar o vinho doce e que é assim chamado por Saturno ser o deus ligado ao chumbo.

É graças a Teofrasto de Eressos (século III a.C.) que traçamos a origem de outro uso fundamental do chumbo: alvaiade, um tipo de "bolor" produzido ao submeter o chumbo a vapores de vinagre. Até o século XIX, o alvaiade, ou chumbo branco, iluminou a história da arte: de Leonardo a Ticiano, de Van Dyck a Velázquez, todos o utilizaram, já que o único outro pigmento branco — o branco de cal — é inadequado para a pintura a óleo. E iluminou também os rostos das mulheres: já no século XI, Trotula de Ruggiero, ativa no âmbito da escola médica de Salerno, em *De Ornatu Mulierum*, explica como fazer uma pomada com a qual "o rosto pode ser besuntado todos os dias para clareá-lo": gordura de galinha, óleo de violeta ou de rosa, cera, clara de ovos e pó de alvaiade. E o rosto muito pálido de Elizabeth I se deve ao fato de a rainha, para cobrir as cicatrizes da varíola, passar sobre a pele uma densa mistura de alvaiade e vinagre.

É preciso muito tempo para compreender o quanto é perigosa essa luz. Na metade do século XVII, o médico alemão Samuel

Stockhausen distingue no litargírio (óxido de chumbo) a causa da asma que aflige os mineradores da cidade de Goslar, na Baixa Saxônia. E, alguns anos depois, Bernardino Ramazzini, em *De Morbis Artificum Diatriba*, se detém na atividade dos oleiros e diz: "[...] tudo que o chumbo contém de venenoso, assim dissolvido e liquefeito com água, é absorvido pelos oleiros na boca, no nariz e no corpo inteiro; consequentemente, em pouco tempo eles sofrem danos muito graves [...] a princípio, sofrem com o tremor nas mãos, então ficam paralíticos, com enfermidades no baço, entontecidos, caquéticos, sem dentes; a tal ponto que poucas vezes se vê um oleiro que não esteja com o rosto sem vida e com a cor do chumbo". Essa condição será chamada de "saturnismo", e hipóteses serão cogitadas sobre as vítimas ilustres dele: inúmeros imperadores romanos (entre os quais Calígula, Nero, Domiciano, Trajano), grandes consumidores de vinho e, consequentemente, do "açúcar de Saturno"; pintores como Piero della Francesca, Caravaggio, Rembrandt e Goya, por causa do uso intenso do alvaiade. E parece que Beethoven pagou com a surdez a paixão por vinhos do Reno, bebidos em taças de cristal de chumbo e adoçados com o diacetato de chumbo. Dizem que até Lenin morreu por causa do envenenamento por chumbo, devido às duas balas que o atingiram, no atentado de 1918, e que foram extraídas apenas quatro anos depois. Anônimos são, e assim ficarão, no entanto, os milhões de mulheres e de homens que, com o chumbo, trabalharam com humildade e, por causa do chumbo, morreram: dos operários aos mineradores, dos linotipistas aos chapeleiros... Pode-se dar razão a Primo Levi quando, em *A tabela periódica*, define o chumbo "turvo, venenoso e pesado"; no entanto, é também graças a esse metal que temos *A Virgem da Anunciação*, de Antonello da Messina; *A Última Ceia*, de Leonardo; e a *Medusa*, de Caravaggio.

Arte e destruição, beleza e morte encerradas em uma só alma.

O Fiat se detém com uma freada brusca na frente da entrada a duas portas do hotel. Franca desce. Usa um casaco bege, bordado com pele e um chapéu com um largo véu que cobre o seu rosto, marcado na testa por uma ruga de preocupação. Os dedos apertam a alça da bolsa, enquanto ela sobe com passo elástico os degraus que a separam do hall.

Maruzza segue-a correndo, chega ao lado dela no momento em que ela vai perguntar o número do quarto do sr. Florio.

— O senhor está indisposto. Não pode receber visitas. — O porteiro é cortês, mas firme.

Franca arregala os olhos com desdém. Ergue o véu sobre a aba do chapéu, inclina-se para a frente.

— Poderá estar indisposto para todas, mas não para mim. Sou a esposa dele, sou dona Franca Florio — diz, com voz cheia de indignação. — Diga-me o número do quarto do meu marido, agora mesmo, ou eu mando demiti-lo.

O homem murmura, constrangido:

— Desculpe-me, não a reconheci... — O que exaspera ainda mais Franca.

Com um suspiro, ela se vira para Maruzza.

— Pegue o carro e arrume as nossas coisas no hotel. Depois, mande o carro até mim.

— Tem certeza de que não quer que eu fique aqui a esperando?

— Não, obrigada. Pode ir.

A mulher aperta o braço dela.

— Seja forte — murmura ao ouvido dela.

Franca suspira de novo.

Faz uma vida que ela tenta ser forte. Que se *obriga* a ser forte, corrige-se enquanto sobe as escadas, os dedos no corrimão de veludo.

Uma vida inteira em que suportou, aceitou, fechou os olhos. Porque tinha de se comportar assim. Porque aquele era o único papel possível para dona Franca Florio no palco daquela cidade fofoqueira e indiscreta que se chamava Palermo.

E tudo por amor. Até quando o amor havia deixado de sê-lo, porque assim acabara, e ela havia se encontrado sem um propósito. Sem aquele homem que, pelo bem ou pelo mal, preenchera a vida dela.

Até que Vera havia chegado.

Aproxima-se do quarto no terceiro andar. Do recinto chega um ruído abafado de passos, então um homem com um grosso bigode grisalho abre a porta. Por trás dele, sentado na cama, está Ignazio; veste um roupão de veludo vermelho-escuro e tem uma bandagem que lhe cobre o rosto.

Ela o olha. Um olhar em que se misturam em partes iguais ânsia e raiva.

— Senhora... não a esperávamos tão cedo. — O homem que abriu a porta faz-lhe um gesto para entrar. Franca conhece o professor Bastianelli: é o médico que cuida da família em Roma. Tentando ignorar o vago constrangimento que se insinuou no quarto, o homem pega o chapéu e a maleta, despede-se discreto. Franca e Ignazio ficam sozinhos.

Franca despe-se do chapéu e do casaco, tira as luvas. Usa um belo vestido marrom, com um discreto fio de pérolas no pescoço. Aproxima a poltrona aos pés da cama, entrelaça as mãos nas pernas e olha Ignazio longamente.

Ignazio não evita aquele olhar.

— Perdoe-me. Dei-lhe mais esse desprazer — diz ele, por fim, abaixando a cabeça.

— Esse não é mais amargo que todos os outros. Pelo contrário. Senti mais medo por você do que qualquer outra coisa — comenta Franca, com um sorriso forçado.

Perante aquela reação, aqueles olhos cheios de uma tristeza resignada, Ignazio percebe um sentimento com que teve de fazer as contas cada vez mais frequentemente nos últimos tempos: a sensação de culpa. Tem procurado negar e afastar esse mal-estar por toda a vida. Conseguiu, e ainda consegue, quando se trata de enfrentar a situação — cada vez mais precária — dos negócios. Porém, com Franca, é outra história. Agora, sente um nó na garganta oprimindo o peito, que lhe faz sentir falta de ar.

— Sinto muito — murmura. Passa as mãos na borda do lençol, segue com o dedo um desenho imaginário. — Quando Gilberto, o marido de Vera, ficou sabendo sobre mim e a esposa dele... Então, sei que é duro para você me ouvir dizendo essas coisas...

Franca fica impassível.

Ele continua:

— Me agrediu aqui, no saguão do hotel, faz poucos dias, e me desafiou, pedindo-me satisfações. O duelo foi... inevitável. — Ignazio levanta-se devagar. O ferimento na testa não é grave, mas é incômodo e causa-lhe tonturas. — Nós marcamos o encontro na Villa Anziani, anteontem, como eu contei para você pelo telefone. Usamos o sabre. Ele estava furioso, atacou-me com a violência de um demônio à solta. Queria me matar, ou, pelo menos, me desfigurar.

E é então que Franca desanda a rir. Ri com gosto, por muito tempo, cobrindo a boca com as mãos.

— Meu Deus, mas como são ridículos vocês, homens! — exclama em seguida.

Ignazio a olha, estupefato. Será que a esposa enlouqueceu?

Franca sacode a cabeça. A risada se acabou em um sorriso em que a dor e a incredulidade estão perfeitamente equilibradas.

— Um duelo com sabre, como em um romancinho para empregadas. E Gilberto que pretende defender a honra depois de... Quanto tempo faz que se relacionam, você e ela? Quatro anos? — Olha as mãos, os dedos roçam a aliança de casamento. — Se eu tivesse desafiado em duelo as mulheres com quem você teve um relacionamento, metade das nossas conhecidas estaria morta ou desfigurada... ou então, eu. Só um homem pode se comportar de modo tão estúpido.

Ignazio continua a olhá-la com olhos arregalados.

— Mas... o que você está dizendo?

— Digo que talvez você não lembre quantas mulheres teve, mas eu, sim. Aquelas de que eu fiquei sabendo, pelo menos. Tive de aprender a sorrir, a dar de ombros, como se fosse normal que o meu marido tivesse um caso depois do outro. Às dezenas. E sabe de uma coisa? — Ergue o olhar. Neste momento, os olhos verdes são límpidos, quase serenos. — De tanto dizer que não me importava, por fim, já não me importo mais, *de verdade*. — Aproxima-se de uma mesinha, pega uma garrafa de conhaque, enche um cálice.

— Mas eu sempre voltei para você.

— Porque, de outra maneira, você não saberia para onde ir.

— Não diga bobagens. Você sempre foi o meu ponto de referência.
Franca levanta-se, posta-se na frente dele.

— Dizendo ainda essa mentira para você mesmo, Ignazio? Faça como quiser, mas não venha contá-la para mim. Estou cansada demais a essa altura. Quando me casei com você, eu era uma menininha ingênua e talvez você também estivesse cheio de esperanças... Sabe, às vezes sinto saudades daquela jovem moça convencida, cuja única tarefa era ficar ao lado do marido e amá-lo, apesar de tudo. Quanto eu lutei e sofri para sentir-me digna de você, do seu sobrenome... de ser uma Florio.

A voz está cheia de uma dureza que ele nunca havia ouvido.

— Franca...

— Você nunca me manteve informada sobre os seus negócios, nunca me contou o que você conversava com os seus amigos políticos em Roma ou em Palermo. Por muitos anos, isso me pareceu justo e, de resto, eu não conhecia outras mulheres cujos maridos as mantivessem a par dos negócios. Eu era sua esposa e tinha outros deveres sociais; uma pessoa como eu não deveria se interessar por essas coisas. Mas agora... — Hesita. Essas palavras a fazem sofrer, é evidente. — Agora eu sei que você compartilha essas informações com Vera. Não, não negue; sei que ela aconselhou você em mais de uma ocasião. Até Vincenzo me confirmou isso.

Ignazio engole em seco, não sabe o que dizer. Como explicar o que ele sente, se ele primeiramente não consegue entender? Como pode dizer-lhe que sim, que ele gosta dela, porque representa a parte mais importante da vida dele, porque juntos eles foram donos do mundo, mas que, por fim, essa vida se amarrotou como papel que queima e se transforma em cinzas? Como pode confessar-lhe que, ao olhar para trás, só vê festas loucas, viagens que na verdade eram fugas, corpos femininos sem identidade, dinheiro jogado na procura de um prazer tão intenso quanto rápido em esvanecer? E como lhe revelar que, se olha adiante, só vê o declínio inexorável da velhice, acompanhado pela ruína econômica?

Não pode. Porque lhe dizer isso tudo significaria dar corpo e voz à realidade mais dolorosa para eles: a falta de um herdeiro para a Casa

Florio. O nome dele, o nome do tio, um homem "honesto e corajoso", como o pai lhe dissera, vai acabar com ele. Não haverá ninguém para quem doar o anel que ele traz no dedo, abaixo da aliança de casamento. Esperara pelo menos um sobrinho; mas, depois da morte de Annina, mais de um ano antes, Vincenzo ficou ainda mais irrequieto e rebelde. Não, não há e não haverá ninguém...

Franca nota que Ignazio está esfregando o anel da família. Conhece esse gesto. Significa constrangimento, sofrimento, inquietação.

— Sei que você me culpa por isso — murmura, então.

— O quê? — Ignazio não olha para ela. Mantém os olhos fixos na parede à frente, para além da barreira da janela semifechada.

— Pelo fato de só ter dado para você um menino. Só um.

Um suspiro, mais de irritação do que desconforto.

— Eu não culpo você por nada. Nós tivemos um, e o Senhor o levou. Deve ter querido nos punir por alguma coisa.

— Nem a sua mãe diria uma coisa parecida.

O sentimento de culpa de Ignazio torna a apertar-lhe o peito. Porque ele pensou, sim, nos momentos mais duros, que o Senhor desejasse puni-lo. Por aquela série de loucuras e traições que fora a vida dele. Mas, no fundo, o que isso importa, agora? Se tivesse um herdeiro, o que lhe deixaria? Só dívidas e pó.

— Eu nunca abandonei meu propósito, você sabe... Sempre estive presente, fui uma esposa fiel.

Ignazio não aguenta mais. Tem de encontrar um modo de desabafar, um modo de se livrar do peso.

— Mas pare com isso, pelo menos uma vez! — explode. — Por que você não fala dos homens que a seguem por toda a Itália, que enlouquecem por sua causa, a começar por D'Annunzio e aquele marquês que cobre você de flores, terminando com Enrico Caruso, com quem eu fui burro o suficiente para fazer um contrato para o Massimo quando ninguém o conhecia! Eu sei que ele ainda escreve para você depois... De quantos anos? Dez, quinze?

Franca agita as mãos, incomodada.

— É inútil me acusar, e você sabe muito bem. Todos flertam comigo, mas ninguém jamais se permitiu ir além das palavras. Porque eu nunca lhes dei nem motivo nem oportunidade. Sempre estive à altura dos seus desejos, Ignazio. E tudo isso para quê? Sempre houve uma mulher melhor que eu, mais desejável, mais fascinante. Você vai negar?

Ignazio a olha em silêncio. No olhar, há raiva e vergonha.

Sempre estive à altura dos seus desejos, Ignazio.

A mulher ideal. Belíssima. À vontade em todas as situações. Desenvolta, mas controlada. Elegante como ninguém. Apaixonada por música e arte. Perfeita dona de casa. Não tinha sido ele próprio a incentivar a tímida menina de dezenove anos a se transformar naquela mulher sofisticada e exigente que agora estava à frente dele? Desejara uma esposa para exibir, um troféu que os outros homens invejassem. Nunca procurara nela de verdade uma companheira de vida.

Havia sido tão cego. Tão imaturo.

Ele se dá conta agora que encontrou em outro lugar aquilo de que ele realmente precisa.

— Eu...

Ela olha para as mãos, chora em silêncio.

De novo, posta-se na frente dele.

— O que Vera tem mais do que eu? — pergunta por fim, com um fio de voz.

— Franca... — Ignazio lhe enxuga as lágrimas com o dorso da mão. — Vocês são diferentes. Ela é...

— O que ela pode dar para você, além daquilo que eu te dei em todos esses anos?

Nesse momento, Franca é juiz e júri ao mesmo tempo e ele não consegue suportar. Afasta-se, dá-lhe as costas.

— Ela é tudo o que você não pode mais ser — responde. *Cheia de entusiasmo, passional, viva.* — Ela me recebeu na vida dela. Você, por sua vez, agora me tirou de todas as coisas. E qualquer desculpa é boa para ficar longe de mim: as noitadas à mesa de jogo, as viagens com as suas amigas...

Franca empalidece, arregala os olhos.

— *Você me* censura por não ter ficado ao seu lado?

— Desde que começaram os problemas você... desapareceu. Você não ficou por perto. Vera, sim. E isso fez a diferença.

— Mas você nunca me pediu!

— Você é minha esposa. Não precisava pedir a você.

Franca cambaleia.

Ela lhe deu toda a vida; ainda assim, para ele não foi o bastante. Pelo contrário, agora é como se ele a censurasse por não lhe ter dado mais. Mas o quê, como? Não fora suficiente ignorar as constantes traições dele? Enfrentar o mundo inteiro com dignidade depois da morte dos filhos? Estar sempre ao lado dele? Não, não havia sido suficiente. Franca percebe, então, que Ignazio teria desejado que ela se apagasse completamente, ficando invisível até que ele a evocasse, segundo as necessidades, os desejos dele. Depois, porém, quando ele conheceu Vera, compreendeu que a força do amor não se encontrava na submissão, mas na igualdade, no caminhar lado a lado.

Ignazio finalmente havia crescido. Mas, para fazer isso, colocara de lado Franca e tudo que existira entre os dois.

Então, ele também pode amar de verdade, se diz, mais surpreendida que amargurada. *E ama uma mulher que não sou.*

— Compreendi. Não há nada mais a acrescentar. — Endireita as costas, ergue a cabeça. A dignidade e o orgulho são as únicas coisas que ninguém poderá jamais tirar dela. — Vou ao Grand Hotel. Pode me encontrar ali — lhe diz, levantando-se. Pega o casaco. Ele não a detém. Deixa os braços penderem ao longo do corpo, a observa, examina aquele rosto capaz de esconder a dor.

Uma dor postergada, negada, escondida por tempo demais. E que agora queima a ele também, consumindo-o como um ácido.

Estarão juntos aos olhos do mundo, mas viverão existências separadas. Compartilharão a mesa, mas não o leito. E jamais irão olhar para trás.

— Vou mandar notícias — diz-lhe, mas ela já está fora da porta.

Franca desce as escadas segurando o corrimão, ainda que tenha os dedos trêmulos.

O gelo que tem dentro de si faz anos — desde a morte dos filhos, mas talvez desde antes — se transforma, de repente, em uma onda de lava. Sente o calor insuportável, sente-a ferver, crescer. Parece-lhe que essa onda a está sufocando. Então, se deixa cair sobre um degrau da escada, o rosto apoiado no braço e respira com a boca aberta, tomada por tontura violenta.

O que me restou?
Igiea e Giulia, claro, mas o que mais?

O pensamento dribla, se retorce. As lágrimas que pouco antes faziam força para sair, secaram.

Não há mais nada para acrescentar. Levanta-se, chega à entrada. Anda com passos pequenos, ela que sempre teve uma passada solta e elegante. Fora do hotel, encontra o carro que Maruzza mandou de volta para buscá-la. Enquanto o chofer abre a porta e ela faz que vai entrar, outro carro se detém na frente do ingresso.

Do carro, desce uma mulher.

O rosto de traços delicados está marcado pela tensão, cachos desfeitos saem do chapeuzinho cor de creme. Uma pequena mala aparece por baixo do manto de tecido da mesma cor.

A mulher paga o motorista, em seguida, se vira.

E naquele instante, os olhares delas se cruzam.

Vera Arrivabene arregala os olhos, surpreendida. Então ergue uma das mãos, como se desejasse cumprimentar Franca. Afinal, se conhecem faz anos, foram boas amigas. Seria um gesto normal.

Mas é só um instante.

Fecha os dedos, abaixa o braço. Deixa que Franca a olhe, sem vergonha, sem remorso. Tem o rosto branco e delicado de uma Madonna, com um ligeiro toque rosado.

Franca fica imóvel. Olha-a e ao mesmo tempo a ignora.

Vera lhe dá as costas, sobe os degraus quase correndo e entra no hotel.

Só então Franca se acomoda no carro e diz:

— Para o Grand Hotel.

Vincenzo Florio está sentado em uma cadeira e olha para fora, o queixo apoiado na mão fechada. Atrás dele, sente um movimento.

Mal se volta. Uma das duas mulheres com as quais passou a noite está acordando.

Ela o olha por sob as pálpebras pesadas de sono, afasta os cabelos avermelhados do rosto e o convida para ficar junto dela, batendo a mão no colchão. A outra, uma morena de seios fartos, está roncando baixinho, a boca fechada e os cabelos despenteados sobre as costas nuas. No quarto, cheiro de sexo, suor e champanhe misturados a um perfume de fortes notas florais.

Ele faz um gesto, negando, então volta a olhar para fora.

Está chovendo em Paris, sobre os plátanos dos boulevards, sobre os tetos de ardósia. E está chovendo faz três dias. Aquele junho frio e hostil o deixou cansado. Deveria ir para a Côte d'Azur. Ou, então, se juntar à Franca, que está na Suíça com as sobrinhas. Ignazio, por sua vez, poderia estar em Veneza ou em Roma com Vera, quem vai saber.

O hálito dele embaça o vidro. Estende o dedo, escreve um A. Depois, logo o apaga.

Annina.

Passaram três anos da morte da esposa. Três anos em que ele não fez nada além de viajar e passar de uma cama para outra, procurando afastar de si aquele mal-estar que oprime e aperta a garganta.

Mantém uma relação com uma mulher de origem russa. Às vezes, pensa ter se afeiçoado, mas noites como a que acabou de passar mostram-lhe o contrário. Na verdade, nada mais lhe importa, nem ninguém; para se distrair, tentou até se deixar envolver um pouco mais nos negócios da família, ainda que Ignazio nunca o tenha levado muito a sério.

"Annina vai sempre fazer parte de você e da sua vida", Franca lhe dissera poucos dias depois do funeral. Vincenzo estava em um banco do parque, imóvel, a cabeça entre as mãos. Ela sentara-se ao lado dele, sem encostar nele. "Você vai continuar a se perguntar o que teriam feito juntos, as palavras que ela diria, quando sorriria para você. Você vai imaginar que fala com ela, assim como eu imagino…" Fizera uma pausa, levantara os olhos para o horizonte, abaixara a voz. "Você vai pensar como teria sido ter um filho, vê-lo crescer. Uma parte de você vai continuar a viver com ela, na cabeça ou no coração... em um lugar e em um tempo que não existem." Só então lhe apertara a mão, e ele começara a soluçar. "Mas essa não vai ser a sua vida verdadeira. A verdade estará aqui, com o vazio, a ausência e as palavras que você nunca mais vai conseguir ouvir. E, por fim, imaginar o impossível vai fazer tanto mal para você que você vai preferir renunciar a isso. Vai começar a olhar o presente. E a se sentir um pouco melhor. Sei que isso parece absurdo para você, mas acredite em mim. Ninguém melhor do que eu pode saber isso..." Passara um braço pelos ombros dele e juntos haviam chorado, cada qual a própria dor.

Vincenzo balança a cabeça. Nesses três anos, voltou várias vezes às palavras de Franca, esperando que o sofrimento se atenuasse. E, pelo contrário, Annina ainda estava ali, ao lado dele, uma presença constante. *Talvez*, dissera para si, *as mulheres vejam na escuridão da dor coisas que os homens não conseguem sequer intuir. É a maldição e a salvação delas.*

Então, até naquele momento, ela está na frente dele, vestida com uma saia escura e uma blusa branca com gola de renda. Vai sentar-se ao volante de um dos automóveis deles, mas depois se detém e o olha com ar de censura, quase como se lhe estivesse dizendo: "Por que você se reduziu a isso?".

— Vincent, chéri, viens ici...*

A mulher com os cabelos avermelhados o chama, sem se importar com o fato de que a outra continue dormindo. Gostaria de mandar embora ambas, fazê-las desaparecer.

Em vez disso, se levanta, afasta-se da janela, tira a camisa e deita-se ao lado dela. Deixa que ela toque o corpo dele. Fecha os olhos, afunda no corpo dela quase com violência. Não lhe interessa como se chama, quem seja, ou qual vida tenha fora daquele quarto: é um corpo que lhe dá prazer e calor.

E ele segura com força aquele pouco de vida que consegue ter para si.

* * *

---

* Vincent, querido, venha aqui... [N. da E.]

O salão de entrada do hotel de Champfèr, em Engadina, onde se hospedam os Florio, os Lanza di Trabia e os Whitaker está tomado por uma grande agitação. Rostos tensos, telegramas passando de mão em mão, telefones tocando, camareiros que se movem velozes como formigas de uma sala para outra. Por mais ou menos um mês — desde que um jovem nacionalista sérvio matou, em Sarajevo, o arquiduque Francisco Ferdinando e a esposa Sofia — correm rumores de uma possível declaração de guerra da Áustria à Sérvia, sobrepostos e contraditórios. E o ultimato dado ao governo sérvio pelo embaixador austríaco em Belgrado, no dia 23 de julho, deixa poucas esperanças para uma solução pacífica da crise.

Sentada na poltrona, Franca lê os jornais italianos e alemães, confusa, incapaz de se desenredar nessa alternância de exaltação bélica e de "intensidade febril exigida pela gravidade das circunstâncias", da qual a Itália estaria lançando mão para manter a paz, como diz o *Corriere della Sera*.

— Cá estou, Franca. *Désolée d'être en retard.** — Giulia Lanza di Trabia lhe dá um beijo no rosto e olha ao redor. — Norina e Delia não estão aqui?

— Não, elas passaram aqui alguns minutos atrás, com Tina, dizendo que tinham lhe prometido passar a tarde com ela. Elas virão nos encontrar às cinco horas para o chá. Elas têm trinta anos, mas de vez em quando aquela mulher trata as filhas como se fossem duas crianças.

— Melhor assim — diz Giulia sorrindo e vestindo as luvas. — Vamos?

Fazem um gesto cumprimentando Giovanna que, na companhia de Maruzza, está tomando um pouco de sol no terraço, e então saem por uma porta na parte de trás do hotel.

Giulia respira profundamente o ar frio.

— Uma pena Igiea e Giugiù não estarem aqui também!

— Hoje mesmo chegou uma carta de Zurique: a governanta diz que o tratamento de Igiea para a coluna parece estar fazendo efeito. Quanto a Giugiù, é igual ao pai: diz sempre que a montanha "a deixa

---

* Desculpe-me o atraso. [N. da E.]

cansada" e passa o tempo correndo pela casa. De resto, o que deve fazer o anjinho? Só tem cinco anos...

Com passo firme, Giulia se dirige à trilha, rumo a um bosquezinho de pinheiros que se estende pela encosta da montanha.

— E você, teve notícias de Giuseppe?

— Não. — A voz de Giulia soa áspera. Seu primogênito sempre teve uma índole irrequieta, rebelde. — Com o que está acontecendo, seria prudente que estivesse aqui, ou em Palermo... ou que, pelo menos, nos dissesse onde está. — Faz uma pausa, os lábios cerrados. — Acho que está em Veneza, com *aquela lá*.

— Madda... — Franca olha ao redor, observa os cumes das montanhas pontudos contra o céu. Na frente delas, entre as árvores, se estende um percurso panorâmico. Diminuem os passos, quase param. O ar é balsâmico, perfumado de verde, impregnado do cheiro de almíscar. De vez em quando, o canto de um passarinho quebra o silêncio. — Duas por duas. As gêmeas Papadopoli não sabem mesmo o que é a fidelidade e o respeito do vínculo matrimonial.

— Pelo amor de Deus! — Giulia faz uma careta. Ao contrário de Franca, nunca deu muita atenção à própria beleza, e o tempo não lhe deu trégua. O rosto ficou pontudo, marcado pelas rugas. — Se eu penso como ela o cercou! Era um menino quando se conheceram, e ela já tinha uma filha. Giuseppe queria que eu me encontrasse com ela... mas é uma loucura! É casada e largou tudo por causa dele. Não, me recuso a vê-la; acho indigno até mesmo mencionar o nome dela.

Franca segura-lhe o braço.

— Tem razão. E como tem.

— Meu irmão está com a irmã dela, Vera, suponho.

O suspiro exasperado de Franca é a resposta.

Giulia faz um gesto de desprezo.

— Abandonar quatro filhos e um marido para ficar com outro homem, ainda por cima casado... O mundo está enlouquecendo!

Franca se detém de repente, olha Giulia, aperta o braço dela.

— Você se lembra do que me disse, tantos anos atrás, no jardim de inverno da sua casa?

Giulia olha um ponto à distância e sorri.

— Estava tão assustada... Tudo e todos te apavoravam, incluindo minha mãe.

— Mas você me disse que eu deveria ficar com o que era meu por direito, que eu deveria ter orgulho de ser uma Florio, de levar esse nome.

— Sim. E você fez isso. Sempre, até nos momentos mais difíceis.

Franca sorri, amargurada.

— Aprendi a fazer isso, sim. Custou-me tanto, mas por fim eu consegui. Perante o mundo, fui uma Florio. E serei, sempre. Mas por dentro...

Giulia segura as mãos dela.

— Por dentro, você morreu tantas vezes. Por tudo que passou, pelo comportamento de Ignazio... Eu sei disso, também.

— Sim, mas tem outra coisa. Até dois anos atrás, eu tinha certeza de que conhecia o meu marido. Eu tinha deixado, fazia tanto tempo, de justificar as ações dele, de aceitar em silêncio os defeitos dele. Mas estava convencida de que o amor continuasse a nos unir.

Giulia ergue uma sobrancelha.

— Sim, ainda chamo de amor. Havia, de qualquer modo, um elo entre nós. Então apareceu Vera, e Ignazio se apaixonou por ela. E eu fiquei realmente sozinha.

— Franca, minha querida, você não está sozinha... Tem eu, Igiea, Giugiù... — murmura Giulia.

A outra endireita as costas, olha à distância.

— Sim, graças a Deus vocês existem. Mas, quando me olho no espelho, só vejo a mim, como se o mundo não existisse. Vejo uma mulher alquebrada que, contudo, continua a viver. — Inspira. — Então, é o que eu queria dizer para você: graças também às suas palavras, aprendi a não depender de ninguém, a seguir em frente apesar de tudo.

— A não sentir mais nada? — murmura Giulia.

— Você sabe muito bem que não é possível. Quantos anos se passaram desde a morte de Blasco?

— Vinte e um — responde Giulia com um fio de voz.

— E houve um dia desde então, só um, em que você não tenha pensado nele?

A outra balança a cabeça.

— Os nossos mortos não nos abandonam nunca. E a presença deles é dor e consolo ao mesmo tempo.

De repente, Giulia começa a chorar, segurando a cabeça entre as mãos.

— Você fala dos mortos, e eu, eu...

— O que foi? — pergunta Franca, repentinamente ansiosa. Nunca viu a cunhada chorar assim. — Não está se sentindo bem?

Soluçando, Giulia balança a cabeça.

— Não, não... não queria dizer nada para não deixar você preocupada, mas tenho muito medo, Franca. Falei com Pietro ontem à noite. Ele está em Roma e disse que coisas horríveis estão para acontecer. De acordo com ele, os austríacos vão atacar a Sérvia e isso fará com que a França, a Rússia e talvez a Inglaterra entrem em guerra. E eu tenho medo, sim, porque tenho filhos homens e só Deus sabe o que poderia acontecer.

— Mas os jornais dizem que o governo italiano está servindo de mediador...

— Pietro estava muito cético — responde Giulia, secando as lágrimas. — A guerra está à nossa porta, e só o Senhor sabe como pode acabar. E eu não posso deixar de pensar que os meus filhos irão combater. Giuseppe tem 25 anos, Ignazio tem 24, e Manfredi, vinte. São homens feitos, são Lanza di Trabia, e o lugar deles é na linha de frente. É o dever deles.

Franca não sabe o que dizer. Primeiro a Olivuzza e em seguida a Villa Igiea sempre ficaram abertas para todos. Não consegue nem lembrar quantos ingleses, franceses, alemães e russos encontrou. Políticos e artistas, banqueiros e empresários, acompanhados pelas famílias. Conversaram, jantaram juntos, dançaram até o amanhecer, jogaram cartas e tênis, riram de alguma piada ou de alguma brincadeira. Mergulharam no mar ou escalaram o monte Pellegrino, passaram horas felizes em Favignana, fizeram longas viagens nos iates de Ignazio ou no carro de Vincenzo. Pensa no cáiser, no soberano da Inglaterra, na imperatriz Eugênia...

E agora eles estão decidindo colocar a Europa sob ferro e fogo.

Os filhos de Giulia são tão jovens... Por outro lado, Giovannuzza agora teria 21 anos, e talvez tivesse de ver o marido partir. Ignazino, no entanto, só tem dezesseis, então é jovem demais para...

Não. Pare. Eles não estão mais aqui. Giulia, porém, está.

Coloca uma mão no ombro da cunhada.

— Pietro provavelmente está exagerando: sempre vê as coisas piores do que são. Não vai acontecer nada de ruim com seus filhos.

— Espero que sim. — Giulia inspira profundamente para se acalmar. — Sim, é melhor pensar no futuro das minhas filhas, de Sofia ou de Giovanna. Já estão com dezoito e dezessete anos.

— Ou então no futuro daquele patife do Ignazio — completa Franca com um sorriso forçado. Não suporta ver Giulia sofrendo desse modo. — Vamos, temos de olhar a vida que continua e não essas coisas horríveis, das quais não temos certeza.

Quando retornam ao hotel, contudo, percebem na hora que a excitação anterior se transformou em medo. A angústia agora é física; no ar percebe-se um irritante cheiro de fumaça de cigarro e de suor. Grupos de pessoas rodeadas por baús e malas perseguem os porteiros: pedem a conta em voz alta, se agitam, xingam, imploram atenção, perdem o controle. Em um canto, uma mulher soluça e duas crianças, sentadas no chão, choram, ignoradas por todos.

Por um instante, a mente de Franca desliza, longe, volta à noite em que o filho morreu.

Depois, olha ao redor, frenética, procura um rosto amigo e o encontra: Maruzza levanta-se do sofá em que estava sentada ao lado de Giovanna, que está rezando um rosário com olhos fechados, e se aproxima dela.

— A Áustria declarou guerra à Sérvia. E dizem que outros países logo serão envolvidos.

— Como? Quando? E a Itália? — Franca e Giulia falam ao mesmo tempo, e Maruzza ergue as mãos, as detém.

— Eu telegrafei para avisar dom Ignazio — diz, virando-se para Franca. — Os Whitaker já estão fazendo as malas. Todos estão saindo do hotel para voltar para casa.

Giulia coloca a mão no peito, como para acalmar as batidas do coração.

— Tenho de falar com o meu marido e os meus filhos. Sim, vocês têm razão: devemos voltar para a Itália. Franca, você tem os documentos que confirmam que você é dama da corte da rainha Elena, não tem?

Franca assente, mas está confusa.

— Sim, mas...

— Ótimo. Tenho certeza de que esses documentos valham como salvo-conduto diplomático para você e a sua família — explica Giulia, pragmática. — Entre em contato com Zurique e diga para a governanta arrumar as meninas para uma partida imediata.

Franca assente.

— Farei isso agora mesmo.

— E fale com Ignazio — acrescenta Giulia em voz mais baixa. — O lugar dele é com você, agora. E é bom que se dê conta disso.

— Claro que eu me dou conta do perigo. Contudo, é meu perfeito dever...

— Mas nós fomos hóspedes do imperador em Viena! E você quer partir como voluntário contra ele? É absurdo!

— Estamos em guerra, e cada qual tem de fazer a sua parte.

Por quase um ano, Franca esperou que a Itália ficasse fora do conflito. O medo da guerra cresceu dentro dela aos poucos, e ela o escondeu por muito tempo no lado escuro da alma, como faz com tudo que não consegue aceitar. Mas agora não pode mais evitá-lo.

Levanta-se, anda pelo quarto, domina com esforço a tensão. Pouco antes foi ao palácio Butera e encontrou Giulia com o coração partido porque os filhos estão se preparando para partir. Franca adora esses moços: Giuseppe, Ignazio e Manfredi fazem parte da vida dela, viu-os crescendo e se tornando homens, enquanto ela perdia os filhos. A mera ideia de vê-los de uniforme a deixa angustiada. Não quer nem imaginar o que a cunhada está sentindo. E então decidiu. Vai evitar se despedir, porque assim não será forçada a admitir que tudo isso esteja acontecendo mesmo. Está tão cansada de se defender da vida e do mundo.

Sai do aposento e se dirige ao pequeno templo que tem vista para o mar, fechando os olhos por causa da luz. Parece-lhe absurdo falar de guerra na tranquilidade do jardim da Villa Igiea, entre as plantas em flor, com o perfume do verão no ar. Ao longo das alamedas que se dirigem em direção à costa, entre as sebes de buxo e de pitósporo, dois jardineiros estão plantando novas plantinhas e falam em voz baixa. Apenas os barulhos do porto, à distância, perturbam o sopro do vento entre as palmeiras.

Moram na Villa Igiea agora, junto com Giovanna, Maruzza e a governanta inglesa das meninas, Miss Daubeny. A Olivuzza havia ficado grande demais, tinha muitas despesas e um jardim que exigia trabalho além da conta. Melhor aquele aposento no hotel deles, de qualquer modo luxuoso, porém mais simples para administrar. Além disso, agora a Villa Igiea está semideserta, já que os hóspedes — quase todos italianos — partiram já faz alguns dias.

Ignazio se aproxima dela, mas Franca cerra as mãos e, sem se virar, pergunta:

— E é mesmo necessário você se alistar tão rápido?

Ele hesita, olha na direção da almadrava de Arenella e da Villa dei Quatro Pizzi, tão amada pelo avô. O azul profundo acalma a irritação dele. A testa relaxa, rememorando os cruzeiros no *Aegusa*. Mas isso é só um instante. *Uma vida anterior*, pensa com amargura.

— Necessário? Sim — acaba respondendo. — Agora posso agir de modo a obter um posto longe da frente de batalha e adequado às minhas capacidades. Farei o mesmo por Vincenzo, que se arrisca a acabar nas primeiras fileiras por ser mais jovem; é um excelente motorista e um ótimo mecânico, e poderia ser útil nos transportes nas retaguardas. Também está pensando em abrir uma pequena fábrica de aeroplanos ou hidroaviões em sociedade com Vittorio Ducrot, e também me falou sobre o projeto de um veículo que seria útil ao exército nas zonas de acesso mais difícil... Resumindo, você sabe como é Vice: sempre em movimento.

Franca balança a cabeça.

— Vai acabar fazendo algo imprudente. É um cabeça quente.

— Imagina! — Acaricia o braço dela. — Não estaremos em perigo. Você vai ver.

Ela se volta para olhar o marido. Ignazio, agora, tem várias mechas grisalhas, e a boca, outrora elegante e fina, está marcada pela amargura.

— Você acha que vai acabar logo? — pergunta, as mãos entrelaçadas sobre a saia preta.

Ignazio aperta os ombros.

— Não saberia dizer. Parecia que iria durar poucas semanas e em vez disso já faz um ano que estão combatendo. — Abaixa a voz, roça a manga de renda branca da blusa de Franca. — E, de qualquer maneira, a guerra só vai piorar as coisas.

A voz está repleta de uma resignação que Franca acha difícil interpretar. Ela gostaria de entender, e está a ponto de fazer perguntas; só que naquele momento um barulho a faz olhar para trás.

— Desculpem-me por interromper. Se eu tivesse sabido que estava ocupado, sr. Florio, teria esperado para falar com o senhor.

— Fique à vontade, sr. Linch. Bom dia.

Carlo Augusto Linch se aproxima deles com passos largos e macios. Ignazio vai encontrá-lo, o cumprimenta, caloroso, ao passo que Franca se limita a um aceno com a cabeça. Desconfia daquele argentino, principalmente por saber muito pouco sobre ele: só que estudou em Milão e no Politécnico de Zurique, que dirigiu uma fábrica na Alemanha e que, no início da guerra, voltou para a Itália. Rapidamente conquistou a confiança do marido e do cunhado, fascinando-os com seu bom caráter, com sua índole tranquilizante e com sua fala fluente. Assim sendo, ambos decidiram chamá-lo para a administração dos bens deles, ou melhor, daquilo que restava. Portanto, há três meses, ou seja, desde fevereiro de 1915, Linch se tornou administrador e procurador dos Florio.

Franca permanece afastada, observa os dois homens. Ouve a frase "Porque o patrimônio da Casa Florio é...", e ergue a sobrancelha. Mas que patrimônio, se agora até Cartier e Worth — dos quais é cliente faz mais de vinte anos — lhe pedem para assinar "documentos" para garantir o pagamento das contas? Sem mencionar o que havia acontecido apenas no dia anterior: uma camareira se demitira porque não havia recebido regularmente o salário. Uma verdadeira falta de respeito para com quem havia dado comida e trabalho à metade de Palermo.

— E a senhora? O que faria?

Ela dá uma risada constrangida.

— Perdoe-me, não o estava escutando. De que falavam?

— Eu estava dizendo... O que a senhora faria para ajudar a pátria neste momento? Ofereceria os seus préstimos como *crocerossina*, membro da Cruz Vermelha?

— Ah... Sim, com certeza. No hospital, aqui em Palermo, suponho.

Linch sorri para ela, embora em seguida desvie o olhar, como se aquela resposta não o convencesse nem um pouco.

— Tenho certeza de que a senhora saberá se adequar a esta situação difícil. Tempos de grandes renúncias nos esperam — murmura.

Franca fecha os olhos. Por trás daquelas palavras, percebe haver uma censura com relação à conduta dela, por conta das despesas e, principalmente, por aquilo que agora se tornou o seu único passatempo.

As cartas. *Chemin-de-fer*, bacará, pôquer. Quando joga, a tristeza fica menos opressiva, os pensamentos são mais leves, o tempo passa. Claro, junto com as horas lá se vai também o dinheiro, porque ela aposta alto. E tem sorte, "mais do que o devido", como diz sempre a companheira à mesa de jogo, Marie Thérèse Tasca di Cutò, chamada Ama, esposa de Alessandro e cunhada da pobre Giulia Trigona. *Mas não o suficiente*, Franca gostaria de retrucar.

— Creio ter no escritório os documentos necessários. — Ignazio está dizendo a Linch. — Vou mandar arrumar o carro, assim iremos juntos.

— Não é necessário. Posso dizer-lhe tudo aqui, sem problemas.

Franca olha aquele homem, depois o marido. Uns tempos antes, teria se afastado em silêncio, porque aqueles eram assuntos de homem. Mas agora quer escutar, compreender. *Se a amante de meu marido sabe tudo sobre os nossos negócios, por que eu deveria ficar no escuro?*, pensa com irritação. Por isso, os segue a caminho de uma saleta toda em vime, em um canto do terraço da Villa Igiea; dá ordens para um empregado trazer uma garrafa de limonada e senta-se sobre uma poltrona, com desenvoltura.

Linch a observa de soslaio, com um ar ligeiramente inquisitivo. Franca devolve-lhe um longo olhar de desafio, depois olha para Ignazio, na expectativa.

Está constrangido, Linch. Nunca havia lhe acontecido ter de discutir negócios na presença de uma mulher. O olhar de Franca é tão penetrante que ele quase balbucia.

— Então... se me permite...

Sem considerar a esposa, Ignazio senta-se, bebe um gole de limonada.

— Por favor. Fale.

Linch abre, cauteloso, a pasta que trouxe, apoiando-a em uma mesinha. Toca os papéis — cartas, apontamentos, contas — como que para organizar as ideias; em seguida, junta as mãos, com as pontas dos dedos unidas na frente do rosto.

— Como o senhor sabe, há alguns dias eu finalmente terminei uma análise profunda da sua situação financeira. Como mencionei, tinha a intenção de ir a Roma para tentar formar um consórcio que ajudasse a Casa Florio. O Banco da Itália poderia ser fundamental para sanar as suas situações de débito. Em primeiro lugar, o contrato com Lavagetto e Parodi para as almadravas em Egadi. Está evidente agora que foi uma escolha desafortunada, tornando tudo muitíssimo mais complicado. No início, claro, o senhor teve uma boa injeção de liquidez que lhe permitiu sanar algumas pendências da Casa Florio, mas o rendimento das almadravas foi completamente inadequado para cobrir apenas os juros. Além do mais, o empréstimo que o senhor fez de modo... incauto com a Société Française de Banque et de Dépôts para cobrir outras perdas está mostrando ser muito danoso.

Ignazio ouve, impassível. Franca tenta acompanhar o discurso, mas muitas coisas não ficam claras para ela.

— Além do mais, há os pacotes de ações que garantem outros empréstimos e que agravam, de diversos modos, o endividamento da Casa. Tenho a intenção de solicitar uma interrupção dos pacotes que ainda estão em sua posse para obter liquidez, assim como subvenções por parte de outras instituições bancárias, subvenções garantidas por hipotecas sobre os seus bens imóveis, a serem vendidos em uma fase posterior. — Ele se detém, suspira. — Resumindo: o senhor precisa de muito dinheiro, e isso o força a pedir empréstimos aos bancos, oferecendo-lhes como garantia imóveis como a Olivuzza e também os seus imóveis no distrito de Castellammare. Bens que, no futuro, deverão ser vendidos.

Ignazio sobressalta-se.

— A nossa casa e... até o armazém de aromas?

— Sim, junto com os outros armazéns e as propriedades.

— Até a casa da rua dos Materassai... a casa do meu pai? — A voz é fraca, um fiapo levado embora pelas rajadas de vento entre os pinheiros.

— Receio que sim.

Ignazio passa os dedos entre os cabelos.

— Meu Deus... — Dá risada, mas é um som fragmentado, sujo. — Para dizer a verdade, não vou lá faz muitíssimo tempo... Aliás, se for por isso, minha esposa não deseja nem mesmo ir aos Quattro Pizzi, que até fizemos restaurar porque eu já esperava ter de ceder a Olivuzza... Mas vender a casa da rua dos Materassai... — Cerra a mão, apoia nela o queixo.

De repente, Franca sente-se fora de lugar. Nunca viu a casa do pai de Ignazio, e a sogra poucas vezes lhe falara sobre ela. E, sim, nunca gostou muito da Villa dei Quattro Pizzi: não pode dizer que seja feia, mas é pequena demais para as necessidades deles e fica em um bairro popular, Arenella. Não seria nem mesmo adequada para receber os hóspedes que, para chegar lá, deveriam passar por ruas cheias de carrinhos para transporte de mercadorias e gente pobre.

Mas ouvir dizê-lo isso, como uma censura, é uma mortificação que ela não esperava.

Linch pega uma folha de papel.

— Receio que não teremos muitas margens de manobra com o Banco da Itália. Tentei solicitar um encontro com Stringher, mas me responderam que ele está muito ocupado e, principalmente, não interessado.

— Imagine só... — Ignazio se levanta em um salto, bate na mesinha, fazendo a garrafa balançar. — Aquele filho da mãe quer uma desforra por tudo que aconteceu em 1909, quando eu saí do consórcio, eis a verdade. Ele nunca se interessou pela Casa Florio! — Ignazio está quase berrando. — Sempre quis nos privar de tudo, até da nossa dignidade. — Afasta-se alguns passos, murmura um insulto em dialeto, então cobre os olhos com a mão. — Terei de escrever a respeito de tudo isso para Vincenzo... Acho que está retornando de Paris — considera. — Não sei o que ele anda fazendo agora... Passa mais tempo na França do que em qualquer outro lugar e só volta para cá para organizar a Targa ou alguma outra competição...

— Acalme-se. Sente-se — diz Linch com firmeza. — Também precisamos falar sobre isso.

Ignazio volta para a pequena poltrona de vime com a expressão de um condenado que se aproxima do patíbulo. De repente, Franca sente pena dele. Instintivamente, estende a mão, porque gostaria de consolá-lo, para que pudesse entender que ela está do lado dele. Mas Ignazio senta-se sem olhar, e ela coloca a mão no peito.

— Vai ser preciso limitar toda uma série de atividades e, ao mesmo tempo, reduzir as despesas — explica Linch, pronunciando as palavras com clareza, como se estivesse tranquilizando um animal ferido. — Eu me refiro às doações beneficentes, por exemplo... — E olha Franca. Um olhar rápido, quase furtivo. — Mas também às despesas com roupas e joias. Ou então esbanjamentos como todos aqueles relógios de bolso com a sua marca que o senhor deu para os fornecedores... Às despesas arbitrárias em geral, resumindo. O patrocínio do Teatro Massimo ou da Targa deve passar por um redimensionamento significativo.

— Essa história de novo? — Ignazio morde os nós dos dedos cerrados. Balança levemente, para a frente e para trás, na poltrona. — Cortar as ações beneficentes, as subvenções ao Massimo... O advogado Marchesano já havia mencionado isso, pelo menos sete anos atrás! Mas é possível que ninguém se dê conta do nome que eu tenho? Seria como anunciar publicamente, pelas ruas de Palermo: "Ignazio Florio está falido!".

— Talvez, se o senhor tivesse feito essa opção, agora estaria em uma condição menos crítica. E sim, admito, a decisão é dura demais, mas agora, mais do que nunca, necessária, se o senhor desejar se salvar. — Linch folheia os papéis, pega outro, mostra-o para Ignazio. É uma letra de câmbio garantida pela assinatura trêmula de Giovanna. — Está vendo isto? Pedi uma prorrogação para o Banco da Itália, e eles a concederam unicamente por ser garantida pelo patrimônio de sua mãe.

Pela primeira vez na vida, Ignazio Florio enrubesce.

Linch não consegue esconder a pena. As rugas nos cantos da boca parecem ficar mais profundas, os olhos se abaixam.

— Serão necessários muitos sacrifícios por parte de todos — murmura. E se volta para olhar Franca, que instintivamente cruza os braços no peito. — Seria útil, por exemplo, oferecer um penhor aos bancos como garantia das dívidas. — Uma pausa, longa. — Penhores em joias.

Ela empalidece. Balança a cabeça com força.

— Não, não podem me pedir isso... — A voz é um riscar de vidro contra vidro. — Não as minhas joias. Há alguns brilhantes na caixa-forte, ele sabe — acrescenta, indicando Ignazio, que, contudo, parece ignorá-la. — Não há necessidade de... usar as minhas.

— Como eu dizia, todos devem fazer sacrifícios, incluindo a senhora. — Linch não ergue a voz, mas o tom não admite réplicas.

Franca está desconcertada: ninguém nunca falou assim com ela, muito menos um desconhecido.

Ignazio dá de ombros. Suspira. Quando volta a falar, o faz em tom abatido. De homem derrotado.

— Que seja. As casas, as joias... Agora, que diferença faz? O rei está nu! — Levanta-se de novo, volta a andar devagar, se detém ao lado de um dos pilares e o acaricia. Na memória passam imagens que fazem os lábios se estenderem em um sorriso doce. — Houve um tempo em que eu teria feito de tudo para defender o que me pertencia. Lutaria, aceitaria mortificações e humilhações. Mas agora não tem mais nada, ninguém por quem lutar. Eu sou uma árvore sem brotos e, em breve, o nosso país também o será. Esta guerra só trará calamidades, durante e depois. E por que, por quem eu deveria reagir? — Vira-se para olhá-los. — Não tenho nada mais daquilo que me tornava um Florio. — Conta nas pontas dos dedos. — Vendi a cantina, a primeira empresa do meu avô Vincenzo. Tentei construir um estaleiro, mas foi para o brejo, e com ele a Navegação Geral Italiana que o meu pai tornara grande. Permiti que a Fundição Oretea fosse à ruína. Deixei nas mãos dos tubarões as almadravas de Egadi, convencido de que poderia me reerguer, mas em vão. Quando pedi ajuda, só recebi cordas para me enforcar. O que me resta? O Banco Florio transformado em um negócio burocrático e este hotel que, com a guerra, ficará vazio... Estou quase perdendo tudo, até a minha casa. Portanto, a história da minha família. — Fixa o olhar sobre Franca. — E então, o que podem me importar as suas joias? Restam apenas a dignidade e um pouco de orgulho. Veja de não os desperdiçar.

Franca se levanta de um salto, agarra o pulso dele, o sacode com força.

— Você não pode! — Segura as mãos dele. — Você não pensa em mim e nas suas filhas?

Nesse momento, é exatamente Igiea que aparece na soleira da porta-janela. É uma menina de quinze anos, graciosa, com cabelos curtos e o rosto delicado parecido com o da mãe. Dá um passo no terraço, ergue a mão para se proteger do sol e olha os pais. O fato de eles estarem brigando não é uma novidade.

— *Maman*, Maruzza e eu estávamos nos perguntando se iremos encontrar a princesa Ama mais tarde. Maruzza deve ir ou ficar com *granny*? A senhora sabe que ela não tem passado bem.

A mão de Franca, branca e rígida, solta o pulso de Ignazio.

— Iremos ter com os Tasca di Cutò mais tarde. Sim, é melhor que Maruzza fique com a sua avó.

Ignazio espera que a filha se afaste, então passa por Franca e se aproxima de Linch.

— Faça tudo que for possível para salvar o que se pode salvar — diz isso em voz baixa, calma. — O senhor terá o que for preciso como garantia para as letras de câmbio ainda por pagar.

Linch se levanta. É um pouco mais velho que Ignazio e quase tão alto quanto ele, mas o físico é mais enxuto.

— Preciso de uma lista de *todas* as suas despesas, sr. Florio. Cada gasto, cada compra, cada conta por pagar. Mostre-me as faturas e, a partir deste momento, por favor, não compre nada sem me consultar antes. Posso contar com o fato de que o senhor dirá isso também ao seu irmão?

Acena que sim, Ignazio. Compreendeu que Linch será implacável com ele e com Vincenzo.

— Vou tentar. Em poucos dias partirei como voluntário, sabe…

— Um gesto louvável. Será minha missão manter o senhor em dia e lutar para que o Banco da Itália e Stringher sejam de um parecer mais brando. — Linch pigarreia, aproxima-se de Franca. — Senhora… receio que isso seja válido também para si. Pode mostrar-me a lista atualizada de suas despesas?

Franca assente. Olha o monte Pellegrino, como se o estivesse admirando; mas, na verdade, está tomada por uma raiva feroz, que se mistura à humilhação. As despesas dela? Claro. E então aquelas que Ignazio faz por causa de Vera, em Roma, já que agora vive com ela? Sem contar que — tem quase certeza — a decisão do marido de ir para a guerra depende exatamente dessa mulher que, ela ficou sabendo, se alistou como enfermeira voluntária.

Pela enésima vez, foi posta de lado, suportando o peso dos erros alheios, além dos próprios. *Mas as minhas joias não*, pensa. *Eles não as terão, jamais.*

* * *

O aposento está quente demais. As cortinas de damasco vermelho deixam passar a luz avermelhada do pôr do sol através de um manto de nuvens que ofusca o horizonte. Sentada na poltrona, Maruzza está com a cabeça apoiada na palma de uma das mãos e, com a outra, mantém abertas as páginas de *Forse che sì, forse che no*, deixado na Villa Igiea por Franca anos antes. O Poeta lhe dera com uma dedicatória que dizia: "Para dona Franca Florio, com toda a devoção", e ela o mandara encadernar em marroquim com debruns dourados.

Sim, tantos anos antes, quando a guerra estava distante e ninguém sabia o que aconteceria, pensa Maruzza com um suspiro.

Franca vem cada vez menos a Palermo. Quando não está viajando, passa longos períodos em Roma, geralmente no Grand Hotel, com as filhas e com Ama Tasca di Cutò, que abandonou mesmo o marido Alessandro e os filhos e aparece em público com um jovem "cavalheiro servente".

Com esse pensamento, a dama de companhia fecha o livro de repente. *Nunca se deveria julgar*, pensa, *mas, com efeito, esses Tasca di Cutò não sabem mesmo conter-se*. E dizer que, em todos aqueles anos andando pela Europa na companhia dos Florio, ela viu muitas coisas, e como viu... Pensa com saudades nas longas temporadas em Montecatini, na Suíça ou na Côte d'Azur, e nas despesas que Franca costumava bancar para ela também.

Agora não mais.

Levanta os olhos para o teto, o rosto exprimindo uma pena impossível de esconder. A guerra se insinuou na vida de todos como uma mancha de umidade que arranca lentamente o gesso de uma parede, deixando-a esburacado. Os homens têm permissão para agir, para combater na esperança — ou é uma ilusão? — de poder mudar as coisas, de voltar à normalidade. As mulheres, por sua vez, só podem esperar que a tempestade passe e, enquanto isso, contemplar a devastação, se perguntando se e quando a vida poderá retomar o rumo.

E quem sabe como será a vida, depois.

— Maruzza... Maruzza...

A voz provém do amontoado de cobertas em que Giovanna está envolta. Frágil, cansada, pálida, anda enrijecida pela artrose. Está descansando na poltrona e divide os dias entre ela e a cama.

— Meus filhos ainda não vieram? — pergunta em um sussurro marcado pelo pranto. — Mas eles não sabem que estou mal?

Maruzza se aproxima dela, acaricia o rosto, enxuga-lhe uma lágrima.

— Dona Giovanna, estão em guerra, a senhora sabe...

— Sim, eu sei... mas eu sou a mãe deles e me encontro aqui, mal. Poderiam deixá-los vir por dois dias... E Franca? Franca, onde está?

— Em Roma com as filhas, Igiea e Giugiù.

— Ah... Roma... E será que ela não poderia vir?

Maruzza se inclina e lhe beija a testa, fala com ela, procura acalmar a ânsia. A respiração está de novo difícil, observa, talvez por ela estar se agitando ao pensar nos filhos distantes. Depois de tantos anos, sente-se mais próxima daquela mulher do que os próprios parentes dela. Ela a viu envelhecer sozinha, ficar sempre mais magra, sofrer com a morte dos netinhos, com as dificuldades econômicas da Casa Florio, com a perda da dignidade daquele nome outrora poderoso e respeitado.

Leu no rosto dela pena e desilusão, quando os filhos lhe pediram para endossar suas letras de câmbio ou lhe pediram que vendesse os terrenos de seu dote para pagar os juros de dívidas que não conseguiam saldar.

E agora está sozinha e doente. *Angina pectoris*, dizem os médicos: assim classificaram as dores que a atingem, dos braços até o tórax, e que tornam difícil qualquer movimento de respiração. Por fim, os sofrimentos e as preocupações — passadas, presentes e futuras — haviam cobrado o preço.

Maruzza anda pelo aposento, enche um copo e pinga nele umas gotas de um remédio que deveria acalmar os batimentos daquele coração adoentado. Giovanna bebe, resignada, e então lhe pede para abrir a janela, quer ver o céu e os últimos raios de sol. A mulher obedece. O pôr do sol é luz brônzea que jorra no aposento, ilumina os móveis de Ducrot e as fotografias na cômoda. Acima delas, o retrato do marido Ignazio. Um quadro novo, feito depois do incêndio.

É junto dele que Maruzza para. *É mesmo possível amar por toda a vida um só homem?*, se pergunta. Porque é claro que Giovanna sempre conservou no coração aquele marido que ela, Maruzza, não conheceu senão por meio das histórias dos demais familiares. Uma pessoa controlada, contida nas emoções: quieta, gentil, capaz de grandes gestos de ternura, mas também fria e cruel. Giovanna parece flagrar esses pensamentos, pois a chama, faz um gesto para que se afaste.

— Deixe-me olhá-lo — diz, com os traços do rosto mais doces. Nos lábios marcados pelos anos, aparece um vago sorriso. Então Giovanna ergue a mão, indica a cômoda. — Pegue para mim a fotografia do meu filho Vincenzo.

Maruzza está a ponto de pegar a foto do Vincenzo que ela conhece, mas então compreende: a mão se detém na metade do caminho e vai na direção da outra moldura, que contém a imagem de um menino de rosto sério e meigo. Entrega-lhe, e Giovanna beija a imagem, colocando-a junto do coração.

— Sangue do meu coração — murmura em dialeto, e procura se erguer. — Diziam-me que eu tinha sorte. Eu, para quem não sobrou mais nada pelo qual chorar. — Beija a foto, a acaricia. — Se ele estivesse vivo, provavelmente não acabaria assim. Sabe de que tenho medo, Maruzza? Que quando eu fechar os olhos os meus filhos briguem por causa do dinheiro. Não têm paz, nem paciência, os dois... Onde eles estão, por que não voltam para perto de mim? Ignazio, Vice... onde estão vocês? — chama e se agita, e quase tenta se levantar. Maruzza ajeita-lhe as cobertas, tenta acalmá-la.

— Eu disse, eles estão no front. Talvez voltem no Ano-Novo. Por enquanto não pense nisso, dona Giovanna; e principalmente não fique agitada, senão depois dói-lhe o peito.

— Encontram os ossos — diz Giovanna em siciliano, sombria. — Vire a poltrona para a janela, quero ver lá fora — acrescenta com um tom que, por um instante, fica enérgico. — Talvez seja isso o que me sobrou. Não tenho mais nada, nem a casa, nem a saúde. Nada de nada. Somente os olhos para chorar.

Não sem esforço, Maruzza vira a poltrona, de modo que Giovanna possa ver a cidade descolorindo; daqui a pouco, com o toque de recolher, irá perder qualquer vestígio de luz. Envolta pela escuridão, Palermo adormecerá, amedrontada como uma menina que analisa o vazio da noite e só vê dor e angústia. E então encolher-se-á toda, para em seguida cair em um misericordioso sono sem sonhos.

Maruzza acaricia-lhe os cabelos grisalhos e murmura:

— Vou pegar o jantar. Pedi para fazerem uma canja para a senhora. Volto logo.

A Villa Igiea foi parcialmente requisitada para servir de hospital para os oficiais. Ao longo dos corredores passam enfermeiras e homens de uniforme ou de pijamas que se arrastam com muletas e bengalas. Aqueles passos claudicantes ressoam, batidas ritmadas como as de um tambor. Até o ar da casa mudou: onde um tempo pairava uma fragrância misturada de colônia, cigarros, flores e pó de arroz, agora há um cheiro forte de doença que se junta ao da comida preparada nas cozinhas do subsolo. Os tapetes vermelhos dos corredores foram tirados, o salão de jogos está ocupado por fileiras de camas e o tilintar das fichas foi substituído por lamentos. Até os corrimãos sinuosos da escada estão lascados e recobertos por uma camada de pó.

Fora das cozinhas, Maruzza espera que o jantar fique pronto. Encostado na parede, há um espelho de moldura maciça dourada, e ela não pode deixar de se olhar. O rosto cansado, as rugas profundas, os cabelos grisalhos presos em um coque malfeito... Nos aposentos de dona Giovanna, o tempo parece imóvel e, no entanto, olha ali, os sinais da passagem dela: todos presentes, juntamente à angústia causada pela guerra e aos revezes econômicos da família. Não, o destino não foi clemente com ela.

Ergue os olhos para o teto.

Sim, ela está muito mal. Não posso esperar mais, diz para si. *Preciso encontrar um modo de fazer vir para cá pelo menos a filha Giulia, para que fique ao lado dela. Mas também ela, pobre mulher, como pode confortar sua mãe, tendo dois filhos na linha de frente?*

A porta da cozinha se abre de repente, arrancando Maruzza das reflexões dela. Pega a bandeja que o cozinheiro lhe entregou e se dirige aos apartamentos da família. Nas escadas, imagina que deverá forçar dona Giovanna a comer, como tem feito quase sempre nas últimas semanas. Entra no aposento.

— Cá está, como prometi, uma canja levinha — diz, em tom alegre. — E tem também suco de laranja. A senhora vai comer, não vai, dona Giovanna? Na hora do almoço, mandamos embora os pratos ainda cheios...

De Giovanna não vem resposta. As cobertas caíram para o chão, o corpo parece virado para o lado e agora está frouxo sobre o braço da poltrona. A mão ainda segura a foto do filho. Os lábios estão virados para baixo, sob o peso de uma infinita solidão.

O olhar é distante, além de Palermo, além do horizonte. Partiu assim, em silêncio, sem filhos por perto. Sozinha. *E talvez*, pensa Maruzza, enquanto lhe fecha os olhos e um véu de piedade lhe cai sobre o coração, *talvez, apesar de tudo, seja a mais afortunada dos Florio*.

Ela viu o nascer do sol, mas não o verá se por.

Os primeiros dias daquele janeiro de 1918 têm o sabor ferroso do luto. Franca anda por aposentos e corredores, as luvas de camurça em uma das mãos, a outra colocada na gola com peles do manto. Atrás dela, Maruzza, toda vestida de preto, e uma camareira envolta em um casaco azul, gasto nos cotovelos. É uma das poucas que ficou na Olivuzza: a maior parte dos empregados foi demitida por causa das restrições impostas por Linch. As três mulheres andam lentamente, em silêncio, deixando marcas no pó do chão. Ao redor delas, móveis cobertos por lençóis brancos, tapetes enrolados, alguns objetos — uma caneta, um par de óculos — esquecidos vai saber por quem.

Chegam ao salão verde. Franca sempre gostou desse aposento aconchegante, de frente para o jardim, cheio de luz. Agora, porém, está escuro e frio, tomado por um cheiro de umidade. Franca abre a porta-janela e uma lufada de vento traz para dentro poeira e as folhas secas que se acumularam contra o batente. Então, se vira e, em meio aos móveis, percebe um tear de bordado coberto de pó e teias de aranha, como fios tecidos pela natureza por uma última vez. É o tear da sogra Giovanna.

Eles a sepultaram na capela da família, uns dias depois do Ano-Novo; era preciso esperar que Vincenzo e Ignazio voltassem do front e que ela chegasse de Roma. Depois de tantos anos, finalmente, Giovanna d'Ondes reuniu-se ao adorado marido e ao filho Vincenzo.

E, hoje, Franca voltou à Olivuzza para celebrar outro tipo de funeral.

Logo mais, a casa será posta à venda e, até lá, os móveis deverão ser retirados. É preciso decidir o que conservar e o que vender. Carlo Linch assim solicitou.

Ignazio e Vincenzo precisaram voltar para a frente de batalha, por isso, a escolha cabe a ela. Alguns móveis serão destinados à casa da rua Catania, onde Vincenzo irá morar depois da guerra; outros serão colocados nos depósitos na Arenella, no aguardo de tempos melhores, ou organizados nos aposentos deles na Villa Igiea. O resto será vendido para fazer caixa.

Foi isso que Franca veio fazer: escolher o que conservar daquela vida que lhe estão arrancando do corpo. Como se ela já não tivesse precisado abrir mão de tantas coisas. Como se já não houvessem tirado dela tudo aquilo que era verdadeiramente importante. Deverá dizer adeus aos móveis franceses, aos candelabros comprados em Paris por Giovanna, aos armários de moedas em ébano marchetado, aos Aubusson, à grande coleção de vasos e majólicas antigas, ao painel em mármore de Antonello Gagini, no escritório de Ignazio... Mas também aos quadros de Antonino Leto, de Francesco De Mura, de Luca Giordano, de Francesco Solimena e de Francesco Lojacono. Sim, também ao Velázquez. Só alguns irão para a Villa Igiea. Dos outros, na Olivuzza, ficarão apenas as marcas nas paredes despidas.

Eventualmente, Maruzza aproxima-se de Franca e indica alguma coisa:

— Isto? — E a outra responde com um gesto. Então, Maruzza explica à empregada o que escrever no caderninho que traz nas mãos.

Franca sai da saleta verde, aproxima-se da escadaria de mármore vermelho, atravessa a galeria e se detém por uns instantes olhando o que sobra do jardim de inverno: apenas plantas secas, troncos sem folhas e restos apodrecidos. Então, abaixa o olhar e se dirige aos aposentos dela. Fica parada, apenas por um instante, na frente de uma pequena cristaleira que contém um grupo de estatuetas compradas ao longo dos anos entre a Saxônia, a França e Capodimonte: grupos de crianças que brincam sozinhas ou com cachorrinhos, variados nos estilos, idênticos nos sorrisos e na alegria aprisionada no candor da porcelana.

Recordações de um tempo em que a inocência parecia ser um valor.

— Estas — diz, a voz repentinamente dura. — Não quero mais vê-las.

Abre a porta do quarto de dormir. Na verdade, lá não tem quase mais nada, mas naquele lugar foi feliz, naquela cama nasceram Giovanna, Ignazio, Igiea e Giulia, e talvez as recordações ainda estejam ali, aprisionadas entre as pétalas de rosas do piso, no azulejo montado ao contrário em frente à porta-janela, na maçaneta que fecha as persianas com dificuldade, no sorriso canhestro do pequeno querubim no ângulo do teto...

Mas quais recordações? pensa com raiva. Mais que momentos felizes, aquele quarto foi testemunha de dores e ciúmes. Conserva um vazio da alma que Franca, já faz tempo, não é mais capaz de conter. *Aqui só tem coisas, coisas inúteis. Coisas mortas.*

Permanecendo à soleira, Maruzza murmura:

— Vou dizer para as empregadas que levem também uma parte do guarda-roupa e mandem para Roma.

Franca se vira.

— As roupas de baixo já usadas, elas podem doar para a caridade, ou ficar com elas... se já não as pegaram. — O tom é de desprezo. — Sim, é isso mesmo. Acha que eu não sei?

Maruzza limita-se a confirmar, uma careta que retorce os lábios secos.

— Vamos rápido. Quero voltar para perto das minhas filhas.

Aproxima-se do quarto de Ignazio, indica com um gesto seco apenas um móvel, o refinado camiseiro de pena de mogno, então fecha a porta, atravessa de novo o jardim de inverno e entra na sala de jantar.

— Vai tudo embora — diz, referindo-se também aos pavões de coral e cobre e ao grande protetor de lareira. Passa pelos quartos das crianças, onde ainda se encontram brinquedos e livros daqueles pequenos que não mais existem. Limita-se a um gesto, como se dissesse: "Fora tudo".

Ela caminha na direção da parte mais antiga da Olivuzza, lá onde se iniciara o incêndio de dez anos antes e que, em seguida, fora reformada. Ainda há contas a pagar por esses serviços, e ela não consegue evitar o pensamento: *Se tudo tivesse se queimado, pelo menos, eu teria sido poupada deste suplício.*

Dá uns passos adiante, em seguida se detém subitamente em frente a uma porta. A mão agarra a maçaneta, mas fica imóvel por um longo instante.

Por fim, abre. Entra.

Na semiobscuridade, percebe as poltronas e os sofás encostados às paredes, os consoles vazios, sem os vasos de cristal, as bandejas de prata e os relógios de bronze dourado, os tapetes enrolados, as mesas cobertas com tecidos empoeirados. Ergue o olhar para o lustre de Murano, opaco por causa da sujeira, e para as molduras douradas do teto, aprisionadas por um véu de teias de aranha.

Mas a coisa que lhe arranca um suspiro sincero é o silêncio.

Naquela sala, nunca havia silêncio.

Era o reino da música, das risadas, das conversas, das roupas farfalhando, dos cálices que tilintavam, dos tique-taques dos sapatos.

Era o salão de baile da Olivuzza.

Franca avança para o meio da sala.

Olha ao redor.

E de repente vê figuras que escaparam às leis do tempo. Homens e mulheres que não mais existem e que ali sorriram, dançaram, amaram. Consegue ouvir as vozes das pessoas e até parece que roçam nela. Entre todos, encontra-se ela, também, sombra entre as sombras: jovem, belíssima, com Ignazio, que coloca uma das mãos no quadril dela e ri olhando-a com desejo. Pouco distantes, estão Giulia Trigona e Stefanina Pajno, e Maria Concetta e Giulia Lanza di Trabia. Sente-se o aroma do perfume dela, La Marescialla. Há leques de cetim e madrepérola, taças de champanhe, luvas brancas, braceletes de brilhantes, carnês revestidos de seda e espartilhos de renda. E há notas de mazurcas, e de polcas, e de valsas...

Mas é só um instante, é só o efeito do pó levantado pela passagem da empregada que abriu as persianas para deixar entrar um pouco de luz e que agora a olha, esperando.

Outro passo. As sombras se desfazem, o pó abaixa.

Franca retrocede e sai da sala sem responder ao olhar interrogativo de Maruzza, que fica imóvel por um instante a mais, tendo de seguir apressada a senhora logo em seguida.

— Precisa mandar pegar também o serviço de porcelana da Saxônia e as bandejas de prata — diz Franca.

Maruzza assente e se vira para a empregada.

— Anote. Acrescentaria também a prataria do armário grande e os cristais, não é, dona Franca?

Mas Franca não ouve mais. Está cansada daquela lista, cansada de lutar contra as recordações que cada objeto, até o mais insignificante, desperta nela. A cadeira em que d'Annunzio se sentara durante a ceia após a representação da *Gioconda* no Teatro Massimo. O piano em que Puccini havia esboçado *Che gelida manina* e que, por um breve período, os filhos também haviam usado. A mesa sobre a qual ela e Ignazio haviam estendido grandes folhas para desenhar os móveis da Villa Igiea. A máquina fotográfica que Vincenzo dera ao irmão mais velho e que ele havia usado no jardim do Hotel Métropole, antes que...

Olha os objetos, parece que eles a chamam, e então acelera o passo, quase corre na direção da porta de saída, como se a estivessem seguindo. *É o destino dos homens ser feliz e não se dar conta de o serem. É a maldição dela desperdiçar o tempo da felicidade sem se dar conta de que é tão raro quanto impossível de repetir. Que a memória não pode lhe dar o que você experimentou, porque, ao contrário, vai apenas devolver a medida daquilo que você perdeu*, reflete Franca, enquanto as outras duas mulheres continuam falando sobre toalhas de linho e talheres de prata. Ela as olha, e se sente tomada por uma pena infinita. Gostaria de chorar, e gritar: *Vocês pensam nas coisas, e eu penso que essas coisas logo não me pertencerão mais, enquanto antes falavam de mim, de Ignazio, dos nossos filhos, desta família. A essa altura, o amor foi-se embora, deixando-me somente rugas de amargura. Vocês sabem o que significa realmente se sentir amado? Esperar ser amado? Sentir-se infinitamente sozinho?*

Em vez disso, fica imóvel, em silêncio. Porque, apesar de tudo, ela ainda é dona Franca Florio. E pode mostrar ao mundo somente um rosto, o do orgulho.

Por fim, as três mulheres entram no automóvel para voltar à Villa Igiea. Franca sente o coração ficar mais leve enquanto se afastam daquela casa onde foi feliz. Em alguns dias, ela e as filhas voltarão para Roma. Palermo, com sua luz opaca e fria, ficará longe, e ela poderá deixar de lembrar.

Não sabe ainda, Franca, que dentro de poucos anos até a recordação daquela casa e daquele parque vai desaparecer. Que tudo vai acabar nas mãos de uma sociedade imobiliária que irá dividir o jardim em lotes, derrubará quase tudo e construirá prédios exatamente ali onde ficavam o aviário e o pequeno templo neoclássico, onde se estendiam as trilhas margeadas por roseiras e plantas tropicais, onde os filhos brincavam e Vincenzo corria com os carros.

Não vai ouvir o som das serras que cortam as árvores seculares, nem o das machadadas que destroem os troncos das iúcas e das dracenas. Não vai ver as sebes extirpadas, nem as chamas em que se consomem as plantas trepadeiras que foram arrancadas do gazebo.

Daquele jardim luxuriante, muito pouco vai se salvar. Duas palmeiras, limitadas em um pedacinho de terra, sobre as quais está voltada a janela de uma clínica. Um canteiro de flores, ali onde ficava a saleta com vista para o jardim. A oliveira ao lado da entrada, aquela de que o senador Ignazio tanto gostava, contida em um canteiro de cimento na parte interna de um estacionamento.

Ao lado da pequena casa desenhada pelo arquiteto Basile — onde Vincenzo e Annina haviam se amado — uma pequena área verde irá resistir. Alguém vai até tentar queimar aquela espécie de casa das fadas para construir ali o enésimo prédio, o enésimo monstro de cimento. O destino decidirá de outra forma.

Mas essa é uma outra história.

O céu é de um azul deslumbrante naquele fevereiro de 1918, um presente inesperado depois de dias chuvosos. A frente do Piave se encontra a poucos quilômetros: linhas de fumaça desenham colunas e nuvens que impedem o olhar e escondem o horizonte. Os canhões italianos e austríacos silenciam-se, sinal de que os exércitos estão preparando uma ofensiva. Em pouco tempo os obuses voltarão a soar e logo os soldados sairão das trincheiras para conquistar um pedacinho de terra ao preço de dezenas, centenas de mortos. O medo de morrer em um ataque de baioneta é tamanho que alguns deliberadamente autoprovocam infecções ou se mutilam, para não combater. Pelo menos, foi isso o que contaram para Ignazio. E ele acredita.

Dirigindo uma ambulância, Ignazio para a pouca distância de um prédio rodeado por barracas, marcadas por uma cruz vermelha. É uma fazenda transformada em hospital de campo, com filas de homens estendidos sobre macas, alguns com bandagens, outros esperando por cuidados, outros ainda agonizantes ou mortos.

Ignazio move-se com cautela ao longo de um caminho enlameado, marcado por manchas escuras que, a essa altura, ele aprendeu a reconhecer. Tinham lhe dito que o sangue da guerra tinha uma só cor, mas não era verdade. É vermelho-escuro quando jorra de uma ferida. Mas é preto quando se escorre dos cadáveres.

Das barracas chegam baforadas de tintura de iodo unidas a imprecações, berros, lamentos. Ele passa por eles, chega a uma barraca ao lado daquilo que deveria ser o estábulo. Entra. Parece ocupada somente por mulheres vestidas de branco, freiras e enfermeiras. Ao menos, os feridos ali parecem mais tranquilos, mas basta-lhe pouco para compreender o horror: estão todos mutilados e alguns perderam até mesmo parte do rosto por causa das granadas.

Uma mulher se endireita ao lado do leito sobre o qual estava inclinada, vê Ignazio e ergue a mão em uma saudação. A seguir, depois de limpar as mãos no avental, aproxima-se.

— Não esperava você tão cedo.

A guerra foi cruel também com Vera Arrivabene: se para o cansaço e os olhos com olheiras existe remédio, nada vai conseguir endireitar as costas encurvadas e apagar as rugas profundas nos cantos da boca.

Ignazio roça-lhe o dorso da mão suja.

— Queria ter a certeza de te ver. Parece que os ataques estão se multiplicando.

Vera lhe acaricia o braço.

— Pois é. Chegam dezenas de pobres rapazes, agora. Como você está?

— Estou.

Ele faz um gesto para que o acompanhe lá fora. Sentam-se em um banco perto de um muro destruído, e Ignazio acende um cigarro. As mãos tremem ligeiramente.

— As notícias de Palermo não são boas. O pouco que resta da Casa Florio parece ser o brinquedo de alguma divindade maligna. Ao menos consegui pagar os serviços que os Albanese fizeram na Olivuzza e na Villa Igiea: uma história que andava se arrastando há anos. E confirmamos Linch como administrador até abril de 1926. Com um salário apropriado, óbvio. — Faz uma pausa, olha Vera, acaricia o rosto dela. — Perdoe-me. Eu jogo nas suas mãos os meus problemas, como sempre, e nem perguntei como você está.

Ela abaixa a cabeça.

— Ontem eu cuidei de um pobre homem que não tinha mais as pernas, um camponês de Frosinone... morreu nos meus braços. Tinha medo porque haviam convocado o filho dele, e então ninguém mais cuidava da propriedade ele, já que a esposa e a filha, claro, não poderiam trabalhar com o arado. Fez-me mal ver com quanto desespero ele se agarrou a mim. Não pude, nem ao menos, dar-lhe um pouco de morfina...

— Eu sei, consigo imaginar. — Ignazio respira fundo. — O que está acontecendo é absurdo. Estão convocando aqueles da leva de 99, praticamente crianças. — Olha para longe. — Estou preocupado com Manfredi, o filho de Giulia. Agora está em Versalhes, como oficial ligado ao Comitato Interalleato Permanente, mas sei que está louco de vontade de voltar a combater. Quanto ao outro filho, Ignazio...

— Soube de alguma coisa?

— Primeiro, nos três meses desde que o avião dele desapareceu, nos disseram que estava na Suíça; depois, que tinha sido feito prisioneiro na Alemanha... Estou com um pressentimento ruim.

— E seu irmão, Vincenzo?

Ignazio dá uma tragada de fumo, com força.

— Não está longe daqui, pelo menos, acho. Escreveu-me dizendo que continua a fazer modificações em seu carro, mesmo que, a essa altura, já esteja nessa produção faz dois anos. Vi alguns exemplares: de fato, consegue subir por certas trilhas tão íngremes que seria difícil imaginar como subir de outro modo. Sorte a dele! Ele só precisa de uma chave inglesa e de uns parafusos para se esquecer do resto do mundo!

Vera segura o rosto dele entre as mãos e beija-o.

— Sou uma pessoa horrível se disser que estou feliz por estar aqui com você, agora?

— Não, é uma pessoa adorável. — Afasta do rosto dela um cacho de cabelos, que escapou da touca. Mesmo cansada e abatida, para ele, Vera permanece linda. Mesmo que haja um desespero novo nos olhos dele. Mesmo que aquelas as rugas já não irão desaparecer. — Você é uma mulher corajosa, que não tem medo de agir neste mundo que parece tomado pela loucura.

Vera abraça-o, e eles ficam assim por muito tempo, em silêncio.

Porém, os pensamentos de Ignazio correm para Franca. Não vê as filhas faz meses, mas sente-se feliz por saber que elas estão seguras com a mãe. Quanto a Franca, Ignazio compreendeu depressa que ela resolveu ficar bem longe dessa onda de morte. Claro, faz parte de comitês humanitários e promove coletas de fundos para os soldados nas linhas de combate, mas não tem ideia de o que signifique transportar homens cobertos de sangue, ver casas e vilarejos destruídos, tremer a cada explosão.

Ignazio tentou falar com ela sobre isso em algumas cartas, procurando pela compreensão dela, mas agora Franca é como um piano sem pedal, incapaz de produzir sons que vibrem profundamente. Parece que nada mais consegue tocá-la, que as emoções estejam, para ela, fora de foco, indistintas. A morte dos filhos e a perda da casa não são apenas uma ferida que não cicatriza: são uma chaga sobre a qual ela salpica continuamente sal para se convencer de que a dor dela é mais forte que qualquer outra no mundo. Como se não conseguisse mais abrir mão daquele pensamento.

Os grandes sofrimentos são egoístas, não admitem confrontos. Conhecem tão somente a devastação que infligem à alma que os hospeda.

E é isso que afasta eles dois, de novo, ainda.

— Florio!
— Estou aqui!

Vincenzo sai de debaixo do carro que está consertando, levanta-se de um salto e se adianta dando cotoveladas para aproximar-se do funcionário encarregado de distribuir a correspondência. Desde que a mãe morreu, recebe poucas cartas, e ver três envelopes endereçados a ele surpreende-o.

Avalia o peso de cada carta e em seguida procura um lugar tranquilo para lê-las, o que encontra em um canto da oficina. Uma carta é do irmão; a outra, de uma modelo francesa que conheceu em Paris dois anos antes, Lucie Henry. Uma história começada por acaso, que talvez esteja se tornando algo sério... *Mas agora não é hora de pensar nisso*, reflete, deixando o envelope de lado. A terceira carta é da irmã Giulia.

Ignazio atualiza-o sobre o que Linch está fazendo pelos negócios deles. A fábrica de hidroaviões que Ducrot instalou em Mondello, e na qual ele tem uma participação, está rendendo bem, finalmente. Vincenzo sorri, feliz pela ideia ter se mostrado válida. Em seguida, lê depressa as linhas em que Ignazio explica que a Olivuzza foi esvaziada e que os móveis que ele quiser pegar para si encontram-se nos depósitos da Arenella. Com uma ponta de remorso, pensa em quanto deve ter custado à Franca escolher com o que ficar e o que vender, e que ele jamais teria tido a coragem de fazer isso. Quando a guerra terminar — porque há de terminar, como ele fica se repetindo já faz um tempo imemorável a essa altura —, ele vai se mudar definitivamente para a rua Catania. Um prédio novo, uma história nova; sem memórias, sem dor.

Porque, às vezes, o passado é uma maldição, uma pedra sobre a alma que nem com força de vontade a pessoa consegue tirar do lugar.

E é nisso que pensa enquanto abre a carta da irmã. A caligrafia de Giulia é pequena e angular, e no papel, aparecem estranhas partes estufadas. Começa a ler, primeiro distraidamente; depois às pressas, e por fim relê tudo, uma vez, duas vezes.

É verdade o que dizem: quando um coração se parte não faz barulho.

Não importa qual seja a causa, se um luto, uma perda, um amor jamais esquecido ou consumado. Os fragmentos estão ali, e fazem mal. Podem se recompor com a passagem do tempo, mas as cicatrizes ficam expostas a se abrir mais uma vez na hora em que receberem o corte de uma nova lâmina.

E essa lâmina tem o nome de seu sobrinho Manfredi.

Depois da longa permanência na França, havia voltado para a Itália, ansioso para entrar em combate. E havia sido morto uns dias antes, no dia 21 de agosto de 1918, com apenas 23 anos. Um estilhaço de granada entrara no ouvido direito.

Vincenzo compreende o que é aquele espessamento do papel.

Lágrimas.

Também Giulia, assim como Ignazio, está vendo os próprios filhos morrerem. Vinte e cinco anos antes, Blasco; agora, Manfredi... De Ignazio não há notícias faz oito meses. O único filho homem que resta é Giuseppe, que também está em combate.

Apoia-se na parede, e tem de sentar-se no chão porque as pernas ficaram bambas; sente os olhos se encherem de lágrimas e esfrega-os para que ninguém veja que está chorando. Lembra-se dos sobrinhos: quantas imagens se espalham pela alma, e quanta dor, e pranto, e pena.

Eles estão juntos em Favignana, ou no *Sultana*, ou viajando, ou então correndo com os velocípedes na Olivuzza. E então revive o instante em que mostrara aos sobrinhos a primeira motocicleta que Ignazio lhe dera de presente. Todavia, engraçado era que, mesmo se fazendo chamar de tio pelos meninos, ele nunca havia conseguido: a diferença de idade era muito pequena. Antes, tinham sido companheiros de brincadeiras; em seguida, de aventuras.

O coração pesa-lhe feito chumbo. Um soluço, depois outro, o corpo sacode. A dor é um projétil quente e pesado nas vísceras. Agora, também Ignazio e Manfredi se foram. Como Annina, que sequer teve tempo de lhe dar um filho. Como a mãe, a quem ele não pudera dizer adeus. Como a Olivuzza.

Como tudo aquilo que era dele, e que não conseguira conservar.

O fim da guerra não trouxe o fim da dor. *Talvez seja cedo demais para esse tipo de coisa*, pensa Franca, olhando a pilha de cartões de visita na mesinha em pau-rosa, na entrada dos aposentos na Villa Igiea. Pega, folheia-os, mas já sabe que são bilhetes em que Palermo está recusando o convite para a festa que ela queria organizar dentro de um mês, em meados de fevereiro de 1919. Tinha esperado reviver o esplendor do hotel, mas por enquanto os esforços parecem inúteis. Muito luto, muita devastação: a cidade precisa de silêncio e de quietude para enxugar as lágrimas. E certamente o passado recente da Villa Igiea como hospital militar não ajuda.

Coloca de lado os cartões com um gesto cansado e se encaminha em direção à varanda aberta para o parque. Envolta em um casaquinho azul, Giugiù, que está com quase dez anos, tenta convencer a governanta a levá-la para praia, onde o mar, hoje, encontra-se estranhamente agitado. Por sua vez, Igiea, que já está com dezoito anos, provavelmente deve estar trancada no quarto, lendo um daqueles romances ingleses que compra sempre em Roma. Franca folheou algumas páginas de um volume que encontrou na mesa de cabeceira da filha: *A viagem*, de Virginia Woolf, mas fechou-o, aborrecida. Essa história de casais que se perseguem para depois se rejeitarem parecia-lhe desagradavelmente familiar.

Deve ser grata pelas filhas não terem sofrido muito por causa da guerra, ainda que a família certamente não tenha saído ilesa. Vincenzo voltara para Palermo e, aparentemente, tornara a assumir o papel de organizador de competições esportivas e de várias manifestações citadinas. De vez em quando, ele saía da casa na rua Catania para ir à Villa Igiea encontrar as sobrinhas; mas, ainda que se esforçasse para estar sempre alegre com elas, ficava claro como a guerra lhe deixara outras cicatrizes na alma, junto àquela ainda incurável da morte de Annina. Quanto a Ignazio, estava sempre em Roma com Vera, ocupando-se cada vez mais com negócios dos quais ela sabia pouco ou nada, mas que certamente não resolviam os problemas financeiros da família. Franca e Ignazio haviam se visto quando ele voltara da frente de batalha, e ela quase tivera dificuldade para reconhecer o marido naquele homem de cinquenta anos encurvado, com o rosto marcado e com o olhar sem brilho. A verdade é que nele também a tragédia de Giulia se fizera sentir: depois da morte de Manfredi, também esvaíram as esperanças de encontrar vivo o outro filho, Ignazio, quando, um ano depois do desaparecimento, fora encontrado o cadáver do rapaz... ou melhor, o que restava dele. Desde então, assim como a mãe, Giulia não quisera tirar o luto pesado, vivendo fechada no palácio Butera, sem ver ninguém, nem os irmãos. Por sorte, o filho Giuseppe não somente sobrevivera, como fora até nomeado secretário particular do presidente do Conselho, Vittorio Emanuele Orlando, na Conferência de Paz de Paris; Giovanna havia se casado com Ugo Moncada di Paternò e, possivelmente, Sofia logo encontraria um marido. Pelo menos, para elas, a vida continuava...

Pois é, mas não com certeza a vida de antes. E então, qual?, pergunta-se Franca, a essa altura.

O mundo nascido das cinzas da guerra é desconhecido, quase a rejeita: é um mundo que apagou homens como o cáiser Guilherme II, que apagou as luzes de toda uma época e que agora tateia no escuro. E que a faz sentir-se velha, ainda que tenha somente 45 anos.

    Resolve sentar-se à escrivaninha para responder à correspondência que chegou. A Congregação das Damas do Giardinello solicita a ajuda dela em prol de algumas jovens viúvas de guerra; Stefanina Pajno a convida para uma noite musical; também deve escrever um bilhete para agradecer...

    Batem à porta. É uma batida insistente, insólita.

    Uma das camareiras do hotel abre a porta, conversa com alguém. Então Franca ouve uma voz familiar:

    — Dona Franca! Dona Franca, por favor, preciso falar com a senhora...

    Com um suspiro, ela se levanta e vai para o outro aposento.

    E vê à frente Diodata, a criada de quarto na Olivuzza. Por um momento, o fio das recordações se desenrola entre elas, e Franca permite-se um sorriso. Quantas vezes aquela mulher a ajudara com os penteados? Quantos arranjos de roupa deixara preparados para ela? Sempre tinha sido atenta, discreta... também, e principalmente, durante as cenas com Ignazio.

    Sorri, vai ao encontro dela e a faz entrar, dispensando a camareira.

    — Você está com boa aparência — diz, então, sabendo que está mentindo. A mulher à frente é apenas a sombra da robusta moça de faces rosadas que passou tantos anos ao seu serviço. Emagreceu, está enrugada e usa um chapéu informe e um sobretudo com alguns remendos.

    — Obrigada. A senhora também está muito bem. — Diodata inclina a cabeça. Está constrangida. — Dona Franca, perdoe-me por vir desse jeito, sem nem escrever um bilhete para a senhora. Sei que não se faz assim... Mas, veja, eu soube que havia voltado de Roma, e só conheço a senhora para me ajudar. — De repente, os olhos ficam cheios de lágrimas, e o rosto de Diodata parece que vai se desfazer. — Eu lhe peço, dona Franca. Estou desesperada! — Leva as mãos ao rosto. — A senhora se lembra, não é, por que eu me demiti? Tanino Russello, o camponês que trazia verduras do campo e que tinha um pedaço de terra perto do vilarejo de San Lorenzo, queria se casar comigo. — Está prestes a enrubescer. — Ambos estávamos sozinhos, e pensamos que poderíamos tentar viver juntos. Os filhos não vieram, por outro lado, se a senhora se lembrar, ele era mais velho e mancava. Portanto, não foi à guerra, e para nós isso soou como uma bênção... Mas, há três meses, ele voltou para casa com uma tosse... Mãe de Deus, que tosse ele tinha... E na manhã seguinte estava com uma febre tão alta que fiquei com medo e chamei o médico. Mas ele não veio na hora, porque me mandou dizer que casos como o do meu marido eram tantos, em toda Palermo, e que a culpa era dessa gripe chamada espanhola: gente que queimava com uma febre que não queria baixar, que tinha dor de garganta e não conseguia respirar, que botava sangue pela boca e que acabava morrendo às dezenas... e foi o que aconteceu. Depois de quatro dias de febre muito alta, Tanino começou a tossir sangue, e na manhã seguinte partiu. — Ergue a cabeça. O olhar fala de dor, de cansaço, de desespero. — Depois dele, eu também peguei essa gripe, mas o Senhor não me chamou. Ainda estou aqui, tive de vender o pedaço de terra que o meu marido cultivava e com o qual conseguíamos sobreviver, mas o dinheiro está acabando, porque a terra não vale mais nada, mais nada. Encontro-me sozinha e desprezada, e se eu morrer só encontram meus ossos. Se eu não arranjar alguém que me dê serviço... — agarra as mãos de Franca. — Eu lhe peço, dona Franca, me aceite a seu serviço, ainda que só por pouco tempo... Ou, talvez, alguma das senhoras suas amigas que precise...

Sufocada por aquela torrente de palavras, Franca instintivamente retrocede um passo.

Sim, aquela gripe violenta, frequentemente mortal, não era uma novidade: já haviam falado dela durante a guerra, mas os jornais haviam dedicado poucas linhas ao fato, apenas para solicitar que todos fossem prudentes ou para avisar que haviam providenciado ao saneamento deste ou daquele local público. Além do mais, entre os conhecidos dela, ninguém adoecera. Por isso, Franca havia se convencido de que ali, em Palermo, não houvesse perigo.

— Diodata, mas o que você está dizendo? — exclama, então. — É possível que a gripe espanhola tenha atingido tantas pessoas aqui também?

A outra assente com veemência.

— A senhora não tem ideia de quantas pessoas morreram, dona Franca. Quem morava longe da cidade, perto do mar ou no interior, se salvou, mas a gente pobre... Em Castellammare, Kalsa, Noce, Zisa... não existe um lugar que não tenha tido, pelo menos, um doente ou um morto. — Retorce as mãos. — Alguns se trancaram em casa, outros lavavam as roupas todos os dias com sabão de enxofre... E teve inclusive quem saiu andando com pedaços de pano em frente do rosto. Mas não adiantou muito.

Franca emudeceu. O pavor da doença se transforma em uma onda prepotente que turva a visão dela e faz ressurgir, em toda crueza original, a recordação da morte de Giovannuzza.

— As minhas filhas... — geme, encarando Diodata com um misto de horror e de incredulidade.

— Eu só conheço a senhora, trabalhei em sua casa por vinte anos. Por favor, não me deixe sem ter para onde ir. Sou forte, sei trabalhar. Se eu pudesse, iria para a América, como fizeram certos empregados da cozinha... Mas não tenho dinheiro para comer, que dirá para viajar...

Franca quase não escutou. Um pensamento surgiu na mente e agora a ocupa por completo: *E se Diodata estivesse infectada?*

Não pode ficar ao lado dessa mulher nem mais um minuto. Sem dizer nada, vai ao quarto, abre uma gaveta e pega algumas cédulas. Em seguida, tem uma ideia. Para, pensa, decide. Pega papel e pena, escreve algumas linhas. Coloca o dinheiro e o bilhete em um envelope e então retorna ao ingresso com passo rápido.

— Não posso contratar você, Diodata, não posso mesmo. Mas pegue isto — diz, entregando-lhe o envelope. — Tem um pouco de dinheiro, junto com uma mensagem para o meu cunhado Vincenzo. Você disse que gostaria de ir para a América, não é? Então, vá falar com ele, na rua Roma, diga que é um pedido meu. Escrevi pedindo para que te arrume, se possível, uma passagem no próximo navio.

Diodata pega o envelope, incrédula. Na sequência, desanda a chorar.

— Ah, dona Franca, obrigada! Eu sabia que a senhora era uma santa criatura! — Aproxima-se, tenta beijar-lhe a mão, mas Franca não deixa.

— Ora, ora, não precisa me agradecer por tão pouco — diz.

A mulher olha para ela, enxuga os olhos, repletos de uma gratidão que deixa Franca ainda mais sem jeito.

— Eu nunca vou esquecer a senhora — murmura. — Nas minhas orações, a senhora e os seus filhos sempre estarão presentes, seja os ainda vivos ou os que se tornaram anjinhos. Sempre foi boa comigo e ainda está sendo.

Franca pega na maçaneta da porta.

— Vá correndo até a rua Roma — repete, e quase usa o batente como escudo. — Adeus e boa sorte, Diodata.

Fecha a porta enquanto a outra continua a repetir agradecimentos e bênçãos, então corre para o quarto de banho, procura o sabonete de enxofre. Frenética, lava as mãos e os braços.

Mas não é só da gripe espanhola que tem medo, não. É da pobreza que viu em Diodata que ela quer se livrar, daquela sensação de sujeira, de precariedade, de miséria. Da sensação de culpa, de ter tomado consciência do que significara o declínio de Casa Florio. Porque não foi somente a vida dela que mudou, não. Tantas outras mudaram, e para pior. E é uma responsabilidade que ela não está em grau de carregar.

Roma é tão bonita, mas também cansativa. Em Paris, por outro lado, parece-lhe estar dentro de um quadro de Pissaro. Faz bem ao coração vir aqui, de vez em quando... O sol de abril roça as janelas dos prédios da Rue de la Paix, e recordações ligeiras como véus dançam perante os olhos de Franca: a viagem de núpcias, os passeios ao longo do Sena com as amigas, os concursos hípicos no Grand Palais, as noites no Opéra... *É como se aqui nunca pudesse acontecer nada ruim*, pensa, e sorri, ouvindo Igiea e Giugiù, que conversam sobre os chapéus vistos no Café de Paris, onde almoçaram: Igiea não gosta mesmo da nova moda que aboliu as flores em nome das fitas e das plumas, enquanto que Giugiù adora.

Há dois anos, Franca vive em Roma, em um aposento no Grand Hotel. E não só porque naquela cidade pode fazer valer o papel de dama da corte, mas principalmente porque tudo lá é mais simples: menos empregados, menos despesas. Ainda assim, as primeiras vezes em que voltara por alguns dias para a Villa Igiea e sentara-se no pequeno templo virado para o mar, tinha a impressão de ouvir Palermo a chamá-la. Parecia-lhe que cidade desejava ter de volta a rainha dela, com as festas despreocupadas, os aplausos no teatro, as valsas dançadas até o amanhecer, o *gelo di mellone* do *monsù*. Mas depois, aquela voz também ficara mais fraca, até desaparecer. *Talvez Palermo tenha entendido que, quando o tempo da felicidade acaba, só podemos esperar que alguém se lembre dele*, dissera para si mesma.

A única coisa, com que Franca não consegue se acostumar em Roma, é a onipresença da política; o fato de que qualquer acontecimento na Itália tenha ali um eco imediato, concreto. Tudo aquilo que uns tempos antes chegava até ela filtrado pelas colunas dos jornais ou por alguma conversa, agora, lhe parece próximo demais e frequentemente mais ameaçador. Como o horrível atentado no Teatro Diana de Milão, havia algumas semanas, em que pelo menos quinze pessoas tinham morrido, até mesmo uma menina. No dia seguinte, Roma estava repleta de bandeiras com faixas de luto e a cidade inteira parecia mergulhada em um poço de dor. Sem mencionar as greves, os confrontos constantes entre socialistas e fascistas... Quem sabe esse tal Benito Mussolini, que uns dias antes tinha ido encontrar Gabriele d'Annunzio em Gardone Riviera, fosse o homem certo para trazer um pouco de ordem para a Itália...

— *Mutti*, mamãe, me ouviu? — Igiea está ao lado dela, dá-lhe um tapinha na mão. — Minha futura sogra espera que eu lhe mostre o vestido de noiva quando estiver quase pronto. Ela quer me presentear com algumas joias da família e quer ter a certeza de que sejam adequadas.

— Sim, ela falou comigo também, assim como me disse que teria preferido um ateliê italiano. — Dá de ombros. — Worth é a casa de moda que nós, os Florio, sempre favorecemos. É a melhor e para o seu casamento eu quero que você tenha o melhor.

Já imagina os protestos de Carlo Linch, "Dona Franca, a senhora tinha me prometido conter as despesas!", e as censuras de Ignazio. Mas não importa. Quer que Igiea tenha o casamento que ela não pôde ter.

Giugiù arregala os olhos claros.

— E eu? — pergunta, sem esconder um tantinho de ciúme infantil.

— Para você, Giugiù, iremos ao Boulevard des Capucines, na Liberty. — Inclina-se para a frente, lhe faz um carinho.

— Ah, da última vez, eu fui lá com Maruzza. Sinto saudades dela, sabe?

— Eu também — suspira Franca.

Já se passou quase um ano do casamento de Maruzza com o conde Galanti, o diretor da Villa Igiea. Um casamento tardio para os dois, uma união conveniente para ela, de modo a se afastar das tempestades que continuavam se abatendo sobre a Casa Florio. Quando Maruzza dera a notícia, Franca se limitara a assentir e a murmurar algumas palavras de circunstância. As filhas, no entanto, lhe haviam demostrado um entusiasmo festeiro, abraçando-a com ardor.

Que filhas maravilhosas. São mesmo duas flores, pensa Franca.

Giugiù só tem doze anos, mas já está desabrochando. E Igiea, que tem 21, é uma moça de pele muito clara, com o rosto delicado e longas mãos elegantes. No anelar da mão esquerda está o anel que o duque Averardo Salviati lhe dera por ocasião do noivado. Eles vão se casar daqui a poucos meses, no dia 28 de outubro de 1921.

Os dois se encontraram durante umas férias no Abetone, um lugar repleto de recordações para Franca: lá conhecera Giovanna e Ignazio pedira a mão dela.

Afeto e melancolia se misturam por um instante. Está feliz por Igiea ter encontrado um homem que a ama com ternura e que tem um título assim tão prestigioso. Não teria podido esperar um casamento melhor para a pequena dela, ainda porque as condições econômicas dos Florio certamente não melhoraram, pelo contrário. Mas espera que esse casamento não se pareça com o dela com Ignazio. Que seja tranquilo. Que os dois se amem e se respeitem. *E por que não deveria ser assim?*, pergunta-se, quase para apaziguar-se. *Não tenho nenhum motivo para pensar o contrário.*

Chegam em frente à Worth, mas, exatamente quando vão entrar, um menininho vestindo roupa de marinheiro surge do nada e abraça as pernas de Franca.

— *Le carrousel! Je veux monter sur le carrousel!** — choraminga, balançando os cachinhos loiros.

A babá aparece logo em seguida, ofegante, pede mil desculpas e leva embora o menino, que agora chora desesperado.

Giugiù começa a rir, mas Igiea não deixou de perceber o olhar cheio de tristeza da mãe. Era pequena demais quando haviam morrido Giovannuzza e Baby Boy, mas traz a lembrança deles no íntimo. Aproxima-se dela, passa-lhe o braço sobre os ombros:

— Mamãe… — sussurra.

Franca contém a custo as lágrimas.

— Sinto muito se não fui capaz de dar a você e a Giugiù uma vida tranquila. Talvez eu nem tenha sido uma boa mãe.

— Não fale assim — replica Igiea. — Você sempre esteve perto de nós. E papai… ele cometeu muitos erros, mas o afeto dele nunca nos faltou — acrescenta, com voz tranquila. — Aquela… mulher que está com ele jamais poderá substituir você. Agora que tenho Averardo, compreendo muitas coisas. Por exemplo, que é possível amar duas pessoas ao mesmo tempo, mas com um amor diferente. Papai talvez precise dos dois.

— Não — diz Franca, ressentida, erguendo a cabeça. Uma fenda se abre, deixa correr uma torrente de dor. — Se você o divide, o amor entre um homem e uma mulher fica em frangalhos. Eu me dei toda para ele, ao passo que ele… ele não sabe o que significa amar. Porque nunca esteve em grau de se preocupar realmente comigo. Não sabia como fazer, nem soube compreender que às vezes você tem de renunciar a alguma coisa sua para permitir que o outro seja feliz. Continuo querendo-lhe bem, porque é meu marido e é pai de vocês, mas…

Igiea endireita-se, olha a mãe nos olhos, segura a mão dela.

---

* O carrossel! Eu quero andar no carrossel! [N. da E.]

— Mas vocês estarão sempre perto um do outro. E essa é a única coisa que conta de verdade.

Vincenzo inspira profundamente o ar tépido de Paris. Sorri, em seguida observa a mulher que caminha ao lado e estala um beijo na testa dela. Ela ri; uma risada espontânea e cristalina. Viva.

Cabelos e olhos escuros, nariz perfeito: um rosto que revela uma personalidade livre e alegre.

Ele custa a acreditar que encontrou uma mulher de quem deseja estar perto, apesar das constantes alterações de humor dele. Lucie Henry entrou por acaso na vida dela, mas não foi nada por acaso que decidiu permanecer. Eles resistiram à guerra e agora vivem juntos, entre Paris e Palermo.

Lucie retribui o olhar de Vincenzo, se gruda nele.

— Você acha que a sua cunhada vai gostar de me ver? Da última vez, ela não me pareceu estar muito feliz com minha presença.

Ele dá de ombros e gira a bengala de ébano com o castão em prata.

— Ah, esse é um problema dela. Eu só vou lá para ver as minhas sobrinhas, e você é a minha *petite amie*. Tudo bem se eu te chamar assim?

— Tive uma filha fora do casamento. Conheci muitos homens. Agora vivo com você sem ser a sua esposa. Na Sicília eles me definiriam de outro modo, mas não me importa.

Vincenzo cobre a mão dela com a dele. Param no meio da rua. Ele lhe acaricia o rosto e fala sussurrando.

— Você se lembra? A guerra mal tinha começado, e você ainda posava para aquele pintor sem dinheiro... Na noite em que nos conhecemos, eu estava bêbado e você tinha brigado com ele.

Ela ri baixinho.

— Acha que posso me esquecer? Você precisava voltar para a Itália em pouco tempo, e assim começamos a nos encontrar escondidos, como dois jovenzinhos... E depois apresentei Renée para você. — Faz uma pausa. — Eu queria que você a conhecesse porque...

— Você tem uma filha maravilhosa. — Ele a interrompe. A imagem substitui as palavras, a recordação fica cálida, dourada como mel. Olhos puxados e olhar vivo como o de Lucie, Renée o examinara com atenção antes de aproximar-se, em seguida, perguntara para a mãe se ele era um dos amigos dela. O constrangimento repentino de Lucie desaparecera assim que Vincenzo inclinara-se e despenteara os cachos da menina, dizendo: *"Non, ma petite.* Sou alguém que gosta da sua mãe".

Depois, ele havia erguido os olhos, cruzando com os de Lucie.

Deparara-se com um olhar embotado pelas lágrimas, à espera do dele.

A memória dá um salto adiante. Os dois, em pé, no quarto de Lucie, parados na frente da varanda protegida por cortinas brancas. Não se tocam, ainda estão vestidos. E se olham. Nada mais: estão parados naquele momento maravilhoso e indefinido em que se começa a fazer amor com a mente, antes de que com os corpos.

Lucie é a única mulher que foi capaz de aliviar a dor pela perda de Annina.

— Vamos — diz. Deixa a mão correr pelo braço dele, chega até os dedos, os entrelaça nos seus.

Encontram Franca, Igiea e Giulia no salão de chá do hotel Le Meurice. A luz difusa que emana dos lustres de cristal se reflete na *boiserie* e nos móveis, chega a tocar as toalhas brancas e se ilumina no clarão lácteo da porcelana.

Franca está rigidamente sentada em uma poltrona; Igiea, ao lado dela, servindo chá para si e para a mãe. Giulia, mergulhada na leitura de um romance.

— Ah, vocês estão aqui. — Vincenzo se aproxima, beija as sobrinhas, roça a face da cunhada.

— Desculpem-nos se nós as fizemos esperar. — Lucie, atrás dele, inclina a cabeça em um cumprimento informal.

Franca lhe indica a poltrona à frente.

— Não é nada. Tivemos um dia cheio de compromissos. Igiea escolheu o vestido na Worth, e depois passamos na Cartier... — Ignora as sobrancelhas erguidas de Vincenzo e se dirige à camareira que se aproximou, pedindo-lhe para trazer mais *petits fours*.

Lucie pigarreia, deixa o olhar deslizar das meninas à mulher. *É muito bonita, tem uma classe inata*, pensa. *Mas parece tão fria, tão distante...* Está com as mãos entrelaçadas no regaço, a coluna rígida e os sorrisos, que chegam aos lábios dela enquanto fala com Vincenzo sobre os preparativos para as núpcias, nunca chegam até os olhos. De repente, porém, Lucie percebe estar sendo observada. Ou melhor, julgada. Por aquela mulher tão bonita, claro, mas também pelas filhas. Igiea lhe dirige olhares vagamente altivos; Giugiù, por sua vez, a fita com um misto de tédio e perplexidade. *Será que elas estão me comparando com a mãe?*, não pode evitar se perguntar.

Vincenzo parece não perceber aquele jogo de olhares.

— Os seus pais não estão se preocupando com gastos para esse casamento, hein? — diz para Igiea com uma ponta de ironia.

A bela boca de Franca se abre em um sorriso satisfeito.

— Por uma filha, isso e muito mais. E, além do mais, as convenções precisam ser respeitadas, ainda mais se as famílias envolvidas, os Salviati e os Aldobrandini, estão entre as mais importantes da Itália.

— A mamãe sabe o que é melhor para mim — declara Igiea. — A nobreza romana dá muita atenção a...

— A nobreza romana? — Lucie arregala os olhos. — Estão querendo dizer que o casamento será em Roma?

— Claro. Igiea vai morar em Roma, ou em Migliarino Pisano, onde os Salviati têm as propriedades da família — responde Franca. — Mas estou também organizando uma grande festa na Villa Igiea para os amigos de Palermo que não poderão ir às recepções de Roma, para assim poderem conhecer o esposo.

— Às recepções? — pergunta Vincenzo. — Não basta uma?

— Após a cerimônia civil, acontecerá a verdadeira recepção; depois da cerimônia religiosa, faremos uma refeição para os íntimos, uma centena de pessoas. Seu irmão quis assim, e eu me adaptei aos pedidos dele.

— Tio, lembre-se de que, como testemunha, precisará se confessar, certo? — intervém Igiea. — Sabe que a minha futura sogra, a duquesa Aldobrandini, é muito religiosa, e que o cardeal Vannutelli, que celebrará as núpcias, é um grande amigo da família.

Vincenzo ergue os olhos para o teto e dá risada.

— Não me confesso não sei há quantos anos. Receio que a minha vida dissoluta vá perturbar o pobre padre!

Lucie olha fixamente Igiea. Parece-lhe impossível que essa moça tão jovem dê tanta importância às tradições e às aparências. Por fim, não consegue se conter e exclama:

— Mas... estamos no século XX!

— Se há uma coisa que nunca sai de moda é saber se comportar de modo adequado — retruca Igiea com uma graça cortante. — E o nosso comportamento, dos Florio, deve ser irrepreensível nesse dia. — Em seguida, lança um olhar para a mãe e continua. — Meu pai sabe bem como é importante estar à altura do nome que a pessoa tem. É por isso que estará ao lado da mamãe por todo o tempo necessário. — Interrompe-se, porque chegou a camareira com a bandeja de *petits fours*. No silêncio repentino, Franca dirige à Igiea um sorriso orgulhoso. Sente orgulho da filha, da determinação dela. Do modo delicado, mas preciso, de definir os limites.

Vincenzo, por sua vez, abaixa a cabeça, segura a colherinha e a faz correr pela toalha, para a frente, para trás. Compreendeu o que a sobrinha lhe está dizendo. Por fim, cria coragem, olha para Lucie e vê nos seus olhos uma profunda tristeza. Sim, ela também compreendeu: a presença dela no casamento não será bem-vinda.

— Não tem o vínculo de sigilo... os padres, quero dizer? — pergunta, então, mas com voz pouco convencida.

Igiea estende a mão para os *petits fours*, hesita, e escolhe um.

— Não é uma questão de o que se diz, mas daquilo que se decide revelar. Se uma coisa não é vista, simplesmente não existe. — Falou com voz baixa, os lábios sujos de açúcar. Ergue os olhos e, por um instante, o olhar cruza com o de Lucie.

E nesse olhar há um julgamento inapelável.

Franca coloca o telefone no gancho, levanta da poltrona e se permite uma risadinha de ternura. Maria Arabella, a filha de Igiea e Averardo, nasceu há pouco mais de um mês, no dia 6 de setembro de 1922, e tanto a mãe quanto a bebê estão bem, talvez graças ao fato de viverem no campo, na bela propriedade dos Salviati. O que a alegrou, contudo, foi principalmente a voz de Igiea: tranquila, segura, serena. A voz de uma mulher que encontrou o lugar no mundo e que se sente apreciada e estimada pela nova família.

O telefone toca de novo, e Giulia corre para atender.

— Pronto? Ah, tio Vincenzo! Sim, estamos bem... E vocês? *Tante* Lucie, como está? E Renée? E a vovó Costanza, você a viu? Ah, bom! O quê? Está organizando uma competição de barcos entre Arenella e a Villa Igiea, e quer saber se nós...

Franca compreendeu, e na hora faz um gesto negativo com a cabeça.

— Vou perguntar para a mamãe, mas acho que não vamos... Palermo é triste demais, em novembro... Ah, sabe que ontem nós vimos um filme ambientado também na Sicília? Se chama *Il Viaggio*, com a Maria Jacobini, que é tão linda, e aí...

O sorriso de Franca desaparece. E desaparece também a imagem de Palermo que o convite de Vincenzo evocou. Pouco importa agora que até o último trecho da rua Roma tenha sido finalizado, ou que haja ruas novas, grandes lojas. É coisa para pequenos burgueses, gentinha sem estilo. A maior parte daqueles nobres que iluminaram Palermo por tantas temporadas não conseguiu se reerguer da escuridão da guerra ou das dificuldades econômicas subsequentes e leva uma existência a parte. Ou então se mudaram para a Toscana ou para Roma, como ela fez. E procura viajar com a maior frequência possível: os quartos dos hotéis de Paris, dos Alpes austríacos ou do Trentino são confortáveis e elegantes lugares sem alma, sem recordações.

Somente Giulia encontrou um modo de viver agarrada ao passado: Costantino, o ex-rei da Grécia, escolheu Palermo para o exílio, e Giulia passa os dias com ele, com a rainha Sofia e o pequeno séquito dos dois, que com frequência se encontram na Villa Igiea.

Um fantasma que escolheu a companhia de outros fantasmas.

Os olhos de Franca se fixam na gaveta da pequena escrivaninha encostada à parede, um dos móveis de Ducrot que conseguiu trazer para Roma: sabe que ali dentro há um maço de cartas, esquecidas por Ignazio alguns meses antes, por ocasião da última visita dele. Talvez tenha sido um descuido, talvez tenha feito de propósito, quem poderia dizer. Ela as vira e, naquele amontoado de números e de fórmulas burocráticas, uma coisa ficara clara: a hipoteca da Olivuzza, contraída com a Société Française de Banque et Dépôts havia sido — vai saber como — cancelada, e boa parte da construção, com uma grande parte do parque, fora vendida a Girolamo Settimo Turrisi, príncipe de Fitalia.

Dobrara, brusca, o documento e logo guardara naquela gaveta, procurando esquecê-lo. Pensar no fim do próprio mundo era doloroso; ter a prova concreta disso era insustentável.

Não, por algum tempo, pelo menos, não voltará a Palermo.

Porém, não quer ficar em Roma. O que poderia acontecer depois daquele gigantesco encontro de fascistas em Nápoles, quando Benito Mussolini dissera "Ou nos entregam o governo, ou o tomaremos entrando em Roma", como se a cidade fosse presa dele?

— Ouça, Giugiù, o que você acha de fazermos uma pequena viagem? — diz então para Giulia, assim que a filha desliga o telefone. — Talvez pudéssemos ir a Stresa. E depois a Viareggio, no Hôtel Select, como sempre. E convidamos Dory para ir conosco.

Giulia solta um gritinho e começa a saltitar, feliz. A nova amiga norte-americana da mãe — Miss Dory Chapman — é uma mulher que viajou o mundo todo e que conhece muitas histórias incríveis. Mas, acima de tudo, está sempre de bom humor. Até Giulia percebeu que, quando conversa com ela, a mãe fica menos triste que de costume.

— Você vai ver que delícia — diz, então. E, dando-lhe um beijo na bochecha, murmura. — Sim, precisamos de um pouco de alegria.

Franca não sabe por que Ignazio foi ter com ela no Hôtel Select de Viareggio, naquela noite cheia de nuvens de novembro. Observou que está com ar cansado e trouxe apenas duas malas, como se tivesse partido às pressas. Como sempre, no entanto, não faz perguntas. Em silêncio, pega um colar de pérolas e um bracelete da bolsa em malha de ouro, coloca-os e torna a fechar a bolsa no pequeno cofre em forma de baú. Então coloca sobre os ombros o mantô com bordas de zibelina e diz apenas:

— Você vem?

— Para onde você está indo?

— Ao cassino, justo para algumas rodadas de jogo e um pouco de conversa. Não é que haja muita coisa para fazer aqui.

Ele dá de ombros.

— Você fica chateada se eu não te acompanhar? Está frio, vai chover, estou exausto e gostaria muito de ir para a cama.

— O seu quarto fica na frente do da Giugiù. A chave está ali — responde ela, seca. — E eu vou com Dory e o marquês de Clavesana. Não estou sozinha.

No corredor, Ignazio se afasta sem nem mesmo cumprimentá-la.

Viu mais auroras ele do que o sol e agora virou um velho que se queixa por duas gotas de chuva, pensa Franca, com um sorriso amargo, enquanto desce as escadas e chega ao hall, onde a espera Dory, que vai na hora encontrá-la.

— Aí está você, querida! — exclama, envolvendo-se na estola de pele de raposa. — Está bem agasalhada? Vocês, sicilianos, precisam *so much* de calor! O marquês di Clavesana nos espera *in the car*.* Vamos?

Franca sorri. Sim, Giugiù tem razão: aquela mulher traz mesmo alegria.

— Claro — responde.

Ouve-se um trovão, à distância, enquanto um empregado do hotel fecha a porta atrás delas.

Passou pouco da meia-noite. Dois homens com roupas escuras andam rapidamente ao longo dos corredores de serviço do Hôtel Select. Sobem um trecho de escadas, em seguida abrem a porta de um quartinho de serviço, sem fazer barulho. Ali, no meio das vassouras e dos cestos de roupa de baixo suja, encontram um avental. Um deles o pega, o agita, sorri.

---

* Está bem agasalhada? Vocês, sicilianos, precisam tanto de calor! O marquês di Clavesana nos espera no carro. [N. da E.]

Um tilintar. Chaves.

Os dois saem do quartinho e sobem para o andar nobre, onde se encontram os quartos mais luxuosos. À luz de uma pequena lâmpada na parede, colocam o passe-partout na fechadura, que se abre sem ranger.

Estão dentro do aposento.

O quarto é muito grande, iluminado apenas pela luz dos postes, do lado de fora. Enxergam a cama, com um roupão apoiado entre os travesseiros, a penteadeira e uma cadeira, na qual há uma anágua.

Um dos dois coloca um lenço na fechadura da porta. Então indica a penteadeira. Na frente dela, sobre o escabelo, está um cofre.

O cofre em forma de baú.

Com um gesto afirmativo, colocam-no sobre o colchão e o forçam com um pé de cabra.

Ei-la, a bolsa em malha de ouro com as joias de Franca Florio. Eles a abrem, a reviram, apalpam as bolsinhas de veludo, as tiram de lá e, antes de abri-las, aproximam-se da janela. As pérolas e as pedras preciosas lançam reflexos de luz na escuridão.

Então, um torna a colocar as bolsinhas na bolsa, enquanto o outro se dirige ao lado oposto do quarto e encosta o ouvido na porta que separa o quarto de Franca do da outra mulher, a norte-americana.

Nenhum barulho. Podem prosseguir.

Tornam a colocar o cofre no escabelo. Em seguida, escancaram os armários, abrem as malas e as chapeleiras, remexendo entre os vestidos com violência. Por fim, pegam os potes de creme, abrem-nos, escancaram a janela e os jogam entre as sebes; todos se convencerão de que eles fugiram por ali. Descendo para o jardim.

Então entram no quarto de Dory. O butim, ali, é menor: uma caneta de ouro, um pequeno bloco de notas também revestido em ouro, um envelope com cinco mil liras.

Então fecham a porta e, silenciosamente como haviam chegado, vão embora.

O comissário Cadolino segura a folha de papel com as mãos quase trêmulas. Lê em voz alta, incrédulo, e a voz também hesita.

— Lamento perturbá-lo de novo, sr. Florio, mas o comissário Grazioli deve chegar de Roma, e eu gostaria de ter certeza de que a lista está completa. Posso?

Ignazio, a mão fechada em pugno sobre os lábios, assente.

— Grato. Então: um colar de 180 pérolas grandes com um fecho de brilhantes e de rubis; um de 359 pérolas com fecho de brilhantes; um colar de 45 pérolas grandes; um colar de 435 pérolas pequenas; um colar de platina com grandes pérolas em forma de gota e grandes brilhantes; uma pequena bolsa de ouro e platina com uma série de rubis e pingente; um broche de ouro com uma série em brilhantes e coroa real com nó azul…

— Minha esposa é dama da rainha Elena e esse é o distintivo dela.

— Ah, claro… Um relógio com brilhantes em fita e bracelete; um bracelete de relógio em ouro, em forma de quadrado; cinco grandes anéis com pérolas; um anel com rubis e brilhantes; uma longa corrente de brilhantes, dividida em três partes…

Franca não ouve. Está com as mãos entrelaçadas no regaço, o olhar perdido no vazio. Não apenas não tem mais as joias, a proteção contra a feiura do mundo, mas, desde que o roubo foi descoberto, dois dias antes, parece-lhe estar na prisão, como se fosse ela a ladra. Interrogatórios contínuos. Policiais por todos os lados. Jornalistas à espera do lado de fora do hotel. Perguntas e mais pergunta para ela, Dory, Ignazio, até mesmo para Giulia. Mão desconhecidas remexendo os vestidos e as gavetas, colocando em todos os lugares um pó para as impressões digitais, investigando e interrogando camareiras e empregados. E para quê? Não tinham nem entendido se o ladrão estava sozinho ou não; se entrara pela porta ou pela janela e por onde havia escapado. Sim, no vidro havia uma grande mancha de *cold cream*, mas…

— …um bracelete largo e corrente de platina; um bracelete com dois rubis e brilhantes; um bracelete em platina com quatro pérolas grandes; um bracelete inteiro em brilhantes; um bracelete em platina com turquesas…

Não tenho mais nada.

— ...um bracelete de brilhantes e safiras; um anel de platina com três brilhantes; vários broches com rubis e brilhantes; uma trança com brilhantes e rubis...

Não sou mais nada.

— Terminaram? — pergunta Ignazio. Está exausto, abatido, e não procura esconder o fato.

Cadolino assente, faz um gesto de cumprimento a Franca e se retira.

Ignazio se aproxima, toca-lhe o rosto e ela olha para o marido como se não tivesse se dado conta da presença dele.

— Você vai ver, vamos encontrá-las — diz, procurando consolar Franca. Na verdade, ele também está perturbado e incrédulo. Essas joias valem uma fortuna e podem representar uma garantia para as dívidas que o sufocam. Linch também sabe, e se apressou a telefonar para Ignazio para saber "a extensão dos danos".

Ela amassa um lenço nas mãos, sem trégua.

— Era o que eu tinha de mais caro, depois das minhas filhas... — sussurra. — Parece que não consigo manter aquilo por que tenho mais apreço; que o meu destino é de perder do modo mais doloroso possível as pessoas ou coisas pelas quais tenho afeição. Qual pecado preciso descontar? Por que tenho de ser castigada desse jeito?

Ignazio a abraça.

— Calma, Franca... Nós passamos por coisas bem piores. Lembre-se, são joias facilmente reconhecíveis. Os ladrões não poderão mandar desmontá-las no primeiro joalheiro que encontrarem. Além do mais, ninguém vai querer arriscar se ver imiscuído em uma acusação por recebimento de bens roubados. Por mais que se possa lucrar com isso, é uma realmente uma coisa muito perigosa.

Franca arregala os olhos.

— Desmontar? Fazer em pedaços? — balbucia. — Os meus colares? Os anéis... as minhas pérolas? — Sacode a cabeça, frenética. — Não, não... — repete, e de nada adiantam as palavras de Ignazio. Franca começa a tremer, abraça o peito, como se quisesse evitar de se despedaçar. — Até isso eu preciso padecer? — pergunta-se. Chora baixinho, o rosto devastado por uma dor que é a soma de todo o sofrimento daqueles anos. Como se esse roubo, além das joias, tivesse tirado dela também a única coisa que ainda lhe protegia a alma: a recordação da felicidade dela.

No entanto, pelo menos essa vez, o destino é generoso com ela. Quem conduz as investigações é um habilidoso vice-comissário de Milão, Giovanni Rizzo. É um mastim, alguém que conhece bem o próprio serviço. E identifica rapidamente os dois ladrões, o belga Henry Poisson e o ex-oficial da Aeronáutica Alemã, Richard Soyter. Tinham seguido Franca por alguns dias, estudado os hábitos dela e o da amiga, e agido no momento em que tinham tido certeza de que Ignazio e Giulia estivessem dormindo.

Rizzo prepara uma armadilha para eles em Colonia, graças à ingenuidade de Marguerite, a namorada de Poisson. Entre reconstruções improváveis e contraditórias, declarações de efeito — "Que importância tinham para a senhora Florio as suas joias, já que ela tem tantas?", consta que Poisson tenha dito no momento da prisão —, malas detidas na fronteira com a Itália e confusões judiciárias, foi preciso chegar a 1926, ou seja, quatro anos depois, para que os dois ladrões fossem condenados à revelia pela justiça italiana. Um processo que não interessa a mais ninguém, nem mesmo à Franca, que na verdade não participa dele.

Para ela bastou reaver, em janeiro de 1923, todas as joias. Com um misto de estupor e compaixão, Giovanni Rizzo a olhou abrir as bolsinhas, uma a uma, encostar as pérolas no rosto, acariciar os diamantes e colocar os anéis.

— Voltaram... Estão aqui e são minhas — murmurou Franca, chorando de felicidade.

A vida dela, ou pelo menos parte dela, voltou ao lugar.

Ainda que tenham se passado mais de dez anos desde que Ignazio teve de abandonar o escritório na praça Marina, para ele os rangidos nunca cessaram e as rachaduras nunca se fecharam. Pelo contrário. A Olivuzza devorada, reduzida a um novo bairro da cidade. A Villa Igiea, que agora perdeu a razão de ser: as salas estão desertas, o cassino não rende quase nada. A manufatura de cerâmicas praticamente cedida a Ducrot. A sede do Banco Florio e os imóveis da rua dos Materassai vendidos para homens astutos e de fama duvidosa que enriqueceram enquanto a Itália afundava na guerra. Até *L'Ora*, já faz tempo, passou para as mãos do rico moleiro Filippo Pecoraino. Depois, em 1926, o regime mandará fechar o jornal para reabri-lo no ano seguinte com o subtítulo *Quotidiano fascista del Mediterraneo*.

Nessa tempestade sem fim, o único baluarte é Carlo Linch. Onipresente, tenaz, incansável, continua com uma firmeza obstinada a pedir que limitem as despesas — "Ainda são *realmente* demais!" — principalmente as de Franca, e às vezes chega mesmo a relembrar o casamento de Igiea, quatro anos antes: "Uma verdadeira sangria! Vestidos, joias, três recepções! Ah, se tivessem evitado desperdiçar tanto... ", exclama, exasperado, nos momentos de maior dificuldade. E, no entanto, não é um homem insensível, Linch: salvar o que resta da Casa Florio é uma tarefa que ele desempenha com uma abnegação digna das melhores causas. As más-línguas insinuam que ele também tem vantagens financeiras e que certas escolhas, realizadas naquele período, poderiam ter sido mais prudentes. Mas tanto faz. Ele ainda tem uma esperança, e, com ele, Ignazio.

Por um breve momento, essa esperança teve três nomes: *Ignazio Florio*, *Vincenzo Florio* e *Giovanna Florio*.

Não tinha sido fácil; mas, por fim, o Banco Comercial concedera aos Florio uma abertura de crédito para a aquisição de três navios ingleses, destinados ao transporte de mercadorias em trânsito. Com um deles — o *Giovanna Florio* —, Ignazio havia até mesmo acariciado a ideia de uma rota entre o Mediterrâneo e Baltimore. Mas todas as ambições haviam se chocado contra a crise no setor comercial italiano, minado por custos intoleráveis e por lucros cada vez menores. No período de poucos anos, os três navios acabaram desativados no porto de Palermo, triste emblema de um enésimo sonho desfeito, até que um comandante oriundo de Piano di Sorrento, Achille Lauro, irá alugá-los por uma quantia ridícula, construindo, graças também a eles, o império naval dele.

Outra chama, outra esperança: depois de meses de discussões com o ministério da Marinha Mercante, em dezembro de 1925, nasce em Roma a Florio-Sociedade Italiana de Navegação, à qual são concedidas algumas linhas do Tirreno. O desejo de não abandonar o mar é de Ignazio, pois ele sabe que o nome dos Florio está ligado justamente ao mar. Porém, é Linch que cuida disso, que vence a desconfiança do ministério e puxa as cordas da operação. Ignazio, na verdade, se lançou em outra de suas empresas: foi às Canárias com a intenção de abrir lá uma almadrava para interceptar os cardumes de atum antes que entrassem no Mediterrâneo.

De todas as ideias loucas que você teve, essa é a mais louca de todas, pensa Franca, passando os dedos pelos lábios, enquanto lê a carta do marido que acabou de receber. Está no quarto da casa em Roma, um chalé na rua Sicília, elegante na arquitetura sóbria que lembra vagamente a da Villa Igiea e mobiliada com alguns dos móveis desenhados por Ducrot, mas também com inúmeros objetos preciosos da Olivuzza, como o serviço de cristais da Boemia e o de pratos da Saxônia. As festas com centenas de convidados são uma recordação distante, mas um jantar na casa de Franca Florio deve ser, de qualquer maneira, uma ocasião mundana de alto nível.

A carta de Ignazio traz poucas notícias alegres: os atuns na verdade escasseiam, mas há cardumes de sardinhas que ele tenciona explorar, algo que poderá dar um pouco de dinheiro para as instalações e os operários. Nessa ocasião, estão com ele Vincenzo e Lucie, que alugaram um chalé onde vivem sem luxos e sem confortos, assim como as pessoas locais. As fotografias que acompanham a carta são menos tristes: uma traz Ignazio e Vincenzo juntos em uma cama; em outra Ignazio está sozinho, sentado em uma poltrona; em outra aparece Lucie cozinhando. E cenas de pesca, a parte interna da almadrava, casinholas de pescadores, uma praia no pôr do sol...

Franca coloca as fotos de lado e suspira, entediada. Nunca, nem uma vez, Ignazio lhe pediu que fosse ter com ele, ainda que só por

umas semanas. Para quem perguntava por que ela não ia, respondia que as ilhas eram muito remotas e primitivas, inadequadas para Giugiù... "E, além do mais", concluía sorrindo, "não me imagino mesmo organizando um jantar no meio dos selvagens."
Mentiras.
Não aparece nas fotos, mas Franca tem certeza de que Vera está lá com ele. Ignazio pode estar a milhares de quilômetros de distância, mas ela lê dentro dele, lê a verdade por trás das palavras dele como ninguém mais conseguiria fazer. Aprendeu às próprias custas esse código.

— Chegou uma carta do papai? Posso ler?

De cabelos claros e pernas esguias, Giulia entrou no quarto como uma lufada de vento primaveril. Ela sorri e lhe estende a folha. Como é bonita a Giugiù dela. É uma belíssima adolescente de dezesseis anos. Igiea tem uma beleza clássica e delicada, ao passo que Giulia é vigorosa e fascinante como o pai, a quem inclusive é muito unida.

A menina lê em voz alta e solta um grito de alegria ao descobrir que o pai tenciona voltar logo a Roma para cuidar de alguns negócios. Nesse momento, a empregada aparece à porta.

— O sr. Linch está aqui, senhora.

Atônita, Franca se afasta da penteadeira.

— Linch? Por que será...?

Giulia dá de ombros.

— Talvez ele tenha nos trazido documentos para entregar ao papai, já que deve voltar logo — murmura, e faz um gesto para seguir a mãe à saleta onde o mordomo fez o homem se acomodar. Mas Franca a detém na soleira da porta. Linch frequentemente é portador de más notícias e não quer que a filha seja perturbada por elas.

— Giulia, querida, vá ver se o cozinheiro está preparando o *parfait di foie gras* para o jantar desta noite — diz. Um pouco contrariada, a menina se dirige à cozinha.

Carlo Linch está em pé, ainda usa o sobretudo, e parece ter pressa.

— Bom dia, dona Franca. Perdoe-me se me apresento sem avisar, mas preciso falar com a senhora.

Ela lhe faz um gesto para sentar-se e se acomoda.

— Comigo? — pergunta. — Claro, pode falar — convida-o na sequência, depois que o mordomo fechou a porta ao sair da sala.

— Serei breve e... receio que desagradável — diz Linch, franzindo as sobrancelhas. — Devo lembrar mais uma vez que as suas despesas são excessivas e...

— Ah, como estou cansada dessa cantilena! — Franca o interrompe, com uma irritação perceptível. Abaixa o olhar para o tapete que outrora adornava um salão da Olivuzza. — Nós já cortamos todo o possível e até pedimos uma prorrogação do pagamento dos serviços feitos neste imóvel, esperando o dinheiro que deveria vir das cotas de participação da sociedade de navegação.

— Mas nesta casa a senhora tem a seu serviço nove pessoas e poderia ficar com a metade. Para não mencionar suas dívidas de jogo e as viagens que continua a fazer. Na ausência do seu marido, cabe a mim, portanto, pedir-lhe que seja mais... controlada.

As faces de Franca enrubescem de indignação.

— Como o senhor se permite? Meu marido nunca me disse o que fazer e o senhor, agora...

— Eu não terminei, senhora.

Franca arruma as pregas da saia, e então olha fixamente Linch, na expectativa.

— Faço apelo ao seu bom senso. Limitar as despesas aqui em Roma não adianta mais. A senhora deveria voltar a viver em Palermo.

— Como? — A voz de Franca é um fio pronto para se partir.

— Volte para casa. Lá a senhora poderá cuidar daquilo que ainda tem, ajudar a sua família...

Franca o olha por longo tempo, em silêncio. Em seguida, de repente, joga a cabeça para trás e começa a rir, frenética. Ri por muito tempo, e com tanta força, que as lágrimas lhe sobem aos olhos, e continua chorando mesmo quando a risada se acaba. Levanta-se de um salto.

— Para casa? — pergunta. A voz agora é triste, controlada. — Então diga-me, sr. Linch, o senhor que sabe tudo: para qual casa eu deveria voltar? A Olivuzza e o jardim não nos pertencem mais. Uma casa em que nós recebemos o mundo: chefes de Estado, músicos, poetas, atores! Ou a Villa Igiea, onde agora eu sou hóspede? — Faz uma pausa, o encara com a raiva que jorra dos olhos verdes dela. — Ou talvez esteja me dizendo que a casa para a qual devo voltar é Palermo? — Franca engole saliva, lágrimas e amargura. Nenhuma margem poderá conter a raiva dela: ela a nutre faz tempo demais. É uma onda que leva a areia e os rochedos, é uma onda de tempestade. Anda pela sala, a barra do vestido que esvoaça ao redor dos tornozelos. — Palermo, que recebeu pão e emprego dos Florio por mais de um século, que fez pose de grande cidade europeia com aquele Teatro Massimo que meu marido financiou. Iam todos atrás de nós, com o chapéu na mão, pedir ajuda ou subvenção, tendo a certeza de que os Florio nunca repudiariam uma obra de beneficência. Era uma cidade que pedia e prometia, mas que nos enganou. Em Palermo, o reconhecimento dura três dias, como o vento siroco. — Ela se detém, passa a mão na testa. Um cacho de cabelos lhe cai no rosto. — E diga-me, diga-me para perto de quem eu deveria voltar? Não tem mais ninguém que me espere. Daqueles que se diziam nossos amigos, que vinham pedir um empréstimo, que aceitaram os nossos presentes e que agora viram o rosto para o outro lado, quando nos encontram? Ou para junto de quem comprou a Olivuzza por uma miséria, depois de reparti-la? — Endireita as costas, cruza os braços no peito. — O senhor pode me dizer muitas coisas, sr. Linch. Mas chegou a Palermo quando as hienas já estavam fazendo aos pedaços o pouco que restava da nossa vida. Não pode entender. Não sabe o que significa perder o respeito, porque nunca viu a minha Palermo. A cidade dos Florio era vital, rica, cheia de esperanças. E agora não existe mais. É só uma teia de ruas desconhecidas, em frente às quais se debruçam propriedades habitadas por fantasmas.

Em silêncio, Linch coloca a mão no bolso, tira um lenço, lhe entrega. Ela o pega, agradece. No tecido de batista fica uma marca de pó de arroz.

— Compreendo — murmura Linch, abaixando a cabeça. — O que posso lhe dizer? Procure viver da melhor maneira possível com o que lhe restou. Nunca é tarde demais para ser prudente. — Essa frase provoca um outro soluço. — Contudo, a senhora também tem de entender que não posso deixar de fazer meu... pedido — prossegue o homem. — Os negócios não vão nada bem. Estou trabalhando pela causa das novas subvenções dos transportes marítimos com o ministro Ciano, pessoalmente, mas há inúmeros obstáculos, a começar do fato de que o seu marido novamente azedou o comportamento em relação ao Banco Comercial, que possui grande parte das ações e dos títulos de crédito da Casa Florio. Ele deveria ser mais conciliador, mas...

— Ele não me coloca a par dessas coisas, o meu marido. O senhor sabe muito bem. — Franca abaixa a cabeça, olha fixamente em direção ao tapete.

— Eu imaginava. — Linch pega o chapéu, brinca com a aba. — Nossas esperanças estão relacionadas ao fato de o seu marido ter lutado para que os industriais apoiassem a lista de Mussolini nas eleições administrativas em Palermo. Ele ainda é ouvido por lá e foi ouvido de alguma maneira... Agora, só nos resta esperar que o governo se lembre disso e que queira nos ajudar, por contrapartida. — Acena uma reverência. — Agradeço-lhe por ter me escutado, dona Franca. Se a senhora mudar de ideia, sabe onde me encontrar.

Franca fica sozinha.

Uma necessidade repentina de ar fresco a leva a escancarar a porta-janela. Joga a cabeça para trás, respira a plenos pulmões, enquanto o ar lhe enxuga as lágrimas. O vento balança e depois ergue a cortina, e Franca, por um instante, fica atônita ao ver o próprio reflexo no vidro. Mas dessa vez não consegue dizer para si mesma que ainda está bonita, apesar dos anos e dos sofrimentos. Dessa vez vê os sinais das ausências, das afeições que se foram, de tudo que perdeu. Estão ali, nos olhos verdes que perderam qualquer vivacidade. Nas rugas cada vez mais profundas. Nos cabelos, a essa altura grisalhos.

Tornei-me uma sombra entre as sombras, pensa. *Nada mais do que um reflexo sobre o vidro.*

No silêncio do estreito corredor da Villa dei Quattro Pizzi, Ignazio caminha com a cabeça baixa. Por uma janela aberta chega o leve rumor das ondas junto com o perfume das algas. Um cheiro que o transporta aos verões da infância, em Favignana, quando toda a família ia para a casa que o pai mandara construir.

O Natal de 1928 passou faz pouco tempo, o novo ano entrou na ponta dos pés e sem alegria. Ainda que esteja em Milão agora, Franca mora em Roma com Giulia: foi despejada do chalé da rua Sicília e agora está em uma casa na rua Piemonte.

Ignazio engole em seco. Chega na frente da porta da torre quadrada, a abre toda, mas não entra. Limita-se a olhar a luz de janeiro e o pó que dança acima do piso de majólica. A seguir, olha o golfo que se abre à frente. O mar é uma tábua de metal luminoso e frio, pontilhado por uns barquinhos de pescador que retornam ao pequeno porto. Além da água, vislumbra o jardim da Villa Igiea.

Um golpe no coração. Mais um.

Nem a Villa Igiea lhe pertence mais. Poucos meses antes, ele e Vincenzo a cederam a uma sociedade financeira que agora, por intermédio de Linch, administra praticamente tudo que eles possuem: da Florio-Sociedade Italiana de Navegação, afundada em dívidas, às almadravas das Canárias — outro fracasso —, das participações no negócio de Ducrot à casa de Vincenzo na rua Catania... e até a Villa dei Quattro Pizzi, onde ele agora mora. Para ficar na Villa Igiea, Ignazio haveria de pagar aluguel; não podendo se dar ao luxo, o novo diretor — gentilmente — convidara-o a retirar-se. Em seguida, após a gentileza, chegara a carta de despejo.

Somos ninguém misturado com nada, pensa. E sabe que assim pensam também as outras pessoas, que é deste modo que ele é considerado por todos: ninguém misturado ao nada.

Olha as mãos, Ignazio, e se pergunta a quem deve culpar por tudo isso. Perguntou-se isso dezenas — talvez centenas — de vezes: descarregou a culpa nos sócios — obtusos, incapazes, míopes —, depois, porém, havia dito para si mesmo que na verdade tinham sido os seus adversários que lhe haviam cortado as asas. Pensara ter sido a vítima predestinada da má sorte, em seguida se convencera de que as ideias dele haviam sido audaciosas demais, muito à frente do tempo dele para terem sucesso.

Hoje, no entanto, não tem mais forças para mentir a si mesmo.

Pisca para conter as lágrimas e, como em um sonho, revê o pai que observa a matança em Favignana, que se detém para conversar com os operários da Oretea, que calcula como explorar ao máximo as minas de enxofre, que prova o marsala com os olhos fechados, que observa o trem entrar na fazenda de Alcamo, que discute com Crispi em um hotel em Roma... A falta de sorte, a estupidez dos outros, ou o fato de que o mundo não estivesse pronto para as atividades dele eram ideias que nunca lhe haviam sequer passado pela cabeça. Ele agira com responsabilidade e sentido de dever, e pronto. Tivera um único deus, a Casa Florio, e uma única religião, o trabalho. Como o avô, morto exatamente quando Ignazio nasceu, e vivo para ele nas histórias que o pai lhe contara: um homem simples, porém implacável, um comerciante calabrês que, começando de uma ínfima *putìa*, conquistara o respeito de uma cidade inteira. Tinha sido ele quem mandara construir aquela casa, ali na Arenella, e a torná-la tão extraordinária a ponto de despertar a admiração de reis e rainhas.

Ignazio se pergunta se não foi exatamente o sangue dos Florio que o traiu, porque ele sempre estivera convencido de que bastasse o sangue para torná-lo hábil nos negócios. Que a perícia e a capacidade de empreender estivessem ali, no sangue, misturadas aos ossos e aos músculos. E no entanto havia algo a mais, algo que ele nunca tivera: o desejo de resgate? A vontade de conseguir? A ideia do dever? A capacidade de ler na alma dos homens, de adivinhar os desejos deles?

Não sabe. Nunca saberá.

Sabe apenas que não é mais tempo de dizer mentiras para si mesmo. Aos sessenta anos, é inútil buscar justificativas, convencer-se de que, na forja do destino, alguém — Deus, ou alguém no lugar dele — lhe tenha preparado uma camisa de concreto que acabou por esmagá-lo.

A culpa é somente dele.

— Questão de dias — disse o médico, na noite anterior. — Mantenham as janelas abertas, mas deixem-no em um lugar aquecido, e conversem com ele sobre coisas boas. Faça com que ele tenha alguma distração.

Ignazio acenou, assentindo, e o acompanhou à porta. Então começou a chorar como uma criança.

Não chorou assim nem quando Giuseppe Lanza di Trabia morreu, após ter contraído uma febre tropical, dois anos antes, em 1927, deixando a amadíssima irmã e o cunhado na mesma situação dele: nenhum filho homem para dar continuidade ao nome. *Essa deve ser justamente a maldição dos Florio*, pensara Ignazio, raspando o anel da família.

E agora, Romualdo. A tuberculose o está levando embora. Quando soube que o amigo se encontrava gravemente doente, o mandou buscar no sanatório dos Alpes, onde estava passando os últimos dias, para que pudesse morrer na própria cidade. E agora resolvera hospedá-lo ali, na Arenella. Devia isso a ele.

Entra no quarto. Romualdo tem a pele repuxada sobre os zigomas, está pálido e com olheiras profundas.

Ignazio senta-se ao lado da cama dele, como outrora fizera o tio, de quem tem o nome, com o irmão Paolo.

— Como está?

— Fresco como uma rosa — diz Romualdo, e ri. Sempre riu, ele, e continua fazendo o mesmo, inclusive de cara para morte. — Pegue as cartas, vai, que a gente faz uma rodada de jogo.

Ignazio, com o coração feito chumbo, faz-lhe a vontade. Mas Romualdo tem dificuldade em seguir o jogo e se interrompe várias vezes para conversar. Subitamente, porém, estanca, leva as cartas ao peito e olha a parede.

— Sabe em quem eu penso de vez em quando?

— Em quem, *curò*?

— Em minha esposa, Giulia. — Suspira. — No fato de terem condenado Paternò à prisão perpétua, o que nunca me pareceu ser o bastante. Mas a essa altura, nem mais me lembro da cara daquele animal. Giulia, por outro lado... coitadinha. Agora que eu também estou morrendo, sinto pena dela.

— Pare com isso — interrompe-o Ignazio em siciliano. — Você não está morrendo — acrescenta, com uma leveza que soa forçada.

Romualdo se vira, olha-o e ergue as sobrancelhas.

— Não vamos ficar nos contando mentiras, Igna.

Ele devolve o olhar às cartas. As imagens perdem o foco.

— Com todas as *fimmine* que tivemos, olha só nós dois aqui, sozinhos como dois coitadinhos.

— Mas o que você está dizendo? Você tem a Vera, não tem?

— Vera não quer mais me ver. Diz que não há mais nada... e eu não sei o que fazer. Sinto saudades dela.

— E Franca?

Ignazio deixa de lado as cartas, esboça um sorriso amargo.

— Desde quando aconteceu o fato das joias que coloquei como penhor dos empréstimos com o Banco da Sicília, ela praticamente não fala mais comigo. E, a essa altura, já se passaram dois anos... Ela já havia sofrido ao saber que Boldini vendera o quadro aos Rothschild. E sabe o que me disse quando me entregou a bolsa em malha de ouro com as joias?

— O quê?

— "Você havia me prometido que me daria tudo. E, no entanto, tirou-me tudo."

A memória seleciona as imagens, lentas, dolorosas. Franca envolvera as joias — uma a uma — em um pano de veludo, quase como se fosse um sudário, em seguida as colocara na bolsa. Chorava. Deixara por último as pérolas, as fizera correr entre os dedos, um fio depois do outro.

— Já haviam me dito que as pérolas são lágrimas — murmurara, segurando nelas. Levara-as ao rosto, para uma última carícia, depois as fechara em uma caixa, que entregara a Ignazio.

Essa imagem ainda o tortura.

— Pobre da minha Franca. Tinha razão — diz, com um fio de voz. — Eu a fiz sofrer realmente muito.

Romualdo dá de ombros.

— De bobagens a gente já disse muitas, Igna. Está com as outras. — Tira-lhe as cartas da mão. — A essa altura, como acabou, acabou.

— E agora, por fim, o que sobrou para nós, *curò*? — pergunta Ignazio, talvez mais para si mesmo do que para Romualdo.

— E por que tem de sobrar alguma coisa? Nós vivemos bem, Igna. Não ficamos olhando, pegamos a vida à força e aproveitamos sem se preocupar. Chegamos à beira da morte sem arrependimentos. Fui prefeito de Palermo, fui rico e poderoso, como você. Tivemos mulheres maravilhosas em nossas camas. Dinheiro, viagens, champanhe... Nós vivemos a vida, Igna. Sonhamos grande, fomos livres; e, no entanto, sempre defendemos o que importava mesmo para nós, bonitão. Não o dinheiro, nem o poder, e nem mesmo o nome. A dignidade.

Ignazio recorda as palavras de Romualdo no dia em que são forçados a sair até da casa da rua Piemonte. Voltou para perto da esposa depois de ter sido definitivamente abandonado por Vera, que teve uma profunda crise espiritual em 1930, após a morte do filho Leonardo, durante um exercício aéreo sobre o Adriático. Ignazio e ela, naquela altura, estavam unidos apenas pela violência da punição divina por aquilo que tinham feito: a morte dos filhos de Ignazio em primeiro lugar, e a de Leonardo depois, era o castigo que eles mereciam por serem infiéis. Vera lhe dissera isso, e Ignazio nada conseguira retrucar. Limitara-se a abraçar aquela mulher que lhe havia trazido tanta serenidade, que sempre tivera um sorriso para ele e que agora, em meio às lágrimas, implorava que ele se redimisse, que se arrependesse do mal que causara à esposa e à família. Então, depois de lhe dar um último beijo na testa, afastara-se.

Mas aquelas palavras lhe haviam entrado na alma, criado raízes naquele sentimento de culpa que ele negara por tanto tempo. E o levaram a voltar para Franca, a compartilhar com ela o pouco que agora restava.

Não havia se rendido, não na hora: indo de uma cidade a outra, tentara de todos os modos fazer negócios, até pequenos, mesmo ao custo de se humilhar. Mas a essa altura, o nome dele despertava compaixão, desprezo e, às vezes, até mesmo zombaria. Ignazio Florio fizera um império ruir. Ignazio Florio tinha sido incapaz de administrar o próprio patrimônio. Ignazio Florio era um inconsciente, um falido.

Ele se flagrara invejando Vincenzo, por ter ao lado uma mulher corajosa e pragmática, que o amava de verdade e que fizera de tudo para salvar alguma coisa, a começar pelas joias e móveis que o irmão lhe dera no decorrer dos anos. Os dois se viam raramente: junto com Lucie e Renée, Vincenzo viajava entre Palermo e a França, entre a rua Catania e a casa da família dela, em Épernay, em Champagne. Da última vez que o vira, Ignazio tivera a impressão de que os quinze anos de diferença entre eles tivessem sido apagados de uma só vez: deparara-se com um homem que aparentava muito mais que os cinquenta anos dele, cansado e corpulento. Na verdade, dissera a si mesmo, o irmão também sempre havia feito tudo que o quisera, sem pensar nas consequências. E talvez fosse justamente por culpa dos excessos que não tivera filhos. Será que o irmão se resignara? Ignazio se perguntou, então. Mas, uma vez mais, nada dissera.

Uma tosse ligeira. Atrás dele, o mordomo e uma camareira; os dois estão de casaco.

— Senhor, estamos prontos para ir embora. Se puder nos pagar nosso último salário... — diz o homem.

Um pedido feito com elegância, mas com firmeza.

— Quanto aos outros meses, lhe rogamos que nos dê, pelo menos, um adiantamento... — acrescenta a camareira.

De repente, Ignazio sente uma irritação aguda por aqueles dois. Eles não sabem que os ossos já foram roídos por muitos outros predadores?

Enfia a mão no bolso, retira um punhado de cédulas. As últimas.

— Aqui estão. Cuide você de reparti-las. — diz ao mordomo, então vira-lhe as costas e se aproxima de Giulia que, parada na soleira do aposento, assistiu à cena.

Acaricia o braço dela, sorri.

Ela corresponde ao sorriso, então se aproxima da cama, sobre a qual encontram-se duas pequenas malas abertas.

— Precisa de ajuda?

— Já me perguntou, pai — responde ela, com um lampejo de ironia nos olhos. — Você nunca arrumou uma mala em toda sua vida, e colocaria dentro delas um monte de coisas de qualquer jeito. Sente-se, não vou levar muito tempo.

Ignazio suspira e obedece. É em relação à Giulia que ele nutre os sentimentos de culpa mais fortes. Dois anos antes, ela tinha tido uma séria crise de nervos; por sorte, Igiea e Averardo haviam cuidado dela, recebendo-a em Migliarino Pisano. Ajudaram-na a se recuperar, a comer normalmente, a dormir com tranquilidade.

Haviam feito com que ela se sentisse amada.

Ele ainda estava com Vera, na ocasião. Quanto a Franca, depois de ter visitado a filha, tinha resolvido por bem ir a Paris, depois de ter perdido sabe-se lá quanto no cassino da Côte d'Azur. Não conseguia mais tolerar dor alguma, muito menos a das filhas, tinha dito ao retornar, como justificativa.

Por fim, Giulia se recuperara; mas, desde então, ficara mais distante, como se o mundo ao qual pertencera não lhe interessasse mais.

— Desculpe-me — murmura Ignazio, quase para si mesmo.

Giulia parece não ter ouvido. Porém, depois de alguns instantes, pergunta:

— Pelo quê?

— Por... aquilo que eu estou obrigando você a fazer.

— Por sorte, estou indo para a Igiea — responde ela com voz firme, fechando as malas. Calça primeiro as luvas, depois veste o sobretudo debruado de peles. Aquele inverno romano é particularmente úmido. — E, principalmente, vou ficar com Arabella, Laura Floriana, Flavia Domitilla e Forese. Com certeza, elas se sentirão contentes ficando um pouco com a tia.

— Nós iremos ver você, sua mãe e eu. Iremos ver você e Igiea, meu tesouro.

Ela faz um gesto assentindo. Fecha as malas e lhe dá um beijo no rosto.

— Cuide da mamãe — diz, alisando a gola do casaco dele que, a essa altura, demonstra todos os anos que tem. — Ela não é forte como você.

Você não pode saber como ela era. Eu é que a deixei fraca. Despedacei-a, pensa Ignazio.

Com uma última carícia, Giulia se afasta pelo corredor, abre a porta e sai. Na frente do portão, o automóvel dos Salviati a espera. A Ignazio só resta olhar os aposentos na penumbra, as paredes vazias e os móveis elegantes que irão para leilão. Um destino parecido com o daqueles móveis que ficaram em Palermo, apreendidos pelo fisco municipal devido a uma série de impostos por pagar. Pouca coisa, na verdade: grande parte fora vendida em 1921, durante um leilão que durou mais de um mês.

Porém, no olhar não há mais nem tristeza nem arrependimento. Só há um vislumbre de dignidade, aquela dignidade que o amigo Romualdo defendeu até o último suspiro e que, para Ignazio, a essa altura, tem a mesma cor da resignação.

Franca encontra-se sentada na cama, as mãos entrelaçadas no colo, o olhar fixo no chão. Ignazio entra, mas não olha para a mulher. Até ela parece ser muito mais velha do que os seus 61 anos. Ignazio sabe o motivo, sabe que isso não foi causado somente pelas extravagâncias ou pelos excessos. E é exatamente por saber que, se possível, evita fixar aquele rosto duro, aqueles olhos apagados, aquelas mãos cobertas de manchas.

Aproxima-se da poltrona onde está o sobretudo, pega, coloca-o nos ombros dela. Percebe um eco do perfume dela, sempre o mesmo, desde sempre: La Marescialla.

— Vamos? — pergunta.

Franca faz sinal que sim.

Ignazio vai pegar as duas pequenas malas, em seguida, saem de casa. O resto já está no Hotel Eliseo, um hotel decadente, mas limpo e tranquilo, para os lados da porta Pinciana. Averardo e Igiea insistiram por muito tempo, mas Franca foi irredutível: mudar para a casa da filha seria um golpe forte demais para a dignidade deles.

Na rua, alguém se detém para cumprimentá-los, enquanto outros viram o rosto. No bairro, todos sabem quem é o casal. Andam em silêncio, lado a lado. Com o passar dos anos, a diferença entre os dois acentuou-se. Ela sempre foi mais alta que ele, mas agora Ignazio aparenta até ter encolhido, e Franca, por sua vez, mantém o passo ágil e harmonioso. Isso lhe custa muito, mas não poderia agir de outro modo.

Porque o mundo está olhando para ela, que é sempre, e de qualquer modo, dona Franca Florio.

A primavera romana é fria, mas as pessoas na sede do Banco Comercial não parecem se dar conta. Talvez porque a sala esteja cheia desde o começo da manhã, talvez porque a espera tenha insuflado os ânimos, talvez porque faça parte da natureza dos segredos emanar um calor que queima qualquer pessoa que se aproxime demais deles.

O catálogo não declara a proveniência dos lotes colocados em leilão, mas as pessoas que estão ocupando a sala não precisam de um nome no papel. Porque os broches e os braceletes de brilhantes, os anéis de rubis, os braceletes de esmeralda, os longos colares de pérolas podem pertencer a uma única pessoa.

Ela.

A nobreza romana ficou sabendo e mandou os procuradores com indicações precisas. Há quem tenha conservado a lembrança de certo broche de Cartier — ou de Fecarotta, ou dos irmãos Merli — desde que, durante um jantar, uma estreia no teatro, um encontro casual, a viu usando as joias. A inveja se transformou em frenesi de posse. É como se o esplendor de uma joia pudesse conservar traços do fascínio e da graça de quem a usou e agora aqueles homens quisessem se apossar dela para brilhar por reflexo.

Os inúmeros joalheiros presentes parecem, no entanto, mais destacados. Eles se reconhecem, se cumprimentam com um gesto formal e com olhares quase de desafio. Em seguida, percorrem as páginas do catálogo e pensam no preço inicial desta ou daquela peça, imaginando como desmontar as joias e usar as pedras em outra moldura mais moderna e menos reconhecível.

Em seguida, um sussurro percorre a sala. Na soleira da porta apareceu Giulia Florio: usa um chapéu com um pequeno véu e um sobretudo preto. A caçula da casa Florio para, as mãos apertando a alça da bolsinha de veludo, o olhar altivo que estuda o rosto dos presentes, um por um, como se quisesse gravá-los na mente.

"Sei quem vocês são", aquele olhar parece dizer. "Vocês estão aqui porque jamais poderiam pagar o que a minha família possuiu. Vocês não passam de abutres que limpam os ossos. Vocês podem desmontar as pedras, separar os fios de pérolas ou fundir o metal, mas eu saberei o que vocês fizeram e saberei quem de vocês o fez.

"Vocês nunca terão a elegância da minha mãe, nem a classe do meu pai, nem a grandeza da minha família. Nunca.

"E eu estou aqui para lembrar vocês disso."

Caminha com a cabeça erguida e com passo seguro, senta-se. O leiloeiro a viu, a reconheceu: hesita por alguns instantes, em seguida, porém, começa a anunciar os lotes. Na frente de Giulia passam as joias que acompanharam a vida da mãe. De algumas delas Giulia recorda até a última vez em que as viu. Como aquele broche de ouro com uma série de brilhantes que, cinco anos antes, em 1930, Franca pedira para reaver por apenas uns dias, para poder usá-lo durante as núpcias de Umberto II com Maria José da Bélgica. Ainda era uma dama da corte e, portanto, tinha obrigação de participar de uma cerimônia tão importante com o broche real. Giulia não se esquecera da humilhação nos olhos da mãe, quando o banco lhe dissera que não poderia entregar nas mãos dos Florio nem o broche, nem o colar de pérolas, por temer que não fossem restituídos. Por fim, cederam, mas inúmeras súplicas haviam sido necessárias e várias garantias entre pessoas do alto escalão.

O leiloeiro descreve as joias, os lances seguem-se, incessantes. Pelos fios de pérolas acontece um verdadeiro delírio. Depois de o fio de 359 pérolas ter sido avaliado por um preço que provavelmente equivale à metade do valor dele, após a audível exclamação de triunfo do joalheiro que o comprou, Giulia segura a bolsa junto do corpo e sai da sala com a cabeça erguida.

Jamais dirá para a mãe que assistiu ao leilão das amadas joias. Mas o pai lhe mostrara a carta do Banco Comercial que informava o dia e a hora do leilão e então olhara para a filha, em silêncio, como se dissesse: "Ajude-me". Giulia correspondera ao olhar, em seguida balançara a cabeça apenas uma vez e se afastara.

O último capítulo daquela história, deveriam escrever juntos, a mãe e o pai, sozinhos. Como haviam escrito os outros capítulos, tanto os luminosos quanto os terríveis.

Ela não era mais que uma testemunha do destino da Casa Florio. E, como tal, desejara olhar a mão que escrevia a palavra "fim".

Franca encontra-se sentada em frente à penteadeira. O pequeno quarto do Hotel Eliseo está mergulhado em uma luz brilhante, que fala de vida nova e de primavera. Isso a aborrece, quase ofende. Ignazio saiu para dar um passeio. Ou, pelo menos, foi o que ele disse. Na verdade — ela sabe bem —, o marido não suportava a ideia de ter de conversar sobre o que estava acontecendo naquele momento. Ele só sussurrou para ela "Perdoe-me" na soleira do quarto, antes de sair.

Fecha os olhos. Hoje é *o* dia.

Na mente dela, ouve as batidas do martelo que acompanham a venda das joias dela.

O bracelete de safira que Ignazio lhe deu por ocasião do nascimento de Baby Boy. O de platina, depois do nascimento de Giulia. O broche de brilhantes e de platina, em forma de orquídea, recebido no primeiro aniversário de casamento. E as suas pérolas. O fio de 45 pérolas grandes. O de 180. O de 435 pérolas pequenas... e, principalmente, o fio de 359 pérolas, que ela costumava usar, aquele que usara quando Boldrini pintara o seu retrato...

Cada golpe reverbera nos ossos, eco de uma dor que atinge a alma.

Aquelas joias foram o escudo dela por toda a vida. Elas a defenderam, mostraram ao mundo a sua força, a sua beleza. E agora, onde estão? Quem cuidará delas?

Onde estão a elegância, o estilo, o domínio de si? Existiram mesmo, lhe pertenceram de verdade? Ou tinham sido falsas certezas, destinadas a desaparecer com o passar dos anos?

A resposta ela a tem ali, à frente. Encontra-se naquele rosto marcado por rugas amargas, naqueles olhos tristes, naquele vestido pregueado que esconde um corpo pesado. Naquela alma tantas vezes assim despedaçada que não consegue mais se recompor.

"Não tenha medo de ser o que é", dissera-lhe Giulia em um dia muito chuvoso, há muito tempo, quase uma vida atrás. E ela tentara do único modo que lhe parecera possível. Por meio do amor, em todas as formas dele. Por Ignazio, pelos filhos, pela família, pelo nome que trazia. Amara muito, e fora muito amada, mas por fim havia sido exatamente o amor que lhe cavara no íntimo um abismo de escuridão e de silêncio. *Dizem que o amor consiste em se doar inteiramente, sem reservas; mas, se você dá tudo o que tem, não sobra nada para você viver.*

Isso acontecera com ela.

No começo, o amor por Ignazio tinha sido repleto de desejo, de devoção, de confiança. Havia se dado inteiramente para ele, para aquilo que ele era e o que representava. Fora arrastada pela riqueza, pela ânsia de viver, pelo luxo. Com a chegada dos filhos, a alegria havia sido plena. Por um tempo brevíssimo e tão distante, sentira-se viva. Até as conversas maldosas, os olhares de inveja, o veneno de toda uma cidade que tanto a torturaram, agora lhe parecem a marca daquela perfeição completa e esplendorosa.

Porém, o círculo se fizera em pedaços. Haviam começado as traições, as dores, os lutos. Tivera a ilusão de poder defender aquele amor continuando a amar Ignazio apesar de tudo, continuando a ser o que ele desejava. Continuando a ser dona Franca Florio.

Então havia começado o declínio, não apenas o da Casa Florio. *O seu*.

Agora a estrela que iluminara o céu de Palermo, brilhante como nenhuma outra, se apagara, tornando-se escuridão na escuridão.

Até as joias dela, até aquilo que era o sinal de um amor mentiroso, desesperado, iludido, haviam desaparecido. A ilusão de ter sido feliz é névoa dissipada pelo sol, é pó naquela manhã dourada de primavera.

Não tem mais nada.

Resta uma morna ternura por Ignazio, nascida dos anos transcorridos juntos. E resta o amor pelas filhas, por Igiea e Giulia. Por elas, sente a esperança de que não cometam os erros dela. Que sejam fiéis a si mesmas e que compreendam que o amor não pode viver somente porque um dos dois assim o quer.

E que, acima de tudo, aprendam a se amar.

Eu teria amado menos, se tivesse sabido tudo isso?

Não.

Teria amado de modo diferente.

Olha um ponto no espelho — um dos espelhos salvos do espólio da Olivuzza —, mas seu olhar está absorto, distante.

Então um leve sorriso torce os lábios, suaviza a fisionomia.

Ali, na frente dela, encontra-se um menino sentado sobre o tapete. Tem grandes cachos loiros, um olhar travesso e está rindo, enquanto puxa o vestidinho branco de uma menina de pele diáfana e olhos verdes que segura nos braços uma recém-nascida.

Em um canto, estão a mãe e o pai, o irmão Franz, a sogra Giovanna. Tem também Giulia Tasca di Cutò, jovem e bela como nos tempos da amizade delas.

Volta a olhar para as crianças. Elas correspondem, sorriem para ela.

Giovannuzza. Baby Boy. Giacobina.

"Estamos esperando você, mamãe", diz Giovannuzza, sem que os lábios se movam.

Ela assente. Sabe que a esperam. E sabe também que o amor por eles foi diferente. Com eles, nunca teve medo ser Franca e nada mais. Não teve medo de ser frágil, de mostrar a sua alma. E só compreende isso agora, em que todo o resto desapareceu.

Então, somente para elas, ali no espelho, Franca é de novo jovem e belíssima. Está no seu quarto, aquele com o piso coberto de pétalas de rosa e com os querubins no teto. Os olhos verdes são límpidos; a boca, aberta em um sorriso sereno. Veste um traje branco leve e as pérolas.

E nesse momento, tão perfeito quanto impossível, é realmente feliz. Como nunca foi de fato.

EPÍLOGO

novembro de 1950

Cu campa si fa vecchiu.
"Quem vive, envelhece."

Provérbio siciliano

É um novembro gelado, aquele de 1950, varrido por um vento que tem cheiro de terra molhada. Ignazio arrasta os pés no caminho de cimento de Santa Maria de Jesus, tropeça. Ao lado dele, Igiea é obrigada a parar e a segurá-lo diversas vezes. Atrás deles, além dos portões, tem tanta, tanta gente. Vieram dar o último adeus a dona Franca Florio.

— Minha Franca... — murmura. Franca morreu poucos dias antes, em Migliarino Pisano, na casa de Igiea, onde vivia então, com 76 anos. Ignazio recusou-se a vê-la. Na cabeça dele (cada vez mais frágil e enevoada), Franca será sempre a menina com o chapéu de palha e o vestido de algodão branco que ele encontrou na Villa Giulia.

O homem ergue os olhos. A grande capela dos Florio se descortina à frente. O portão de ferro trabalhado está escancarado e, bem atrás do leão de mármore esculpido por Benedetto De Lisi, encontra-se um caixão escuro, coberto por uma grande coroa de flores. Uma explosão de vida em meio a todo aquele cinza.

Igiea o sacode ligeiramente, que olha para ela, como se estivesse espantado por tê-la ao lado. Por baixo do pequeno véu, o rosto da filha está abatido, os olhos vermelhos de tanto chorar.

— Quer se despedir dela, papai?

Ele responde que não, com gesto resoluto. Igiea suspira, quase como se dissesse "Eu já esperava". Vira-se para uma moça atrás dela, sua primogênita, Arabella.

— Fique atenta ao vovô — diz, e abre espaço para que a filha possa sustentá-lo pelo braço. Em seguida, percorre o curto caminho entre os túmulos, sobe a pequena escadaria e chega à capela, onde a esperam o marido, a irmã Giulia e o cunhado, Achille Belloso Afan de Rivera.

Ignazio olha as filhas com melancólico distanciamento. Ah, ele sabe que o consideram pouco lúcido, perdido em um passado mais imaginado do que real, e que o censuram por ter feito a mãe delas sofrer. E têm razão.

São mulheres feitas, Igiea e Giulia. Agora têm as vidas, as famílias, os lugares delas no mundo. Não pertencem mais à Sicília, não carregam mais o sobrenome dele. A única pessoa que poderia carregar tal nome está ali, na mesma capela que está para acolher Franca.

No passado, perguntara-se diversas vezes se tinha medo da morte. Agora, sabe a resposta. Não, não tem. A vida foi plena, por muito tempo não renunciou a nada. Mas a essa altura está cansado: cansado de sobreviver a todas aquelas pessoas a quem amou, de ser uma barragem que contém a maré do destino, enquanto os demais se deixam arrastar.

Ignazio se dirige em direção à base do aterro da capela, onde fica a cripta.

— Aonde está querendo ir, vovô? — pergunta Arabella, quase o segurando.

Ele limita-se a indicar o pequeno portão de ferro preto, aberto para a ocasião.

— Lá — diz, simplesmente.

Na cripta, faz ainda mais frio. As paredes de tufo estão com rachaduras, cobertas por uma camada de mofo, e os candelabros em ferro estão encurvados, corroídos pela umidade e pelos anos.

Mas os dois caixões brancos, no centro da cripta, parecem imunes aos estragos do tempo. O do pai está coberto de pó. Ignazio se aproxima, passa a mão nele para limpá-lo. Ao fazer esse movimento, porém, o anel da família raspa de leve na pedra, produzindo um ruído que o faz afastar a mão imediatamente. O outro caixão, monumental, é o do avô Vincenzo, que ele não conheceu. Ali, ao lado, tem a mãe, Giovanna, e a avó Giulia, mas também o bisavô Paolo e o tio Ignazio, que chegaram a Palermo vindos de Bagnara Calabra e eram donos da *putìa*, a simples loja com a qual tudo começara. E, junto com eles, se encontra a bisavó Giuseppina, a esposa de Paolo.

Estão todos ali, os Florio.

Todos tiveram um futuro, alguém a quem deixar, mais que o dinheiro, negócios e construções, um nome e uma história. E, como uma estrada, uma pedra depois da outra, esse nome e essa história chegaram até ele.

Agora, não há mais ninguém que conserve a lembrança deles. Essa ideia provoca-lhe uma vertigem que não consegue suportar e que o faz fechar os olhos: como se bastasse não ver para deter a queda no abismo. Por isso, não quis assistir ao enterro de Franca. Porque lá, na capela, ao lado dela, estão o irmãozinho Vincenzo e três de seus filhos, Giovannuzza, Baby Boy e Giacobina.

A vertigem não o abandona nem depois de ter saído do cemitério e ter entrado no Alfa Romeo de Igiea. Palermo passa indiferente sob os olhos dele. Ignazio se sobressalta apenas quando costeiam o palácio Butera, dilacerado pelas bombas em 1943. A irmã Giulia resistira até àquela destruição, à morte do último filho homem, Giuseppe, e à do marido Pietro. E morrera somente três anos antes, na véspera do Natal de 1947.

Ignazio abaixa o olhar sobre o anel da família. Agora a ruína da Casa Florio é algo distante. Se volta a pensar nisso, sente um ligeiro incômodo, mas não dor. Até mesmo depender das filhas e do irmão o deixa indiferente. Não tem mais um tostão, ainda que, pelo menos formalmente, a Casa Florio nunca tenha falido. O que lhe dilacera a alma é a ideia de que com ele se perca... um nome. Uma história. A história deles, encerrada naquele pequeno círculo de ouro, tornado fino pelo tempo.

Igiea estaciona o carro na frente da Villa dei Quattro Pizzi. Ignazio quase não percebe. Está com os olhos fixos no vazio, perdido nos pensamentos.

— Papai... chegamos à casa do tio Vincenzo — diz para ele. — Vou subir para cumprimentar ele e a tia Lucie, mas não vou ficar para almoçar com eles. — Ela contorna o carro, abre a porta para o pai.

Ignazio desce, então aponta para a praia.

— Espere — murmura. — Leve-me para ver o mar. — Sorri para ela, parecendo quase se desculpar por aquele pedido.

Avançam com dificuldade, com os sapatos que afundam na areia e as minúsculas pedras à beira-mar. De repente, Ignazio faz um gesto na direção da torre à esquerda.

— Sabe, sua mãe não gostava daqui...

Igiea indica uma grande mancha verde com vista para o mar, à direita. Entre as árvores dá para ver um pequeno templo.

— Ela preferia a Villa Igiea, eu sei. Ficou ali enquanto foi possível — acrescenta, com uma ponta de melancolia.

O olhar de Ignazio se fixa no horizonte, nas estruturas do estaleiro e, ainda mais além, na silhueta de Palermo.

— Olhe, deixe-me aqui dez minutos — diz ele, indicando uma rocha achatada, a pouca distância da entrada lateral da Villa.

Igiea fica perplexa.

— Está fazendo muito frio, pai — retruca. O mar está engrossando, e respingos de espuma se soltam no ar, cobrindo-a de salobra. — Não é melhor você ficar em um lugar quente?

— Não, não. Deixe-me aqui. — Aperta o braço dela. — Vá cumprimentar seus tios.

Igiea assente, lhe dirige um olhar em que se misturam dor e compreensão e, em seguida, se afasta.

Ficando sozinho, Ignazio fixa por muito tempo as ondas — indiferentes, raivosas — que se arrebentam nas rochas.

A Villa dei Quattro Pizzi, concebida pelo avô; Villa Igiea, criação dele e de Franca. Entre essas duas construções está toda a vida dele e da família.

Palermo. O mar.

Tinham sido senhores absolutos de Palermo, eles. E o pai, tantos anos antes, em Favignana, dissera-lhe que eles tinham o mar a correr nas veias deles.

A vertigem retorna. Violenta, prepotente.

Tudo será esquecido, diz para si mesmo, e esse pensamento lhe arranca um soluço.

Fecha os olhos, volta a abri-los.

E percebe que estão o chamando.

— Dom Ignazio! — Um velho de cabelos despenteados vem caminhando na direção dele. Traz pela mão uma menina com longas tranças escuras. — Deus o abençoe, dom Ignazio. Sou Luciano Gandolfo, lembra-se de mim?

Ele olha, franze a testa.

— O senhor era um dos empregados da casa, não é?

— Sim, sim. Já estava aqui quando era *picciriddu*, quando ainda havia seu pai, que Deus o tenha. Eu tinha quinze anos, quando ele morreu. Minha família e eu sempre servimos os Florio. — O homem se inclina para a frente. — Eu soube da sua esposa. Era uma mulher tão bonita, que descanse em paz. Onde o senhor está agora, na casa de dom Vincenzo?

Ignazio faz um gesto afirmativo. Hóspede do irmão, ele, que tinha propriedades por todos os lados. Que reinava na Olivuzza.

Ao lado dos dois, a menina começou a catar conchinhas. Em seguida, de repente, endireita-se e encara Ignazio com um olhar intenso, fechado.

— Mas então o senhor é dom Ignazio Florio? — pergunta.

Ignazio olha para ela. Tem uns dez anos, ou pouco mais. Ele faz sinal que sim.

— Então o senhor é o irmão do dom Vincenzo, aquele dos carros! Meu pai vai conversar com ele quando trazem os motores norte-americanos dos navios.

— Ela é minha neta, filha do meu filho Ignazio — explica o velho, em siciliano. Segura-a pela mão, de modo que se aproxime. — Meu filho é mecânico.

Ignazio levanta-se com dificuldade.

— Seu filho...

O outro assente.

— Batizei-o com o nome do seu pai, por sempre ter sido tão bom para nós. E ela também — acrescenta, indicando a neta. — Ela se chama Giovanna, como sua mãe, que foi uma mulher sempre muito boa para nós todos.

A menina sorri; dá para ver que está orgulhosa de ter sido chamada pelo nome.

— Eu sei tudo sobre o senhor, dom Ignazio. O vovô conta tantas coisas para mim e para os meus irmãos... mas também os avós dos meus colegas de escola contam para nós as coisas da almadrava e da sua Casa. — Faz uma pausa, olha as conchinhas que tem na palma da mão, escolhe uma e lhe oferece. — Aqui, todos sabem quem o senhor é.

Ignazio pega a conchinha.

— Todos... sabem? — pergunta, então, com um fio de voz.

A menina assente com um gesto, e o velho acrescenta:

— *Caciettu*. Todos conhecem a sua história, dom Ignazio. O senhor, o seu irmão, a sua família... Teve tanta gente rica e importante em Palermo, mas não como o senhor. Vocês são os Florio.

Com um nó na garganta, Ignazio levanta o olhar, mirando o horizonte. Entre as ondas, distante, tem um barquinho com uma vela branca. Parece um *schifazzo*.

— É verdade. — Vira-se, sorri para a menina e para o velho. — Os outros são os outros. Nós somos os Florio.

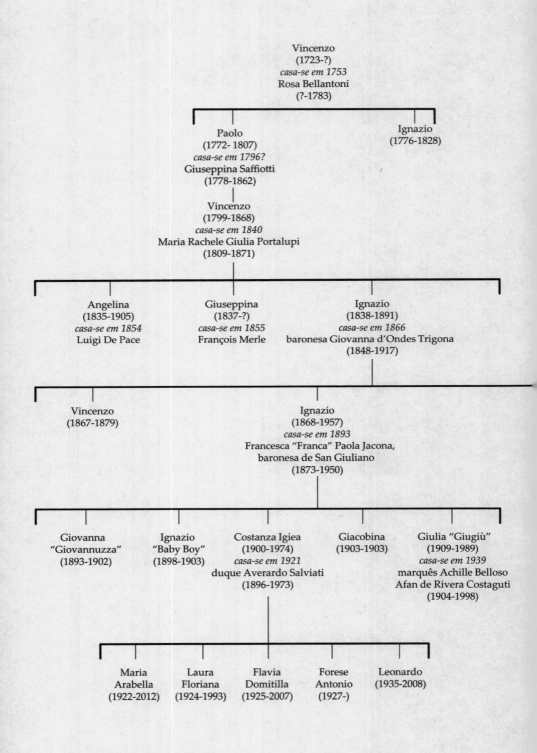

ÁRVORE GENEALÓGICA DA FAMÍLIA FLORIO

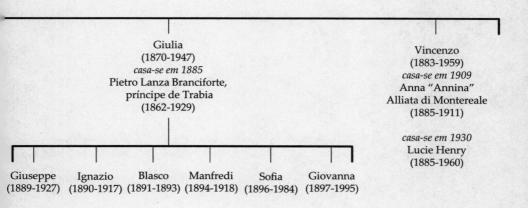

Nota da autora

O *inverno dos leões* é um romance. Pode parecer inútil destacar isso, mas não é, quando falamos de uma família como a Florio, que marcou de modo tão profundo a história — de Palermo, da Sicília e da Itália — e cuja parábola dramática social e econômica há muito tempo deixa fascinados os historiadores, aos quais cabe a difícil tarefa de analisá-la em toda a sua complexidade.

Assim como *Os leões da Sicília* e *O triunfo dos leões*, este romance também se baseia em fatos documentados, unidos a situações e personagens que imaginei ou reelaborei devido a exigências narrativas. Exigências que me guiaram também nas decisões — frequentemente difíceis — de privilegiar alguns elementos da vida dos Florio em detrimento de outros. Quer dizer, eu fiz escolhas. Mas é o destino de quem escreve romances históricos que margeiam o presente e é, ao mesmo tempo, uma bênção e uma maldição.

Chegando ao fim de minha viagem com os Florio — uma viagem que durou quase seis anos —, parece-me, contudo, justo elencar os trabalhos que foram verdadeiras bússolas para escrever os três romances. Primeiramente, a monumental obra de Orazio Cancila, *I Florio, storia di una dinastia imprenditoriale* [Os Florio, história de uma dinastia empreendedora, em tradução livre], indispensável para uma leitura profunda dos acontecimentos da família no espaço de quatro gerações. E também *L'età dei Florio* [A idade dos Florio, em tradução livre], sob direção e com contribuições de Romualdo Giuffrida e Rosario Lentini; e *I Florio*, de Simone Candela, riquíssimo de informações e de chaves de leitura sempre interessantes. Por fim, *L'economia dei Florio, uma famiglia di imprenditori borghesi dell'800* [A economia dos Florio, uma família de empreendedores burgueses de 1800, em tradução livre], que traz contribuições de diversos autores e abrange também o catálogo da mostra feita em 1991, em

Palermo, na Fondazione Culturale Lauro Chiazzese della Sicilcassa, sob curadoria de Rosario Lentini, um homem de grande generosidade intelectual e de muita cultura, que escreveu bastante coisa sobre os Florio, sobretudo sobre as atividades empreendedoras e a ligação deles com a cultura e a política italiana.

Voltados para temas mais específicos e, por isso, muito reveladores, foram: *Le navi dei Florio* [Os navios Florio, em tradução livre], de Piero Piccione; *Villa Igiea*, de Francesco Amendolagine; *Giuseppe Damiani Almeyda: Tre architetture tra cronaca e storia* [Giuseppe Damiani Almeyda. Três arquiteturas entre crônica e história, em tradução livre], de Anna Maria Fundarò; *I Florio e il regno dell'Olivuzza* [Os Florio e o reino da Olivuzza, em tradução livre], de Francesca Mercadante; *La pesca del tonno in Sicilia* [A pesca do atum na Sicília, em tradução livre], de Vincenzo Consolo; *Breve storia della ceramica Florio* [Breve história da cerâmica Florio, em tradução livre], de Augusto Marinelli; *Boldini: Il ritratto di donna Franca Florio* [Boldini: O retrato de dona Franca Florio, em trdaução livre], de Matteo Smolizza; *Gioielli in Italia*, de Lia Lenti; *Le toilette della signora del Liberty*, [O toalete da senhora do Liberty em tradução livre], de Ketty Giannilivigni; *Il guardaroba di donna Franca Florio* [O guarda-roupa de dona Franca Florio, em tradução livre], de Cristina Piacenti Aschengreen; *Regine: Ritratti di nobildonne siciliane (1905-1914)* [Rainhas: Retratos de nobres senhoras sicilianas, em tradução livre], de Daniele Anselmo e Giovanni Purpura; *La musica nell'età dei Florio* [A música na era dos Florio, em tradução livre], de Consuelo Grigio; e os sites *targapedia.com* (no qual, entre outras coisas, é possível encontrar os exemplares de *Rapiditas*, a "revista universal do automobilismo", concebida por Vincenzo Florio), *targaflorio.info* e *amicidellatargaflorio.com*, verdadeiras minas de informações para a história da Targa Florio. Mas não posso esquecer as ideias e as sugestões que tirei de textos como *La Sicilie illustrée (fascicoli dal 1904 al 1911)* [A Sicília ilustrada (fascículos de 1904 a 1911), em tradução livre]; *Palermo fin de siècle* [Palermo no fim do século, em tradução livre], de Pietro Nicolosi; e *Sulle orme dei Florio* [Seguindo os passos da família Florio, em tradução livre], de Gaetano Corselli d'Ondes e Paola D'Amore Lo Bue; bem como de clássicos como *Principi sotto il vulcano* [Príncipes sob o vulcão, em tradução livre], de Raleigh Trevelyan; *Estati felici* [Alegres verões, em tradução livre], de Fulco Santostefano della Cerda, duque de Verdura; e *I racconti* [Os contos, em tradução livre], de Giuseppe Tomasi di Lampedusa: graças a eles, pude me aprofundar em uma visão de mundo que já não existe mais, mas incrivelmente fascinante. Como sempre, pude contar, também, com o meu consultor histórico e artístico, Francesco Melia, que me revelou a complexidade e a riqueza da sociedade palermitana de fins do XIX e começo do XX, e que consultou inúmeros textos e conferiu documentos, entre os quais o *Dizionario storico-araldico della Sicilia* [Dicionário histórico-heráldico da Sicília, em tradução livre], de Vincenzo Palizzolo Gravina; *Vivere e abitare da nobili a Palermo tra Seicento e Ottocento* [Viver e morar como nobres em Palermo entre 1600 e 1800, em tradução livre], de Luisa Chifari e Ciro D'Arpa; e *La pittura dell'Ottocento in Sicilia tra patronato, critica de arte e collezionismo* [A pintura dos anos 1800 na Sicília entre patronato, crítica da arte e colecionismo, em tradução livre], de Maria Concetta Di Natale.

Outra fonte preciosa foram os documentos digitalizados que podem ser consultados no *Internet Archive* e os demais arquivos online dos jornais diários *Corriere della Sera* e *La Stampa*. Nos artigos contemporâneos à época do romance, encontrei meticulosas narrativas de fatos que, de outro modo, teriam caído no esquecimento. Sou grata aos jornalistas — frequentemente anônimos — que registraram com paixão histórias, personagens e acontecimentos, e também a quem disponibiliza os artigos deles. Como é óbvio, foram também muito úteis o *Giornale di Sicilia* e *L'Ora*, verdadeiros protagonistas da informação daqueles anos.

A tudo isso se juntam ensaios, testemunhos e artigos sobre a vida política, econômica e cultural italiana de 1868 a 1935. Se no romance há erros ou imprecisões, eles devem ser creditados somente a mim e não às pessoas que me ajudaram nas pesquisas.

Dos textos que abarcam os fatos "íntimos" da família, dois foram fundamentais para mim. Principalmente *Franca Florio*, de Anna Pomar, a única verdadeira biografia dela, lançada em 1985 e baseada em testemunhos de Giulia Florio, a filha caçula de Franca e Ignazio. Um livro que reconstitui, ao mesmo tempo, uma época e a história individual dessa mulher de vida atormentada e sobre quem conversei por muito tempo com Marco Pomar, filho da escritora, até para discutir com ele o fato de que, eventualmente, as informações contidas no texto não coincidiam com as que haviam surgido durante as pesquisas. Por isso, agradeço de coração a Marco pela grande disponibilidade e sinto-me honrada por ter podido caminhar ao longo da estrada traçada pela mãe.

L'ultima leonessa [A última leoa, em tradução livre], lançado em 2020, pouco antes da morte da autora, Costanza Afan de Rivera, é o outro livro, também ímpar, por percorrer a vida de Giulia Florio através das recordações da filha. Lembro-me ainda com emoção das vezes em que tive o privilégio de conversar com dona Costanza e da paixão dela ao relembrar os fatos familiares: por intermédio dela, não apenas tive a possibilidade de colher os aspectos mais autênticos de uma mulher contraditória como Franca, mas também de compreender de verdade o peso e, ao mesmo tempo, o orgulho de um nome como o dos Florio.

Agradecimentos

Nesses seis longos anos, desde o momento em que a cena do terremoto, com que se inicia *Os leões da Sicília*, apareceu na minha cabeça, até estas palavras de agradecimento no fim de *O inverno dos leões*, aprendi o valor da disciplina, da solidão, da paciência, da coragem.

Sim, porque escrever é um ato que jamais é um fim por si só: requer responsabilidade e força de vontade. Acabamos por ficar sozinhos com as palavras e com as próprias dúvidas, com o temor de não estar entregando o bastante, com a sensação de ter de lutar corpo a corpo com uma história que não deseja ser domada e tendo de escolher quais galhos secos podar e quais novas bases construir.

E, pelo contrário, no fim, compreendemos que cada romance é um caminho cheio de curvas e solavancos, e que é possível escolher se vamos percorrê-lo com passos de dança ou com passos inseguros, iluminados, apenas, pela luz da intuição. Somente sabemos que à nossa frente temos uma estrela polar: a história que queremos contar.

Nos esforçamos para fazer isso da melhor forma, procuramos manter o distanciamento adequado e permitimos que o tempo ajude às palavras que guardamos a encontrar o seu lugar delas. E, por fim, "colocamos a mão na boca do leão", e aquela fera, que temíamos que fosse nos arrancar pedaços, pelo contrário, se deixa acariciar, dócil.

É isso.

Contar a história dos Florio foi tudo isso e muito mais.

E eu não teria conseguido se não tivesse ao meu lado pessoas que me ajudaram com afeto e paciência. Em primeiro lugar, meu marido e meus filhos, que nunca me deixaram sem o apoio deles até nos momentos mais complicados, e que tantas vezes me acompanharam por viagens pela Itália. Não foi fácil: na verdade, dizer-lhes "obrigada" é pouco. E, junto com eles, minha família de origem: minha mãe,

Giovanna, e minhas irmãs, Vita e Anna em primeiro lugar, sobrinhos, cunhados, tios e primos (principalmente os Basiricò e os Rosselli). Tenho o privilégio de estar rodeada por pessoas que me querem bem, e isso não é algo assim tão comum. Tenho muita sorte por tê-los perto de mim e por desfrutar da estima deles.

E então os amigos, tantos: Chiara, que sempre está por perto, de um modo ou de outro; Nadia Terranova, que é um exemplo e um ponto de referência precioso; Loredana Lipperini, que é a minha bruxa madrinha (e ela sabe muito bem o que isso significa); Evelina Santangelo, a quem agradeço pelos conselhos. Agradeço também a Piero Melati, que sempre mostrou ter grande estima por mim; a Alessandro D'Avenia, que me ouviu com tanta atenção; a Pietrangelo Buttafuoco, um cavalheiro de outros tempos com um coração grande; e, por fim, ao grupo de Villa Diodati Reloaded: Filippo Tapparelli, Eleonora Caruso, Domitilla Pirro, que, pelo menos em duas ocasiões, recolheram os meus cacos e me alegraram, fazendo-me rir. E ainda: obrigada a Felice Cavallaro e a Gaetano Savatteri, duas das vozes mais belas e autênticas da cultura da ilha e italiana.

E também agradeço a Elena, Gabriella, Antonella, Valeria, Rita, Valentina e a sempre estimada Elisabetta Bricca, mulheres e leitoras extraordinárias, com quem compartilho uma amizade de décadas; a Franco Cascio e a Elvira Terranova, por estarem presentes e só; a Alessia Gazzola, a Valentina D'Urbano e a Laura Imai Messina, a quem estimo e por quem tenho grande reconhecimento. Suas histórias são sempre, para mim, fonte de inspiração.

Muito longa é a lista de livreiros que trago em meu coração: alguns deles não foram — e não são — somente pessoas "com as quais trabalhar", mas são amigos de verdade e, como tal, cito-os nominalmente: Fabrizio, Loredana e Marcella, Teresa, Alessandro e Ina, Ornella, Maria Pia, Bianca, Caterina e Paolo, Manuela, Guido, Sara, Daniela, Giovanni, Maria Carmela e Angelica, Arturo, Nicola, Carlotta e Nicolò, Valentina, Fabio, Cetti e as suas irmãs, Barbara e Francesca, Serena, Alberto, Marco e Susan, Stefania e Giuseppe. A todos vocês e a todos os outros livreiros — independentes ou não — desejo não apenas dizer obrigada, mas também fazer-lhes uma mesura, porque seu trabalho é nobre e extraordinário; se eu não fosse uma educadora, acho mesmo que gostaria de ser uma livreira. Se *A saga da família Florio* tornou-se o que é, eu o devo a vocês, à paixão que investiram para oferecê-lo aos leitores e ao modo incrível com que o acompanharam pelos caminhos do mundo. Como devo agradecer a quem lhes apresentou o meu livro, ou seja, os agentes da Prolibro (um por todos: Toti Di Stefano), liderados pelo diretor comercial Emanuele Bertoni. Vocês são os meus heróis.

Agradeço a Giuseppe Basiricò, valente antiquário e pessoa de imenso valor, a quem devo incontáveis cartões-postais, livros e objetos relacionados à história dos Florio e que me encorajou e me ajudou desde o início de minhas pesquisas; aos irmãos Tortorici pela estima e por terem me permitido bisbilhotar entre as maravilhas expostas na galeria de arte deles; a Francesco Sarno, que me colocou à disposição o catálogo do leilão dos móveis da família Florio, ocorrido em 1921, o qual me seguiu com grande diligência e atenção.

Agradeço ao professor Mario Damiani Almeyda, neto do arquiteto dos Florio, que criou um maravilhoso arquivo online dos desenhos do avô e que, em uma manhã de chuva, me recebeu em seus aposentos para me mostrar alguns desenhos inéditos do palácio Florio em Favignana. A ele vão também os aplausos pelo magnífico trabalho de conservação e divulgação que realiza faz tantos anos, apenas com os esforços pessoais. Um agradecimento especial ao professor Piazza, que me permitiu visitar uma das áreas mais belas e mais bem conservadas da Villa dell'Olivuzza, hoje cedida ao Circolo dell'Unione di Palermo. Um agradecimento a Giuseppe Carli, proprietário da histórica joalheria Carli, em Lucca, e apaixonado por relógios, que me revelou a existência de um relógio de bolso, feito pelos Florio, para fins publicitários, no início do século XX. Um leitor refinado e homem de grande cultura, que chamou a minha atenção pela generosidade intelectual.

Agradeço a quem me acolheu (e me esperou) nesses meses: Enrico del Mercato, Mario di Caro e Sara Scarafia; agradeço a Claudio Serasa e a todos os jornalistas que me encontraram e conversaram comigo sem preconceitos, sem filtros. Foi muito bom trabalhar com vocês.

Agradeço aos colegas e ao diretor do IPSSAR, Paolo Borselino, que continuam a me receber com o mesmo afeto de sempre.

Agradeço a Costanza Afan de Rivera: gostaria de ter-lhe dado este livro e ver o meio sorriso com que costumava manifestar a sua curiosidade. É uma grande tristeza, para mim, saber que ela não vai ler estas páginas.

Agradeço a Sara di Cara, Mara Scanavino e Gloria Danese: três pessoas que me guiaram, cada qual ao seu modo, nestes anos. Por elas tenho uma dívida de reconhecimento que não pode ser manifestada por meio de palavras.

Agradeço a Isabella di Nolfo e Valentina Masilli, que agora não ligam mais para o fato de eu estar sempre com a cabeça nas nuvens e que sabem como administrar a minha ansiedade.

Um grande agradecimento a Silvia Donzelli e Stefania Fietta, minhas agentes. Se elas não tivessem acreditado desde o início, esta história não teria existido. Agradeço pela paciência e por estarem por perto, sempre. Preciosas e sem preço.

Agradeço a Nord, minha casa literária: em primeiro lugar, a Stefano Mauri, Cristina Foschini e Marco Tarò, que sempre demonstraram estima e afeto. Agradeço pela sensibilidade e inteligência, por terem me considerado, acima de tudo, uma pessoa, e em seguida uma escritora, por terem me acolhido apesar de minha evidente loucura. Agradeço a Viviana Vuscovich, que trouxe *Os leões de Sicília*, *O triunfo dos leões* e *O inverno dos leões* ao mundo: ninguém mais teria sido capaz de realizar os milagres que ela realizou. Agradeço a Giorgia di Tolle, a paciência personificada, e a Paolo Caruso, que teve uma ideia decisiva. Agradeço ao marketing, de Elena Pavanetto ao "doutor" Giacomo Lanaro, sempre atentos, sempre criativos, sempre amigos. Agradeço a Barbara Trianni: além de fantástica responsável pela assessoria de imprensa, é uma parceira no crime — assim como uma parceira nas compras —, mas acima de tudo é uma mulher extraordinária, corajosa e resoluta. Agradeço a Alessandro Magno, que dirige as pessoas encarregadas dos audiobooks e dos ebooks: Simona Musmeci, Davide Perra e Désirée Favero. E a Ninni Bruschetta, "a voz dos leões". Agradeço a Elena Carloni e a Ester Borgese, que fisgaram erros de digitação e gramática e, ainda, a Simona Musmeci, que uniformizou o dialeto. Se eu pudesse, pegaria um dirigível, prenderia nele uma faixa com agradecimentos e voaria por horas acima da rua Gherardini. E não é de se excluir que uma hora ou outra eu faça isso.

Além disso, há três pessoas que me acompanharam nesses anos de pesquisa e de escrita.

Francesca Maccani, que sempre acreditou, sempre. Que nunca deu para trás, que recolheu lamentos e confissões, que foi de verdade o meu anjo da guarda. Desejo que você receba todo o bem que me fez, e saiba que é verdadeiramente muito.

Francesco Melia, cuja cultura histórica e artística é impressionante e que colaborou comigo com uma disposição extraordinária. Uma pessoa de imensa gentileza e paciência, um companheiro de aventuras que soube amainar as minhas inseguranças com um só gesto.

Cristina Prasso. A ela, uma das pessoas mais tímidas deste planeta, eu só digo uma coisa. Obrigada. Porque se você não tivesse acreditado no projeto em 2018 e não tivesse lido o meu romance em uma noite, tudo isso jamais teria acontecido. Agradeço porque você não desistiu de mim nem um minuto, nem mesmo nos momentos em que o cansaço se tornava opressor e eu temia não conseguir dar vida a essa história como sentia que *deveria* ser; agradeço por ter sido não somente uma editora, mas também uma amiga e um ponto de referência. Obrigada por tudo o que você me ensinou e me ensina todos os dias. Agradeço por você estar por perto e por ser assim.

Agradeço a todos os três. E por trás de tais palavras há tanto que não foi dito… e que assim deve permanecer.

Agradeço a quem lê este romance e em seguida o recomenda, o dá de presente, marca-o no Instagram e no Facebook porque amou o livro; mas agradeço também a quem não o ama e fica indiferente a ele: ler é sempre e, de qualquer forma, um modo de cuidar de si próprio.

E por fim: Paolo e Giuseppina, Ignazio, Vincenzo e Giulia, Giovanna e Ignazio, Franca e Ignazziddu e os filhos deles. Cada um de vocês me deu alguma coisa. E me ensinou alguma coisa.

O meu *grazie* final eu devo a vocês.

Este livro foi impresso pela Lisgráfica, em 2024, para a
HarperCollins Brasil. A fonte do miolo é Palatino LT Std.
O papel do miolo é pólen natural 70g/m²,
e o da capa é cartão 250g/m².